LES ABUSÉS

ANNE PARILLAUD

LES ABUSÉS

Robert
Laffont

Éditrice : Ariane Molkhou
ISBN 978-2-221-25303-8
Dépôt légal : avril 2021
Éditions Robert Laffont – 92, avenue de France 75013 Paris

Comme s'ils ne devaient pas lire ce livre,
mon père fermait ses yeux quand je le commençais,
ma mère fermait les siens quand je le terminais.

« Tu seras aimée le jour où tu pourras montrer ta faiblesse
sans que l'autre s'en serve pour affirmer sa force. »

Cesare Pavese

Avertissement

Ce livre est une fiction, et ne saurait en aucune manière être considéré comme une autobiographie. Aucune ressemblance avec des personnes ou situations existant ou ayant existé ne saurait être interprétée autrement que par une pure coïncidence.

1.

Un carambolage de cœurs. Une sauvagerie. C'est ça, une sauvagerie qui assassine à l'intérieur. Une animalité monstrueuse qui n'aurait jamais dû advenir. Ni l'un ni l'autre ne devaient être là ce soir. C'est lui. Elle le sait. Comme si son existence n'avait été faite que de son attente. Celui qu'elle n'a jamais voulu, auquel elle n'a jamais cru. Se tient là, face à elle, là où ça chavire, là où il est effrayant d'abandonner sa vie.

Un homme et une femme se sont reconnus, alors que jamais vus, se sont retrouvés. L'homme et la femme se sourient. Quand ils atteignent la salle à manger, les autres semblent l'avoir quittée. Ils ne les auront pas vus se lever. Comme s'ils n'entendaient plus rien du monde. Déliés et inséparés. La terre à eux tout seuls. Comme si les heures volaient pour qu'ils s'y cramponnent. Assis chacun d'un côté de cette large et longue table solennelle, comme elle les aime, ils se regardent, insatiables. Se regardent et se fuient comme pour mieux jouir de la volupté des retrouvailles. Ils s'émerveillent. Se promènent sur le visage de l'un, se baignent dans le regard de l'autre. S'absorbent. Se dévorent. Entredévorent ce repas où on ne mange ni ne boit.

Serait-ce un rêve ? Ce dîner, cette soirée, Samuel ? Bordel ce qu'elle aime comme il s'appelle. Non, c'est réel. Il l'observe. La fouille de ses yeux carnassiers, prêt à cheviller ses crocs dans sa chair. Elle vibre ou mouille. Et soupire. Travaillée de désir. Possédée sans être touchée, telle une extase qui l'achèverait à coups de vertiges.

Ne peuvent parler de ce qu'ils voudraient, se résignent. Des mots comme du silence, des mots de passage pour ne pas se détacher sans suite, sans poids. Non, elle ne connaît ni Christophe ni sa femme ni personne. Ah si ! Mélanie qui les a présentés. Non, elle ne veut pas de café ni de thé ni rien. Ah ! lui aussi Mélanie l'a invité.

Comme ça pendant un quart, une demie, une heure. Peut-être plus. Ne sait pas. Ce qu'ils se disent est si éloigné de ce qu'ils vivent. Une fracture. Un séisme tout au fond du ventre. La terre s'est arrêtée de battre. Son cœur a été projeté dans l'autre monde, un ailleurs en flammes qu'elle ne pourra atteindre qu'avec lui. Une chaleur qui dissout, désagrège, ne sait plus si elle vit, si mange, si marche, respire, parle, sait juste qu'elle l'aime.

Que faire au moment de se quitter ?

Quand les gestes deviennent pulsations.

Quand se cassent les liens avec les choses.

Quand deux souffles battent d'un même cœur.

2.

Elle le sent dans ses veines, presque à tomber. Comme séparée du monde. Du monde de l'immonde. Rien que sa manière de dire au revoir est une caresse, une promesse. Chacune de ses paroles sera une vérité. Une vérité restée morte jusqu'à ce soir. Et pour une fois qu'elle la rencontre, elle doit s'en aller.

Mélanie et son mari la ramènent à la maison. Et elle, l'enfant vrillée par le mystère, se tient plaquée discrète sur la banquette arrière, comme pour ne pas éveiller de soupçon sur la frénésie dont elle est saisie. Ils ne comprendraient pas. Que peuvent comprendre les grands dépouillés de leurs rêves ? Mais rien à faire, ils souhaitent blablater : « Belle soirée ? Bonne table ? Gens intéressants, séduisants ? » Et qu'est-ce qu'elle en sait ? Elle était juste invitée à rêver. Ils l'embêtent. L'emmerdent même. Tout le monde s'en fout de ces questions, rien qu'un subterfuge de mafieux pour obtenir une révélation. Pas envie de parler. Juste envie.

— C'est pour toi. C'est Samuel.

Ce n'est pas Samuel, c'est Éden. Son souffle, ses soupirs filant comme de la soie, son silence qui capture. Les mots qui se tiennent au bord. Les mots qui voudraient mais ne s'offrent pas encore. Parler ? Et de quoi ? Elle entend son cœur. Elle pourrait rester comme ça, en suspension, en transe jusqu'à l'aurore. À l'écoute du moindre bruissement d'amour, les oreilles léchées par sa voix, même pas, des bouffées légères. Oserait-elle imaginer si c'était sa langue ?

Leur éloignement n'aura rien brisé de l'enchantement. Par la fenêtre, toujours la nuit, toujours Paris, couché mais encore éclairé, illuminé du désir.

Ils veulent se revoir. S'il serait possible de se revoir ? Il raccroche d'un coup. Bestial. Si excitant.

— Merci Mélanie pour cette soirée. Mélanie ?… Mélanie tu crois ?… Tu crois que tu pourrais me procurer des archives sur Samuel ? Je sais qui c'est mais… je le connais pas bien en fait. Je voudrais tout ce qui…

— Adélie ! J'ai compris !

Ni réflexions. Ni explications. Comme si Mélanie lui accordait sa bénédiction.

Alors elle se déplace vers l'entrée de son immeuble, le cerveau taillé comme un automate. D'abord, grimper les marches royales en laine veloutée, puis empoigner la rampe glaciale en fer forgé, et se remémorer quand l'univers s'est renversé. Quand une joie préférable à tout s'est répandue dans son être. Comme elle a aimé perdre tête et pied. Comme si elle ne marchait plus sur terre mais évoluait à même le ciel. Un ciel rose pas bleu. Un ciel *On The Flowers*. La vie qui viendrait recharmer ses rêves d'enfant, s'envolerait par le cœur sans même déplier les ailes, jouerait avec le vent. Alors s'asseoir sur une étoile, la sienne peut-être, dialoguer avec les anges, croire que tout est bon parce que tout est beau, attendre Dieu pour lui dire merci. Mais est-ce que « merci » suffira ? Réparer tout le mal qu'elle a fait, voilà ce qu'il faudrait. Ce qu'elle voudrait. Elle n'est pas tombée en amour, elle a chuté. Une foudre à faire trembler le passé, à fondre les soudures.

N'arrive plus à se détourner de cet homme. Partout en elle. En rage de volupté. Il faudrait taire cette bestialité, assagir la fournaise, tempérer ses flancs avides. Il faudrait se détourner, refuser, tout anesthésier. Et puis non. Ce sera le contraire. Ne plus rien faire, ne plus rien décider du tout, juste se laisser porter, emporter.

Clef dans le sac, clef dans la main, clef dans la serrure. Pêne bloqué, verrou coincé, sécurité enclenchée. Pourquoi ça n'ouvre pas ? Chambard dans la tête ! Elle ne comprend pas. Tu ne comprends pas quoi ? Que Samuel t'empêche de rentrer chez toi, qu'il a conquis ta pensée et t'a bannie de ton foyer ? Mais Adélie ! Tu sais bien que ce n'est plus le tien, que cela ne t'appartient plus. Tu appartiens à lui, tu te souviens ? Sienne désormais, liée à te confondre.

La pensée a filé. La serrure s'est déverrouillée. Elle est entrée dans l'appartement comme se glisserait une clandestine, vissée à l'obscurité. Une nuit où seuls les criminels et les somnambules pourraient s'enfoncer. Mais personne ne la verra. Personne ne saura. Pas là. Pas comme ça. Les sept étages n'auront pas suffi à tromper sa fièvre. Elle erre maintenant dans son rêve. Vague d'un côté puis de l'autre. Où se mettre ? Où aller quand plus rien ne convient ? Quand il n'y a plus rien de stable, plus rien de certain ? Quand toute chose se dévide de son sens ? Quand la nuit se dévoile ?

Pas dans la salle de bains, ne veut pas se laver. Pas dans le vestiaire, ne veut pas se déshabiller. Pas dans la chambre, pas coucher. Pas plus la cuisine, le bureau, le salon ou la salle à manger. Pas de recoin pour planquer sa rêverie. Que faire ? Partir sans laisser de traces, s'enfuir dans la ville, dormir ? Où aller quand ça débraille de partout, quoi faire du désir ?

Une nuit. Juste une nuit pour qu'il la pénètre par le vide. Une nuit pour qu'elle se remplisse de cet homme et qu'il lui dise pourquoi elle existe. Elle sait qu'il n'y a rien d'humain dans les sensations extrêmes, rien que de l'animal et du divin. À cet instant, elle ne sait plus si elle est un mélange des deux ou écartelée entre les deux. Peu importe, l'un et l'autre la mettent hors d'elle-même. La déplacent. Pourquoi dès qu'une joie nous habite nous prévoyons de la quitter ? Pourquoi la défiance vient-elle charbonner la jouissance ? Et l'angoisse détraquer le bonheur en douleur, le rêve en cauchemar ? Comme si le plaisir était interdit. Et c'est ça qu'elle se demande. Qu'ai-je fait pour être punie ?

Du bruit, de la lumière, de l'affolement, et un bonsoir. Paul, à moitié endormi, s'inquiète. Adélie paraît désorientée, épuisée. Les corps ne se rapprocheront pas, les bras ne s'ouvriront plus.

— Pourquoi tu restes dans le noir ?

— Je sais pas.

— Tu faisais quoi ?

— Je réfléchissais.

— Au milieu de la nuit ?

— Rien ne l'interdit.

— C'était bien ton dîner ?

— Très bien.

— Des gens intéressants ?

— J'ai rencontré un peintre.

— Ah ! Un artiste ! Vous avez dû parler toute la soirée ?

— Oui.

— Tu me raconteras demain.

— Oui.

— Tu viens te coucher ?

— Oui.

Elle ne sait plus à quoi elle dit oui. Dire oui à tout, c'est dire oui à rien.

3.

Comment continuer ?

Quand les serrures ont changé et que vous ne disposez plus des clefs. Quand vous étiez enfermée et qu'on vient soudain vous libérer.

À quoi s'accrocher ?

Elle est la femme la plus seule. Dans le vide et sans vie. Vidée d'elle-même. Sa chair l'appelle, le réclame. Envie violente. Qu'est-ce que t'as fait Samuel ? Elle s'aliène, disparaît dans cette maison qui ne sera plus jamais la sienne. Elle voudrait parler mais t'as beugué ses entrailles, son cerveau maintenu maintenant se transforme en machine à faire des *é*, machine de mots enchaînés. Voudrait raconter mais…

Certains en seraient affolés
Par d'autres elle serait jugée
Certains voudraient la conseiller
Par d'autres elle serait jalousée
Tous ne feraient qu'abîmer

Elle pourrait déjeuner avec ses petits mais… que va-t-il leur arriver ? Comment leur expliquer ? Si elle savait. Mais jamais elle ne les abandonnera ou les sacrifiera. Vous entendez ? Jamais elle ne les dévastera. Et toujours les aimera. Vous entendez ? Elle voulait que vous le sachiez. C'est vrai qu'il ne s'est encore rien passé mais tout a été bouleversé.

C'est terrible d'avoir un cœur qui pleure et tambourine de bonheur en même temps.

Elle revisite son appartement, non plus pour le désirer mais pour l'abandonner. Elle a défié chaque pièce, et deux larmes qui roulaient dans les yeux sont tombées le long des joues.

Et ensuite ?

Ensuite, elle a rôdaillé près de la porte laissée entrouverte, espérant qu'un coursier vienne s'y encadrer. Et dans l'abattement où seule l'attente semblait lui survivre, tressé de gloire, le livreur est venu. Elle l'a fêté, elle l'a même embrassé. Pas sûr qu'il ait compris. Et Samuel, ou plutôt la moelle de Samuel, a giclé de partout. De ses carnets ou cahiers de croquis, de ses lettres, livres, esquisses, catalogues et dossiers de presse. Merci Mélanie.

Les chairs se sont ensoleillées, le visage a refleuri. Intimidée. Elle ne sait quand ou par quoi commencer. Elle souhaiterait tout voir comme se garder de savoir. Alors elle a tout dégagé, voilà ! Ne soulèvera pas le voile. Rien de ce qu'elle découvrirait de toute une vie ne triompherait de ce qu'elle a ressenti de toute une nuit. Rien. Personne ne lui montrera comment aimer cet homme. Pas de manuels pour Samuel. Quel meilleur maître qu'un cœur vierge ? Elle entasse ce vulgaire matériel sous son lit. Ni ne le touchera. Ni le regardera. Il demeura en dessous et elle dormira au-dessus. Mais elle ? Elle faisait quoi quand il faisait ça ? Elle passait de seize à dix-sept ans. Elle devenait une femme quand lui était déjà un homme. Jeune fille en fleur, en bourgeon même, qui attendrait cent saisons pour éclore dans son cœur. Elle est émerveillée que cet homme, si d'exception, si de perfection, l'ait cueillie.

Sonnerie. Panique. Peut-être lui ? C'est lui ! Décrocher ? Pour dire quoi ? C'est lui qui dira. Rien. Puis les souffles. Puis les voix.

— Bonsoir c'est Samuel… j'aimerais vous inviter à dîner, c'est possible ? À très vite.

Il a raccroché. Bestial comme la dernière fois. Pourquoi ne pas décider dans l'instant ? Pour la tenir en haleine ? Mais elle était déjà retenue au premier battement.

Toute la famille est rentrée. Et la machine a recommencé. Se laver, s'habiller, s'apprêter pour le dîner. S'aligner.

Paul l'a enlacée. Elle s'est laissé mener dans la salle à manger où les lèvres se sont fendues pour avaler. Est restée en retrait pour se faire oublier. A couché les enfants. S'est défilée. Quand Paul l'a appelée.

— Tu ne m'as pas raconté ta soirée !

— Pas ce soir, trop fatiguée !

— C'était quoi ce dîner ?

— Un dîner de futurs députés.

— Pourquoi étais-tu invitée ?

— Parce que des artistes étaient conviés.

— Dont le peintraillon que t'as rencontré ?

— Paul je voudrais aller me coucher.

— Et de quoi avez-vous discuté ?

— Paul je suis épuisée.

— À quelle heure es-tu rentrée ?

— À l'heure du berger.

— Quel humour singulier !

Il a tenté un baiser. Elle le lui a accordé et s'est éclipsée. Même lui parle en *é* ou j'suis sous LSD ?

— Adélie ? Il t'a attirée ?

— Mais non Paul, il ne m'a pas attirée…

Il l'a envoûtée. Mais ça ! Ça ! Elle ne peut le dire ! Comment dire que vivre une nuit avec l'un n'a d'égal que de mourir toute une vie avec l'autre. Ça ! Expliquez-moi comment le dire.

4.

Elle résiste à la peur d'avancer. Tel un funambule cramponné à son balancier, elle progresse en vertige sur un fil au-dessus du vide. Elle regarde droit devant cet avenir risqué, sans plus détourner son attention, sans nulle intention de reculer, sans savoir si elle va tomber. Le balancier la rassure un peu mais ne dépend que d'elle. À quoi pense le funambule quand ses pieds s'engagent sur la corde d'acier ? S'est-il vidé la tête ? Pas elle. Elle se demande pourquoi dix misérables journées furent indispensables pour se retrouver. Pourquoi l'a-t-il condamnée à ne plus pouvoir dormir ? Pourquoi lui a-t-il embrouillardé la cervelle en l'abandonnant ?

Choix spontané ? ou calculé ?

Elle résiste à la peur de pénétrer dans cet hôtel. Dans ce restaurant. Telle une comédienne avant d'entrer en scène, il lui faut ligoter l'émotion avec les liens de la raison, calmer les étincelles et la fièvre qui rougit la chair. Le repérer avant qu'il… Trop tard. Il la guettait, embusqué comme un jaguar surveillant chaque enjambée qui les sépare. Ils se regardent. Ses défenses se dispersent, son assurance chancelle. Elle ne sait plus sa scène. Connaît plus son texte. Comment fait-on quand on ne peut pas couper et recommencer ? Quand personne n'est là pour vous diriger ? Quand ce n'est plus ni du théâtre ni du cinéma ?

Ils se sourient, saisis par l'hébétude des retrouvailles. Par où renouer ? Comme des enfants laissés sans grands pour les protéger, ils n'osent plus s'aventurer. La liberté est excitante mais affolante. Facile d'être audacieux et courageux quand il n'y a pas de risques, quand paraissent les limites. À croire que l'interdit rassure.

Mais qu'avons-nous à redouter ? Une vie à ne pas risquer, une vie à défoncer le beau ? Une vie à décevoir ce qui espère en nous ? Toute une vie pour nous désavouer ? Mais risquer la peur comme on défierait la mort, n'est-ce pas là le vrai courage ?

— Adélie ?

— Oui.

— Elle vous plaît cette table ?

— Oui.

— J'aime qu'elle soit à l'écart.

— J'aime aussi.

— Je la préfère à celle d'en face.

— Voir l'autre sans être vu ?

— Pourquoi dites-vous ça ?

— Parce que c'est ce que vous venez de faire.

Ils rient. Il est charmé autant qu'elle est troublée.

— Vous connaissiez le *Prince de Galles* ?

— Oui.

— J'ai hésité avec celui d'à côté.

— Vous ne pouviez pas vous tromper, tous les palaces m'enchantent. Plus il y a de tapisseries, draperies, boiseries, plus je m'épanouis. En parfait équilibre dans les débordements.

— Comme tous les passionnés. Vous avez faim ?

Ses neurones semblent avoir pris leurs cliques, le menu n'est plus que barbouillage en zigzag. Tout s'emmêle. Les mots eux-mêmes ne tiennent plus sur leurs jambes.

Qui a dit que cet état qui nous dépasse était invivable ? Pourquoi ? Et pour qui ? Certainement pas pour ceux qui dans la folie se sentent vivre. Qu'est-ce que l'amour ? Quelle est cette puissance qui anesthésie la conscience et laisse l'animal en nous tout dévorer ? Ce déraillage que chacun porte en soi à l'état de larve. Âmes dépassionnées, frigides et sans drame, demeurez au diable ! On se forge par ce qui nous ravage ; là est la bataille, dans la traque de la tristesse.

— Madame, monsieur, avez-vous fait votre choix ?

— J'aimerais une salade verte toute simple, sans rien. Un poisson grillé tout simple, sans rien. Et du riz nature tout simple, sans rien s'il vous plaît.

— Puis-je vous conseiller le bar de ligne doré avec ses pâtes riches aux coquillages, accompagné des légumes et d'une soupe au pistou ?

— Non merci.

— Très bien… Et pour monsieur ?

— La même chose en fait si c'est possible, merci.

A-t-il-lui-aussi-jeté-la-raison-par-dessus-bord ?

— Souhaitez-vous du vin monsieur ?

— Oui, merci.

— Je vous appelle le sommelier.

— Que désirez-vous boire ?

— Je ne bois pas.

— Jamais ?

— Jamais.

— Il faut boire ce soir.

— Non il ne faut pas. Après je ne saurai plus ce que je fais.

— Je serai là. Je vous protégerai. Pourquoi vous ne buvez pas ?

— La peur d'aimer trop ça. Mais je peux être ivre sans boire, plus que si je buvais, plus encore que ceux qui boivent.

— Et comment c'est possible ?

— Parce que chacun porte en lui une dose d'alcool ou d'héroïne que les émotions fortes ou les situations dangereuses suffisent à raviver.

Un verre est servi, tendu, qui la supplie. Ce soir elle va avaler le monde, le bien comme le mal, elle en fera de la matière.

— Continuez ! J'adore vous écouter.

— Je ne sais pas quoi vous raconter.

— La moindre révélation excitera mon imagination.

— Je ne sais pas par où commencer… Ah si, je ne suis pas connectée à la réalité. Je n'ai pas trouvé de prise où me brancher. Alors je me suis sauvée, et j'ai échoué sur une terre où tout ce qui est réprouvé par la société est louangé, où être bizarre est une qualité, où l'art est le langage au nom de ceux restés piégés de l'autre côté. Le paradoxe est que les artistes sont les mieux placés pour observer l'humanité dont ils ont été expulsés. J'arrête. En fait un artiste c'est un passager clandestin, un immigré partagé entre deux mondes, qui ne nourrit son art, sa différence, qu'en avouant sa ressemblance avec tous. J'arrête.

— Vous arrêtez quoi ?

— De parler.

— Non, continuez ! C'est inespéré que ces expatriés aient un univers où exister.

— Je remercie tous les jours qu'à défaut d'être intégrée dans mon pays d'origine, on m'ait accordé le droit d'asile.

Elle boit.

— Ne serait-ce pas vous-même que vous fuyez et non un pays ?

— Gros dossier à ne pas ouvrir maintenant.

— Mais ça m'intéresse… vraiment !

Elle ne fuit pas, elle fugue afin de distraire ses tourments, de compenser le désamour d'elle-même. C'est infernal d'être enfermée dans une peau de haine, vital de se glisser sous celle d'une autre. C'est pour ça, actrice n'est pas un métier mais une licence d'existence. Et merci à ceux qui lui auront tracé son chemin, qu'ils soient humains ou divins. Mais c'est suicidaire ce qu'elle est en train de faire, parler comme ça, se mettre à nu, et encore, peut-être n'est-ce que la partie immergée ou digérée d'elle-même. Est-ce une conscience inquiète, voire mauvaise, qui la pousse à se livrer à cet homme comme si elle s'abandonnait à la volonté d'un dieu ? Comme si elle attendait de lui ce qu'elle ne peut faire seule. Si elle avoue sa honte, obtiendra-t-elle des faveurs, une réduction de peine, une grâce ? Reconnaîtra-t-on son innocence ? Ou se taire au fond d'elle-même. Ses prunelles regorgent de larmes alcoolisées. De détresse aussi. Boire ce soir encore, boire pour s'écorcher plus fort, sans plus d'épiderme qui pourrait protéger. C'est pour ça qu'une deuxième peau n'est vraiment pas de trop.

— Pardon… je vais me calmer… je suis très bien en fait… je me sens très bien…

— Là tout de suite c'est un peu difficile à croire.

— Non mais… bon d'accord… mais c'est mon histoire.

— Et je veux l'entendre par tous ses fragments, mais pas ce soir. Vous avez des enfants ?

Elle boit.

— Trois. Une fille et des jumeaux fille et garçon.

— Quel âge ?

— Quinze ans et sept ans.

— Du même père ?

— Non. Un pour la fille. Un pour les jumeaux. Et vous ?

— Une fille. Vos enfants vivent avec vous ?

— Oui.

— Et vous vivez avec leur père ?

— Oui.

— Il sait avec qui vous dînez ?

— Non.

— Pourquoi vous ne lui avez rien dit ?
— Je sais pas.
— Vous pensez qu'il n'aurait pas compris ?
— Je sais pas.
— Qu'il ne vous aurait pas laissée ?
— Je sais pas.
— Ce n'est plus émue que vous êtes ! C'est perdue.

Elle boit. Elle boit parce qu'elle ne sait quoi faire de ses mains, de ses yeux, de toute sa personne. C'est vrai qu'elle est perdue. La cervelle comme le métro aux heures de grève. Compressée, à l'arrêt, au milieu de pensées qui la tamponnent en tous sens, elle cherche son quai ou sa correspondance. Elle essaie de parler, se bouscule sans que l'effort ne se fasse sentir, mais rien ne sort. Bien entendu qu'elle sait pourquoi elle n'a rien dit, pourquoi elle a menti. Bien entendu qu'il sait aussi.

Presque pour s'excuser de son indélicatesse, il se confie un peu, ce qu'il déteste. Il est seul. Vit seul. Préoccupé à se libérer d'une créature lunaire avec une croix trop lourde à porter.

Sait-il qu'il vient de faire mon portrait ? Normal, c'est son métier plaisante-t-il. Vous ne saviez pas ? Je suis peintre. Peintre du trompe-l'œil. Si, elle savait. Et elle adore. Ça la fascine mais n'en dira rien. Il ne la croirait pas. Un trompe-l'œilliste. L'art du faux à son paroxysme. Quand a-t-il commencé ? Comment lui est venue l'idée ? Qui l'a formé ? Est-ce qu'il peint seul ? En extérieur ou intérieur ? Peinture murale ou sur toile ? Elle veut tout savoir. Mais il refuse de parler de lui. Est-elle mariée ? Non, car il faut beaucoup de grâce pour se confronter au sacré. Et puis rien ni personne n'a réussi à la détacher de cette union qu'elle entretient avec la création. Sans parler des trahisons, des dérèglements qu'elle a vus enfant, du mariage de ses parents d'où le cauchemar a jailli. Et de ses traumatismes oubliés. Puisque le calice de l'amour est brisé, elle ramasse les éclats d'affection qui traînent, mais les étoiles n'apparaissent pas chaque nuit. Elle croit qu'on devrait se marier non pas au début mais à la fin du roman, cortégé par les enfants devenus grands, et recevoir ce sacrement non plus tel un engagement mais un accomplissement. Elle pense que l'on devrait faire chambre à part, salle de bains à part, tout à part quand on souhaite vivre ensemble.

Il dit juste oui.

Les âmes se rencontrent mais combien se reconnaissent ? Si par bonheur vous croisez votre âme sœur, cet autre dédoublé de vous-même, tranché, condamné à rechercher sa part manquante, alors vous pourrez tout partager, rien ne sera censuré. Je pourrais lui révéler ma vraie nature sans crainte ni gêne d'être jugée, puisqu'il la connaîtra déjà, puisque je suis sa chair. A-t-il croisé son âme sœur ? Non. Sinon il se serait marié. Et elle aussi.

Durer toujours est une espérance, une confiance qu'on ne lui a jamais offerte. Et comme l'a écrit Otto von Bismarck à sa jeune femme, je ne vous ai pas épousée parce que je vous aimais mais pour vous aimer. Ça éjecte dans les nuages, une telle promesse. Irréel pour une handicapée de l'amour. Et comment on l'attrape l'amour ? Elle en est incapable. Comment le pourrait-elle en toutes pièces détachées qu'elle est ? Ce n'est pas parce que vous avez un lourd passé que vous n'avez pas d'avenir, lui a-t-on dit. Peut-être. Mais combien c'est difficile de marier l'âme et la chair quand l'âme est séparée du corps. Elle a une boule au ventre… Quand on tient en très haute estime ce pacte d'alliance mais qu'on s'en considère indigne. Une boule de larmes… Se choisir, s'aimer, s'unir. Chacun apporterait un bout de corde et Dieu ferait un nœud. Une boule, pas de billard, une lourde de pétanque, une grosse de bowling, rebondie d'idées noires mais désordonnée de joie à croire qu'aujourd'hui c'est possible. Depuis qu'elle l'a rencontré c'est possible. Elle l'a reconnu. Elle le reconnaît encore.

Mais pas tout de suite. Pas comme ça. Il faut suivre le protocole, résister à ce qui va régner, vérifier qui est en face de soi, même si c'est fleur de nave car ils le savent déjà. Elle le parcourt. Elle visite ses gestes, ses regards, ses mains, sa bouche. Elle s'entrouvre…

— Vous voulez un dessert ?

— Je n'en prends jamais.

— Sauf avec moi.

— Ça vous flatte de voir si je vous obéis ? Vous testez si je suis docile ? Je le suis cette nuit mais c'est…

— … exceptionnel, j'avais compris.

— Pourquoi vous ne prenez pas de dessert ?

— Si j'en prends un, j'en prends trois, ou peut-être six. Alors je fais des choix. Je réponds à la pression de mes manques et non à la satisfaction de mes envies. Elles sont bien trop déraisonnables et je ne souhaite pas devenir folle. Je ne suis pas sûre que tout ça ait un sens pour vous.

— Si… si… je me demande juste ce qui vous fait déraisonner.

— Pas ce que vous croyez. Vous pensez qu'ils ont des crêpes ou des cerises ?

— Vous les aurez.

— J'ai beaucoup parlé ! Beaucoup trop parlé ! Mais bon… c'était ça ou le mutisme. Quand les curseurs sont déréglés, l'équilibre est inatteignable.

— Ravie que vous ayez choisi la confidence au silence.

— Vous n'êtes pas affolé par ce que vous entendez ?

— Je ne m'attache qu'aux inclassables.

— Mais ce n'est facile ni pour soi ni pour les autres.

— Pour les autres oui. Pour l'âme sœur non. Et si l'âme sœur était la rencontre avec notre ombre pour affronter les aspects les plus profonds de nous-même, les transcender, afin d'en trouver la lumière ?

— Dans ce cas, je ne voudrais pas tomber sur moi. Trop de failles, trop de travail.

— Dites pas ça Adélie ! Sans névroses, vous ne seriez pas artiste ni moi illusionniste.

— Vous êtes névrosé ?

— Oui. Un peu. Quand mon cœur tremble.

Les crêpes sont arrivées, les cerises aussi.

— J'ai trop bu.

— C'est embêtant ?

— Je sais plus ce que je dis.

— Mais vous savez encore ce que vous faites ?

Elle ne répondra pas. Son regard voguera sur l'entourage comme si la réponse se trouvait sur leurs visages. Et sur Samuel échouera. Il lui lancera une œillade d'homme des bois, et un sourire à faire rougir ses cuisses. Leurs lèvres s'inviteront au creux de l'oreille. Elle lui parlera encore, il l'écoutera, ou l'inverse, et cela continuera. Désolé, mais le restaurant va bientôt fermer.

Déplacés sur une molle et soyeuse ottomane, ses yeux piqués d'étincelles, ses yeux bleu noir feuillettent celle qui se dévoile sans même s'en apercevoir. Pénétration embusquée. Il aime comme elle croise et décroise ses jambes. S'affale et se redresse. S'alanguit, s'excite. On dirait une petite fille qui ne sait plus comment se tenir. Ça le bouleverse. On dirait une petite fille perdue en fait. C'est vrai que ça chahute fort dans ce corps. Voilà ce qu'il se passe quand elle boit. Elle dit des choses qu'elle ne voudrait pas dire, fait des choses qu'elle ne voudrait pas faire, et déchoit en pantin désarticulé jusqu'à tenter Samuel d'en tirer les ficelles, à lui confier son ventre sans défense. Deux larmes se détachent, deux gouttes d'ivresse dont les lèvres de Samuel se soûlent. Elle se délecte de cette bouche qui se promène sur ses joues, ne veut cesser de couler pour qu'il ne cesse de l'essuyer. Elle a bu, beaucoup, mais n'est pas ivre. Fragile c'est tout. Fragile en dedans, solide du dehors. Une désarmée qui ne s'est fortifiée que pour mieux résister aux flèches tordues de cupidons malintentionnés, pressentant les hommes en cuirassé, violents et menaçants la plupart du temps. Mais elle reste une masse pénétrable, on peut s'écouler dans son intimité sans pour autant gicler dans cette intériorité qu'elle barricade.

Que nul ne sache sur quel barreau est posé son pied sur l'échelle du bien et du mal, parce qu'il comprendrait alors pourquoi elle ne s'aime pas. Et si toutes les entrailles sont plus ou moins tyrannisées par le mal, que nul autre qu'elle condamne ce qui se passe au fond d'une âme. La sienne est abîmée. Très. Quand la moindre radicelle d'affection a été coupée ou endommagée par un père, une mère, ou tout autre énergumène, vous imaginez que ce n'est pas de leur faute mais de la vôtre. Vous grandissez avec la conviction que vous n'êtes pas digne d'être aimée et souffrez d'un chagrin d'amour à perpétuité. Alors, pour atténuer sa peine, elle est devenue actrice afin d'être recueillie par la société, et prouver à ceux qui l'avaient rejetée qu'ils s'étaient trompés, qu'elle pouvait être aimable, peut-être même honorable. Mais cela n'aura rien réparé, seulement consolé. Rien ne remplace ce qui n'a pas été donné. Et Samuel ? Dans quel état est son âme ? État sauvage. Il n'est jamais descendu en lui-même. Pourquoi ne pas y aller ensemble ? Encore faudrait-il qu'il ne soit pas entraîné par la détresse de cette femme.

— Comment ne pas vous aimer. Vous êtes tellement... je n'ose pas même le confesser.

— Vous ne me connaissez pas.

— C'est vrai, mais je sonde, je scanne, je m'introduis... pardon, le mot est mal choisi.

— J'ai suffisamment bu pour ne pas être choquée mais ne suis pas enivrée pour autant.

Elle est mélancolique c'est tout. Autre raison pour laquelle elle ne boit pas. L'alcool lui rend sa tristesse, ses crises de panique, sa déprime jusqu'à jérémiader ce qu'elle a sur le cœur. Elle traverse sa misère, puis celle de ses pairs. Elle défait le monde au lieu de le refaire. Et s'effondre, non pas poupée abandonnée mais poupée cassée. Il la trouve sublime, émouvante. Il se saisit de cette poupée qui, abandonnée ou cassée, se réfugie contre lui. Première fois qu'elle se sent chez elle dans les bras de quelqu'un. Quelque chose du cœur avalé. Odeur obscène. Chaleur qui traverse. Une mollesse qui attendrit tout sentiment de peur. Leurs corps qui se cherchent et se desserrent avant que ne tremble le pouls de la folie.

— Rendez-le-moi ! Une dernière gorgée !

— Vous avez assez bu.

— Mais au fond du verre est la vérité.

— Nous avions un accord.

— J'm'en moque !

— Pas moi. Je suis un homme de parole.

Que faire ? Que dire à cette heure de la nuit ? Il faudrait se séparer pour mieux se retrouver. S'ils ne le font pas là, ils ne le feront jamais. Alors ils rient sans savoir ou sans oser dire pourquoi. Ils rient. Très fort. Trop fort. Comme deux enfants surexcités qui ne veulent pas aller dans les bras de Morphée mais rêvent de se jeter dans les leurs.

— Je vous raccompagne ?

Il la regarde marcher, presque onduler. Elle se souvient quand la sortie était alors une entrée, quand elle ne pouvait encore imaginer que le « Prince de Galles » deviendrait, sous l'étourdissement du champagne, le « Prince Idéal ». Il la ramène chez elle mais c'est son avenir qu'il amène. Ils ignorent ce qu'il va se passer mais devinent que tout retour en arrière est impossible.

Alors ils ne parlent plus. Ils font apparaître le silence. Comment entendre la profondeur d'une pensée dans le bruit et la fureur des mots ? Pudeur des non-dits qui hurlent à l'intérieur, aussi bandants et sexy que des cuisses serrées qui n'aspirent qu'à (suspense devant l'incertain). Ce moment où le temps prend son temps, exaspère le désir, l'amène à son paroxysme. Et de même qu'il y a les préliminaires pour la sexualité, le rêve excite la pensée. S'interroger sur ce qui nous attend fait gonfler en soi une bulle de plaisir.

Elle aime avoir trouvé celui qu'elle cherchait sans savoir. Elle aime sa voiture, sa conduite, sa chevelure et ses chaussures. Elle aime qu'il ne mette pas de musique, qu'il soit romantique et artiste, qu'il n'apprécie pas l'épure mais l'antique, qu'il ne parle pas de politique. Elle aime comme il est bienveillant mais provocant, comme il est attentionné et s'efface pour la laisser parler. Comme il l'a regardée, écoutée, protégée. Comme il l'a fait boire mais l'a arrêtée à temps. Elle aime qu'il lui obtienne des crêpes quand la cuisine est fermée et des cerises à cette époque de l'année. Elle aime qu'il soit en train de se séparer et ne se soit jamais marié, qu'il croie au grand amour mais que cela ne lui soit jamais arrivé. Elle aime son regard de ciel sombre comme celui du chat sur l'oiseau. Son mystère, son humour et son côté voyou. Elle aime son allure de dandy. Elle aime qu'il maintienne le vous, et souhaite faire chambre à part. Elle aime comme il est touché quand elle pleure et comme rien ne lui fait peur. Comme il gouverne les excès, comme tout l'intéresse, et comme il a tenu sa promesse. Elle aime être tout contre lui et lui contre elle. Elle aime…

— Voilà, rue de Chanaleilles.

Elle déteste devoir quitter ce qu'elle aime. Elle est désolée d'avoir trop parlé ce soir, désolée de son cœur plus désespéré que léger, désolée de ne pas savoir boire, de ne pas…

Les lèvres de Samuel s'approchent. Pour la bâillonner d'un baiser ? Plutôt rôder à la lisière de son oreille.

— Arrêtez d'être désolée. J'ai adoré cette soirée. Mon souhait le plus cher est de recommencer.

Le lieu d'arrivée est désert, mieux que crépusculaire. Comme des vampires devant se coucher avant le lever du soleil, ils se séparent à crever d'envie, sans un mot, sans geste, unis dans la dévoration. Afin d'échapper à sa fille prête pour l'école, ses jumeaux le nez dans le bol, leur père dès l'aurore, elle se hâte de rejoindre son appartement. S'enfermer dans sa chambre et tout éteindre de ce qui vit ici. Et attendre ce qui se produira. Et entendre sa voix.

— J'ai terminé ma nuit avec vous, avec vous je vais commencer ma journée. Je vais vous parler jusqu'à ce que vous vous endormiez. Si le respect ne m'avait pas tenu éloigné, je vous aurais bordée et me serais allongé tout près. J'aurais écouté votre souffle ralentir, vous aurais regardée partir. Je vous aurais détaillée selon mon envie, j'aurais baissé le drap du lit, j'aurais contemplé votre corps en tenue de nuit comme je l'ai contemplé en tenue de jour, je l'aurais imaginé et l'aurais embrassé comme je n'ai encore jamais osé. J'aurais percé votre cœur de contes merveilleux. Des contes pour femmes, jeunes filles ou petites filles, selon la belle que j'aurais à ravir. Et ce soir, je ne pourrais certifier laquelle était devant moi. Je crois que chacune à votre tour êtes venues vous présenter.

Avant de vous quitter, je vous aurais serrées toutes les trois dans mes bras, et murmuré à l'oreille de la petite fille, je te protégerai, de la jeune fille, je te révélerai, et de la femme, je t'aimerai.

5.

LUNDI

Ne pas savoir qui vous aime de qui vous hait, monter dans les chambres, s'oublier dans des bras, espérer que l'autre vous donne ce que vous cherchiez sans savoir ce que c'est. S'abandonner parce que vous avez été abandonnée. Se soumettre à ceux qui vous effraient et continuer à se faire maltraiter. Se saboter, se condamner, se satisfaire du plaisir d'avoir suscité le désir. Petit bandage sur blessures inguérissables.

Tes promesses franchissent ma peau, traversent mes chairs. Ta tendresse me traîne jusque dans les hôtels. Suis-je devenue folle ? Aurais-je inventé tes paroles tant je les souhaite réelles ? Auraient-elles germé si tu ne les avais pas semées en moi ?

S'il te plaît prends mes peurs. Prends le danger que je suis venue tenter. Tu te tiendras dans la salle de restaurant à guetter mon arrivée dans ton fauteuil de prédateur. Mais l'animal est plus malin et ne siège pas dans son repaire. C'est moi qu'on installera à ta place, à ta table. Moi qui attendrai après toi. Je sais attendre. Attendre le rêve d'une vie.

Je ne t'aperçois pas, je te respire. Je ne respire que pour toi. Si pénétrée de joie qu'elle m'ôte tout autre sentiment. Et je te sens venir. Je sens ton cœur me défoncer la poitrine, l'amour m'attraper par la peau du cou. Alors on se harponne, chacun tirant sur la corde pour se ramener l'un à l'autre. Bien sûr que tu es désolé pour le retard, mais se tenir aux aguets, les reins incendiés, n'est pas le pire des supplices. J'aime ton air d'émerger comme si tu venais d'arracher le sommeil. C'est effectivement le cas. J'apprends que tu vis là depuis que tu t'es séparé d'elle. Au cœur de Saint-Germain, dans cet hôtel de charme installé dans un manoir du XVIe siècle. Elle ? Mlle Di Borghese.

La danseuse réapparaît. Son image déborde l'espace, occupe mon être, l'occupation de la France par l'Italie, à la fois lapidaire et infinie. Je sais qui c'est. La terre entière le sait. Les sorcières réveillent ce que les fées avaient bercé. Je me voile, m'efface. Tu n'aperçois pas mon malaise. Normal, je ne laisse rien paraître, je garde mes interrogations muettes.

Je t'envie. C'est si sensuel de vivre à l'hôtel dans la ville où on habite. Se sentir un étranger. Étranger à soi-même. Une impression si familière que je me sens chez moi dans les hôtels. J'aime m'y blottir, me ramasser sur mon passé, livrer cette solitude aux lieux anonymes. Ces lieux de nulle part. Ces endroits de passage pour âmes non identifiées. À force d'être rejetée ou incomprise, d'entendre que j'étais bizarre, j'ai fini par le croire et me considérer comme le vilain petit canard qui encore m'arrache des larmes si je le regarde. Et malgré tous mes efforts pour m'intégrer ou ressembler aux autres, je me sens toujours à l'écart. Mais les autres peuvent-ils m'accepter si je ne m'accepte pas ? Si je ne m'affronte pas à visage découvert, sans tricher ? Deviens ce que tu es, dit la vie, cela peut prendre un jour, une nuit, un amour pour trouver sa famille, et réaliser qu'on n'est pas canard mais cygne. Alors je rêve.

Aujourd'hui je ne boirai pas, je vais manger et t'écouter. Je sais que tu n'aimes pas parler, moi non plus, pourtant je me répands, mieux, je bave devant toi comme chienne enragée. Élevé seul par ta mère, tu cherches ton père dans les oublis d'une prison, d'un asile, d'un cimetière, ou dans une échappée pour ne jamais réapparaître, ne jamais te connaître, ne surtout pas t'aimer. Perte qui t'a bien détruit ou mal construit. Même tes larmes se sont lassées. Voilà les seules balafres que tu me légueras. Ah oui ! Et pas de sœur, pas de frère pour traîner ce fardeau de douleur. Mais à peine ta vie ouverte, tu la refermes à triple clef. Que sauves-tu Samuel à force d'ombre et de silence ? Est-ce toi ou moi que tu protèges ? Tu es secret parce que tu as des secrets, mais sache que tu as trouvé la femme qui t'était destinée, tu peux t'y confier. Tu ne veux pas ôter ce masque que je voie ton visage ? Ah mais voilà, il n'est pas accroché, il est incrusté. On attendra que les aveux soient mûrs pour les exhumer.

Tu veux savoir si je vais tourner prochainement, mais je tourne en ce moment ! Je devrais être en Norvège où je ne t'aurais jamais rencontré. La vie est plus téméraire que nous. La vie compose une partition que nous n'aurions nullement imaginée. Nos esprits vivent repliés dans des mansardes et se limitent à la taille de leurs lucarnes. Le réalisateur s'est blessé. Le film est arrêté. Et moi je vais les planter ! Ça se fait pas ? Et tourner avec un tyran qui, non content de me diriger sous emprise morale et violence psychologique, réalise un film qui ne me plaît plus, différent de celui prévu. Ça se fait ça ?

Samuel… je ne veux pas aller là-bas, je veux rester avec toi. C'est dans ton film que je veux jouer. Le film de ma vie. Une œuvre de grâce. Les autres ne me sont plus nécessaires, ils l'étaient parce que tu n'étais pas là pour déchaîner mon cœur que je croyais impuissant. Un gouffre d'amour que seules les tempêtes savent démonter. Demande-moi ce que tu veux, je suis prête. Prête à m'enfoncer au fort de la forêt sans peur de me perdre, juste celle de mal faire. Dirige-moi, prends-moi, je ne connais que ça. C'est la première fois qu'une personne me passionne plus qu'un personnage, m'entraîne dans un monde plus puissant que le cinéma, mon pays, mon chez-moi. Et qu'elle refond chaque pleur en cri de bonheur.

Mais tu n'en sauras rien, je garderai tout en moi, à l'ombre de toi, comme un tableau qu'il faudrait abriter de la lumière pour qu'il ne s'endommage. Tu veux savoir si… Tu m'attendris avec ton envie de tout savoir comme le boulimique qui veut se remplir. J'espère juste qu'une fois gavé, tu n'iras pas te faire vomir. Déjà que je ne me reconnais guère de mérites, si c'est pour finir dans les toilettes. Tu vois, il ne faut pas grand-chose pour tirer le fil de la tristesse.

… Si j'ai toujours voulu être actrice ? Je voulais être avocate. Comme toutes les petites filles je rêvais d'un palais. Pas n'importe lequel ! Un palais de justice ! Un tribunal où j'aurais exercé une juridiction très personnelle, de bienveillance et d'humanité, car derrière la nécessité féroce d'être aimée, se camouflait un besoin plus viscéral encore : sauver les accusés. Mais le destin, maître persécuteur, a tissé mes jours sur un plateau de cinéma. Et pourquoi pas. Mais cela n'a rien changé à la rage qui m'infestait. Peu m'importerait, clients imaginaires ou réels, je les défendrais pareil. Empêcher une condamnation que j'estime ne pas relever de mon pouvoir, ou obtenir une peine la moins sévère possible, serait ma mission. Cette volonté ne m'a jamais quittée. On m'a confié des affaires compliquées. Je leur ai consacré tout mon amour, immense, malgré des fondations affectives saccagées. Comme si les personnages sentaient que je foncerais tête baissée dans leur âme pour plaider la mienne. Me projeter dans les autres pour exister, m'accrocher à des personnages et à leurs créateurs pour ne pas sombrer. Tel un naufragé qui cherche à s'agripper aux seules mains pouvant le sauver de l'abîme, j'empoigne mes héroïnes. Elles compensent mon inhibition devant les gens, les sentiments. Me consolent d'être faite de néant. D'insuffisance et d'impuissance. Rafistolent mon déni de réalité et mon identité. Quête ou fuite de moi-même ? L'espoir de la réponse m'aura tenue en éveil. Sans doute mes rôles ne sont-ils que les pathétiques facettes de mes troubles. Des miroirs. Pour autant je les bénis. Ils m'ont permis d'accepter, non sans mal, d'être aimée, de m'aimer et d'aimer. L'art est un terrain où les délires d'amour sont constructibles. Mirage, tu dis ! Et l'amour n'en est pas un ! Sait-on où se place la vérité ? où se situe la réalité ?

Là, peut-être, où le cœur est déboutonné.

Mais je n'ai pas le cœur à aimer. Je ne ressens pas ce mot, je ne le comprends vraiment que sur un plateau de cinéma ou sur une scène. Je ne sais pas aimer autrement, je ne sais que rêver. Peut-on aimer quand seule la perfection émeut ? Quand seule l'exception soulève le plaisir ? Boucliers pour résister aux assauts ? Protection ? Revanche ! Comme nul sentiment ne m'attrape, je chasse l'excellence. À croire que tel un enfant gâté, mon cœur mal élevé ne peut vibrer qu'à l'extraordinaire. Et comment modifier ce qui vient, non pas de naissance, mais de l'enfance ? Faut-il dominer son cœur par la force au risque de le fausser ? Mais t'as raison Samuel, je braconne sur les mauvaises terres, ce n'est ni le désir ni le plaisir ou le reste qu'il me faut rechercher, mais l'amour, que toi, à ma différence, tu guettes à toute heure du jour et de la nuit.

Tu me proposes de monter dans ta chambre pour terminer… le repas ? On n'y a même pas touché. La conversation ? On a déjà presque tout abordé. Mais… d'accord. D'accord pour quoi ? D'accord pour me désaccorder une fois encore. D'accord pour monter, visiter et m'en aller ? Je suis affolée comme une bête traquée que l'on aurait caressée pour mieux l'attraper, mieux se ruer sur son corps et le vautrer dans la fange. Alors chaque fois, j'en appelle à la clémence de celui qui m'a chassée. Chaque fois, je guette le moment d'échapper à celui qui m'a blessée. Je déteste cette créature mûre pour l'abattoir marchant sans mot derrière toi, priant, suppliante ; qu'avec toi il n'en soit pas ainsi. Que tu ne sois pas celui-là.

L'homme a-t-il une âme se demande la femme.

Je me jette dans la tanière du crime. Pas une chambre, un appartement. Ordonné. Comme si personne n'y vivait. Elle ne peut se défaire de sa crainte mais y trouve un certain charme. Un chamarré de brun-noir et de gris safrané tissant les reflets d'une cheminée. Une sensualité qui débauche les pensées, attise les pulsions malsaines. L'intimité qui pénètre. Au point d'ôter toute emprise sur soi-même, de faire de l'envers l'endroit, et de pulvériser la peur qui n'est jamais que le désir qu'on refuse. Telle est la nature de ma folie.

On ne s'est pas même enlacés, pas effleurés. On ne s'est pas embrassés, pas approchés. Comment ai-je pu être terrifiée à l'idée que cela puisse arriver ? Samuel, je te promets la confiance dans la nuit. Sur le chemin du retour, je prends conscience que nous nous verrons chaque jour que je pourrai ressusciter. Les anges ne sont pas si heureux que je le suis aujourd'hui.

MARDI

« Vous m'avez manqué. »

Je viens de recevoir une flèche en plein cœur, de celles qui attendrissent, non de celles qui déchirent. Mais je ne sais jamais comment me comporter avec la bienveillance, les compliments ou les récompenses. Ça m'oppresse comme si on cherchait à m'humilier. Je n'y crois pas. Je crois que je ne mérite pas. Que l'on me ment. Je ne crois pas les mots.

Je crois que les mots sont des mensonges. Et je méprise celui qui m'accorde une valeur, jugeant alors que lui n'en a aucune. Pour autant j'adore que l'on m'honore d'aimables paroles, mais c'est comme si elles papillonnaient autour de moi sans jamais me toucher.

Tu m'invites à me retirer pour laisser le service de chambre dresser la table. Me voilà dans la salle de bains, ça me convient. Me cacher, me déguiser, me dédoubler, brouiller les pistes, dissimuler les indices sont mes propriétés. Je blinde ma vie, mon être véritable, en l'enveloppant d'un bouclier d'airain. Je cache celle qui se tient derrière moi. Mieux, je l'ignore. Que rien ne trahisse le secret que je n'ai pas voulu percer, ce mystère infligé à ma naissance désormais maîtrisé au cordeau.

Je regarde autour de moi. Tout m'appelle. Que faire ? Faire vite. Je fouille du regard, j'avance les mains. Je traque le détail qui permettrait une trouée dans ta muraille, une percée dans ton cœur. Gentleman, Gentleman Only, Gentleman Original, le Mâle, le Beau Mâle, l'Ultra-Mâle, l'Homme Intense, l'Homme Ultime, l'Homme Idéal, Man in Black se jettent dans mes narines. La tête me tourne, lequel es-tu Samuel ? Où te caches-tu parmi les Colognes de Jo Malone, les Infusions de Prada et les Eaux d'Hermès ? Es-tu Eau Froide, Clair de Musc, Laine de Verre ou Nuit de Cellophane ? D'une main je caresse ton rasoir, un objet d'art. De l'autre l'eau de pamplemousse embaume le creux de mes aisselles d'une fraîche amertume.

Tu parais à la porte. Juste le temps de lâcher ce que je tenais. Tu t'approches sans prononcer une parole. Tout près l'un de l'autre on se savonne les mains ; une intimité qui murmure, qui enlace mieux que des baisers. L'eau coule sur la peau, tandis que nos regards de femelle et de mâle éclaboussent le miroir. En cet instant, tout semble à la fois permis et banni. Quelle ficelle agitons-nous lorsqu'on se prive de ce que l'on désire ?

Tu me trouves belle... D'un air malin, tu quittes la salle de bains, je règle mes pas sur les tiens. Je me trouve laide. Tu t'en doutais. Je souffre d'une image déformée de moi-même. J'en souffre depuis l'enfance, mais j'ai admis que c'était une maladie. Ne me demande pas comment je l'ai attrapée. Nuit dans ma mémoire. Juste une corde cassée de plus à mon arc. Je ne veux pas savoir, mais toi si. Pour les médecins : abus émotionnel ou sexuel. Pour moi : rien dont je me souvienne. Ne cherche pas Samuel, je suis condamnée à mourir sans avoir compris grand-chose à moi-même, et sans m'être totalement confiée, jamais je ne me suis autant livrée. Tu sembles ému d'être l'élu, mais voudrais que mon âme entière se décharge et place toute sa confiance en toi. De confidences en confidences, tu sauras te montrer clément, autant qu'il le faudra, de sorte que je ne pourrai plus jamais me passer de toi.

Ce dont je me rappelle, ou plutôt, ce dont je ne me rappelle pas, c'est d'avoir une seule fois entendu mes parents me dire que j'étais belle, mais les avoir vus maintes fois s'extasier sur la splendeur de ma sœur. Plus encore, désavouer ceux qui auraient pu remarquer la mienne. J'en ai conclu que si on ne me le disait pas, je ne l'étais pas. Et si des personnes vantent mes attraits, je prétends qu'elles sont ignorantes, ou ne savent évaluer la beauté. Ce qui ne m'empêche pas de chercher si je suis belle dans le regard des autres. Mais pourquoi réclamer quand l'oreille fait la sourde ? Il faudrait pousser jusqu'à la partie vive de la question pour découvrir ce qu'il y a derrière : est-ce qu'on m'aime ? Mais je n'ose pas. Alors, inlassablement, je réitère les mauvaises questions. Et pourtant ce qui tempête dans tes yeux est si violent d'amour. Serais-je prête un jour ? Quand on me tend un je t'aime je prends, avec élan même. Mais à peine je l'effleure qu'il défaille. Comment recevoir de l'amour si je ne peux le partager, si je n'accepte pas ce que je réclame ? Alors je pleure le défunt avant de l'avoir étreint.

Tu me raccompagnes, me saisis par la taille. Je sens ton souffle voltiger mon cou, ta main sur mes reins, tes cuisses entre les miennes, et dans mon oreille tu dis que l'avenir seul importe, qu'un jour, une nuit, la plus belle, ce mot jusqu'alors suspendu à tes lèvres glissera entre les miennes, jusqu'à la passion, jusqu'à semer l'obscur désir du merveilleux.

MERCREDI

Nos visages, nos mains se replacent comme s'ils ne s'étaient jamais séparés. Pareils à ces immortels qui semblent se serrer de toute éternité.

Dans la chambre, une cigarette allumée, une bouteille entamée et des assiettes pleines sur une table déjà préparée. Tu t'es permis. Tu ne voulais pas gâcher l'essentiel de notre temps à commander. Pourquoi es-tu si pressé ? Qu'as-tu prémédité ? L'incertitude me tient. Je ne sais pas quoi ressentir ou comment réagir. Alors je transpire. Je sécrète mes sentiments pour laisser le champ libre. Pourquoi dès que cela me touche, seul l'autre peut trancher à ma place ? Comme si ces territoires ne m'appartenaient pas. Comme si je ne m'appartenais pas. On sonne. Comme la dernière fois, tu me pries de disparaître dans la pièce à côté. Cette fois, je me retrouve dans la chambre à coucher. Est-ce une volonté délibérée ? Rideaux tirés, lumière moelleuse, un feu qui lèche mes joues de sa langue rose. Le lit est géant. Je m'imagine avec toi fourrée dedans. Des fantasmes obscènes me brouillent les yeux. Une bouffée me monte au visage. Mais tu ne me rejoindras pas. Tu m'appelleras, et je reviendrai vers toi, les images de mon impudente rêverie effacées.

Hier, tu m'as demandé si je possédais un lambeau de bonheur, ou si mon étoffe était totalement déchirée. Comme j'ai esquivé la réponse, tu recommences aujourd'hui. Alors je baisse la tête pour dissimuler la tristesse qui déferle dans mon assiette. C'est arrivé si vite que tu n'as pu intervenir avant qu'elle ne m'engloutisse. Tu me cueilles pour me placer sur le canapé, tu me relèves le visage perlé de larmes, tu m'amènes dans tes yeux pour ravir ma peine. Ta bouche est maintenant tellement proche, je ne sais pas si elle va s'ouvrir pour me parler ou m'embrasser.

T'as un cadeau pour moi ! Sur mes genoux tu déposes une boîte. Je découvre sept mouchoirs brodés du lundi au dimanche. Prise aux entrailles. Il me sort l'eau par tous les pores. Une crue sauvage. Et de mes lèvres enflées je finis par bafouiller « avoir conscience de vivre dans les larmes ». Mes mots sont assiégés. Je me précipite sur le mouchoir du mercredi pour essuyer mon visage de plus en plus liquide. La vie est ironique. On m'avait déjà offert des culottes brodées du jour de la semaine, mais personne n'avait encore pensé à des mouchoirs. J'avais espoir qu'avec toi j'allais détruire mon chagrin. Dois-je comprendre que je vais boire le calice jusqu'à la lie ? Du tout ! Ton plus grand vœu est de me sauver du tourment. Réparer. Racheter. Rattraper chaque jour qui m'a assombrie. Ces mouchoirs pour absorber la fonte du désespoir. Je dégouline sur mercredi, et vois la guenille mollir entre mes doigts tandis que je presse déjà jeudi sur mes joues en vrac. C'est quoi le plus audacieux ? Offrir des mouchoirs ou des culottes brodés ?

Tu délaces tes souliers, te déplaces au bout du canapé, et tu poses tes pieds sur mes cuisses. Je n'ose plus te regarder, pas bouger, je n'ose plus grand-chose.

Non, tout n'est pas déchiré. Une source coule en moi qui n'est pas souillée, la plus sainte, la plus sacrée d'entre toutes. La maternité. J'ai toujours voulu être maman et le suis devenue sans lâcher la fillette. J'ai pris de l'âge mais n'ai pas grandi. Et quand un enfant a mal, la petite en moi tombe en larmes. Les manques de l'enfance m'ont condamnée à une seconde naissance. Un désir d'enfanter et cette volonté de guérir. Je pensais que ma culpabilité, tel un cancer généralisé, pourrait régresser grâce à l'amour maternel. Une mauvaise fille, une mauvaise âme peut-être. Une mauvaise femme même. Mais une mauvaise mère, jamais. D'ailleurs les mauvaises mères ça n'existe pas, il n'y a que des mères empêchées par leur propre histoire. Oui Samuel, il se trouve une plage sur la côte de la désespérance où se prélasse le bonheur. Mes trois enfants. Un sacerdoce de premier rang. Un lien de fer. Le gouvernail qui empêche mon bateau de dériver, les bastaings qui équilibrent ma charpente fragilisée. Mes enfants m'ont offert des places pour la réalité, à l'inverse de l'art qui, afin de me sauver, m'en a détournée. On m'a souvent félicitée pour mes talents de mère, et je l'ai accepté, certaine de mériter ces encouragements. Mais en y réfléchissant…

Je voulais les construire ; ils m'ont construite.

Je voulais les protéger ; ils m'ont protégée.

Je voulais les aimer ; ils m'ont aimée.

Je suis bouleversée de réaliser que les méritants sont mes enfants. Et mes mains, comme pour déstresser ma pensée, sont en train de masser tes pieds. Continuez supplies-tu ! De parler ou de masser ?

Dans l'impossibilité de partager avec mes enfants ce que je suis vraiment – une anomalie de l'existence – j'ai scellé comme des pièces à conviction, mes fêlures, mes névroses, mes perversions. J'ai renié la femme et sauvé la mère. Et ce n'est pas poussée par la détresse, mais portée par une promesse, que la désavouée comparaît devant toi. Bien qu'infiniment touché par ma franchise et mon courage, tu t'inquiètes de savoir mon être découpé comme un gigot. Tu as dit comme un gâteau. Une schizophrène qui, selon Sartre, est comme un rêveur éveillé dont le propre est de ne pouvoir s'adapter au réel. Mais bon. *A priori* il s'agirait plus de troubles de la personnalité, un collier de tares que j'ai enfilé autour de mon cou comme autant de pièces d'identité. Acharné à la manière d'un athlète en espoir de médaille, tu voudrais m'aider à le détacher. Fermoir bloqué. L'arracher. Déjà essayé. Briser la chaîne. Commencé. Ça ne t'effraie pas, bien au contraire, tu persévères. Pourquoi Samuel ? Réverbères-tu ton âme dans la mienne ? Suis-je ton reflet ? Tu ne vois pas de quoi je parle. Tant mieux. Deux individualités emberlificotées, c'est dangereux. Emberlificotées ? Désaxées, Samuel.

Je dois y aller. Tu m'attrapes comme si j'allais t'échapper. Les cuisses serrées et les pieds au-dessus du sol telle une enfant sur les genoux d'un parent, je suis saisie de mélancolie au souvenir d'un père qui jamais ne m'a assise sur lui, pas même pour me consoler d'un gros ou petit malheur. Je patouille mon mouchoir comme s'il s'agissait de mon enfance. Qu'avec toi demeurent ces petits carrés de soie puisqu'avec toi je pleure.

Je m'arrache à ton étreinte, me dirige vers la sortie, me retourne pour… Ne t'avais ni vu ni entendu, tu me suivais. Acculée contre la porte de ta garçonnière, je me sens fouillée, menacée d'une espèce de regard en acier. Un regard comme l'aigle sur sa proie. « Vous êtes prisonnière ! Pas de moi ! De vous-même. Sauf avis contraire, c'est ouvert. »

JEUDI

Que fais-tu ? Que penses-tu de l'autre côté de cette porte ? Tu m'attends, me sens, m'enlaces avant même que je frappe. Mes jambes à peine glissées sous la nappe, le vertige s'attable. Suis-je la seule à m'asseoir sur ce fauteuil ? Prendre des repas à cette table ? Me rendre dans cette chambre ? Je ne te demande rien mais réponds à tout. Je ne sais rien, toi beaucoup. Je sens que ça m'attriste. Sans réaliser ce qu'il se passe, tu vas chercher un mouchoir avant que mes yeux…

« Adélie ?! » Mon nom comme un ordre auquel je vais me plier.

Par la porte entrebâillée de la chambre, colorée du reflet du soleil, mon regard te devine allongé sur le côté, les genoux repliés, la tête sur le coude, le mouchoir de jeudi ravivé, séché par tes soupirs de la nuit. Tu aimerais que je te rejoigne sur le lit. Tu aimerais mettre en fuite les cigales qui trillent dans ma tête. Tu me pries, m'attires à toi, me déplies sur les coussins. Un fatras de jambes molles aux mains raides, aux yeux encore rougis. Suis-je la seule à m'allonger sur ces draps ? Nouveau coup de cafard dans mon cerveau droit. Mouchoir. Ça m'angoisse d'être la seule à parler. Moi aussi j'aimerais faire un tour dans les recoins de toi-même. Te connaître, même si tu imagines le silence comme une magnifique alternance. As-tu des nouvelles de ton ancienne fiancée ? L'as-tu jamais retrouvée ici ? Tu ne lui parles plus, ne la vois plus, c'est fini. Ni complices ni ennemis. Et elle accepte ? « Cessez de vous torturer ! Dès notre premier dîner cette relation était révolue, et je n'ai pas, comme vous, dû trahir ou mentir. »

Tes mots écorchent, embrochent. Et la lame encore plantée dans ma chair, tu élargis l'entaille de ton regard. Meurtrie mais pas terrassée. Je me relève, remets debout ce que tu as mis à terre.

Ah d'accord Samuel ! Et comment tu aurais fait à ma place ? Tu ne sais pas l'art de la tricherie, tu n'appartiens pas à la race des hypocrites, mais, merci de le reconnaître, la prudence veut qu'on dissimule parfois, et t'aurais pas mieux fait que moi. Mentir. Comme depuis toujours. Depuis le jour où j'ai cru mourir. Écrasée d'avoir dit la vérité. Alors je me suis adaptée à ce monde échafaudé sur une combinaison de mensonges. N'empêche ! Ce n'est pas celui qui ment par peur de faire du mal qui doit changer, mais celui qui n'accepte pas la vérité par peur d'avoir mal. Et derrière ces peurs, suinte celle de ne pas être aimé. Retour aux racines du mal.

J'aurais aimé vivre dans le vrai. Avec toi je sens que je pourrais. Je crois que je le peux, puisqu'un voile est tombé de tes yeux. Je réalise que je suis allongée sur le lit, presque collée à toi, comme des amis qui s'expliquent, ou futurs amants qui s'excitent. Insidieusement tes questions s'harmonisent à nos positions, se font plus intimes, plus perfides. « Vous ne portez jamais de robe ? » J'ai grandi dans l'idée qu'une fille abusée l'avait cherché, qu'il fallait éliminer tout accessoire de beauté, toute trace de féminité. Si je mets une robe, je n'assume pas le regard des hommes, j'ai le sentiment de provoquer et d'être condamnable pour ce qui pourrait m'arriver.

« Vous n'aimez pas plaire ? » Il faut que cela soit malgré moi, qu'aucune culpabilité ne se propage, sinon je me sens dégradée là où mes consœurs se drapent dans leur fierté. Je te plais. Tu promets que je t'ai charmé sans le vouloir. Tu me plais. Tu me demandes de venir sur toi. Tout de suite, sans que je réfléchisse. Ce n'est pas une avance, c'est une exigence. Couché les bras en croix, tu pantelles de désir, ou est-ce le mien que je projette ? Tu préfères quoi ? Je m'allonge sur toi, bouillante de timidité comme si c'était une première fois. Comme si le sang qui bousculait mon cœur ne battait plus que dans mes joues. Ta chair enserre. Emprisonnés dans la volupté, on reste comme ça. Sans bouger. Sans se toucher. Sans s'embrasser. Comme ça. Sans désirer plus que l'âme en état de charme. « Mettez une robe demain, n'ayez crainte, il ne vous arrivera rien. »

Ces mots pour unique caresse sur ma peau. À fleur. À vif. Je me dégage, te laisse rêver dans cette chaleur amoureuse. J'aime que nos jeux de mains soient imaginaires. Est-ce naturel pour toi ? Ça ne l'est pas pour moi. Ta maîtrise est-elle innée, calculée, vient-elle d'une contrainte physique ou morale ? Es-tu phénix des romantiques ou seigneur des manipulateurs ? As-tu conscience que le dominant et le dominé présentent des traits de ressemblance ? Tels deux volcans avec magmas similaires mais émissions contraires, nuées ardentes pour toi, coulées de lave pour moi. Ces devinettes tournoient semblables à des oiseaux de mauvais augure. Sans doute le bonheur amène-t-il toujours l'inquiétude.

VENDREDI

C'est une petite avec des habits de grande qui se présente cet après-midi. Une enfant à qui on ne demande pas son avis et qui obéit par peur d'être sanctionnée ou mal aimée. J'avoue d'un cœur écœuré que je suis restée piégée à mon plus jeune âge. Assujettie à mon passé, aujourd'hui à toi, assujettie à vie.

Habillée en femme comme tu l'as souhaité, je marche devant toi. Tu me regardes, me détailles. Ce n'est pas ton regard d'homme qui m'incommode mais mon regard de femme qui m'humilie. Je n'arrive plus à marcher et me fais marcher dessus. Je tourne sur moi-même, et face à toi, je vais reculer au lieu d'avancer. Je vais tomber. Tu me retiendras ? Me blesser. Tu me soigneras ? N'est-ce pas ? N'est-ce pas Samuel ? C'est oui ? C'est non. Tu es le sauveteur pas le protecteur, tu préféreras toujours l'anéantie à l'affaiblie. Sans doute moins glorificateur, mais tu ne cherches pas à être glorifié, juste inspiré, et plus c'est risqué plus tu aimes. Tu le regrettes. Chacun d'un côté de la table, on s'apprête à déjeuner. Je t'ai un peu provoqué, tu t'es à peine dévoilé.

Ça te plaît que j'aie mis une robe. Je devrais être flattée. Eh bien non, je me sens indécente, pas séduisante. Je sais, c'est bizarre, si je mets des vêtements féminins je ne me sens pas féminine. Plus mon habillement est asexué, bisexué, ou juste élégant, plus j'accède à ma féminité. Le nec plus ultra étant l'uniforme qui révèle indéniablement la femelle. Plus on m'enferme plus je me libère. Je me construis d'interdits pour goûter le plaisir de les transgresser, quand l'âme oublie ses frontières, quand j'oublie qui je suis : fêlure digne d'être détruite.

Tout devient complexe quand on ne vous accepte pas tel que vous êtes. Je me suis sentie tellement humiliée pendant des années, ridiculisée dans les tenues de ma sœur aînée, sans nul respect pour ma personnalité, mes mensurations, la mode, et parfois même les saisons. Dès que j'ai pu, j'ai volé pour m'habiller avec ce qui me ressemblait. Dès que mes parents ont su, ils m'ont admirée pour mes talents de voleuse et ont voulu que frères et sœur en bénéficient. Pourtant, sans être fortunés, mes géniteurs n'étaient pas défavorisés, plutôt raffinés même. Mais très en marge des règles. Ainsi j'ai basculé d'une féminité torpillée à une sensualité débridée. Je me sentais portée par un souffle de maturité malgré ma juvénile carcasse d'à peine sept années. Enfant j'étais une grande et grande je suis une enfant. Et l'uniforme qu'il m'aurait fallu, je le revêts dorénavant. Décalée à perpétuité.

Je me demande si ce n'est pas antiféminin de se constituer féminine. Tu vois, là, j'ai l'impression d'être une femme qui hurle à un homme : « Prends-moi ! J'ai tout fait pour ça ! » Pathétique. Mais tu ne me prendras pas. Pour la première fois, ça ne se passera pas comme ça. Lorsque tu es séduit, la fille se retrouve sans cérémonie dans ton lit, mais avec moi ce n'est pas ce dont tu as envie. Depuis que la providence nous a réunis, ton corps et ton esprit poétisent, ne réagissent pas comme d'habitude, ne valident plus ton attitude. L'amour ne se développe pas sur des labours maintes fois cultivés, dis-tu.

Tu te sens comme les amours d'antan, période de semailles avant la moisson, période de fiançailles avant la bénédiction. Tu adores cette patience imposée, cette insolente chasteté. Tu crames de désir, mais la chaleur est dans ton cœur, il faut qu'elle rayonne dans ton corps. Je n'osais pas te le dire, mais ne pas sentir tes mains goûter ma peau m'inquiétait comme me plaisait. Je ne suis pas habituée. La sexualité a toujours été un passage obligé avant même de savoir si c'était de l'amour ou de l'amitié, du désir ou du plaisir, ou rien que je ressentais. Sur ma planète, approché et touché vont de pair, on ne m'a jamais envisagée autrement qu'une chair, au pire à abuser au mieux à posséder. Comme un droit de cuissage pour être considérée, pour briser les chaînes de la cage où ils m'ont enfermée. Où je me suis laissée enfermer. Où je me suis enfermée moi-même. J'ai accepté, pensant que c'étaient les seuls feux que je pouvais allumer. Le seul air que je pouvais respirer. La seule manière qu'ils avaient de m'aimer. J'ai imaginé qu'ils étaient tous comme ça. Et pour ça, je les ai méprisés.

Ces larmes toujours prêtes à tomber comme si mon cœur s'agrippait au bord de la peine. Tu disparais, brutal comme tu peux l'être. « Quel jour sommes-nous Adélie ? »

Tu ressurgis, vendredi à la main, attaches le mouchoir tel un bandeau sur mes yeux en sueur. Ma vue ainsi condamnée, tu t'agenouilles dans l'échancrure de mes cuisses, t'aventures près de mes lèvres, étales ta bouche contre la mienne. Sous ton emprise, tu m'exorcises. Je ne sais plus où je suis, égarée dans un bois, égarée dans tes bras, sous tes doigts, dans mes rêves qui affluent de toutes parts. Tu me débarrasses du bandage trempé, comme tout le reste de mes affaires semble l'être, et relâches ton étreinte. « Ça me plaît que vous ayez mis une robe aujourd'hui, non parce que vous êtes jolie ou me donnez envie, mais parce que vous m'avez obéi. »

L'enchanteur lâche sa prise, pas besoin de me retenir, je lui suis acquise.

On ne se verra pas samedi. On ne se verra pas dimanche. On se retrouvera à midi, du lundi au vendredi. On se téléphonera toutes les nuits, et on s'endormira tandis que le ciel donne naissance. On fouillera sans limite nos anatomies, on poursuivra le périple de nos inconscients. On se dévorera les yeux. On épanouira nos pulsions de voyeurisme pour toi, d'exhibitionnisme pour moi. On se collera habillés, moitié déshabillés, ou en toute nudité. On se respirera. On s'excitera. On dégoulinera. On attachera nos cœurs.

En trois mois d'extase, rien d'autre n'aura existé. En trois mois, elle sera devenue folle de lui, et lui fou d'elle. En trois mois. Jamais, il ne la pénétrera. Jamais, elle ne le possédera.

6.

— Garde-les yeux fermés !

Les mains de Samuel dirigent, glissent, écartent ses cuisses, caressent et quand ses gestes font rougir, quand sa chair bave comme un fruit, quand son cœur envoie le sang à plein calibre, alors, seulement alors…

— Ouvre les yeux et ferme les cuisses !

Elle relève ses paupières. À peine. Les rabaisse. Elle a vu son bonheur à lui de voir sa stupeur à elle. Elle a vu l'enchantement. Elle a vu le monde avec des yeux qui renversent, un je-ne-sais-quoi de féerique, de psychédélique, où les objets tournent en merveille, où l'univers a voltigé. Et si désormais sa réalité était pleine de grâce ? À moins que la culpabilité ne la rappelle encore. Car les cadeaux non plus ne sont pas autorisés dans son royaume. Ils ne sont que compliments déguisés, déclarations matérialisées. Les offrandes sont pour les divinités, les êtres dignes de faveurs. Est-ce qu'elle mérite ? Peut-elle recevoir si, dans sa tête où tout est à l'envers, elle a cru qu'on lui donnait quand on la prenait, lui offrait quand on l'achetait ? Debout elle reste, les yeux barricadés. Une larme se libère. Un paquet glisse entre ses mains enturbanné d'un « bon anniversaire mon ange ». Debout elle reste, la gueule mousseuse, languide.

Les cadeaux sont de trop. Elle ne les ouvrira pas, il s'en chargera. Elle les pointera juste du doigt. Elle ne bouge pas, se laisse choir sur la moquette, les prunelles dilatées de paillettes, plus de larmes. Et tels deux sales gosses prêts aux pires bêtises, ils ouvrent leurs jouets. De toutes grandeurs, marques, formes et couleurs. Elle s'extasie de l'énergie consacrée à chercher, ramener, à créer ces frémissements du cœur. Les rubans se relâchent, les présents se dévoilent.

Robes, chaussures, sacs, ceintures. Encore et encore. Et de toutes sortes. De prêt-à-porter ou couture, de ville, du soir, de nuit. Elle le regarde défoncée au désir. Séduite par ce poète du surréel, par sa folie et son pouvoir de diviniser une date si mélancolique. Elle voudrait que cette journée d'enfants illimités jamais ne s'arrête. Elle voudrait ne jamais le quitter. Mais elle s'arrêtera, elle le quittera, sans rien emporter d'autre qu'une lettre. La première. Est-ce que l'amour écrit sur un visage s'inscrit sur une page ?

Pour la mienne, qui à son prochain anniversaire aura un nom de plus. Le mien. Ce que nous vivons, nous le savons bien, nous le devons à Lui. Alors voici ce que tu porteras autant que tu le voudras. Pour Lui, pour toi, pour moi. Cet ange en diamant. Il te protégera, et te montrera le chemin que tu dois suivre pour ne plus jamais te détruire. Samuel.

Le diamant est comme la vérité, éternel, comme le seront mes sentiments. Je veux que tu sois mon diamantaire et que tu tailles mon cœur en arc-en-ciel. Merci pour cet ange. Je voudrais le porter toujours, comme jamais ne voudrais te quitter. L'un et l'autre aujourd'hui me sont interdits, tant que le destin ne libérera pas les clandestins que nous sommes. À chaque fois que la grâce d'être enchaînée à Lui ne me sera pas donnée, je te demande de le porter pour que toi et moi n'en soyons jamais détachés et toujours veillés. Mes entrailles gisaient au fond du désespoir avant que tu ne m'offres la providence comme emblème de nos fiançailles. Je le porterai comme la promesse d'une nouvelle vie.

Merci à Lui là-haut. Merci à Toi ici-bas. Adélie.

Elle a frappé à sa porte. S'est précipitée pour se cacher. A observé Samuel prendre la lettre. Puis a laissé couler un regret, ravagée par l'incapacité de dire qu'elle l'aimait.

7.

L'hôtel deviendrait le domaine de l'inouï, de la félicité suprême. Une forteresse où se retrancher du réel, une terre où l'amour ne rêve que de chefs-d'œuvre. Pourtant, un soir, Samuel l'invite à dîner ailleurs, sans autre argument que la douceur du temps, précisant comme elle devra se coiffer, se maquiller, et s'habiller d'une tenue qu'il choisirait parmi ses cadeaux d'anniversaire. Une sorte de nouveau rituel qu'elle adopterait sans aucun commentaire, avec même une certaine volupté, du dessous jusqu'au-dessus.

Elle adore vibrer entre les mains de cet homme. Être poupée. Celle qu'on dorlote, berce, gronde un peu, comble d'attentions, que l'on rend belle. Tel un objet trouvé qu'on sculpterait selon ses rêves. Se figurer qu'une chose est quelqu'un. Poupée. Objet. Et alors ? Si c'est comme ça qu'elle s'en sort ? Qu'elle surmonte les chocs ? Navigue entre les courants ? Qu'elle tricote sa résilience pour reconquérir sa place d'enfant ? Toutes ces années elle s'est trompée sur ce qu'il lui fallait. Et les hommes en ont profité. Mais Samuel sait.

Sous les regards violés de tendresse, elle est devenue cette chose que l'on prend. Une fleur en pot, un corps inanimé, désincarné, mort presque. Un corps que seule l'ivresse amoureuse peut raviver. De quoi est faite cette espèce d'amour qui l'obsède ? Quel est cet empire qui s'exerce sur sa personne, la soulève vers des êtres indignes qui abuseront d'elle ? La passion. Oui, c'est ça. Passion dont elle est crucifiée. Est-ce son idéal d'amour, l'amour idéal ou le seul amour imaginable ? Asservie… peut-être… mais uniquement en ce domaine, pour le reste c'est une âme solitaire. Personne n'était là dans le passé. Elle n'a besoin de personne ni aujourd'hui ni demain. Surtout pas d'un homme. Elle s'est construite seule, sans apprendre à aimer, donner, partager. Sans apprendre à être aidée.

Si je ne m'en parle pas, je n'ai pas mal, j'avale et je vomis après.

Tels étaient les fondements de sa pensée avant de rencontrer Samuel. Mais sous la pression de son rayonnement, tout a éclaté. Il vient la chercher, l'emmène dans un endroit sans pareil. Des arbres à fleurs et à fruits, des plantes de toutes espèces, des nénuphars qui se prélassent sur les eaux endormies d'une mare, des orchidées mauves et blanches pleurant la rosée, une rivière qui pousse entre les herbes. Le gazouillement de l'eau répondant aux chants des oiseaux, le jardin d'Éden sur ses prunelles.

On le reçoit comme un roi. On lui propose une table sur la terrasse « la mieux placée ». Il en veut une ailleurs, une autre, une toujours meilleure. Il hésite, réfléchit, s'agite. Lance des regards à droite, à gauche, vers le parc, dans la salle. Elle jette les siens sur lui. Elle aime quand il est électrique.

— Celle-là !

— Bien monsieur.

— Elle te va ?

Il lui sourit, reproduit la même mascarade pour s'asseoir. Face à face, sur la longueur, la largeur ? Côte à côte sur la droite ou la gauche ? En diagonale peut-être ? Après maintes hésitations, ils s'assiéront face à face sur la largeur. Quel paysage plus aimable que leurs visages ? La commande passée dans cette même nervosité, il la regarde, lui recoiffe une mèche qui *a priori* le gêne. Elle ne sait pas, mais ce soir, quelque chose ne va pas. Ça déraille. Il est bizarre, instable. A envie de boire. Tel un comprimé effervescent qui se fragmenterait au contact des gens.

— N'empêche qu'il y a une mèche qui te cache ! T'as pas une glace ?

À peine sorti du sac, il s'empare du miroir, le place devant le visage d'Adélie. Comme pour dire qu'un jour elle n'en aura plus besoin car elle se découvrira belle dans son regard. Sous son amour elle se dévisage. À l'instar du portrait de Dorian Gray, lorsqu'elle se regarde dans le miroir une effroyable image apparaît. Ses masques s'effacent. L'impureté se révèle. Qui de la glace ou de son regard l'avilit ? Elle espérait de ses pygmalions qu'ils la ressusciteraient, mais tous ont sculpté leur Galatée, et l'ont jalousement gardée dans leur lit pour en jouir en secret. Et leur sexualité sublimée s'est muée en sexualité fétichiste perverse. Ils ont aimé ce qu'ils ont créé, et renié, voire détruit, ce qu'elle était. Ils ne lui ont pas ôté ses masques, ils les ont superposés et ont fini par effacer sa vérité. Ils l'ont détournée, enlevée, l'ont rendue victime, plus encore, complice de rapt d'identité. Si quelqu'un osait l'aimer telle qu'elle est, peut-être se verrait-elle moins laide.

— Non ! Arrête ! T'es tellement belle ! Tu ne peux pas pleurer ce soir !

— Je ne suis pas belle quand je pleure ?

Elle pleure sans arrêt. Elle pleure parce qu'en permanence elle se fait violence. Comme un barrage soumis à trop de pression se rompt, ses larmes débordent par-dessus les masques. Ses larmes font partie de son visage tout comme son nez ou sa bouche. Elle ne sait même plus pourquoi elle pleure. Juste elle se noie. Elle aurait dû rester au bord, les courants sont trop forts, elle n'arrive plus à nager.

— Tu m'emmènes où Samuel ?

Ils désertent la table pour les toilettes des femmes. Se plaque contre elle, la remaquille lui-même.

— Arrête de pleurer ! Tu sens ce que tu me fais ? Comme tu me plais ? Tu sens mon sexe se dresser ? Arrête Adélie ! Arrête de te frotter. T'es bien pressée ! Je te croyais d'une patience de chatte. Attends encore. Un jour je vais te visiter partout. Je te promets. Voilà c'est parfait, tu es prête.

Prête pour quoi Samuel ?

Je ne voulais pas manger. Je voulais rentrer. Je voulais qu'il me prenne. Je voulais qu'il se dresse en moi. Qu'il remplisse mon corps. Qu'il le perfore. J'attendais. Elle se souvient des propos de Samuel. L'acte sexuel se devait d'être la consécration. Le couronnement des amants. Avant de pénétrer le corps d'une femme, fallait en pénétrer le cœur.

Mais presque tous font le contraire. Frousse de découvrir la vérité, vite coucher avant de ne plus désirer. Et ce qu'ils auraient dû affronter reviendra après avoir couché, marié, enfanté. Chronique d'un amour en boomerang. Échec et mat de l'éducation sentimentale. Mais même sans se presser, on peut se tromper et perdre. On prendra le temps qu'il faut ma chérie, j'ai la vie devant moi et elle est avec toi. Il a tout dit. Il a tout agrandi en si peu. N'empêche qu'il faut un amour d'une ferveur extrême pour que la levée du voile ne dévaste pas tout sur son passage.

Elle a tellement peur de lui faire du mal. Elle en fait à chaque fois. Même si le mal commis est bien moindre que le mal subi, elle craint pour lui. Elle n'est bonne que dans le mal. Ne sait pas. Pourquoi se sent coupable ? Se livre à la honte ? S'aime pas ? Pourquoi n'a confiance en rien, se sent trahie ? Pourquoi ne sait ce qu'elle est ? Pour certains un génie, pour d'autres une furie, pour le reste une disgrâce.

Dis-lui Samuel pourquoi elle est comme ça, dis-lui pourquoi elle est en bois ! Elle voudrait tant être ton Pinocchio entre tes cuisses de Geppetto. Que tu fasses d'elle un être de chair et de sang.

L'amour d'elle-même est en haillons. Elle demande l'aumône. Mais l'homme au regard de caoutchouc reste insaisissable, sa pensée au fond du terrier. Elle observe autour d'elle. La différence entre la nature et l'humain est qu'elle n'a pas besoin d'être aimée pour être belle.

Le lendemain, il lui annonçait qu'ils avaient été photographiés au dîner de la veille, il en était désolé, et malgré ce qu'ils avaient décidé, il fallait qu'elle livre la vérité à Paul, car bientôt tout serait sur les réseaux sociaux. Son corps a libéré chacune de ses pensées. Elle n'est plus qu'une pièce d'eau au centre de sa chambre.

8.

Alors qu'elle mijotait un velouté de rupture, elle a dû le crucifier en une soirée. Chaque parole confessée fut un clou supplémentaire, le ferrant à son calvaire de perdre la femme qui l'aimait et les enfants qu'il lui avait faits. Ce soir-là, le bonheur s'est fêlé pour embrasser le malheur. Adélie se haïssant autant que Paul semblait la haïr. Jamais elle ne l'aurait quitté si elle n'avait pas rencontré celui de toujours, ce que Paul n'était pas, et que personne ne serait puisqu'elle pensait que cet homme n'existait pas. Il faudrait proposer une loi autorisant celui qui croise sa moitié à ne plus en être séparé une nouvelle fois. Et elle implora, elle implora Paul d'honorer ce miracle. Il a posé des questions à la kalachnikov. Il s'est renfermé, puis a exprimé un souhait : passer une dernière nuit avec elle. Une tentative pour la retenir, une façon de sceller leur mémoire ? Ou une bénédiction qu'elle désespérait d'obtenir ? Elle accepta sans hésiter, laissant couler les larmes qu'il n'avait plus la force de verser.

Comme un astre sorti de la pénombre, Samuel a éclipsé Paul et pris l'habitude, une chère, la plus chère de ses habitudes, retrouver Adélie.

— Si tu savais qui tu es…

— Si je savais qui je suis tu ne serais pas là Samuel, car c'est toi que j'ai choisi pour le savoir.

Mais elle sait…

Que si on ignore où l'on va, peu importe le chemin qu'on prend, on finit par se perdre. Or qu'a-t-elle à perdre, elle qui appartient à celui qui la trouvera ?

Qu'elle ne peut donner de l'amour puisqu'elle n'en a même pas pour elle. Et se nourrit de la passion voire de l'obsession que les autres nourrissent à son égard. Elle n'existe que s'ils la désirent.

Qu'elle tait la vérité de crainte qu'on méprise dans les moments de crise ce qu'on admire dans les instants de plaisir.

Qu'elle ne peut s'engager. Que son cœur ne sait pas s'attacher. Qu'elle a peur d'être abandonnée ou abusée sans se l'expliquer. Les secrets de l'âme ne s'ouvrent pas avec une seule clef.

Mais ce soir elle ne sait plus pourquoi elle croit tout ça. Et lui croit qu'il va rester là. Avec elle. Chez elle. Pour la première fois. Cela veut dire quoi ? Il veut qu'on amène le lit dans le salon, des draps et des bougies, et elle en chemise de nuit. La soirée tournait au vent des caprices de Samuel. Virevoltait. Non seulement elle aimait sa fantaisie, sa bizarrerie, mais il lui plaisait d'en être l'inspiratrice. Le lit fut placé devant les flammes de la cheminée, entouré de bougeoirs et de chandeliers, prêt pour célébrer une messe ou un sacrifice. Une cérémonie. Il a fermé les rideaux, donné un tour de clef, l'a couchée sur le ventre, les bras et les jambes légèrement écartés, pour que ses mains commençant à la masser puissent en tout lieu se glisser. De la musique ? Non. Il veut entendre ses souffles lascifs, ses gémissements impudiques, ses cris. Sous ses doigts, il recrée le corps d'une femme frémissante. Il frôle, flatte, courtise. De sa douceur de peau à elle ou de sa caresse à lui, elle ne sait laquelle lui fait l'effet du velours. Elle frissonne. L'existence serait émerveillement si chacun pouvait vibrer entre les mains de cet homme. Ce n'est pas la première fois que l'envie la déchire, que sa peau s'abandonne à la sienne, qu'il la tanne, foule, la broie de ses muscles raidis, la réjouissant, la ressuscitant même sous ses griffes. Mais c'est la première fois qu'elle ressent cette chaleur intenable, presque une douleur, ce désir en ravage. C'est la première fois qu'il joue avec sa proie, la condamne à languir avant de s'en saisir.

Tu l'as bien choisie ta tenue, une chemise en coton blanc ingénu, et une culotte (non requise) de même teinte, même étoffe. Simple, pure, opaque pour protéger ou déguiser tes secrets. Mais je n'ai pas besoin de voir pour savoir. Ce que je perçois est plus véritable que ce que tu racontes ou me montres, et mon pouvoir de cette façon ne sera jamais menacé. Tu pensais que ça allait me calmer ? Je n'ai plus qu'une envie : l'arracher. Tu dénudes tes vices, tu les assumes, mais tu dissimules ton corps. Tu as parlé de tout, sauf de ça. De ça tu ne parles pas. Ça tu ne sais pas. Vraiment ? Tu ne sais pas pourquoi tu te sens fautive ? Pourquoi tu te méprises jusqu'à te haïr ? Pourquoi tu ne te trouves pas jolie ? Mais si tu le sais Adélie ! Parce qu'on t'a salie. Ce que tu vois dans le miroir est le visage d'une enfant misérable, d'un ange noir que tu caches pour que personne ne le découvre. Mon pauvre amour, seule ta chair a été saccagée, mais toi tu t'es massacrée en entier.

Il l'agrippe par-derrière telle une agnelle. Plaque son pénis dressé contre ses lèvres enflées, huilées de coulées surexcitées. Après son cœur, c'est son esprit qu'il pétrit comme de la glaise, qu'il ensorcelle. Les mots de Samuel s'incarnent dans d'autres cavités que ses oreilles. Il la ligote de ses paroles que sa pensée ne puisse plus bouger.

Le voilage entre tes jambes est déjà chiffonné, déjà mouillé, prêt à être écarté, déchiré, que mes doigts s'y hasardent, te caressent, te pénètrent, et prennent ta chatte en otage. Je comprends pourquoi tu rends les hommes obsédés, pervers et violents. Un faciès d'ange avec un sexe de diable. C'est ça que tu vois quand tu te regardes. Ça que tu rejettes. Que tu détestes. Et c'est ça que l'homme veut quand il couche avec toi. Posséder la chatte qui va avec ce visage. T'as raison, garde ton visage caché et tes yeux fermés. Mais entends-moi, même si je te parle tout bas. Tu n'as pas le droit de te haïr. Ce n'est pas toi que tu dois maudire, ce sont ceux qui t'ont détruite. Je vais t'aimer, t'offrir ce que tu ne possèdes pas. Je n'ai d'autre espoir que ce trou de tristesse se comble de mes caresses. Je vais délacer ta cuirasse, pénétrer ton âme. Nous serons si reliés que nous serons alliés. Si on te peine, c'est moi qui pleurerai. Si on te blesse, c'est moi qui saignerai. Si tu te hais, c'est moi qui t'aimerai.

Dès que sa verge a écarté sa fente et que son sexe s'est ébranlé dans le sien, leur chair s'est décorporée entre trip d'acide et transe mystique. Deux fureurs. Une dose létale de plaisir. Une déchirure de bas en haut. Une fièvre comme brûlure qui vous arrache à la terre.

Elle vient de se faire empaler par un envoûteur. Et même si sa pensée ne veut se l'avouer, sa chair ne trompe pas. Oubliées dans le sanctuaire de l'inconscient, les blessures ne guérissent jamais. Elles grandissent et vous flétrissent. Pareilles aux démons qui ne rendent pas davantage les armes, et que Samuel vient de délivrer alors qu'ils étaient enchaînés au double fond de l'obscur. Alors oui, prête à voyager au bout de la folie avec l'espoir qu'un jour elle cède.

Sanglant d'une main ses poings, de l'autre son bassin éhontément cambré, son sexe lui traverse les entrailles. Il la chevauche, l'échauffe, et comme un fauve sans morale, s'insinue au fond, au-delà, dans les dédales les plus indécents.

Je ne veux pas que tu ressentes, je veux que tu perdes connaissance. L'amour que je t'offre sera à la mesure de la haine que tu te portes. Desserre tes jambes que j'aspire le venin craché dans ton vagin ! Tu me retiens ? Tu ne veux pas que j'arrête ? C'est ça que tu voulais, que je te la mette ? C'est ça hein ? Tu ne te plains plus de rien ? Il faut te prendre pour ne plus t'entendre, mais sache que j'aime autant t'entendre que te prendre. Je reviens...

Il a retiré sa queue si brutalement et l'a remplacée par ses lèvres si rapidement qu'elle n'a pas eu le temps de se sentir délaissée. Exalté par ses miaulements de chatte énamourée, sa langue voyage d'un bout à l'autre de sa fente brûlante. Ses lèvres entre les siennes se liquéfient sous la ferveur d'une pudeur déshonorée. Il la fouille, se soûle de ce jus inépuisable, de cette substance envenimée, mais voudrait la disséquer, la dépecer. Sa bouche trempée, il l'a attrapée. Et s'est enfoncé plus loin, encore plus loin dans ses secrets, loin dans ses trésors. Je vais t'aimer par-delà le bien et le mal. Je vais t'aimer comme un homme doit aimer une femme, mais comme tu n'en es pas une, je vais disparaître pour que tu puisses naître. Je vais t'aimer comme une enfant égarée, un ange à sauver, un être à qui je vais tout sacrifier.

L'envoûtement cible son cœur. Tout se disloque. Elle croit voir, elle croit entendre, mais l'extase dévore l'esprit. Ses idées ne bougent plus, elles se fracturent. Elle plane sur les bords de la réalité. Elle n'est plus qu'ouverture et suavité, laissant ses autres organes sans vie. Elle pourrait mourir, elle ne s'en apercevrait pas. Mieux, elle aimerait ça.

Tu en as pris du temps, je t'attends depuis si longtemps Adélie. T'étais où ? Tu cherchais quoi ? Tu sens comme je te fends, te désire. Comme tu me trempes. Comme je m'aventure dans ton échancrure. Comme tu palpites autour de ma bite. Comme je bande à m'en torturer le gland. Comme tu te déchaînes à t'en déchirer les chairs. Comme tu es ma fontaine et moi ton domaine. Je me retiens. Je ne t'ai pas encore assez épuisée avec mon engin. Je te défends de succomber en premier. C'est ensemble qu'on va jouir. Tu es née avec cette tranchée pour me la donner et te sentir abandonnée si je ne viens pas l'assiéger. Je voudrais rester noué, lacé, natté. Être enduit de toi. T'adorer au lever du soleil, te bénir à ton coucher. Ça me plaît que tu ne parles plus. Que tu sois réduite au statut d'animal ou d'abus. Je ne sais pas où tu es, mais je sais que je suis avec toi et toi avec moi. Que plus rien ne nous séparera. Que l'on s'appartient. Que tu es la mienne et moi le tien.

D'un plaisir à absorber tout autre sentiment, les tremblements de l'un enlacent les halètements de l'autre.

Je te sens fébrile. Je te sens avide. Tu me fais durcir, grossir. Je vais jouir.

Il l'empoigne, la pilonne une dernière fois. Il sent l'extase la saisir, elle sent la sienne l'envahir. Elle voudrait hurler ou mourir. Ils ne se regarderont pas. Elle ne sait plus qui est l'homme sur elle et lui la femme sous lui. Cette nuit c'est par le sexe qu'ils se reconnaîtront. Comme deux bêtes en liberté. Comme deux enfants barbares, la rage au ventre et le vice à l'esprit. Deux enfants qui giclent leur semence d'amour et de serpent aussi. Dévastés par la jouissance, ils ne pourront plus jamais jouir sans se dire qu'ils s'aiment.

S'il aspire sa haine, c'est lui qui la haïra et non plus elle. Elle sera sa victime comme elle l'a été chaque fois, mais cela est moins cruel que de l'être pour soi-même. Il l'aimera comme un monstre, car seuls les monstres et les fous peuvent l'aimer. De toute manière elle ne cherche pas à être aimée, elle cherche à être haïe pour se soulager. Il faut savoir passer le relais à l'autre quand on ne s'en sent plus capable. Cela semble une blague ? C'est l'exacte vérité ! Et si dans le passé, elle a poussé la soumission à l'extrême, avoir été persécutée a fait d'elle une révoltée. Avoir été dépravée lui a donné la haine pour tous et pour elle-même.

L'homme de sa vie est celui qui comprendra.

Celui qui acceptera qu'elle ne peut l'aimer et devra s'en charger pour deux.

Celui qui lui donnera tout mais n'attendra rien sans en être malheureux.

Celui qui embrassera ses failles, ses déviances, ses aveux.

Celui qui sèmera l'amour dans ses yeux.

Il lui fallait un dieu.

9.

Elle ne savait pas que cette première fois serait l'empreinte d'un cérémonial qui s'observerait toutes les fins de semaine. Après avoir confié ses petits à la nourrice du samedi matin au dimanche après-midi, elle retrouverait Samuel pour vingt-six heures de folie.

Ce canevas, dont chaque point de broderie était tracé, commencerait par un déjeuner dans un grand restaurant parisien, où le directeur, apprivoisé à leurs extravagances, leur prodiguerait le meilleur soin.

S'ensuivrait le pèlerinage des cathédrales Dior Chanel Prada, ou de nouvelles chapelles s'ils ne rencontraient pas leur idéal dans les boutiques du triangle d'or. Se trouverait alors complétée la garde-robe de Poupée. Rôle qu'elle s'imposait pour ne point fâcher, et pour qu'il désire jouer avec elle. Ils s'emballeraient pour deux séances de cinéma dont ils émergeraient après avoir goûté quatre heures d'un bonheur à l'obscurité béate, les yeux rivés à l'écran autant que leurs mains sous leurs vêtements. La flétrissure du jour se livrerait à la nuit, et se déroulerait – comme imprimé – le rituel de la soirée. Dîner en ville où le charme des mets se mêlerait au régal de l'analyse de film. Procédé subtil mais redoutable pour le déceler à travers la création des autres, et s'assurer, si c'était nécessaire, que les deux faisaient la paire.

Éméchés de joie, quelquefois d'une gorgée de bellini pour elle, chaque fois de vodka pour lui, ils se précipiteraient juste avant minuit chez H&M, Zara, Morgan et boutiques trash de lingerie. Comme s'il dégradait la nuit ce qu'il sublimait le jour. Comme une déchirure dans la délicatesse. Elle le regarderait repérer les précieuses tenues du samedi soir, et perdre la raison tel un enfant dans un supermarché de jouets. Un ultime arrêt au drugstore : livres, journaux et magazines, boissons, bonbons et diverses bêtises, avant que ne déclinent les lumières de Paris et s'illuminent de bougies une suite du Royal Monceau, du Shangri-La, du Ritz, d'un relais château, ou sa divine garçonnière. Mais la plupart du temps, ils ne trouveraient de fantaisie que par la porte d'un Airbnb : un loft arty près du canal Saint-Martin, une bonbonnière au cœur du Marais ou une maison avec jardin de fleurs indigènes, tantôt ici, tantôt là, perchés sur la butte Montmartre ou nichés au fond d'une péniche. Peu importait le cadre du temple, ils le réorganisaient de toute façon… à leur façon.

Sans rien dire, sans faire rien, elle l'observerait porter son dévolu sur une tenue et l'élaborer avec minutie. Ils s'apprêteraient chacun de leur côté. Ils se retrouveraient. Trash dans le sacré. Lui, assis entre un verre de vodka et un joint de marijuana. Confiant, patient, pénétrant les attentes, prêt à vampiriser son cœur. Il serait terriblement excitant, mais aussi excité. Elle, prête à se damner dans un conte, tâchant comme Schéhérazade de ne jamais terminer l'histoire avant le jour pour qu'il désire en connaître la fin, et ayant reconnu ses qualités d'âme et d'esprit, décide de la garder auprès de lui pour toujours. Elle serait terriblement excitée mais si excitante. Il boirait, fumerait, elle fumerait aussi, danserait parfois. Ils iraient ainsi à plaire leur chair jusqu'à la lumière de Casamance, Cap Skirring exactement, pour que Samuel rencontre Raphaël et Gabrielle, sa fille aînée voguant auprès de son père durant l'été.

Situation sensible qui imposait le courage de risquer et la sagesse du calcul. Laisser croire à ses enfants qu'ils s'élanceraient seuls vers cette existence nouvelle. Vers cette tendresse nouvelle. Elle arriverait en premier. Il la rejoindrait. Ils résideraient dans le même hôtel mais dans des villas différentes.

Le compte à rebours se déclencha. Un supplice qui l'empêchait de dormir la nuit et la faisait vivre le jour. Deux journées tellement dopées en électricité qu'il ne pourrait même pas la toucher sans s'électrocuter, comme peut l'être la pression atmosphérique avant un cataclysme. Elle n'arrivait pas à imaginer que cela se produirait, qu'il allait vraiment venir, qu'il croiserait ses enfants, partagerait des vacances, et que rien ne serait plus jamais comme avant.

Est-ce qu'un cœur peut battre autant sans éclater ? Elle ne dompte plus cette pompe qui s'emballe à l'intérieur et produit un tel bruit qu'elle a peur que ses petits s'en rendent compte. Mourir d'asphyxie. Étouffée d'amour. Est-ce imaginable ? Il finirait par arriver avant qu'elle ne meure, mais il lui faudrait patienter un clair de lune pour qu'ils puissent retrouver cette joie d'amour. Il la serre, l'embrasse, la respire : la retrouve, non, l'enlève de sa chambre à la sienne. Ils regardent les chères têtes blondes plongées dans le sommeil et quittent la terre. À l'aurore, ils ne sont que ruines d'extase. Encore sous l'effet de la drogue, ils s'extirpent de la villa de Samuel pour réintégrer celle d'Adélie. Seuls au monde, dans ces allées à peine éclairées d'un soleil si délirant qu'ils le pensent aussi défoncé qu'eux. Ils rient aux éclats, aux larmes, mais doivent se séparer. Il le faut pour mettre en œuvre leur stratégie. Elle se recouche, glissant sa main sur sa chair assouvie, meurtrie, lui rappelant à quel point son corps est endormi s'il n'est pas réveillé par Samuel.

À 10 heures, ses jambes s'affolent, elle emmène ses enfants vers le petit pont. Drôle d'endroit pour une rencontre. Doit-elle le regarder ou se laisser regarder ? Son cœur ses jambes dans ce mouvement qu'elle ne connaît pas, sa peau transpire, ses yeux s'imbibent de peur ou de chaleur, mais rien ne transparaîtra, camouflée qu'elle croit être derrière son chapeau et ses lunettes de soleil. Elle l'aperçoit. Veut presser le pas pour se situer dans le parfait minutage, mais ses diablotins sont accroupis, recueillis devant on ne sait quoi. Fébrile, panique, elle jette un haussement d'épaules désolé vers Samuel. Arrêt sur image. La première. Quelle pensée va-t-il épingler ?

— Vite les enfants ! Ils vont débarrasser le petit déjeuner !

— Mais maman regarde ! C'est une coccinelle orange à taches blanches ! dit l'un.

— Je veux compter ses points ! dit l'autre.

— Vite, vite ! On est en retard !

— Il y en a vingt.

— Vingt quoi ?

— Vingt points.

— Ah ! C'est bien !

Elle se dit qu'il n'y aura qu'une seule prise et qu'il ne faut pas la rater. Elle s'engage sur le pont, ses petits accrochés de chaque côté. Elle leur parle, leur raconte n'importe quoi, capte leur attention. Elle veut qu'ils la regardent, qu'ils soient dos à la vague, qu'ils boivent la tasse, et que la bousculade ait lieu pendant qu'ils reprennent leur respiration.

— Adélie ! C'est incroyable ! Qu'est-ce que tu fais là ? Tu connaissais cet endroit ?

— Euh… non… bonjour.

— T'es arrivée quand ?

— Il y a deux jours.

— T'es en vacances ?

— Oui... avec mes enfants. Raphaël... Gabrielle... je vous présente Samuel.

— Bonjour.

— Où alliez-vous ?

— Au petit déjeuner.

— Moi aussi, mais je viens d'arriver et je ne sais pas où c'est !

— Nous on sait ! On va t'emmener ! s'écrient les jumeaux.

Et tout en s'éloignant...

— On a vu une coccinelle orange avec des taches blanches !

— Elle avait vingt points !

— Ah ! C'est bien !

Tous installés à la même table, les conversations commencent comme si de toujours. Les mots de Samuel à Raphaël et Gabrielle. Ses sourires et regards pour elle. Déjà aimantés, les petits ne s'adressent plus qu'à cet homme qui leur parle, les écoute, les considère.

— Tu viens à la plage avec nous ?

— Si votre maman est d'accord...

— Elle est d'accord !

La cavalcade gagne le rivage. La plage étant le terrain de chasse favori des paparazzis, tapis sur des bateaux ou derrière des arbres, Samuel recommande de mettre un transat entre eux.

Le deuxième jour, le transat d'Adélie est placé à côté de Samuel mais inversé, sa tête à la hauteur de ses pieds. Le troisième, transat à côté et dans le bon sens. Plus d'importance : malgré son apparente connaissance des voleurs d'images et les démarches de prudence, les clichés ont été pris.

Un air de déjà-vu. Mais elle ne sait plus très bien, les choses se brouillent. Que faisaient-ils là ? Comment savaient-ils qu'Adélie et Samuel étaient à Cap Skirring ? À nouveau piégés ? Ou est-ce un malheureux hasard… Pas le temps de réfléchir, elle est emportée par cette tornade médiatique. Fauchée en place publique. Rien pour s'accrocher que la main de Samuel à laquelle elle s'est fiée. Envie de crier. Cri qu'elle étrangle. Froissement de métal dans le cœur.

Cette première journée volait pourtant à la victoire. Elle en garde quand même le souvenir fleuri de dentelles, de bouquets incrustés : un enfant à chaque main de son amant, Raphaël ou Gabrielle qu'importe, elle le sent s'implanter dans sa chair. Samuel s'est introduit dans le cœur des petits aussi sûrement que l'air dans les poumons.

Au terme de ces sept journées, un peu à l'instar de Dieu qui mit ce temps pour créer l'univers, ils avaient créé le leur. Du paradis comme Lui. Une famille égarée s'était retrouvée. Une famille prête à s'aimer, faite pour s'aimer. Et comme il s'était glissé dans leur cœur, il devrait se glisser dans leur vie. Et le ferait. Comment ne pas être touchée de le voir investi, dans les visites d'appartements, des écoles, rencontrant lui-même les agents immobiliers comme les enseignants, sans recourir à sa flopée d'assistants ? Comment ne pas se laisser emporter par tant d'attention ?

Ce sera un appartement sur l'une des places les plus arborées, les plus luxueuses de Paris. Le genre dont on se demande bien qui peut habiter dedans. En même temps qu'il coordonnait le déménagement, les écoles, les travaux et toute espèce d'achats, l'installation de l'atelier d'artiste, la mise en place du personnel de maison – une femme de ménage, une femme à tout faire et deux nourrices, celle d'Adélie adorée par ses enfants qu'elle ne quitterait jamais, et une seconde disponible en permanence, enfin surtout les week-ends –, il résolvait l'affaire des médias.

Donner un reportage au journal qui l'avait volé serait sa défense. Faute de quoi la presse s'en chargerait et relaterait ce que bon lui semblerait. Elle devait avoir confiance. Il se montrerait à la hauteur des circonstances.

— Qu'est-ce que tu vas faire ?

— Appeler une équipe pour qu'elle organise une fausse planque.

— Qu'est-ce que ça veut dire ?

— Demander à des paparazzis de réaliser une séance de photos volées et contrôler l'ensemble.

— Tu connais des gens qui font ça ? Tu l'as déjà fait ?

— Non, mais je vais me renseigner.

— Je n'ai pas envie. Je n'aime pas exposer ma vie.

— Moi non plus je n'ai pas envie mais c'est indispensable si on ne veut pas être piégés à nouveau. Désolé Adélie.

Le jour suivant débarquaient dans l'appartement un photographe, un assistant et un responsable d'agence, censés mettre en place ce fallacieux reportage. Samuel disait n'en connaître aucun, et main dans la main comme deux élèves appliqués ils écoutent la procédure. Il faut réagir vite. Les photos sont programmées pour le lendemain à Honfleur : flânerie en bord de mer, habillés simplement, maquillés légèrement, heureux comme le printemps, tandis que l'équipe sera embusquée, appareil au poing, prête à les capturer.

Il le vit très bien, elle ne se sent pas bien. Elle ne marche pas, ne parle pas de manière naturelle. Comment l'être quand ce n'est pas sincère ? Des pensées lui pourrissent la tête. Elle s'efforce de les jeter au diable mais ce dernier les lui rapporte comme un chien à son maître. Pourquoi devrait-elle mettre en scène son bonheur et le livrer à la communauté ? Pour donner du rêve aux autres faut-il abîmer le sien ?

Et si tout est fini avec son ex-compagne pourquoi lui livre-t-elle bataille aujourd'hui ? Toute cette haine envers Samuel. Une déferlante que rien n'arrêterait. Il lui dit de ne pas s'alarmer.

— Rien… Adélie ? Tu m'entends ? Rien ne doit ébranler notre rêve, celui que je n'ai pas pu leur donner, à elle ou aux autres, et pour lequel je suis aujourd'hui critiqué voire injurié. C'est toi que j'aurais trompée si je les avais épousées. Car tu es la mienne, je suis le tien, et dans peu de temps nous ne ferons plus qu'un. Lorsqu'un dessein est de connivence avec le destin, rien ne peut entraver la grâce.

Puis il l'a attrapée, emprisonnée dans sa voix et ses bras.

— Viens les faire rêver comme tu me fais rêver.

10.

Elle a toujours aimé l'automne, cette tristesse où tout paraît se défaire. L'automne avec ses lueurs d'incendie, ses bruns brûlés de noir et de gris. Raphaël et Gabrielle s'engouffraient dans cette nouvelle destinée, oubliant comme leur mère ce qui avait pu exister auparavant, comme si la vie commençait maintenant, comme si l'harmonie s'installait au sein de cette famille recomposée, où tout semblerait se poursuivre tel un conte, où le courage et la volonté d'un homme auraient rassemblé son clan, même si les liens avaient été sabotés, si d'autres avaient possédé sa femme et engendré ses enfants.

Campée dans le fauteuil d'une cabine de première, elle se sent impuissante, disposée à rien tant elle est occupée à aimer, à penser à Samuel envolé la veille avec son escouade pour préparer son exposition au Guggenheim de New York. Pourquoi sont-ils partis sur des vols différents ? Voulait-il lui épargner la gêne d'un voyage avec des inconnus ? Une ultime réunion avec son cercle habituel avant les présentations officielles ? Pour se rassurer lui ? Ou la rassurer ? Un isolement pour la griser, l'empourprer ?

Elle sent la grâce descendre en elle, mais sait que cette faveur que la providence lui accorde sera une charge devant l'Éternel, et l'obligera à une reconnaissance d'autant plus ardente. Tout ce qu'il voudra. Pacte conclu avec Lui depuis le début, où rien ne saurait briser l'élan de gratitude qui la porte vers le Tout-Puissant. Pardon pour cette question Seigneur, je me déteste, mais suis-je touchée d'une grâce qui demeurera dans mon âme ou ne fera-t-elle que passer ? Voilà comment ça marche dans sa tête. Prête à n'importe quel excès, à payer n'importe quel prix, à agir sans réfléchir, si son cœur se renverse. Mais prête à fuir si sa tête remet à l'endroit ce qui s'est renversé. Stupide de peur. Alors, le doigt déjà sur l'interrupteur, elle éteint sa tête pour allumer son cœur.

Elle est arrivée en Amérique surexcitée.

On est venu la chercher. Le temps d'entrevoir la fontaine, le dôme en verre, la rampe vertigineuse de la rotonde, l'architecture en spirale insolente, impressionnante même, et lui… qu'elle se heurte contre la première vitre, s'effondre, évanouie, réanimée dans les bras du directeur affolé, la suppliant de se rendre à l'hôpital sans paraître devant Samuel, au risque de le paniquer et d'interrompre l'accrochage des œuvres.

Remuée des pieds à la tête sur un nuage comme si l'avion l'y avait déposée au passage, elle l'observe lui, puis s'observe elle, le visage ensanglanté, défiguré, dans le miroir qu'on lui a apporté. Le médecin diagnostique un possible nez cassé, de petits traumatismes, quelques entailles, et exige qu'elle reste à l'hôpital. Désespéré, le directeur alerte Samuel qui se précipite à son chevet. Assez éloigné de la nuit qu'ils avaient imaginée, mais pas moins érotique, ils la passent sanglés au flanc l'un de l'autre. La figure écorchée mais le cœur réjoui.

Le lendemain, pas lavée, pas changée, juste parée de lui, bondit pour le retrouver. Le fixer, ne jamais le quitter. Il court de droite à gauche sans pause. S'enflamme comme un animal superbe dont les vertus sociales se déchaînent. Vérifie les caisses, les cartels, les étiquettes, les textes.

Le déballage, les notices, les plans, le graphisme, les encadrements, les emplacements, la signalétique, l'éclairage. La sécurité des œuvres, le choix des supports, les modes de suspension, les attaches. Puis la voit, la serre dans ses bras, glisse dans son cou, prend sa main, l'amène partout, lui présente chacun, l'autorise en tout lieu mais la prie de ne pas s'éloigner de lui. Elle sera son ombre jusqu'au moment où la clarté rencontrera l'obscurité.

L'exposition est extraordinaire, consécration d'un peintre fou et baroque qui semble rejeter les conventions. Jour de gloire pour cet artiste iconique, comme ce palais au pied duquel tous l'acclament.

Cueillir, accueillir, recueillir. Sentir que les battements du cœur naissent chez lui et meurent chez elle, que ces trompe-l'œil débordant de sous-entendus ne s'adressent qu'à elle ; Samuel joue le jeu qui fascine. Celui de la séduction et de la confusion, de l'ombre et de la lumière oscillant entre mensonge et vérité. Si elle savait à quel point ces toiles le représentent. C'en est troublant. Comment peut-elle se laisser envoûter par une œuvre qui la touchait à peine auparavant ? L'amour obscurcit notre esprit ou l'éclaircit-il ? Qu'est-ce que ça fout ? Pourquoi griffer le cerveau ? Aimer follement pour ne réfléchir à rien. Mais quel dépècement de soi quand l'amour s'enfuit avec sa marée de regrets : comment ai-je pu, n'ai-je pas vu, y ai-je cru ? Peut-être les réponses sont-elles les récompenses au bout du chemin : avoir marché sans avoir su mais en y ayant cru. L'amour c'est comme Dieu, on doit accepter, non expliquer. Et comme Dieu est amour, tout se retrouve finalement.

Elle est dans ses bouffées. Elle se consume à l'homme au je-ne-sais-quoi-d'admirable, en présence des gens les plus importants d'Amérique venus le célébrer le temps d'une soirée, alors qu'elle pourra en jouir toute la nuit. Elle est fière d'avoir été choisie. Et même perdus dans la multitude, il n'y a que Lui et Elle comme à chaque fois.

Assis sur une banquette de cuir rouge patiné, Samuel, roi d'un soir, est entouré d'une centaine de courtisans invités au select dîner qui suit le vernissage. À sa gauche, reine mère en habit austère, regard distant mais inspiré et rapide, un visage de pouvoir auquel il vaut mieux se soumettre. À sa droite, princesse Adélie toujours vêtue des frusques de la veille, royale, aimante, sensible aux sourires et aux grimaces, aux regards que l'on se fait un devoir de lancer à celle qui, désormais, se glissera entre lui et autrui. Pas qu'elle le cherche. Juste la magie d'un lien qui les a rendus inséparables.

À ses côtés, un homme qui ne lui a pas été présenté, et le fait lui-même. Omer côtoie, festoie avec Samuel depuis le début de sa carrière. Il reste assez confus sur son statut mais lui confie sa vie. Il connaît très bien la famille, la mère, la fille, les amis, les ex-femmes, ainsi que toutes les personnes avec qui Samuel travaille. Il lui apprend que la mère à l'autre bout du monde et le père autocentré n'ont pas eu le désir d'élever leur fille, et que trop accaparés par leur ego, une nourrice s'est occupée d'Angèle. Explique que cette exposition existe grâce à l'ex-compagne de Samuel, qui avait organisé et tout désorganisé par la suite, empêchant des personnalités politiques françaises d'y assister. De fait c'est elle, et non Adélie, qui devrait être là à sourire, et même si cela n'apparaît pas parce qu'il est entraîné à tout cacher, Samuel est très énervé. Déclare être en conflit quasi permanent avec Nadège, l'assistante de Samuel, jalouse de la place d'honneur qu'Omer a auprès de lui. Confesse avoir entretenu une… Mais quel est donc cet emmerdeur qu'on a placé là, et qui l'a envahie toute la soirée ?

Désorientée, elle se tourne vers son futur mari déjà enroulé à son cou, qui lui murmure que les civilités sont terminées, qu'il a envie d'être seul avec sa fiancée, et ne peut souffrir un instant de plus. C'est une trop belle soirée, elle n'ose demander qui est le bouffon d'à côté.

Alors que « l'étoile » adresse les ultimes remerciements, les derniers bonsoirs, Omer réapparaît...

— Adélie ! Ne vous couchez pas trop tard pour les photos.

Les photos ? Ça y est ! Elle sait qui c'est ! C'est le mec des photos volées ! Son cerveau vient d'être mis à terre par une prise de judo même pas autorisée chez les judokas. Au moins ceinture rouge. Au moins dixième dan, parce que le douzième, seul maître Jigoro a atteint ce grade à titre posthume. Et n'arrive plus à se relever.

— Personne ne vous a informée ? Demandez à votre bien-aimé.

Qu'elle voit accourir, la prendre par la main et l'emmener loin.

Deux jours se sont écoulés lorsqu'elle découvre enfin la suite royale au dernier étage du Ritz-Carlton, avec vue magnétique sur Manhattan. Il la précipite sur le lit, grossit sur elle, lui glisse à l'oreille qu'il a très envie d'un samedi.

— Surtout ne te lave pas, je te veux comme ça, sale, j'adore. Une bonne odeur de chatte mouillée, de chatte chaude et baveuse que je vais laper comme le chat suce le lait.

Tout devient merveilleux quand le corps déraille de plaisir. L'extase bruisse dans leurs têtes, corps désarticulés, enfiévrés, entrecuisses détruits dans ce lit souillé.

— Comment tu peux baiser toute une nuit après tout ce que tu fais dans une journée ?

— Parce que je suis comblé, chargé, électrisé. Même le zigouigoui à l'agonie, et d'ailleurs...

Ils éclatent de rire. D'un rire fou, du rire des fous, du fou rire des enfants, si fort qu'elle urine sur la moquette à haute laine bouclée.

— Mais t'es pas possible ! T'es vraiment qu'une sale petite fille ! Qu'est-ce que t'as dans la tête ? Tu ne peux pas aller aux toilettes ?

— J'ai pas eu le temps !

— Viens là que je te punisse ! Allez ! Dépêche-toi ! Tu pleures ? Mais pourquoi tu pleures ? Mais Adélie, qu'est-ce qui se passe ? Tu vois pas que je plaisante là ? Oh chérie ! Viens dans mes bras. T'es bien là ? Calme-toi. T'as raison mon ange t'es pas sensible, t'es effritée, mais t'inquiète pas, je t'aime comme ça. Faut dormir maintenant, on se lève tôt, on fait des photos.

— Tu ne m'en as pas parlé et j'ai le nez explosé. T'as déjà oublié ?

— Omer te maquillera.

— Qui c'est cet Omer ?

— Mon homme à tout faire.

Elle a mal dormi, elle est de travers, elle n'a pas envie qu'Omer la maquille ou la dirige pour des photos dont la plupart seront de dos.

Elles seront publiées dans le magazine des photos volées, avec un article intitulé : « Nuit blanche à Manhattan ».

11.

Ne jamais la quitter était ce qui comptait. Déraisonnable ? Peu lui importait. Sa notoriété, son agenda, les reproches ou commentaires de son entourage ? Rien n'y faisait. Tout plaisait à Samuel ou le concernait.

Amener les petits à l'école ou les récupérer avec un goûter. Les aider à travailler ou signer leurs cahiers. S'occuper des fournitures scolaires, des tenues vestimentaires, des abonnements de magazines, des démarches administratives, inscriptions artistiques, adhésions sportives. Les emmener chez le docteur, le dentiste, le coiffeur. Se rendre aux réunions de parents d'élèves et discuter avec la maîtresse. Il se chargeait de tout sans le moindre trouble d'humeur, des médicaments aux chaussettes en passant par le traiteur et la papeterie. Sans oublier les fleurs. Sans oublier la fille d'Adélie et ses histoires de cœur. Même acquérir des casseroles pouvait le séduire. Tout, il faisait tout, la suivait partout, du plus déprimant au plus excitant comme les courses de Noël.

Premier grand événement à fêter dans ce nouvel appartement. Noël qui jusque-là n'avait étincelé que dans leur imaginaire. Une ville engourdie sous sa redingote de neige, la maison de rubis, de gerbes d'or et de vert, ses fenêtres poudrées de givre et sa cheminée caressante de lumière. Le sapin empaqueté de papiers acidulés aux nœuds plus fous les uns que les autres et… les sacro-saintes chaussettes à traîneau de laine. Champagne, dinde aux marrons, pièces en chocolat et bûche de Noël.

Elle sait l'image d'Épinal, mais leur histoire y ressemble. C'est si bon de vivre un rêve d'enfant quand on est grand ; on le vit avec l'émerveillement de l'un et l'éveil de l'autre. Découvrir que le cliché idéalisé, naïf, d'une réalité peut se vivre est bouleversant. Et elle fut bouleversée.

Amusements, rires, enchantements. Jouer avec le bonheur ou y croire. Bavardages de sansonnets : livres, films, expos… dont celle de Calder où ils se sont précipités tels des junkies en crise. Elle ne connaissait pas cet artiste, mais, saisie au premier regard par son ingéniosité, sa pureté, se laisse pénétrer par la douleur du créateur qui lui fait du bien.

Le cri de Calder la propulse dans sa folie personnelle. Elle y décèle son portrait. Ces créations auraient pu être les siennes, parce qu'à travers ses mobiles, instables pour la plupart, il recherche son équilibre. Équilibre construit sur un déséquilibre. Puissance fragile. Équilibre que nul autre que lui ne peut maintenir sous peine de fracture. Après des années de bataille pour maîtriser ses failles, il entend faire accepter l'individu qu'il est devenu et témoigner à travers son œuvre de la façon dont il a vaincu ses démons ou, du moins, les a transcendés. Sans jamais être d'aplomb tout à fait. Il faut être sacrément démantelé pour que chacune de vos créations ait l'équilibre pour obsession. Elle parle de lui comme elle pourrait parler d'elle, comme si elle savait, et là elle pleure, elle ne sait rien, elle ne sait pas même qui elle est, si elle est une artiste. Pourtant, elle se sent tellement appartenir à cette famille. Elle les reçoit si fort dans sa poitrine !

Elle voit ces mobiles comme de véritables allégories, conditionnés aux mouvements de l'air comme les êtres aux turbulences de l'existence, condamnés à maintenir un balancement pour préserver leur stabilité. Son regard sur Calder n'est peut-être pas celui des autres ni même celui de son auteur, mais sa jouissance consiste à ressentir l'œuvre au plus profond et à explorer ensuite ce qu'elle a ressenti. Ainsi que le dit Calder : « Que les autres saisissent ce que j'ai dans l'esprit ne me paraît pas essentiel aussi longtemps du moins qu'ils ont quelque chose d'autre dans le leur. » Et toi Samuel, tu as quoi dans le tien ?

C'est étrange que Samuel ne soit pas sensible à l'appel d'un confrère, qu'il n'embrasse pas son besoin de crier sa pensée, ses émotions cachées, son imaginaire. Il ne lui a pas lâché la main mais ça n'a rien changé : elle s'est sentie seule comme à chaque fois dans les musées. Ils sont allés déjeuner, et elle n'a pu se retenir de le questionner.

— Ça t'a plu ?

— Beaucoup. Et toi ?

— Ça m'a émue.

— Pourquoi ?

— Parce qu'à travers son art, Calder s'adresse à nos déchirures, confesse les siennes.

Si dans une peinture, une musique, un livre, un film, on ne voit qu'une œuvre, c'est dérisoire, mais si on y entend le cri d'un homme qui se débat comme un possédé ou témoigne d'une vérité, alors l'art prend une valeur. Derrière la création, c'est la blessure qu'elle aime. Toujours il y aura un artiste qui lui tendra la main pour partager son errance. La mettra dans des états de conscience. D'un état solide à liquide. La déracinera. Comme elle aime éprouver cela. S'aventurer dans ces forêts. Tout ce qui la détache d'elle-même l'emporte. Loin. Chaque fois qu'elle côtoie ces artistes, ils redressent son ossature ou procèdent à quelques points de suture. Ils sont sa force d'âme, son armature. Le seul baume. Elle aimerait rencontrer ces gens qu'elle admire tant, auxquels elle croit.

Leur parler de ses troubles, de ses désordres, de ses douleurs, non pour s'épancher, mais pour trouver des frères, un foyer qui la rassurerait, la délivrerait de l'idée que seul un monstre peut se comporter comme elle le fait. C'est pour ça qu'elle s'est autant livrée à Samuel, être infiniment sage, infiniment bon, qui fouille le vrai, que ses folies étonnent sans mépriser cette femme habituellement masquée comme une criminelle. Heureusement qu'elle l'a rencontré, sans lui elle se serait lyophilisée dans des couloirs de musée à recevoir sans jamais donner. Samuel, où puises-tu ton inspiration ? Mais comme des lèvres abîmées que chaque parole fendillerait encore un peu plus, il fronce sa bouche, reste sans mots. Il lui en parlera, racontera une autre fois. Mieux, il ouvrira la porte de son atelier jusque-là condamnée. Son regard s'oubliera sur lui, sa bouche bée d'envie. Il leur faut commander, la cuisine va fermer. Mais elle n'a pas faim, rassasiée par tout ce qu'elle a vu ce matin.

— Adélie, si un jour tu aimes une créature comme tu aimes la création, j'en serais extasié, je ne désespère pas d'y arriver.

Cette fois-là comme d'autres fois encore, elle resta frustrée dans ses attentes, secrètement désenchantée d'être avec un artiste sans vivre l'art avec lui. Partager l'intimité d'un homme c'est beau. Partager l'intimité d'un artiste c'est magnifique. Partager l'intimité des deux c'est magique. Elle pensait embrasser cette magie avec lui. Il existe une langue d'artiste comme il y a le français ou l'anglais. Elle pensait parler cette langue avec lui.

12.

— Adélie tu ne peux pas te marier. Adélie je t'en supplie, écoute-moi. C'est un manipulateur, un imposteur, un monstre qui manie les femmes à son profit et les détruit. Il ne sait pas aimer, il n'est qu'intéressé. Je le connais bien, comme toutes celles qui se sont consumées entre ses bras. Je peux t'en présenter. Une te décrira comment il l'a démolie pour s'en détourner et la livrer à la boisson et la dépression. Une autre te révélera que leur liaison n'est pas terminée, et qu'il a filmé son visage décomposé de haine alors qu'il chuchotait à ses oreilles vos ébats sexuels pendant qu'il couchait avec elle. C'est un pervers narcissique. Adélie crois-moi, s'il te plaît, je veux juste t'éviter de faire la plus grosse bêtise de ta vie.

— Je ne te crois pas Mélanie ! Pourquoi tu m'as jamais rien dit ?

— Mais je ne pensais pas que vous alliez terminer à l'église !

Elle s'est glissée dans son lit, s'est enfermée dans sa chambre, fermentant sous les paroles de son amie. Une nuit sans lui. Une nuit sale, une nuit malade, au milieu des angoisses qui étouffent, à commencer l'œuvre de destruction. Elle n'irait pas le lendemain à la mairie.

Il la retrouve en charpie sur son lit, offerte à la douleur.

— Adélie que se passe-t-il ? Pourquoi parler à ton père ? Pour quoi faire ? Je suis là ! Parle-moi ! J'ai compris chérie, tu veux lui parler, tu vas lui parler, mais après m'avoir expliqué ce qui te peine.

D'accord, elle va parler, elle va lui raconter. Elle va se plier à sa volonté. Il rassemble les lambeaux de sa poupée brisée pour minutieusement la recoller. Pas ébranlé, ne cherchant pas même à lutter contre ce qu'il considère comme des morsures de punaise, mais la priant de se fier à une ancienne aimée.

Cramponnée au téléphone, elle suce les paroles de cette inconnue.

C'est un homme extrêmement bienveillant, loyal, aimant, les femmes qui l'ont connu sont entourées de chance. Elle a vécu avec lui ses plus belles années jusqu'à ce que leur amour s'endorme, mais une amitié les unit. Il ne l'a jamais maltraitée, ou trompée. Elle aurait adoré l'épouser comme avoir un enfant de lui, seulement ses vœux n'ont pas été exaucés. La plupart des femmes qui se sont esquissées dans son existence n'étaient pas dignes de lui, l'avaient détruit. Elle compte sur ses sentiments pour ressusciter ceux de Samuel qu'elle n'a jamais vu si heureux. Elle en est enchantée. Reconnaissante. Et presque à regret lui exprime tous ses souhaits de bonheur.

Réchappés du désespoir, ils se ramassent à pleins bras et détalent à l'hôtel de ville. Tous leurs amis sont là, ils ne reverront jamais Mélanie. Le lendemain, ils rejoignent Arnaud, un des meilleurs amis de Samuel, propriétaire d'un ancien prieuré où doit se dérouler leur cérémonie de mariage. Un personnage balzacien élégant, la soixantaine bourrée d'humour. Extravagant mais intelligent, chaleureux comme malicieux, de haute noblesse. Il leur explique la logistique, ce qui est fait, ce qu'il reste à faire. Il parle au nom de Samuel, se confiant sur l'importance de cet événement pour son ami, donc pour lui, bien aise de le voir ainsi béni et de pouvoir célébrer un tel bonheur en sa demeure. Les mets sont raffinés, trop pour Adélie qui n'a rien consommé. Mais un autre menu se silhouette déjà pour elle, un menu d'enfant. Elle se sent observée, presque jugée par cet homme qui semble endosser les traits de la figure paternelle. Comment lui dire qu'elle se tient au milieu de nulle part, qu'elle éprouve le mal-être des premiers instants, et même si les apparences sont contre elle, il se plairait à la connaître. S'il pouvait ne pas la rejeter comme un jouet cassé. Mais qui parle de rejet ? Qui est cette femme qui crie avant qu'on l'écorche ?

Elle voudrait dire à cet homme qu'elle vénère comme lui le siècle des Lumières, qu'ils ont des choses à partager. Mais les mondanités se terminent. Elle ne dira rien. Elle regarde Arnaud et se demande pourquoi l'homme de sa vie, qui ne paraît pas avoir beaucoup d'amis, ne le lui a pas présenté avant s'il est si important. Et pourquoi n'est-il pas son témoin de mariage ?

— Madame, permettez-moi de vous remettre ce livret que, conformément à la loi, vous devez signer après en avoir pris connaissance.

— Qu'est-ce que c'est ?

— Un registre où sont mentionnées les unions précédentes.

— Nous n'avons jamais été mariés.

— Je vous laisse vérifier.

Combien de fois devra-t-elle relire cette page ? Samuel, tu lui as bien dit que c'était ton premier mariage, pas le quatrième ? Une rafale fait tout valdinguer. La fracasse dans un coin. S'il vous plaît que ces paroles s'effacent… mais elles s'enfoncent comme des vrilles.

— Excusez-moi monsieur, je pense qu'il y a erreur, M. Delacroix n'a jamais été marié.

— Très bien madame, nous allons contrôler.

Fleuristes et paysagistes s'affairent sur des compositions exquises. Décorateurs et ensembliers subliment dans les moindres détails la salle où ils festineront comme celle où ils danseront. Des musiciens, des cuisiniers, des éclairagistes, chacun attaché aux infimes finitions. Des portiers en livrée verte, des gardiens diligentés dans le domaine, des jardiniers empressés dans les allées du parc ou à l'entretien des fontaines. Des caméristes qui se dépêchent de nettoyer les chambres pour la famille et ses proches, le reste des invités séjournant dans une auberge à quelques centaines de mètres.

Absorbée par ce qui s'offre à son regard, écrasée par un chaos de sentiments contradictoires, elle a du mal à se projeter dans le rôle de la mariée. Quand on n'en fait pas assez, elle se sent abandonnée. Quand on en fait trop, elle se sent indigne. Compliqué d'être mesurée lorsque, dès les premiers pas, on vous a déséquilibrée.

La visite du petit Versailles terminée, Samuel et Arnaud restent à discuter. Et Adélie se donne bon air alors qu'elle est misère, s'éloignant à pas lourds, comme pour fuir les soupçons.

— Pardon de vous déranger madame, mais monsieur a bien été par trois fois marié.

Les jambes à tomber, elle s'assied et signe. Rien. Plus rien. Ses rêves ont été coupés. Elle restera paralysée tant qu'il n'aura pas fait remonter la vérité dans son corps. Enfermée à se débattre contre la noirceur de ses pensées, elle ne les entend pas s'approcher.

— T'es toute blanche, tu trembles, t'es brûlante ! Qu'est-ce qui se passe ma chérie ? T'es fatiguée ?

Elle n'est pas fatiguée, elle est dévitalisée, plus de sang, mais de l'eau glaciale que rien n'anime, pas même une forme de sentiment.

— Viens, je vais te ramener.

Oui c'est ça, ramène-la, ramène l'objet que tu as exhibé. Tu pourrais même la porter, elle ne pèserait pas plus que la neige. Oui c'est ça, au revoir Arnaud. Allons nous massacrer dans notre chambre nuptiale mon amour.

Samuel t'as déjà été marié ? Mais tu sais bien que non ma chérie, c'est quoi cette question ? Samuel je t'en supplie, réfléchis bien à ce que tu dis. Mais qu'est-ce que t'as ? T'es vraiment bizarre cet après-midi ! Peut-être t'as pas osé m'en parler ? T'as paniqué ? Peut-être t'as menti par peur de salir cette cérémonie ? Mais pas du tout, je n'ai rien à te cacher, et surtout je ne veux pas te trahir. Samuel, tu sais qu'il y a prescription et que je t'aurais donné ma bénédiction ? Ange, tu es la première que je vais épouser. Je t'ai destiné ma vie dès que je t'ai vue et suis fier et heureux de me marier. Mais… peut-être… aussi grotesque que cela puisse paraître… peut-être t'as oublié ? Amour, je ne sais pas ce que tu cherches, mais s'il te plaît, arrête de te faire souffrir. Tu me dirais la vérité ? Adélie, parmi les jours qui me sont impartis, demain je vais vivre celui qui comptera le plus de ma vie. Regarde-moi Samuel…

Plus elle le regarde, moins elle le voit, et plus lui montent les larmes. Mais qui est-il ? Que veut-il ? Elle ne sait plus, elle est perdue.

— Pourquoi sur le registre sont mentionnés trois autres mariages ? Pourquoi ?

— Je ne sais pas… Je ne comprends pas… Quels étaient les noms inscrits ?

— Mais… tu dois bien avoir une petite idée de qui il s'agit quand même, non ? Ou t'es à ce point dans le déni ?

— Mais ne me parle pas comme ça chérie ! Pourquoi tu t'énerves ? Pourquoi tu perds ton calme ?

— Mais parce que la veille de mon mariage…

— L'avant-veille chérie…

— Fais pas chier, c'est pareil ! J'aide mon futur mari à retrouver ses esprits et à se remémorer avec qui il a bien pu se marier dans le passé. Mais tu réalises la situation d'abruti ou t'as un courant d'air dans la cervelle ? Alors la dernière en date, c'est Daphné… célèbre artiste plasticienne, que beaucoup connaissent, sauf toi on dirait. Seulement je ne savais pas que tu l'avais épousée, et toi non plus apparemment. La deuxième, Agathe de machin chose, un coup de comète. Et la première, une certaine Éva, et là, excuse-moi, je ne sais pas qui c'est, mais peut-être tu peux coopérer ?

— Ah ! Elle ?

— Oui ! Elle ?

— C'est une maladresse. Je ne l'ai jamais aimée, à cette époque je ne savais pas ce que je faisais, ça ne compte pas. Tu vois je ne m'en souvenais même pas.

— Mais c'est qui ? Elle est où ?

— C'est la mère de ma fille.

— Mais c'est pas n'importe qui la mère de ta fille !

— Si ! C'est une psychopathe, une mauvaise, une déserteuse qui a abandonné son enfant.

— Mais pourquoi tu ne m'en as jamais parlé ?

— Parce que j'ai préféré l'oublier. Agathe, c'est son père qui me fascinait. Et Daphné, c'était pour rigoler. Un coup publicitaire pour donner plus de visibilité à une exposition faite il y a des années.

— Mais pourquoi tu m'as menti ? Tu sais que le drame de ma vie est de me sentir toujours trahie. Pourquoi prends-tu le risque de détruire ce qui nous unit, de souiller la confiance que tu m'inspires ? Pourquoi putain de bordel de merde ? Ne me mens plus jamais. Plus jamais tu entends ? Ou j'entrerai dans une folie qui n'épargnerait ni toi ni moi.

— Mais amour, pourquoi te grignoter la cervelle avec des choses qui n'ont aucune valeur personnelle ? Pourquoi les faire exister pour toi alors qu'elles n'ont pas existé pour moi ? Je ne t'ai pas menti Adélie. Jamais. Écoute ce que je te dis : jamais je ne me suis uni à quiconque, et je te le signifie en me mariant à l'église, en jurant devant Dieu que je mérite la chance qu'il m'a donnée.

Les oiseaux sont sortis de leur cage pour retrouver la liberté de s'enchaîner à nouveau, et s'adresser un regard clair avant de perdre la vue.

— Samuel ?

— Oui Adélie ?

— Ne tue pas mon espoir.

13.

Qui ne pousserait pas des cris d'émerveillement, comme Raphaël et Gabrielle tout juste jetés dans les bras de leur mère, devant cette œuvre en trompe-l'œil zippée à la façade du prieuré par une fermeture Éclair géante, devant ce jardin suspendu jusqu'au ciel, ces murs tapissés de pétunias en forme de trompettes, de chèvrefeuille, de jasmin, du rez-de-cour au sommet de ces tours, s'agrippant à chaque fronton et chapiteau, enjambant les traverses de fenêtre, ou les orchidées aux silhouettes retombantes, avec, serties dans les feuillages, des milliers de petites lumières qui viendront étoiler sa nuit de mariée.

« Soyez déraisonnables tout un jour. Vous aurez, pour la triste raison, tout le reste de la vie. » Mais leurs âmes brûlées s'apprêtent à vivre le contraire, M. Clemenceau. Que dire à Samuel s'il détraque les lois de l'entendement ? Qu'elle aime tant sa façon de l'aimer. A-t-il, comme elle, perdu sa raison à l'âge où l'on n'en a pas encore ? Ou est-ce sa mère qui la lui a ravie ? Jeanne, cette tristesse septuagénaire, a très vite adopté sa future bru, exauçant son vœu le plus enfoui d'avoir une fille. Une filiation dans laquelle Adélie, à sa plus grande joie, s'est engouffrée pour combler ce cœur de mère usé comme pour réparer le sien.

Séparés depuis un grand nombre d'années, les parents de la future mariée débarquent, eux, chacun de leur côté. Louise, remariée à un homme auquel elle tient plus qu'à elle-même, a rencontré Samuel lors d'un séjour dans sa campagne jurassienne, où charmée sur-le-champ, l'a élu meilleur gendre de tous les gendres du clan, et a développé pour lui un attachement absolu.

Mathis, retiré avec sa énième dulcinée de trente ans sa cadette et leur très jeune enfant, a été affronté sur les terres de son château cévenol. Même si rien n'avait trahi ses sens aux aguets, Samuel avait été reçu avec méfiance.

Et comme chaque fois qu'il a rencontré un homme sur lequel le cœur de sa fille s'est accroché, il a rappelé le sortilège projeté à sa naissance : jamais elle ne rencontrerait l'homme de sa vie, l'amour toujours serait banni. Maudite prophétie prédite par la force sorcière de son père, son gouverneur, devant lequel elle s'incline comme un roseau brisé, et qui, pour son malheur, ne s'est jamais trompé. Jusqu'à cette matinée où elle lui a présenté son opium. Et ne lui en déplaise, il dut battre en retraite face à cette osmose inouïe, cette gémellité, cette passion inévitable. Une communion d'âmes presque inconsciente, avec toutefois une faille, une seule, fatale si elle venait à se fracturer. Qui provoquerait un séisme dont aucun ne réchapperait. Que ni Adélie ni Samuel n'ont cherché à connaître, tant cela leur semblait inconcevable. Et Mathis de ne point détailler ce qu'il percevait derrière les apparences, une sorte de sixième sens. Le pouvoir venait de basculer, son père ne serait plus son maître, ce serait Samuel. Et tout comme elle est devenue la fille de sa mère, ce jour-là, il était devenu le fils de son père.

Là-bas, à la fenêtre de sa chambre, elle aperçoit Marie qui guette les arrivées. Elle ne peut se tromper : personne ne sourit comme sa fille. Marie, son chant d'alouette, son distributeur de tendresse. Te remercierai-je jamais assez d'être venue au monde et de m'avoir ramené un éclat de mon âme d'enfant ? Je n'ai pas su transmettre des racines, mais je te donnerai des ailes. Tant de choses à dire à ce cœur tendu vers sa mère. Viens serrer ton amour contre le mien. Mais c'est la fille de Samuel qui s'avance. Or quelque chose en elle refuse cette estime excessive. Elles se connaissent à peine. Elle sait juste qu'Angèle a deux fils approchant les sept ans comme les siens, que Samuel, le grand-père des uns est devenu père des autres, et qu'Adélie, à mi-chemin entre la fille et le père, laboure malgré elle les flancs de l'amour filial, se posant en rivale. On peut ne pas vouloir et accepter. Angèle ne fit que cela.

Tout petits dans cette église, presque une cathédrale, Samuel et Adélie progressent avec gaucherie vers l'autel. Sa main d'enfant tient fort celle du grand. Elle a tellement besoin d'être rassurée. Ça devrait lui plaire de préparer une telle cérémonie, pourtant ça la peine. Qu'il est moche de déflorer un mariage de sa magie, de ne pouvoir s'y consacrer avec l'innocence des premières fois. Elle a essayé de le dissuader mais c'est lui qui l'a persuadée des usages de ce monde : déjouer la traque médiatique en accordant à un journal l'exclusivité de l'événement.

On leur indique les emplacements, les mouvements, on répond à leurs questions. On ne saurait mieux faire pour rencontrer la perfection. Ils ne sont pas seuls à œuvrer. Les prêtres ont les mains sur les cierges, les lèvres dans la prière. Les photographes et cameramen règlent les éclairages. L'orchestre viennois affûte les adagios et les *Stabat Mater*. Un choix étrange pour ce sacrement qu'ils sont allés plaider auprès des révérends afin qu'ils acceptent l'inacceptable. Mais seuls les sons tragiques épurent ses angoisses. Même pour accompagner son bonheur, elle a besoin d'hymnes à la douleur.

Sa volonté défaillante se nourrissait toutefois d'idées fixes, d'un acharnement irréductible – pas exactement un acharnement, plutôt des coins d'entêtement : changer de place le crucifix accroché au fond du transept gauche pour le suspendre au-dessus de l'autel. L'anarchie était née. Il fallait en référer aux autorités, vérifier si c'était techniquement envisageable, s'inquiéter de manouvriers. Abandonnée au milieu des religieux affolés, elle supplie même le crucifié de bien vouloir se déplacer, que ses yeux puissent plonger dans les siens, qu'il soit l'irrécusable témoin de l'acte qu'elle allait accomplir le lendemain. Désarmé par sa prière, Dieu finit par l'exaucer. Mais, bien que Samuel lui explique qu'ils ne peuvent s'attarder, que tout le monde est arrivé, qu'on les attend pour dîner, qu'il reste encore plein de choses à organiser, elle veut contrôler son positionnement. Bien de face bien centré bien élevé bien droit. Puis elle remercie tous ceux qui lui ont permis de répondre à son obsession des choses alignées, puisque tout va de travers en elle, et embrasse Samuel en lorgnant le crucifix fraîchement intronisé. Elle seule sait ce qu'elle entretient avec le crucifié.

Les traces d'une nuit fantasque camouflées sous un voile qui l'enveloppe comme une chrysalide pas terminée. Le regard souligné de noir, pas davantage, si la joie venait à se déverser. La bouche fraîche pour qu'il puisse y mordre des baisers, son cœur fou d'amour… Mais pas le temps de dire qu'elle l'aime que son futur mari l'emporte déjà dans la voiture, se ruant sur leurs derniers instants de liberté avant d'être immortalisés par le photographe qui ne les a plus quittés. Malgré les officiers de sécurité, pas facile pour le chauffeur de traverser la place du village jusqu'au parvis de l'église, où son père l'attend, en noir, au pied du dais blanc.

À peine ses bottines ont-elles franchi le porche que tout le monde s'est mis à lui parler. Et plus on lui parlait, plus elle s'égare. Cette dernière minute avant que tout bascule, où on ne sait plus qui on est, ce que l'on fait, qui est cette personne à laquelle on va se lier, que sera l'heure suivante : couronne ou guillotine ? Comment empêcher les questions, repousser les pensées qui oppressent ?

Elle se dissout, cherche son père pour qu'il la rapatrie sur terre et lui accorde sa bénédiction avant celle des abbés. Mais Samuel l'aspire. Un dernier regard, un dernier baiser, un dernier mot d'amour. Elle a passé son bras sous celui de son père, les deux ventaux de l'énorme porte se désunissent sur l'étreinte des cloches et des notes qui s'élèvent de l'abside. Elle regarde Samuel avancer en premier, se retourner au bout de la travée comme s'il avait éloigné tout danger afin qu'elle puisse, à son tour, s'engager. Ce qu'elle fait, soutenue par un père ému, par trois enfants accrochés de leurs doigts tendres à la traîne de leur maman.

Elle respire fort, trop fort, sa poitrine comme ses yeux vont déborder. C'est beau, c'est grand, c'est sacré de voir une femme en mariée. De la voir lâcher la main paternelle pour attraper la main providentielle. Se déchaîner de l'un pour s'enchaîner à l'autre. Des deux côtés la passion. Mais Samuel sent, sait ses élans pour l'éternel ailleurs, et toujours la ramène, l'enlève à son rival, puis l'embrasse du rouge orné des fleurs blanches de l'abbatiale.

— Adélie et Samuel, c'est Dieu qui vous accueille ici pour la célébration de votre mariage.

— Merci.

Elle ne sait pas si elle remercie son futur mari ou le Christ.

Merci à toi le crucifié de l'avoir bénie. Merci à toi le fiancé de croire qu'elle le mérite. Merci à vous de vouloir que cette petite fille ressuscite.

— Le sacrement de mariage que vous allez vous donner l'un à l'autre, l'amour indéfectible de Dieu que vous allez recevoir sont une grâce.

Absents au monde malgré le monde, ils seraient dans leur chambre qu'ils s'exciteraient pareil. Ils cherchent à se recueillir sans parvenir à maîtriser ces pulsions inconscientes dont nous ne sommes pas responsables, qui veulent souvent le contraire de notre raison.

— Il n'y a pas de plus grand amour que donner sa vie à ceux qu'on aime, dit Jésus. Ils sont déjà remplis d'amour l'un pour l'autre mais ils veulent Te confier cet amour et Te demandent de le constater.

Les mains nouées à celle de Samuel, elle serre, presse, sans s'apercevoir qu'elle astique abusivement l'annulaire, et que la chair, bientôt à vif, est comme prête à être alliancée. Des perles de sang. Samuel promène sur le visage d'Adélie un regard dont toutes les femmes rêvent. Un sortilège d'ange et d'assassin romanesque, ô combien excitant !

Plus la messe avance, plus leurs yeux se trempent. Même s'ils ne s'observent pas, ils vont, tels des jumeaux dont les sourires jaillissent au même moment, dont les larmes s'échappent en même temps.

— Samuel, voulez-vous prendre comme épouse Adélie pour l'aimer fidèlement dans le bonheur ou dans les épreuves tout au long de votre vie ?

Son envie de dire oui est si forte qu'il a failli couper la parole au curé. Dans cette sensation de ne plus pouvoir désobéir à leur destinée, ils glissent leur amour le long de leurs doigts comme on hisserait un drapeau pour naviguer sous pavillon éternel. Mais son goût de l'héroïque n'est pas comblé : elle voudrait fondre l'anneau dans sa chair. Elle est dans un tel abandon qu'elle pourrait tout endurer. Comme si on lui donnait trop. Comme si elle ne pouvait prendre sans rendre, comme si trop lui offrir la transformait en offrande.

— Ainsi, ils ne sont plus deux, mais une seule chair. Donc, ce que Dieu a uni, que l'homme ne le sépare pas !

Sur la toute-puissance de l'adagio, on apporte calice et hostie pour qu'ils partagent, avec peine tant leurs gorges sont sèches, le sang et le corps du Christ. Et tandis que l'église plonge dans la prière, ils ne peuvent se retenir de toucher leurs doigts désormais bagués. Comme deux enfants qui s'accrochent l'un l'autre, deux appels au secours venus réunir le désespoir et l'espérance.

Enfin. Le cœur de Samuel crève de tant de larmes accumulées depuis toujours, comme s'il lui ouvrait un besoin d'aimer. Enfin. Pour la première fois, il a le même âge qu'elle. L'âge d'un enfant. Elle s'est juré de ne rien oublier de ce visage, de la possibilité d'un cœur ; elle s'est juré de se rappeler cette vérité si, un jour, elle venait à en douter.

14.

— Il y a un an, j'ai reçu le plus beau cadeau de ma vie, Lui me donnait ce que je n'aurais jamais pu rêver de plus parfait. La créature la plus absolue. L'Aphrodite la plus poétique. La muse la plus pure. L'artiste la plus insolite. L'amoureuse la plus mystérieuse. La confidente la plus intelligente. La maîtresse la plus romanesque. L'amante la plus passionnante. La femme la plus belle… La Mienne. Depuis, mille moments de joie m'ont rapproché de toi. M'ont attaché à toi. Je t'apprends et te comprends. Je t'admire et te désire. Je t'aime et te concède ma vie. Merci d'être qui tu es, une femme d'exception. Ne change jamais, que je puisse pour l'éternité vivre cette passion.

Ébranlée, effarouchée par l'émotion, il aurait fallu attendre un peu, qu'elle décolle les bras de sa robe, chasse les gouttes de son visage, trouve les mots qui répondent à sa pensée. Qu'elle s'apprivoise à l'amour.

Deux parts de gâteau coupées de leurs mains entortillées sur un gigantesque couteau, presque une épée dont ils seraient les tranchants d'une même lame. Et les discours reprennent. Mais Adélie, devant cette merveille sucrée, bourdonne de rêvasseries : chaque rangée de génoise pour chaque année de mariage ? Ces bien-aimés de porcelaine façonnés de souhaits éternels seront-ils un jour brisés par les regrets ? C'est plus fort qu'elle : il faut toujours qu'elle s'échappe du bonheur, se projette dans un abîme qu'elle voit toujours près d'elle, comme si elle trouvait satisfaction à descendre, remonter, redescendre. Pourquoi de telles idées cauchemardesques au cœur de l'allégresse ? Parce que la joie ne s'arrache pas au forceps ? Putain de règle. Putain de règle du mérite qui autorise les autres, mais aussi ses pensées, à la persécuter.

Il faudra la poigne de Vivaldi et le ballet spectaculaire de drones lumineux pour la ramener de ses égarements, la ramener à Samuel. Qui aurait rêvé d'une nuit plus belle ? D'une nuit à sortir de soi pour exister dans l'autre ? Comme un lien venu de l'enfance et du sang, une nuit à épuiser, à goûter la magie d'un ciel. Une nuit faite exprès pour elle.

Troquant concerto pour slows love, les mariés ouvrent le bal. Il lui faudrait alléger sa pensée pour danser, mais non… Elle croise dans le regard de son père une sorte de caresse restée inachevée, la tendresse du père qui l'aurait abîmée. Trop horrible pour s'en souvenir ? Elle ne cherchera jamais à savoir ce qu'il a fait ou pas. Elle fera corps avec sa misère, sans juger celle de son père. Il l'aime et elle l'aime, elle a juste oublié comment il l'a aimée. Mal-aimée, c'est être aimée quand même, un petit peu, un peu trop. Elle ne discerne pas, n'a pas de repère dans ce domaine. Combien l'envers de son père restera un mystère. Alors, s'enfoncer dans la solitude des grandes allées et des arbres centenaires, dans la mélancolie des soleils couchés. Comment reconnaître les larmes qui font du bien de celles qui font du mal sans avoir appris les frontières du vice et de la vertu ? Pas facile de définir le mal quand le bien et le mal n'existent pas dans la nature, et qu'elle est complètement amorale.

Mais la nature aussi donnait sa fête, semblait crier vive la mariée. Cette nature qu'elle sent comme elle déréglée, écartelée. Lueur blanche dans la noirceur. Détournée de la quiétude d'un soir d'été, presque à l'effroi, elle s'étourdit de la flore, de la faune, éperdues avec elle, rendues complices de ses fureurs, de son état dilaté, possédée par les bruits sauvages, les chants et les plaintes, les cris de la nuit. Fouettée par le vent on ne sait d'où venu, voltigeant dans les rafales sans avancer vraiment. Vent qui siffle, gémit, rase l'herbe, tue les fleurs, soulevant leurs pétales jusqu'aux nuages qui semblent croître sur son visage en même temps qu'à l'horizon, mais ne veulent pas se déchirer, comme pour voiler des secrets se dissipant en brouillard qui s'attache, enveloppe, monte à la tête des arbres en fumée d'opium pour finir en pluie fine. Presque des perles sur un fil qui crépitent. Un clair de lune offrant la coupe aux ivresses inconnues, aux étoiles incertaines, fuyantes, qui vont et viennent, favorables ou fatales.

Elle aime s'imaginer abandonnée une dernière fois. Et lorsqu'elle le voudra, retrouvera son mari et n'aura plus jamais froid. Tout comme, enfant dans l'obscurité, elle repoussait les draps au pied de son lit, attendait d'être frigorifiée par l'hiver qui se glissait par la fenêtre laissée entrouverte pour, tremblante, presque délirante, se délecter de l'instant où graduellement elle se recouvrirait. Sévices comme tant d'autres qu'elle s'infligeait en alternance avec ceux que sa mère ou son père lui assénaient. Se faire souffrir pour se sentir vivante. Manquer d'amour est excusable, mais de souffrance impardonnable : on ne pouvait pas tout lui confisquer. Il fallait bien que l'on s'occupe d'elle, qu'elle ait un endroit à elle, et même si celui-ci était misérable, elle s'y était habituée ; c'était le sien, elle y tenait.

Elle était leur souffre-douleur et cela avait une valeur, ne serait-ce que pour ses prédateurs. Elle leur était attachée puisqu'elle leur appartenait. Elle s'échappait, se cachait, attendait jusqu'à la nuit s'il le fallait qu'on vienne la chercher. Elle songeait à se tuer ou à se jeter dans la mare, à fermer les paupières sur cette terre qui ne voulait pas d'elle, sur cette famille qu'elle aimait sans espoir. Avec une dernière volonté : qu'ils souffrent à leur tour comme elle avait souffert, non pour qu'ils aient mal, mais pour qu'elle puisse réaliser qu'ils tenaient à elle, qu'elle s'était trompée, pour les remercier de l'avoir aimée afin qu'à défaut de vivre, elle puisse mourir en paix. Mais elle n'aurait manqué à personne. Elle se ferait juste gronder de ne pas avoir respecté l'heure du dîner. Pardonnez-la, elle a tardé jusqu'au dernier moment pour vous donner une chance de la trouver, retrouver, une chance que, pas une fois, vous n'avez saisie ! Elle pleurerait mais nul ne comprendrait, alors elle se coucherait dans la nuit. J'étais pourtant à peine dissimulée, facile à dénicher, presque un jeu d'enfant. Est-ce qu'on devient grand quand les souvenirs de l'enfance ressurgissent ?

Mais ce soir, encore une fois, ses parents ne s'apercevront pas de son absence. Samuel, lui, s'en serait aperçu. Mais elle préfère sortir de sa cachette avant qu'il ne parte à sa recherche. Mouillée de la tête aux pieds glacés dans ses sandales de mariée perdue dans un passé de pleurs jetés à la gueule des châtaigniers, elle regarde les fenêtres du premier étage rêver en arcade, orangées par les chandeliers et les flammes, gansées de rideaux brodés qui semblent danser, moitié fermées pour préserver leur intimité, moitié ouvertes pour profiter de l'univers, donnant sur un large balcon à balustrade en pierre.

Elle ne l'a pas vu. Tel un amant de lune assis dans le froid, cigarette entre les doigts, la pluie jouant sur son costume trempé jusqu'aux os. Il est là. Il n'est pas venu la chercher, il ne l'avait jamais quittée. Il était là, à la contempler, à l'espérer depuis cette chambre qu'elle admirait quelques minutes auparavant. Il était là. Prêt à la prendre dans sa robe de mariée mouillée, prêt à lui gicler : « Mon amour plus jamais orphelins. »

Comme si les jours n'existaient plus et que seules les nuits se prenaient la main, ils ont ravagé les draps. Et ne sont jamais redescendus d'une lune de miel qui rendrait fou. Jusqu'à se posséder sur un gigantesque tapis de Perse, déplacé de la chambre à leur jardin, jeté à même la terre, le ciel de Vienne comme baldaquin. Quelque chose dont le diable serait jaloux. Et cela malgré l'interdiction de la direction de l'hôtel, refus qu'Adélie et Samuel ont bravé comme deux sales gosses en explosion. La belle étoile plutôt que la suite royale, leurs corps en chiffon réveillés par les cloches. Sois bénie ô toi la semence de vie déposée dans ma nuit.

15.

L'année suivante s'enchaîna comme les grains d'un rosaire, le merveilleux succédant à l'incroyable. Ils dévorèrent l'Autriche, puis la quittèrent pour planer en famille une partie de l'été dans le ciel antillais, à bord d'un avion privé appartenant à de vieilles connaissances dont elle ignorait l'existence. Sa taille étant proportionnelle aux excès auxquels Samuel l'avait accoutumée, le jet exultait parmi les Boeing. Sous les regards de l'équipage tendu comme une petite armée en uniforme, Adélie s'épuise à convaincre sa fille d'embarquer dans le palace volant.

— Si ma mère ne connaît pas ces individus et ne sait pas à qui appartient ce cargo nain, moi je sais, j'ai vu un documentaire dessus. À un parrain de la mafia.

— Parle moins fort Marie ! Tout le tarmac n'est pas obligé de savoir !

— Tous les lavabos sont en or ! Y a un même un spa et un sauna. Va vérifier et dis-moi si je me trompe !

— Calme-toi ! C'est vrai je ne sais pas et si c'est le cas je le regrette, mais on n'a plus le choix, alors s'il te plaît fais un effort.

— Et lui ? Tu sais qui c'est ? Jamais tu te demandes pourquoi tout est parfait ? Comment cet homme peut te combler quand personne n'y est jamais arrivé ? Comment une mécanique compliquée comme toi a-t-elle trouvé en si peu de temps non seulement un mécanicien mais un spécialiste ? Tu peux me dire ?

— Parce que pour lui, je ne suis ni compliquée ni à réparer et ne dois rien changer. Je lui conviens, c'est tout.

— J'espère que cette fois tu ne te trompes pas et que jamais il ne te fera de mal, sans quoi je le tuerai.

Avant de monter à bord, la tête d'Adélie se lève vers Samuel comme si, du haut de son mirador, le marionnettiste tirait les ficelles pour scruter un éventuel désordre sur sa marionnette. De toute façon, sa fille ne peut comprendre, personne ne peut comprendre. Il n'est pas mécanicien, il est magicien. Alors, leurs cœurs bien accrochés, elle en bandoulière, lui à la boutonnière, ils s'envolent vers la mer des Antilles. Et vivent au jour le jour comme on fait en voyage. Point de lendemain. Point d'angoisse.

Son cerveau ne cessait pourtant de produire de la matière. Et un détail – qui deviendrait par la suite capital – fut pour elle l'objet d'un profond étonnement : le déménagement de son atelier d'artiste sur leur lieu de villégiature. Un endroit ni trop chaud ni trop froid. Aéré, pour ventiler les peintures qui dégagent des vapeurs toxiques. Éloigné, pour éviter que les odeurs de térébenthine ne se répandent. Spacieux, pour que supports petits-moyens-grands, toiles vierges ou achevées, en cours ou à peine ébauchées, chevalets de toutes tailles sur pied ou de table, tabourets ainsi que dessertes puissent y être installés. Avec lumière naturelle provenant d'une baie vitrée ou d'une grande fenêtre orientée nord. Voire artificielle : spots, lampes articulées, lampes pour chevalets, softbox. Ah ! Et aussi un lavabo à proximité. Elle fut d'autant plus étonnée qu'à la fin des vacances il n'y avait jamais mis les pieds. Alors qu'elle aurait adoré le regarder peindre sa rage. Mais qu'il se défoule sur sa chair plutôt que sur ses toiles l'exaltait plus encore !

Qu'importe, dorénavant, partout où il séjournerait, un espace serait consacré à son art. Il se rendrait dans son atelier une fois son ange endormie, quand la nuit aurait volé les couleurs de la maison, puis céderait au sommeil jusqu'à midi. Ça ne la dérange pas qu'il crée sous la lune, qu'il y puise sa force, qu'il s'enferme avec ses démons pour mieux les libérer. Elle n'est pas non plus troublée de savoir sa cellule verrouillée, lui seul étant autorisé à y entrer. Elle-même se cadenassant dès qu'elle en a la possibilité. Devenus mari et femme, ils sont restés amant-maîtresse comme convenu dans la charte de l'artiste marié à son art.

Pourquoi, lorsqu'un rêve se transforme en réalité n'y croit-elle pas ? Parce que c'est comme les cadeaux, il faut les mériter, et que dans sa cervelle fêlée elle n'y a pas droit. Alors elle écrase ses rêves avant qu'on ne le fasse pour elle. Ses vœux sont tellement ambitieux que l'impertinence de les avoir souhaités sabote tout désir de les assumer. Mais les désirs ne sont-ils pas plus follement réalisés dans la liberté de notre imaginaire que dans le calvaire de la réalité ? Qui sait si on s'agrippe au bon rêve ? Alors que faire de ce qui, déjà, lui foudroie l'estomac ?

Il l'appelle. Lui aussi a quelque chose à dire.

— Je dois faire une exposition à l'étranger, tu m'accompagnes ?

Où se cacher pour qu'il ne la voie pas pleurer ?

— J'attends un bébé.

La pudeur leur refusera tout geste. Comme si la terre ne pouvait plus les porter, ils se sont allongés, enlacés sans plus parler, juste pour rendre grâce.

— Mon amour je vais peindre, je suis inspiré.

Avant même la fin de sa phrase, il avait disparu.

Enceinte ! Quel bonheur, quel privilège de sentir que le destin continue de lui accorder ses faveurs : être marquée par l'empreinte de son mari. Elle court pour aller le retrouver. C'est interdit mais tant pis. Besoin incontrôlable de le regarder, d'admirer comment la joie se transforme en œuvre d'art. Elle s'approche de son atelier, mais n'entend aucun bruit.

— Samuel ?

— Prends l'échelle !

— Je te croyais devant une toile. C'est quoi cette mansarde ?

— Une cachette pour toi et moi.

— Qu'est-ce que tu fais là ?

— Je t'attendais, je savais que tu viendrais. Retourne-toi.

Son sexe se dresse dès qu'il la presse, le sien s'ouvre dès qu'elle le touche. Ses doigts s'invitent sous sa robe, courtisent sa poitrine, se glissent dans sa culotte, excitent et s'enfouissent, élargissent son orifice.

— Adélie, je n'ai d'autre désir que de t'appartenir, d'être à toi pour toujours et de m'offrir jour après jour.

— Ça me rappelle un poème, un cantique même.

— Les paroles d'amour sont universelles. Mais si tu préfères, je veux mourir dans ton trou, est-ce plus clair ?

— Arrête, tu blasphèmes !

— Ah ! toujours Lui… le Dieu du Ciel… je ne suis donc pas ton Dieu suprême ?

— T'es jaloux ?

— Je ne suis pas jaloux de Lui, je suis fou de toi, et je veux que tu le sois de moi. Je veux être ton roi, ton maître, ton chef, ton Dieu des Dieux.

— Tu es plus que tout ça, t'es le mien et il n'y a pas plus divin.

— Maman ? Maman ? Où t'es ? Le dîner est prêt !

À son fils, hurlant…

— Je viens mon amour !

À son amant, jouissant…

— Je viens mon amour.

Jouir encore. S'aimer sans s'arrêter pour fêter l'arrivée de cet enfant, qu'il reçoive dès ses premiers instants l'amour si grand de ses parents. Les corps démantibulés, l'un sur l'autre vautrés.

— Samuel… bien sûr que je t'accompagne.

— Mais chérie, tu n'es plus invitée.

Épuisée, pas le cœur à discuter. Quoi qu'il dise, elle ira à cette exposition ! Elle aime tant le suivre, l'observer, autant que ses yeux le chérissent à travers l'objectif. C'est en tout cas ce qu'il pense. Adélie devint la photographe personnelle de son mari. Faire ce qu'on se croyait incapable de faire. Et c'est bouleversant de s'avouer que nul autre n'avait su éveiller en elle le désir de se consacrer à un homme, comme lui n'avait jamais accordé confiance à personne. Les photos furent un succès. Tous s'accordèrent sur leur excellence. Remarquables, mais surtout originales, empreintes d'affect, d'intimité. Comme si elle lui fendait la tête pour voir ce qu'il y a dedans. Le mettre à nu. Démolir l'échafaudage. Le montrer comme elle l'aime, comme il est. Une machine à fasciner. Ce que Samuel avait présagé, mais pas son équipe qui la considérait comme un corps injecté.

Si seulement elle n'avait pas… et si elle n'avait pas… ou si elle n'avait pas seulement… Il était là et elle n'a pas su le garder. On lui a repris ce qu'on lui avait donné, on lui a arraché son bébé. La laissant dans le vide et la culpabilité, la honte et la haine d'un corps bon à rien. Flottée comme une épave avec le désespoir pour tenaille.

Elle sait. Jamais assez, jamais trop, sans cesse se jeter d'un excès à l'autre. Elle sait qu'il ne faut pas laisser grandir la démesure au risque de se perdre. Qu'il suffirait de s'aimer soi-même pour que tout excès disparaisse. Mais la mesure n'existe pas pour ceux qui ne connaissent que l'abus. Oui, les excessifs sont des abusés qui abusent car seuls les excès leur permettent de se dépasser. Seulement les excès sont à double face. Alors on fait comment ? On les franchit par le haut ou par le bas ? Et comment distinguer les frontières, le haut du bas, la promesse d'une menace ? Elle dirait qu'elles varient selon la courbure de l'âme, et que pour vivre la passion il faut souffrir, il faut le cœur malsain, mal en point, ou divin comme celui du Christ pour accepter que l'amour fasse du mal.

Ses larmes coulent pour l'enfant perdu, pour l'abus, pour tout, elle ne sait plus. Elle brame comme l'animal au fond du trou. Et l'homme chaque fois se désole mais jamais ne s'affole, attrape son matériel de spéléologue, l'aide à s'extirper d'où elle est tombée. Il est son combattant de la tristesse, son pourvoyeur de joie. Samuel saisit cet instant pour annoncer son dessein : désigner Raphaël et Gabrielle comme ses légataires universels. Si on aime vraiment, on doit aimer par-dessus tout ; contre un tel amour, la raison ne saurait l'emporter. Et puisque cet amour est si pur, une chose si à part qui n'admet pas le partage, il ne peut rester plus longtemps sans s'acquitter du bonheur qu'on lui a donné. À vouloir souder une famille, il avait touché juste. Restait à prendre conseil auprès d'un avocat.

— Vous pouvez avoir la volonté de tout donner aux jumeaux mais dans les faits ils ne sont pas vos héritiers, seule votre fille Angèle l'est, à ce titre elle recevra la moitié de votre patrimoine. Ainsi la réserve héréditaire prime sur le legs universel, et ce malgré une disposition testamentaire.

— Si je comprends bien, il est impossible de traiter avec équité les trois enfants ?

— Sur les biens patrimoniaux, non. Mais vous êtes un peintre célèbre et pouvez transmettre votre droit moral.

— Raison de ma présence dans votre cabinet.

— Très bien. Madame Christie, j'imagine que vous en avez parlé avec votre mari, que vous validez cette décision et en mesurez non seulement la valeur mais aussi la portée ?

— J'avoue que je ne saisis pas trop ces affaires de legs et de testament, encore moins le droit moral.

— Le droit moral a pour but de protéger aussi bien l'auteur que son œuvre. Vos enfants auraient la responsabilité de faire respecter les volontés de votre mari sur le sort de son œuvre. En résumé : défendre sa mémoire et son travail.

— Tant que l'œuvre vit, une part de moi-même survit avec elle, et ceux qui risquent le plus de se soumettre à mes souhaits, pas par peur, contrainte ni même intérêt, mais parce qu'ils m'aiment et refuseront de me croire mort, seront Raphaël et Gabrielle.

— Très bien. Dans ces conditions comment envisagez-vous la protection de votre épouse ?

— Excusez-moi Maître, mais je ne devais pas être présente et ça me gêne de participer à cet échange. Je t'attends à côté Samuel.

— Non reste chérie ! J'ai prévu une assurance vie avec un capital conséquent pour subvenir à ses besoins jusqu'à la fin de son existence.

— Très bien. Il convient donc d'éviter toutes sources de conflit entre légataires universels et une héritière possiblement réticente à voir une partie du patrimoine lui échapper. Pardon, mais je lis dans votre dossier que madame a également une fille ?

— Marie avait quinze ans quand j'ai rencontré sa mère, elle est assez rapidement partie vivre chez son père. Je n'ai pas établi de liens intimes avec elle.

— Je soulèverai un dernier élément, plus émotionnel que juridique : Monsieur Paul Clément, le père des jumeaux, est-il au courant ?

— Je ne vois pas en quoi cela le concerne, lui qui ne subvient en rien aux besoins de ses enfants et dont la ligne de conduite est de les voir le moins possible !

— Justement ! Il pourrait considérer cela comme un affront à sa dignité, voire une menace à son honneur de père, et rougir d'une affaire que personne ne vous reproche, que rien ne punit mais qui humilie la conscience.

Le rendez-vous terminé, Adélie s'est revêtue d'une ombre dont Samuel aimerait la dépouiller. Est-il possible qu'il pousse à ce point l'amour, ou plutôt le délire paternel ?

— Je prends juste le relais d'un père démissionnaire. Jamais je ne me serais permis de pareilles dispositions s'il n'avait pas renoncé à ses responsabilités. Peut-être même sera-t-il soulagé de les savoir en sécurité.

— Pourquoi trahir Paul comme Angèle ? On aurait pu leur suggérer. Les persuader.

— Je ne voulais pas que mon rêve de vous avoir tous rassemblés soit mis en danger.

— C'est malhonnête.

— Comme toute mission secrète.

Ainsi, lors des rares après-midi où Raphaël et Gabrielle virent leur papa, Paul – pas plus que Samuel – ne voulant franchir la ligne de démarcation du palier, ne se sont rencontrés. Caché dans son repaire, Samuel observerait s'éloigner les enfants, chacun accroché à une main de celui qu'il considérait comme leur beau-père, puisque lui se prenait pour leur père. Un sentiment d'abandon, presque de trahison, comme si on lui avait arraché la chair de sa chair, le gagnait alors.

Leur existence a continué de rayonner comme elle avait commencé. Sans vie sociale, sans état de manque, dans un oubli de soi total. Vivifiés du dedans. À la recherche du beau où il suffisait de vivre selon les désirs de Samuel pour qu'elle soit comblée. Rien que pour cela elle serait devenue son esclave.

Comme s'il n'y avait que les fous qui sachent aimer, ils ont cavalcadé l'année comme deux adolescents venant de terminer leurs études. Pour la première fois de sa vie, sa véritable envie n'était plus d'incarner les sentiments à travers des personnages mais de les vivre réellement. Pourtant, au fur et à mesure que sa veine artistique s'engourdissait, celle de Samuel, elle, s'aiguisait. Étrangement sur les projets de sa femme. Ranimer la rage d'Adélie pour le cinéma et le théâtre devint son obsession. À cet effet, ils optionnèrent la pièce sur laquelle elle œuvrait. Rencontrèrent l'auteur. Trouvèrent un producteur. Ensemble. Toujours. Tout. Jusqu'à ce jour où elle surprit son mari en pleine conversation avec le dramaturge.

C'est toi qui l'as appelé ? Non c'est lui. Pourquoi c'est toi qu'il appelle ? Je ne sais pas. Tu trouves normal qu'il s'adresse à toi alors que c'est moi qui te l'ai présenté ? Je crois lui avoir dit qu'il me contacte pour les questions techniques. Ça semblait bien créatif pour de la technique. C'est pas de ma faute si ça a dérapé. Pourquoi t'es pas venu me chercher ? C'est si compliqué de dire « quittez pas je vais chercher Adélie », je croyais obséder ta pensée ? Tu ne l'obsèdes pas, tu la possèdes. Adélie, nous sommes si complices que toi ou moi c'est pareil. Je ne vois pas la complicité en ces termes. Ne fais pas d'histoire, je n'ai rien fait de mal. Non, t'as juste aucun sens moral. Il ne me semblait pas essentiel que tu sois présente à chaque fois. Eh bien si, tu vois ! C'est mon projet et tout m'intéresse ! Et surtout je suis la plus compétente pour répondre à mon exigence. Tu ne me fais pas confiance ? Je crois en toi bien plus qu'en moi, mais c'est fragile Samuel, tout se brise à chaque crise. Tu avances dans une âme en convalescence et tu le sais, alors ne la piétine pas s'il te plaît. Pierre à pierre j'essaie de reconstruire un édifice cassé depuis des années. Je n'aurai de cesse de t'aider Adélie. Je me suis mariée avec toi, pas pour que l'on répare tout, mais pour qu'on me massacre moins. Et tu ne t'es pas trompée chérie. Ne refais plus jamais ça Samuel. Je ne veux plus m'enfoncer dans le mensonge. Je te promets.

Mais il recommencerait, semblable à l'enfant qui déballe des mensonges perdus d'avance. Et elle recommencerait, par pulsion amoureuse ou malsaine, à lui dévoiler un autre projet adapté d'un fait divers (l'affaire Denise Labbé et Jacques Algarron) : une passion meurtrière que Samuel avait dévorée en une nuit. Ils s'élancèrent comme deux Robinsons à la découverte du monde, non sans rappeler sa position de créatrice, celle-ci ayant tendance à se réduire, voire à disparaître sous la domination de son mari qui donnerait son avis sur tout, participant à tout, mais plus troublant, s'investissant dans la construction du héros, s'identifiant presque de trop près à cet amant bourreau.

16.

Elle adore dire mon mari comme elle aurait adoré dire mon papa. Ce coffre empli de trésors qui aurait dû lui être offert. Des mains qui vous tiennent, des genoux qui vous portent, des bras qui réconfortent. Pouvoir être enlacée sans danger. Mais son coffre demeurait vide. Son papa faisait mal ou ne faisait rien. Entre ce papa tant rêvé et ce mari de rêve, elle cherchait un foyer, elle trouva un refuge. Seulement voilà. Malgré les différentes options : Adélie Delacroix, Adélie Christie Delacroix ou Delacroix Christie, elle n'a jamais pu porter le nom de son mari. Elle lui fut reconnaissante de la délicatesse avec laquelle jamais il ne l'exigea alors qu'à l'évidence il en était meurtri. Elle a essayé pourtant. Mais en vain. Pas légitime. Pas digne. Même mariée elle ne pourrait se donner. On donne un cadeau non un fardeau. Si on veut la posséder, faudrait presque l'enlever, que l'autre devienne responsable, qu'elle ne se sente pas coupable. Elle abandonnerait alors son corps sans âme pour qu'on ne lui fasse plus mal. Son âme n'est pas morte, elle est ailleurs. Rien n'empêcherait Samuel d'en faire la conquête.

Mais le diable se fourre dans les détails qu'il serait sage de considérer plutôt que d'ignorer : se nommer Adélie Delacroix ou Adélie Christie pourrait révéler un trait de caractère, les rugosités d'une personnalité, les intentions cachées.

Autre exemple : jamais il ne pénètre son atelier (excepté en vacances, quand tout le monde est couché). Déroutant pour un peintre mais pourquoi pas, il y a bien des mannequins qui ne s'habillent jamais dans la vie, des gens de pouvoir soumis au lit, des dentistes aux dents pourries, des psychanalystes dérangés. Pas grave, s'ils font bien leur métier. Mais Adélie avait espéré qu'il enseignerait les bases de la peinture aux petits, lui qui continuait d'être un papa hors pair, fidèle à ses promesses, les initiant au vélo, au patin à glace et roulettes, au ski, bowling, karting, rafting, voile, tennis, échecs. À tout sauf à la peinture. Comme s'il s'agissait d'un domaine sacré où personne ne méritait d'entrer.

De même : ils ne voient plus d'expos (Calder fut la première et la dernière) tant Samuel redoute que d'autres peintres prennent place dans le cœur de sa femme. Et de se révéler, par la virulence de ses critiques, subtilement jaloux, amer, voire humiliant. Des aspects de son caractère invisibles jusque-là, et incompréhensibles pour un créateur de sa notoriété. La peinture demeurait son empire, mais sur cette terre hantée d'énigmes, l'empereur Samuel n'avait pas l'air d'y régner en toute-puissance. Il s'y montrait fragile, en déséquilibre. Faut-il pénétrer un secret ? Le mystère des créatures n'appartient-il pas au créateur, tout comme le jugement et la pénitence ? Quel ravage serait de profaner une âme.

Mais aussi : ils n'écoutent pas de musique (si ce n'est pour entremêler leurs sexes sur des morceaux sélectionnés par lui). Comment vivre sans la musique ? Sans cette muse au doux pouvoir de transmuer la tristesse, sans cette absinthe, cette ivresse qui mord, perfore ? Combien ces états d'ébriété avaient compté dans sa mélancolie. Alors repliée dans son fortin – d'ordinaire la salle de bains, quand elle ne passait pas le plus clair de son temps à bien se détruire ou essayer en vain de se séduire –, elle se permettrait de bouger, s'exprimer, de charger ses organes. Et si Samuel s'absentait, assez rarement, elle danserait comme une folle, comme elle aime, quelque part dans l'appartement, peu importe, pourvu que le son lui bombarde le corps.

Ou encore : Omer, homme à tout faire, donc pourquoi pas expert du mieux-être de sa femme et professeur de yoga pour ses enfants (nouvelle trouvaille de Samuel). Au fur et à mesure, l'alibi des chakras lui permit de devenir un familier, de venir pour le goûter, puis après le dîner, et si c'était un jour de congé, presque toute la journée. Témoin de tous les événements privés et professionnels, elle le sentait s'infiltrer dans leur vie jusqu'aux vacances d'été où il était l'invité de son mari, au même titre que familles et amis du couple. Enfin surtout ceux de son épouse. Son chéri s'occupait de ses beaux-parents à merveille, et sa chérie de sa belle-vieille maman. Vu son âge avancé, Adélie espérait que mère et fils se hâtent de profiter l'un de l'autre, ce qui ne leur était pas arrivé depuis des années.

Ainsi réunis dans la ruche familiale, Raphaël et Gabrielle apparaissaient comme le sang de Samuel. Les gestes qu'il faisait, l'amour qu'il leur portait constituaient un délit de favoritisme manifeste, éveillant déplaisir et convoitise chez chacun. Sauf dans l'esprit de son époux, replet d'aise, qui n'en avait pas conscience ou l'assumait avec une indifférence qui faisait froid autant que zénith dans le cœur d'Adélie. Elle s'absorbait en lui. Et si avant il faisait tout avec elle, à présent elle faisait tout avec lui. Maintenant c'est lui qui tient sa main qu'elle n'a plus la liberté de lâcher. Comment les choses se sont-elles inversées ? Cela ne la gêne en rien, elle est enfermée depuis qu'elle est née, et s'est mariée pour que son cœur meure avec le geôlier.

Tout se faisait avec lui, boulonné à lui, il prenait soin de tout. Sa vie entière entre ses mains. Son amour, ses enfants, ses amis, sa famille, son travail, et même sa psyché si fortement lézardée par les injustices d'une mère et les vices d'un père que Samuel craignait de voir un jour s'effondrer.

Adélie ne voulait pas mieux ou plus, mais pareil. Elle voulait que sa mère atteste qu'elle l'aimait comme les autres, que son père l'admire et que ses frères et sa sœur la respectent. Elle voulait se préserver d'abus supplémentaires. Mais elle n'a rien eu de ce qu'elle souhaitait. Sa famille demeura insensible à sa prière. Et elle en fut un peu plus détruite.

Leurs yeux grouillaient d'amour. Sa vie était un paradis dont elle n'osait cueillir les fruits, de peur de manger celui interdit et d'être bannie du jardin. Elle aimait comme une femme qui n'a jamais aimé. Si aucun amour n'est suffisant pour combler le vide d'une personne qui ne s'aime pas, ce n'est pas tant de l'aimer que de lui apprendre à s'aimer qu'il faudrait. Comment pourrait-elle aimer ou accepter de l'être si elle se déteste, n'est-ce pas toujours un peu de soi qu'on aime en l'autre ? Elle aime quoi en fait ? Elle aime Samuel qui a fini par lui faire croire qu'elle était une ressuscitée de l'amour. Qu'elle était prête à recevoir et même à donner sans la sensation de se vider davantage ou de n'avoir rien de valable à offrir. Mais elle ne le lui dira pas, trop vulnérable aux blessures, trop instable pour s'engager, trop effrayée à l'idée de ne plus aimer alors que « je t'aime » est encore sur sa lancée. Comme il y a les abusés-abusifs, il y a les abandonnés-déserteurs. Appartient, n'appartient pas. S'attache, pas s'attache. Duel que se livrent ses pulsions contraires depuis des années pour que personne n'ait prise sur elle : jamais donnée, jamais abandonnée.

Certes, son mari d'une patience indulgente lui confie que ses silences sont aussi éloquents que ses cris du samedi. S'il savait comme elle voudrait le tremper sous la pluie de mots d'amour à peine bafouillés, ces mots qui hurlent sur les photos. L'élève est devenu maître, ne se limite plus à voler la meilleure image mais à la provoquer. Petit à petit, tenues, éclairages, postures et les tirages mêmes sont désormais supervisés par Adélie. Elle le met en scène, le dirige, lui bruisse à l'oreille pour que la fièvre apparaisse dans ses yeux. Il se laisse faire, se découvrant beau et sensuel sur les portraits. Il l'est. Irrésistible objet de désir qu'elle prend plaisir à s'approprier à travers l'objectif. Si excitant de jouer à la poupée avec son mari. Si rare aussi.

Quand, prête à signer, il apparaît, subtilement mentionné dans son contrat, que son mari, sans l'avoir avertie, se revendique comme l'unique producteur de l'aventure artistique qu'ils partagent. Encore un abus. Alors elle met le papier sous son nez sans lui donner une chance d'assurer sa défense. Il ânonne, comme tous les menteurs, par des questions plutôt que des réponses, elle n'entendrait jamais la vérité.

Fallait-il rappeler à Samuel que leur complicité dans la création devait être communion, pas nécessité, que c'était elle la productrice, elle la responsable de cette entreprise et qu'à ce titre, désormais, elle ne souhaitait plus qu'il y participe ? Que pour la première fois et à sa plus grande joie, elle se sentait capable d'assumer seule ? Qu'elle n'avait ni à se battre pour exister aux côtés d'un homme, ni à pâtir d'un abus de pouvoir ou de son emprise ? Qu'ils évoluaient dans une alliance égalitaire et qu'elle ne voulait pas que ça change ? Qu'ils poursuivraient leur partenariat sur les autres productions mais qu'il devait tirer sa révérence sur celle-là.

Non seulement, il ne déclara pas forfait, mais il s'obstina à embrasser ce projet qui comptait tant pour elle – et sacrément pour lui aussi – jusque dans le choix de l'acteur, rejetant ou approuvant selon de mystérieux critères.

L'investissement de son mari pour le personnage d'un bourreau la fascinait autant que l'inquiétait, mais se pencher au bord de l'abîme suffisait à lui donner le vertige. Elle se réfugiait dans le déni. Dans son imaginaire, Samuel était un homme armé, déterminé à la protéger, à l'emmener loin pour l'aimer, chevalier qui ne craignait pas d'explorer des contrées accidentées, comme celle qu'ils chevauchèrent une nuit dans la maison jurassienne de sa mère. Où, dans les vapeurs de marijuana et les sueurs de désir, une voix d'enfant demanda à Samuel si elle pouvait l'appeler « papa ». Un temps. Un silence. Un blanc foutraque qu'elle commença à noircir. L'avait-il entendue ? Allait-il être choqué, la gifler ?

Bien sûr, ma petite chérie. Tu sais combien papa t'aime, comme tu peux tout lui demander. Rien n'est mal, rien n'est interdit, tout est innocence entre un papa et sa petite fille. Si papa le dit, tu peux lui faire confiance. Tu te tortilles comme une diablesse, tu les aimes, hein ! mes bisous, mes câlins et mes caresses. Comme tu es jolie, comme tu es petite. N'aie pas peur, tu ne seras jamais punie, même si tu fais tout pour séduire ton papa et que tu goûtes au plaisir avec lui. N'aie pas peur d'aimer ça. Tu es toute rouge, tu respires fort. Oh oui ! Tu aimes ça. Ce n'est pas grave si tu as taché les draps. Mais tu dois m'obéir, tu ne dois rien dire, et moi j'obéirai à tes caprices. Personne ne t'aimera comme moi. Je serai le meilleur et toujours là pour toi. Pour te faire du bien. Tu es l'amour de ma vie. Protégée et aimée, mais n'oublie jamais, c'est notre secret.

La petite fille s'est éteinte à l'aurore dans les bras de son « papa ». Réveillés par les mésanges, les yeux encore habités de sommeil, ils vont se promener malgré la pluie. Chacun caché sous sa capuche, ils se tiennent par la main mais ne se disent rien. Seuls les oiseaux découpent le silence. Comme si les mots cramponnés dans la gorge avaient fini par l'étrangler, sans se regarder, sans s'arrêter de marcher, il se met alors à parler.

Tu te souviens de ce qu'il s'est passé cette nuit Adélie ? Oui, on s'est aimés. Tu te souviens de ce que tu m'as dit ? Pas trop, j'oublie le jour ce qui se passe la nuit. Tu voulais m'appeler papa. Et ça t'a dérangé ? Rien ne me gêne avec toi, mais chérie il faudrait… Le sexe de l'homme doit être foutrement léger pour qu'une pensée suffise à le soulever, j'adore l'idée, pas toi ? Ah je vois ! T'as pas envie d'en parler. J'ai juste le cerveau comme un ourlet décousu. Pas ton cerveau, ta sexualité mon ange. Je ne l'ai pas choisie. N'empêche qu'elle est déviée. T'inquiète pas Samuel, y a rien de grave. Si c'est grave ! Tu réalises les mises en scène pour atteindre l'extase ? Et alors, c'est normal d'avoir des fantasmes. Mais les tiens sont bizarres Adélie ! J'ai juste besoin d'être quelqu'un d'autre, de jouer un rôle pour me laisser aimer. Tu as noté comme le plus récurrent est celui de la petite fille abusée ? Et alors ? Si c'est ma manière de prendre du plaisir sans me sentir coupable, de brouiller le bien et le mal ? Non Adélie, c'est parce que tu l'as été ! Adélie, tu m'entends ?

Elle t'entend Samuel, même si sa pensée s'est détournée un instant, même si les sons ne parviennent plus clairement à ses oreilles parce qu'elle est sonnée ; le coup de grâce que tu lui as porté vient de l'achever. Regarde-la. Puissent les gouttes de pluie déguiser les larmes qui saignent sur ses joues. Oui elle est trempée. Oui il faudrait rentrer. Mais elle s'en fout, Samuel. Elle s'en fout du froid et du vent. Elle aime quand les éléments fusionnent avec ses sentiments, quand elle est entendue par la nature alors qu'incomprise par les gens.

Et t'es obligée de fumer pour tout oublier ! Tu te mets à l'envers pour que ton corps se libère. Non c'est pas pour ça ! C'est pour que ça me fasse pas mal. Mais c'est dans ta tête que t'as mal chérie !

La rage se prépare à tout déchirer, comme si elle était possédée.

Tu ne sais pas où j'ai mal, personne sait où j'ai mal, même moi je ne sais pas ! Si je ne fume pas ou si je ne joue pas un rôle, je suis un monstre et c'est moi qui ferai mal ! Ce n'est pas sur moi qu'il faut crier, moi je suis là pour t'aider et t'aimer, c'est sur ceux qui t'ont abusée ! J'm'en souviens pas, j'me souviens de rien, mais personne me croit ! Arrête Adélie ! Viens là ! Viens dans mes bras ! T'es trempée, on va rentrer. Laisse-moi ! Je croyais que ça te convenait ! Que ça te plaisait même ! Tout me plaît chez toi, mais j'ai dû m'adapter. T'adapter ? Mais comment on s'adapte à ça si on n'a pas une part de vice en soi ? Ça t'excite de ramper dans la fange ? De céder à tes pulsions dépravées ? T'es un pervers c'est ça, et tu m'le dis pas ? Adélie, calme-toi ! Viens que je sèche tes larmes. J'peux pas ! J'peux pas me calmer ! C'est comme de la lave qui peut plus s'arrêter ! C'est pour ça qu'il faut pas me réveiller ! Je veux pas que tu sèches mes larmes ! Je veux pas qu'elles pourrissent dans mon cœur ! Laisse-moi chialer ! T'auras qu'à t'habituer et comme tu sais si bien faire, m'apporter des mouchoirs !

Il l'attrape brutalement comme pour appliquer une camisole sur une folle. Elle se débat, l'agresse. Ne sait pas contre quoi. Elle a peur.

Mes larmes c'est la vie, la preuve que j'existe, elles seront taries quand j'aurai perdu l'espoir ! Elles sont la seule réponse valable à tes questions. Les larmes devraient avoir des couleurs, les miennes seraient rouges car elles viennent du cœur ! Adélie ! Regarde-moi ! C'est moi, Samuel ! Ton mari ! Je t'aime ! Tu ne peux pas m'aimer ! Je suis une déviée, une perverse, un monstre ! C'est toi-même qui me l'as dit ! Parce que tu crois que je suis parfait ? Que je me balade avec une auréole sur la tête ? Que je n'ai pas mes zones d'ombre ?

Silence… Secousse… Séisme… Il l'a fissurée. Non, elle ne peut pas imaginer que son mari – comme son père – puisse être défaillant. À quoi s'accrocher sinon ? Trop tard… Il sait qu'il vient d'entrouvrir sa forteresse. Silence…

Tu penses que mon père m'a abusée ? C'est une évidence mon ange. Mais mon père c'est tout pour moi. Eh bien maintenant ce sera moi. Oui c'est ça… tu le remplaceras.

Perché au sommet d'un arbre, un corbeau regarde s'évanouir ce couple père-fille sur ce chemin de campagne ensoleillé après l'orage.

Quels étaient tes rêves quand t'étais petite ? Grandir vite pour être libre de devenir qui j'étais. Quitter mes parents et faire des enfants pour leur montrer qu'on pouvait aimer autrement. Me battre pour prouver leur tort de m'envisager comme le désespoir de la famille. Être l'avocate des incompris… Avoir un papa comme toi.

Ils ont libéré leurs mains pour capturer leurs lèvres et, d'un baiser, ont fait gicler le sang. La sève coule dans leur bouche, scelle ce lien de parenté, cette alliance secrète et immorale. Pour autant est-ce un pacte avec le diable ? Elle avait Samuel dans la peau, elle l'aurait maintenant dans le sang.

Et toi ? Tes rêves ? Te rencontrer mon ange.

Profitant de ce moment où elle n'avait que la faiblesse pour défense, son mari bannit son père de sa vie. Un père pervers et pédophile. Une mère injuste et autoritaire. Une fille qui l'a quittée pour vivre avec son père. Paul qui s'est désintéressé de ses enfants. Des amis sans intérêt et sans valeur morale qui ne méritent pas son estime. Des gens du métier qui ne sont plus d'actualité puisqu'elle ne travaille pas.

Sa famille, comme le reste, ayant été éliminée par Samuel, la sienne n'ayant jamais vraiment existé, Raphaël et Gabrielle étant les uniques rescapés de cette hécatombe, ils se retrouvèrent seuls au monde, en liberté, dans une bulle rêvée.

Autocentrés, autosuffisants, autosatisfaits. Comme parachutés dans un champ de trèfles à mille feuilles. Le bonheur est un rythme d'enfant, mais le bonheur est muet. Alors elle s'est tue. Enceinte pour la deuxième fois, elle serait suivie comme si elle enfantait le messie.

Elle dialoguait avec les anges, elle tenta même une conversation clandestine avec le père de ses jumeaux pour le sonder au sujet du legs universel, ce fut comme sonder un précipice dans les montagnes, elle lâcha une pierre et mesura la profondeur de la question d'après le temps qu'elle mit et le bruit qu'elle fit au choc final. Qui avait eu cette idée grotesque ?

Chaque jour de sa grossesse était vécu comme un tel exploit qu'il était impensable que le bébé n'entende pas leurs cris de joie. Mais à la moitié du cinquième mois, le cœur a lâché. Pourquoi je ne peux pas avoir un enfant avec l'homme que j'aime, avec celui que l'Éternel m'a choisi ? Elle a beau transformer ses pourquoi en comment ainsi que la sagesse le demande, elle reste prisonnière de sa souffrance. À qui s'adresser d'autre qu'au Seigneur qui semblait jusque-là les accompagner ? Impossible d'être sauvés, l'un d'eux ou les deux sont sujets au péché. Une chose impure les contamine, les souille. Est-elle dans un de ces contes mythologiques qui frappent de malédiction une descendance ? Évolue-t-elle dans un délire paranoïde où on la condamnerait pour un crime dont elle n'a pas conscience ?

Même les médecins ne comprirent pas. Les examens, avant, pendant, après, avaient été faits et tout fonctionnait. Le plus terrible est de faire confiance sans comprendre, d'attendre avec humilité que les entrailles se remplissent, que les questions aboutissent. La grossesse étant trop avancée, l'intervention médicale fut nécessaire. Samuel ne la quitta pas d'un regard ni d'une larme. Le médecin dut hausser le ton pour les séparer et l'empêcher d'accéder au bloc opératoire.

Comme s'il ne l'avait jamais quittée, ses yeux s'éveillèrent sur Samuel collé à sa chair, en train de la caresser avec une extrême délicatesse. Bientôt il la pénétra lentement, doucement, pour limer la mort, rappeler la vie. Tu crois qu'on a droit ? Dis-moi juste si ça te gêne ou si je te fais mal ? Elle ne sait plus, son corps est encore anesthésié. Alors c'est idéal. Il va jouir dans son sang, dans son mal. Il va jouir et rire de sa jouissance. Pas méchamment. Nerveusement. Adélie tu m'entends ? On vient peut-être de faire le prochain dans un lit d'hôpital !

Elle sourit au milieu des larmes.

17.

Vous pouvez être fière, huit pages dans l'un des plus grands magazines, quelle prouesse ! J'imagine déjà le titre : « Samuel Delacroix photographié par Adélie Christie, actrice et compagne de l'artiste ». Il ne vous l'a pas dit ? Pourtant vous êtes plus que concernée, vous êtes l'argument de vente du reportage. Je sais que vous n'aimez pas vous exposer, Samuel, lui, a toujours déballé sa vie privée. Je comprends à votre regard assombri qu'il vous déclare le contraire, mais il ne vous dit pas la vérité. Relâchez tout, détendez votre mâchoire, vos lèvres, le yoga est un superbe outil pour calmer le mental. Venez vous asseoir en tailleur, respirez et canalisez l'énergie le long de la colonne vertébrale. Voilà c'est ça. Depuis toujours, il profite des femmes de sa vie et, comme les autres, il va vous vampiriser. De la première consacrée modèle pour ses peintures, à la dernière dont il fit sienne la notoriété, cela ne s'est jamais démenti, de toutes il a tiré profit. Je me demande si ce n'est pas Giulia qui a fait son portrait pour l'expo d'Amsterdam. Vous ne me croyez pas ? Facile de vérifier. Faites attention à vous. Protégez-vous. N'abandonnez pas votre carrière comme vous êtes en train de le faire. Si vous le laissez, il prendra tout et ne vous donnera rien. Vous ne savez pas à qui vous avez affaire…

Cela ne provoque rien en elle, ni gêne ni peur d'être sa victime. Personne ne l'avait encore troublée de bonheur. Samuel ne la dépouille pas de sa liberté, elle la lui offre. Il ne l'a pas mise en cage, elle y va d'elle-même. Le silence sera sa défense, ce pseudo-coach mental, cette paillasse d'Omer ne mérite pas davantage. Elle réserve ses cris et ses larmes pour son mari, mais ne croit pas que ce sera nécessaire. Elle sait qu'il ment, mais comme un enfant, pas comme un pervers. Elle sait qu'il a des failles, mais qu'il ne lui fera aucun mal. Elle sait que son exigence est de construire sa confiance, non de la trahir. Elle sait qu'il l'aime et qu'il tiendra ses promesses.

Mais le soupçon affleure, et le soupçon seul est déjà un malheur. Elle se dirige du côté de la bibliothèque où se trouvent les archives de Samuel, ses doigts tremblants vers la vérité. Elle en fait tomber la moitié. Tu fais chier Samuel ! Pourquoi je m'emmerde à chercher ce catalogue de merde ! Elle pourrait ne pas le trouver. Elle pourrait ne pas y croire, et continuer à vivre dans la quiétude de l'aveuglement plutôt que la férocité du réel.

Le catalogue gît sur le tapis. Omer disait vrai. Mais pourquoi lui a-t-il dit ça ? Lui, son ami, supposé le protéger. Jamais elle n'aura autant retourné un objet. Où es-tu Samuel ? Elle s'asphyxie à réfléchir, à ressentir, à ne plus respirer comme si l'air autour d'elle était vicié et que lui seul était en mesure de le purifier. À l'aide Samuel. Lui qui est toujours là mais comme par hasard, pas ce soir. Omer savait-il qu'il n'était pas là aujourd'hui ? Samuel savait-il qu'il venait cet après-midi ? Est-elle la proie de l'un, de l'autre, des deux ? Son esprit s'alourdit. Elle s'égare… L'attendre… Ne surtout pas basculer.

Même à distance, elle sent qu'il lui tient la main, qu'il la retient pour qu'elle ne dévale pas. Comme à chaque fois, il saura se défendre pour qu'elle puisse l'excuser, du moins le comprendre. Présumé innocent tant qu'il n'est pas coupable.

Le vouloir inoffensif pour ne pas être victime. Pas de l'homme qu'elle aime.

Le temps se perd dans ces tristesses-là. L'heure traîne.

Enfin il est là. Devant elle. Elle se dresse, ses mains jointes au creux de son dos, cramponnées à l'objet du délit.

As-tu permis à une autre femme de ta vie de partager ta création ? Mais c'est quoi cette angoisse ? Réponds-moi Samuel ! Pas plus que toi. Non, moi j'ai travaillé avec mes amoureux, et ne m'en suis jamais cachée, mais je ne me suis jamais consacrée à eux comme je le fais avec toi. Pour ma plus grande joie mon ange, mais non ça ne m'est jamais arrivé, ma confiance est beaucoup trop limitée. Personne ne t'a jamais photographié ? Jamais. T'es sûr ? Je suis sûr. Réfléchis bien, concentre-toi ! Je n'aime pas quand tu deviens violente ! Et moi je n'aime pas que tu me mentes, c'est quoi ça ? Ça ? Je ne sais pas ! Mais si tu sais, c'est ton portrait ! C'est pas évident. Mais putain, comment tu peux nier l'évidence comme un gamin ! J'suis pas ta mère, j'vais pas te punir ! Je voudrais juste, au moins une fois, t'entendre dire la vérité, alors pourquoi tu me la dis pas, merde !? Parce que je me souviens pas. Mais c'est impossible que tu te souviennes pas de la pétasse juste avant moi ! Tu deviens vulgaire. Parce que tu me tapes les nerfs ! C'est pas moi qu'ai provoqué une scène de ménage. Ben non évidemment, c'est toi qu'es minable, et moi la coupable, normal. En attendant regarde l'image peut-être que ça te reviendra. Ah. Ça ? C'est elle qui m'a piégé. C'est faux ! C'est vrai ! C'est toi qui lui as demandé. Faux ! Vrai ! C'est elle qui m'a apporté le cliché. Et tu continues de mentir ! Je sais ce que j'ai fait ou pas fait ! Et moi je sais lire ! Regarde ! C'est même écrit au cas où des connards comme toi oublient. Ben regarde ! Lis ! Photographié par Giulia Di Borghese. Tu me prends vraiment pour une abrutie. Tu dis plus rien ?… Ben oui évidemment, qu'est-ce que tu veux dire ? Moi non plus je sais plus quoi dire si ce n'est qu'un mal te ronge et que je préférerais que tu me l'avoues, sinon tu vas me rendre folle avec tes mensonges à répétition. Faut être complètement cinglé pour mentir avec une telle obstination sur des choses aussi insignifiantes, prouvables au premier regard.

Il la traverse de ses yeux malheureux qui mendient la compréhension, effrayé par la punition. Comme les enfants qui attendent de leurs parents une explication sur leurs actes, parce qu'ils ne sont pas assez grands, parce que la source du mal se trouve peut-être chez papa et maman. Arrête Samuel ! C'est bon t'as gagné. Il lui vient de la peine. T'es qu'un égaré. Comme elle. Et elle cessa de lui poser des questions puisqu'il n'en connaissait pas les réponses, elle s'interrogerait à sa place, galérant à démêler cette folie.

Pourquoi amène-t-il l'enfer dans leur paradis ? Ment-il par peur d'être privé d'amour, condamné ? Craint-il de la décevoir ? Veut-il se faire valoir, la dominer ? Le mensonge est-il une drogue dont il ne peut se passer ? Ou une fuite de la réalité, pour se sentir plus fort, inventant celui qu'il aurait voulu être ? Ment-il au point de ne plus reconnaître ce qui est vrai, telle une vérité infectée ? Son projet est-il de terroriser celle qu'il aime ?

Épuisée, elle lâche, essaye d'oublier. Quand une autre question s'insinue : et pourquoi Samuel ne lui a-t-il pas demandé d'où elle tenait son information et comment se fait-il qu'Omer la lui ait donnée ? Dézinguée jusqu'au bout de la nuit. Jusqu'à ce que son mari se glisse dans son lit, contre elle, à son oreille : tu ne mens jamais toi ? Si. Elle a construit sa vie mensonge après mensonge, comme un maçon édifie sa maison pierre à pierre, parce qu'elle a grandi avec des gens qui lui ont menti, ne l'ont pas aimée, à qui elle ne devait aucune vérité. Le mensonge est l'arme des faibles, il faut donner de l'amour aux menteurs, c'est ce dont ils ont le plus besoin, il faut caresser la méchanceté. L'amour, un bouclier contre le baiser de Judas.

— Je ne mens plus.

— Parce que je t'aime ?
— Ne me mens plus.
— Parce que tu m'aimes ?
— Fécondons nos faiblesses.
— Je vais d'abord féconder ton sexe.

Il se glisse dans ses lèvres d'en haut en même temps que dans celles d'en bas. La posséder par toutes les brèches.

J'adore te prendre en dehors des samedis. J'ai le sentiment de te tromper avec une fille qui s'appelle Adélie et qui m'excite terriblement.

Non Samuel, c'est elle qui te trompe tous les samedis, tu te laisses prendre par des filles qui lui ressemblent mais qu'elle invente. Ce n'est jamais Adélie qui couche avec toi. Des soirées comme cette nuit, tu ignores qui tu pénètres, qui possède ton sexe et le met hors de lui-même, car c'est ta femme qui choisit celles qui baisent avec son mari.

Rien n'y fait, ils gadouillent dans la tromperie. Ce sont des menteurs, des tricheurs, des manipulateurs. Mais l'amour qu'ils n'ont jamais reçu et dont ils s'aspergent maintenant va-t-il débarbouiller la crasse qui obstrue leurs cœurs ? Méritent-ils de vivre sans souffrir ?

Adélie tu m'entends ? Adélie regarde-moi je t'en supplie. Je sais que tu t'identifies à une autre, mais je ne veux pas savoir qui, car ce soir je suis avec toi que ça te plaise ou pas. Et malgré le noir, je te vois. Je vois que tu es nue. Ce qui est si rare chez toi. Regarde l'effet que ça me fait de me coller à toi quand aucun voile ne nous sépare.

Chaque coup de reins charme la tirade, envoûte son vagin.

Ce soir, je vais te dire une vérité puisque tu y tiens tant. Bien que celle-là tu ne souhaites pas l'entendre. Même si je tombe amoureux de toutes les filles qui s'invitent dans ma chambre le samedi. C'est toi. C'est ma femme qui me fait bander… que je désire… que j'aime… et ça depuis que je l'ai rencontrée. Sens ma queue... prends-la... serre-la... enflamme-la avec ta chatte... si tu savais comme tu me plais.

C'est vrai qu'elle déteste se trouver nue, sans habits pour camoufler les vices de son esprit. Tel un arbre dépouillé de son feuillage, dénudé jusqu'au cœur. Ses plaies trahies. Et puis quoi ? Être rejetée à nouveau ? Elle a peur de ce qu'elle aurait à offrir. Alors, ne surtout pas être nue. Comme si son corps devait se cacher d'avoir été réduit à un fantasme pervers. Comme ces femmes abusées qui enterrent leur chair pour se soustraire aux pensées mauvaises. Ces femmes voilées dont le corps enfermé les protège du désir. Ces geishas à la sensualité maquillée conditionnées pour distraire.

Il y a tant de sentiments qui se confondent qu'elle ne sait plus comment les démêler. Ce sont des caresses dans sa tête dont elle a besoin, pas sur son sexe. C'est l'amour qui la fait jouir avec lui, pas le plaisir. C'est ça qu'il a éveillé en elle. Ne le saccage pas Samuel. Il lui attrape les mains, elles sont de marbre.

Tu ne veux pas me donner tes mains ? Ce n'est pas moi qui ne veux pas, c'est elles qui ne répondent pas, tes mains Samuel sont comme la patte des chats, elles peuvent égratigner et caresser à la fois. Je me sens seule, forcée au silence, vouée à la solitude des incompris. J'ai le cœur gros de pleurs, il a pris toute la place. Je croyais que l'amour c'était connaître les blessures de l'autre, les panser plutôt que les creuser. La plupart font le contraire et se fracassent sur des rochers de haine. Naïvement, je me suis sentie protégée de t'avoir dévoilé mes failles, mais peut-être ont-elles attisé les tiennes. Je n'ai même plus mon père à qui parler.

Parle-moi Adélie. Et puis non, c'est moi qui vais parler. C'est vrai mon ange, tu n'as plus que moi comme je n'ai plus que toi et n'ai toujours eu que toi. Je t'ai cherchée toutes ces années. Des années où je me suis exilé en moi-même pour que rien ne m'abîme en attendant ton arrivée. Des années où je n'ai donné à personne pour que mon cœur soit céleste.

Qu'il demeure vrai et sans partage. Oui j'ai vécu, mais j'ai tout désavoué afin de t'offrir ma virginité. Je connais tes blessures, tes failles. Je connais même le dessein secret qui sommeille au fond de toi. Mais ce n'est pas parce que je suis dans le déni et que je ne te confesse rien que tu dois douter de mon mérite, douter que je ne tiendrai pas mes promesses, douter que je ne ferai pas l'impossible pour réaliser tes rêves. Je t'aime. Je suis prêt à épancher ma sève pour tenter de t'exaucer. J'ai foi en toi mon Adélie. Et malgré tout ça, malgré tout cet amour, je m'aperçois qu'au moindre faux pas, tu te méfies.

T'as pas le droit de dire ça Samuel. Ce n'est ni un faux pas ni la première tromperie ! J'ai si peur d'être trahie. Je redoute de devoir abandonner ce qui m'est insupportable, ou d'être abandonnée, ce qui me fait encore plus mal. Je porte ma confiance entre les bras comme si je serrais un animal blessé en quête de sauveur, mais je crains tellement de commettre une erreur que je préfère me garder de ces morsures dont j'ai trop souffert. Je préfère lécher mes plaies dans ma tanière. Tu es le premier à qui j'ai déposé mon cœur. Joie ou calvaire, toi seul pourras le déterminer. Mais si tu l'acceptes, ne le rejette jamais. Ne me condamne pas au deuil des promesses et des rêves.

Mon cher ange, comment peux-tu imaginer que celui qui possédait la clef d'une serrure fermée à double tour puisse te tromper ? Alors que des hommes, les uns après les autres, parfois en même temps, avec leur puissance, leur intelligence, leur amour, ont tâché d'abattre une herse qui n'a jamais cédé ? Seulement la porte fallait pas la défoncer, fallait jouer avec la serrure, repérer ce qui coinçait. À défaut, trouver la clef, la fabriquer. Bien sûr, il reste le verrou du haut, mais il est tout petit, et puis tu auras de moins en moins besoin de le fermer car tu souhaiteras que je poursuive mes fouilles, qu'on découvre ensemble les vestiges que tu as enfouis.

L'amour se résume à deux personnes qui risquent leur vie. Elle risquerait la sienne, elle s'échapperait vers sa chance.

18.

Nous sommes au cœur des chaleurs caniculaires de juillet. Ils sont entourés de leurs fidèles, à l'exception d'Omer qui ne répond pas à l'appel. Dans les parages, sans doute pour immortaliser d'autres célébrités, Jérémie, le photographe presque officiel de leurs faits et gestes, les a rejoints pour déjeuner. Puis tout le monde est parti faire du bateau, tout le monde a ri. On est heureux sans l'avoir cherché, c'est solaire. Adélie et Samuel sont amoureux, la plénitude est une caresse. La journée semble avoir été offerte par Dieu. Et la nuit arriva. Une nuit lourde sans étoiles. Une sensation si brumeuse qu'Adélie peine à distinguer les siens qui remontent de la plage.

— Laisse-moi t'aider Adélie. Samuel a dû partir précipitamment, il m'a expliqué pourquoi mais j'ai pas très bien compris.

— Ah ! Merci Jérémie. Je m'entête à prendre les seaux, les pelles et les râteaux, mais personne ne fait de châteaux !

— C'est rare de le voir aussi heureux !

— Moi je ne le connais que comme ça. Mais comment as-tu pu le voir autrement, on l'a connu quasi en même temps ?

— Je suis son photographe depuis dix ans… tu ne savais pas ?

Non, elle ne savait pas. Elle ne sait pas, ne sait plus rien. Une trahison de plus. Elle voudrait s'enfuir, s'évanouir.

— J'étais sûr que tu savais... bon ben... bonne soirée alors.

Le cœur tombe de toute sa masse, la rage dans chaque fibre. Elle l'attend dans sa chambre. Pour résoudre un mal il faut opérer à cœur ouvert. On met le cœur hors circuit, on fait la chirurgie, et on le rebranche prudemment avec l'espoir qu'il redémarre. Ce n'est pas qu'il n'y a plus de passion entre eux, c'est qu'il y a une lésion.

Elle l'attend. Ça frappe, là ? C'est dans sa tête que ça cogne. Mettez-vous à sa place, imaginez une locomotive, ou plutôt un Transrapid, qui surgirait de l'ombre comme poussé hors du tunnel, sans freiner, sans allumer ses phares, sans ralentir aux aiguillages, sans se conformer aux normes de sécurité, et qui l'enlèverait au passage. Elle s'est nichée à ses côtés, et le bolide ne s'est plus jamais arrêté. Qui décidera du déraillement ?

Elle l'attend. Elle a l'impression que sa jupe est de travers ? C'est sa tête qui foire.

Elle l'attend. Pourquoi n'est-il jamais là quand ces choses arrivent ou arrivent-elles parce qu'il n'est pas là ? Elle aime les rafales et les orages. Les nuages sataniques et les ciels en désordre. Les mers démontées et les vagues échevelées. Les tempêtes de sable et les éclairs du désert. Elle aime l'amour qui ensauvage. Elle se nourrit de la folle énergie de la nature et des humains. Ils lui transmettent leur ivresse, l'exaltent. Mais ce soir elle craint que la fureur ne la dévaste.

Elle l'attend. Que fait-il ? Presque minuit. L'heure des sabbats, des loups-garous et des sorcières. L'heure où Cendrillon perd sa tong. Minuit passé. Elle regarde à ses pieds le vernis rouge écaillé.

Mais que se passe-t-il Adélie, t'es toute décomposée, on dirait un Picasso. Tu m'as manqué mon ange, Jérémie t'a prévenue ? Assieds-toi Samuel, je voudrais te parler. La dernière fois que je me suis assis pour parler, je me suis fait crucifier. Tu m'avais trompée ! Non, ce n'est pas ça tromper. Tu l'as même reconnu Samuel ! Non, j'ai convenu que je ne voulais pas te blesser avec des choses qui, bien qu'elles aient existé, étaient oubliées. Je ne discerne pas la vérité du mensonge dans les histoires qu'on me raconte. Il n'y a pas de vérité sur terre chérie, on la traque comme un gage de bonheur, mais les intelligents se rendent à cette évidence, et tentent vainement d'être meilleurs. La vérité et le bonheur sont indissociables, ce ne sont pas deux combats : la victoire de l'un engendre l'autre. Tu me fatigues avec ta vérité Adélie ! De quoi voulais-tu me parler ? J'ai à peine commencé que t'es déjà énervé ! Commencé quoi ? Je t'ai encore trahie c'est ça ? Arrête de me parler comme si j'étais une folle qui sans arrêt se sent persécutée ! C'est pas très loin de la réalité. Trop fort pour retourner la situation à ton avantage et me rendre responsable ! Tu ne m'as pas attendu Adélie pour te sentir coupable. Arrête ! Tu vas m'énerver aussi ! Mais tu l'es déjà ma chérie ! Tes yeux sont désarticulés ! Mais parce qu'au départ c'est moi qui ai des reproches et au final toi qui me fais la morale ! T'exagères pas un peu, là ? Alors, tu avais des reproches à me faire ? Arrête ce ton méprisant, ça m'exaspère ! Tu sais quoi ? Non seulement je vais arrêter mais je vais me coucher.

Il a bondi si vite que se jeter à ses pieds et se mettre à pleurer pouvaient seuls le retenir.

J'ai besoin de te parler Samuel ! Tu ne veux pas me parler, tu veux m'accuser. J'ai besoin de comprendre ! Mais tu ne comprends rien, tu ne comprends pas les hommes, tu ne comprends pas comment ils fonctionnent ! T'es pas les hommes, tu es le mien ! Le mien, la mienne, je n'en sais plus rien.

La mienne comprendrait sans me demander, m'accepterait sans me juger, sans me blesser. Mais c'est toi qui me fais du mal ! Lâche-moi Adélie ! Tu m'étouffes, là ! Putain ce qu'il fait chaud. Je reviens. Tu promets ? À quoi ça sert puisque tu ne me crois pas !

Elle s'est replacée sur le bout de son canapé, peinée par cet individu qu'elle ne reconnaît plus. Ne comprend pas que la douceur puisse devenir mauvaise. Est-ce lui qui a changé de voix ou elle qui a changé d'oreilles ? Est-ce possible qu'il s'agisse de son nouveau bourreau ? Non ! Pas lui ! Est-elle détraquée au point de consentir que même l'homme de sa vie est un tyran, et que dans son destin il est impossible qu'il en soit autrement ? Non, c'est juste une crise. Mais si c'est vrai, alors elle acceptera les humiliations par peur d'être abandonnée, châtiment que lui ont mérité ses crimes : empaillée dans les sévices. Elle dira qu'elle sera une petite fille parfaite, qu'elle ne recommencera pas et laissera Samuel faire en elle tout ce qu'il voudra.

Il s'est changé. Il est désirable. Et il va en abuser. Il traverse la pièce, ouvre la fenêtre, allume une cigarette, s'éloigne sur la terrasse. Et puis rien. L'effroi. Le silence qui s'acharne. L'incertain. Comme si l'enfer l'aspirait, comme si elle enfonçait son destin entre les mains de Samuel. Elle attend son jugement, attend son tyran, qui reparaît esquinté de violence froide.

— Alors je te fais du mal ? Tu peux m'expliquer ?

Ça y est… Les yeux se mouillent, le dos courbe. La poitrine se recroqueville. Les pieds déjà en dedans, ses mains se tordent. Sa tête se cogne au plafond de la désolation chaque fois qu'elle essaie de la relever. Elle a huit ans. Peut-être plus, moins, peu importe. Elle redevient l'enfant résignée, prête à être martyrisée par un tortionnaire.

T'as perdu ta langue ? Pourquoi tu me parles comme à une petite fille ? Parce que c'est ce que j'ai devant moi. Ah non ! Pas les pleurs ! Pas d'hystérie, sois gentille mon cœur. Pourquoi tu mens ? Pardon, j'entends pas ! Pourquoi tu mens ? Ah ! nous y voilà ! Adélie, le mensonge est aussi utile que l'ombre en été. Si nous passions notre temps à dire la vérité, la vie serait épouvantable. Aimer c'est respecter l'intimité de l'autre, respecter qu'il ne dévoile pas tout, accepter qu'il ne se laisse pas posséder. Nul être humain n'est contraint de tout dire, il peut garder le silence pour éviter une peine désolante. Pourquoi tu mens à moi ? C'est toi qui demandes ça ? Toi qui mens à tout le monde et d'abord à toi-même. Toi qui te caches derrière des personnages. Je ne me mens pas à moi-même, je ne vis pas dans le réel c'est pas pareil, et je te mens pas à toi. Je ne sais pas, je vis avec une actrice. Mais tu sais pourquoi elle existe ? Pourquoi je l'ai construite ? Pour faire fonctionner un mécanisme cassé que je ne suis pas parvenue à réparer en profondeur. Alors je suis plus délicate à manier, rapidement cassable parce que c'est du bricolage, du rafistolage. Un rien causerait l'arrêt de tous les rouages. Mais tu sais tout ça puisque j'ai tout partagé avec toi ! Mais toi tu ne m'as rien donné, rien expliqué, et je ne comprends pas pourquoi tu me mens. Mais arrête avec ça, je ne te mens pas ! C'est clair ? Maintenant tu veux quoi ? Baiser ? Fumer ? Te baigner ?

Et parler Samuel, sans prendre le risque de tout perdre, sans que tu la jettes dans les eaux du Styx ?

Il est sorti. Elle l'a suivi. Chienne au cul de son maître. Pas nécessaire de la siffler, elle est juste derrière. Qu'il la traite mal ou bien. Chienne jusque sous la peau. Pas un regard. N'existe pas. Choses humaines assises à fumer du cannabis les yeux tordus dans la piscine. Elle voudrait donner des coups de poing à l'indifférence, sauter le fossé qui la sépare de cet homme qu'elle ne connaît pas et sent capable de n'importe quoi.

Mais déjà elle plane sur la campagne autour. Et ce soir, même la nature détourne la tête, résolue à ne pas communier avec sa détresse. Pourtant son besoin d'elle est si grand. Mais la nature est une bohémienne sous le charme de Samuel. Adélie écoute, espère. Rien ne se fait entendre que l'éclat du rire bas de son mari.

Pourquoi les arbres et les fleurs n'ont-ils pas de cœur ? Parce qu'ils ne pourraient conserver leur maintien devant l'ingratitude des êtres humains. Pourquoi aime-t-elle les hommes beaux ? Parce qu'à ses yeux son père ne l'était pas. Il était laid et sale. Non, pas sale, malpropre. Et la petite fille se sentait laide des vices de son père. Depuis, elle ne se sent belle que dans les bras d'un homme beau. C'est nul, mais c'est comme ça. Pourquoi cette émotion lorsqu'elle observe les petits personnages rouges et verts des feux de signalisation ? Parce que sans eux comme repères, nous ne saurions quoi faire. Elle aurait tant besoin d'un panneau, tant besoin qu'on lui trace la route. Il lui revient qu'enfant elle se perdait tout le temps, lui revient une journée presque entière dans la forêt de Fontainebleau, apeurée, en quête du moindre écriteau. Voulait-elle que ses parents la recherchent et mesurer leur amour qui s'effondrerait sous une rafale de gifles quand maman la retrouverait ?

Son corps n'a jamais oublié la brutalité. Est-ce qu'on explique la violence contre un enfant ? Va-t-elle subir pareil traitement lors des retrouvailles avec Samuel ? Elle croyait voler, elle croyait à une liberté aussi large que le vent, mais elle va tomber, sans personne pour l'en empêcher puisque son sauveur l'a abandonnée. Samuel, elle sera ce que tu veux, te suivra dans n'importe quelle folie, mais aide-la. Dis-lui qui elle est. Celle que tu veux qu'elle soit. Dis-le-lui. Ne la laisse pas chuter dans le trou du diable. Sauf si c'est ta cache, auquel cas elle t'y accompagne.

— 4 h 44. Fais un vœu Adélie… Trop tard 4 h 45.

Il s'est levé, s'est posté de l'autre côté de la piscine comme jaguar chauffant sa proie, dans un face-à-face qu'une largeur de bassin sépare.

Déshabille-toi chérie ! Je sais. Tu n'aimes pas ça. Montre-toi dans ta vérité puisque tu l'apprécies tant. Dépêche-toi ! Tu as suffisamment fumé pour avoir la tête défoncée et demain tout oublié. Comme t'as tout oublié de ton passé. On t'a jamais dit que ceux qui ne se souviennent pas du passé sont destinés à le revivre ? Moi je ne l'ai pas oublié, je l'ai éradiqué pour toi. Allez ! dépêche-toi ! Tu veux de la musique ? moderne ? classique ? tu ne sais pas ? Moi si. Je sais celle qui te plaît. Celle quand tu rêvais de moi, quand tu me connaissais à peine. Quand tu m'espérais… La lumière est parfaite, juste le reflet des projecteurs de la piscine et quelques lanternes. Comme un éclairage à la bougie. Comme un samedi, sauf que j'ai pas envie. T'es très jolie pourtant sans tes vêtements. Tu as vraiment un corps d'enfant, c'est terriblement excitant. Il s'est bloqué comme ta sexualité. Tout y est, mais en petit. Je l'aurai au moins admiré une fois, mais tu vois, là, ça ne me fait rien. Tu voulais me parler je crois, je t'écoute. Pourquoi tu fais ça Samuel ? Qu'est-ce que j'ai fait pour mériter ça ? Adélie chérie, sache que les êtres forts n'ont à recevoir de leçon de morale de personne. Ils construisent eux-mêmes leurs valeurs. Mais je ne crois pas que c'est de ça dont tu voulais parler. Pourquoi tu ne m'as pas dit que tu connaissais Jérémie ? Je ne t'ai pas autorisée à te rhabiller ! Qu'il faisait tes photos de paparazzi, de toi, de ta vie, de ta famille, depuis des années ? Que tu connaissais Omer, ton soi-disant homme à tout faire, depuis une éternité ? Que tous les clichés supposés volés étaient, en réalité, organisés ? Parce que tu n'aurais pas compris et ne m'aurais pas obéi. « Je dois obéir » ou « Tu dois mentir » sont les seules options de notre relation ? C'est ça la grandeur de ton amour ? Ça les méthodes des êtres forts ? C'est pas plutôt des dérobades de lâche ? Ça suffit Adélie ! C'est ça ta gloire ? Régner sur une piétaille d'agenouillés ? Ça suffit j'ai dit ! Ben tu sais quoi, ça va pas le faire, car moi je suis une soumise rebelle ! Toute ma vie ça a été mon problème !

Dans ce chaos de nerfs, soudain elle a plongé tout habillée dans la piscine et, trempée, s'est jetée sur lui.

— Et tu vas foutre notre mariage en l'air, connard !

Alors qu'ils se livrent à un corps-à-corps où se mêlent l'érotique et le morbide, il la pousse férocement dans l'eau, jusqu'à disparaître dans une gerbe de sperme d'un samedi non consommé.

— C'est déjà fait chérie, je te quitte cette nuit !

Dans le noir, dans le froid d'une tornade qui a tout percuté, même sa rage, tout arraché, elle chancelle sur ce chemin de croix. Et rejoint la maison, la chambre, le lit… le sien.

— Qu'est-ce que tu fais là ?

— Je viens me coucher près de toi.

— T'as pas entendu ce que je t'ai dit ?

— Je ne suis pas sûre d'avoir compris.

— C'est fini Adélie.

Tout se met à tourner dans la chambre des fleurs sous les meubles. Et elle perd connaissance.

— Adélie ! Adélie ! Réveille-toi !

Non elle ne se réveillera pas. Elle va cesser de vivre, se mettre là tout contre toi. Sans plus souffrir que tu l'abandonnes. Sans plus souffrir d'être rejetée, et pour une fois, en méritant d'être aimée.

— Adélie ! Ne me fais pas ça ! Je t'en supplie ! Reviens !

Regarde Samuel comme elle est épuisée, mouillée, glacée. Oui, déshabille-la, réchauffe-la, couche-la. Mais ne la réveille pas.

— Pourquoi tu m'as ramenée à la vie ? Parce que notre histoire n'est pas finie ? C'est ça ? Dis-moi que ce n'est pas la fin.

— Ce n'est pas la fin… Ce n'est pas la fin puisque tu y tiens, mais moi je n'y serai pour rien.

— Merci…

— Va te changer et viens te coucher.

— Je veux bien être sans rien, juste toi dont j'ai besoin.

— Tu es frigorifiée, viens, je vais te faire couler un bain.

Il l'attrape au passage, elle va faillir, craquer peut-être, abandonnant toute honte, toute résistance, comme une enfant grelottante. Il la déshabille, la décortique, la plonge dans la baignoire, puis s'assoit sur le rebord, l'observe et lui caresse le visage.

— Même défaite, t'es vraiment belle. Ne bouge pas, je reviens.

Prostrée, elle ne cillera pas jusqu'à ce qu'il réapparaisse. Elle l'attend… sagement… Mais tout à coup, tel un animal qui pressent une menace, elle se dresse, sort de l'eau, détale dans le corridor et se jette de toutes ses forces contre la porte… fermée.

— Samuel ! Samuel ! Ouvre-moi ! T'as pas le droit de me faire ça ! Samuel ! S'il te plaît ! Je t'aime Samuel…

Un papier se faufile sous ses pieds : « Je ne peux pas vivre avec un être qui n'a aucune confiance en moi, qui sans cesse suspecte tout ce que je dis, tout ce que je fais et ne sait pas m'aimer tel que je suis. Je t'aimais comme jamais, tu as tout détruit. »

— Samuel ! Samuel ! C'est pas vrai, c'est pas possible, on ne peut pas se quitter. Je ne chercherai plus à savoir la vérité. T'as raison, c'est pas grave c'est du passé, je vais l'effacer comme tu l'as fait. Samuel ! Ouvre-moi ! Je vais frapper jusqu'à ce que tu me laisses entrer.

Mais personne ne peut entendre, personne n'est à cet étage et la maison est tellement grande.

— Samuel ! Ouvre-moi ! Je serai tout ce que tu voudras. Ton jouet, ta poupée, ta martyre. Je me suis mariée pour le meilleur et pour le pire, tu m'as donné le meilleur, j'accepte le pire. Je ne peux pas vivre sans toi, je veux souffrir, je veux mourir avec toi. Le pire avec toi ne sera jamais plus criminel que d'être séparée de toi. Ne romps pas la chaîne, je l'aimerai, la porterai et la resserrerai même. Je ne discuterai plus jamais Samuel. Je dissiperai mes doutes. C'est déjà fait, je n'en ai plus aucun. Samuel ? Tu m'entends ? Ne m'abandonne pas, je n'y survivrai pas. On ne peut pas se quitter comme ça, ça n'existe pas, c'est de la folie ! Laisse-moi entrer ! Si tu ne veux pas de moi à tes côtés, je me coucherai à tes pieds. Tu m'entends Samuel ? Je te demande pardon. Samuel ! Je t'en supplie, je n'ai plus de force.

Elle se laisse glisser le long de la porte, lâchée par un cœur usé.

— Crois en moi comme je crois en toi. Je n'attendrai plus rien, c'est ça le secret. Ne rien attendre de personne, ni même de Dieu, ni même de toi Samuel.

Elle s'écroule, repliée à l'état fœtal, prête à naître dans le monde du mal. Sa nudité sur la froideur, perdue au milieu du marbre.

— Arrêtez de pleurer, je ne comprends rien ! Adélie ? Vous êtes là ? On va se quitter ! Non Omer c'est pas juste une fâcherie, c'est fini ! C'est infernal ! C'est un malade ! J'aurais dû vous écouter, je suis paniquée ! C'est horrible ! Il est mon pire ennemi ! Non je ne peux pas me calmer ! Non je ne sais pas où il est ! Je me suis cachée pour vous appeler ! Cet après-midi ? Pas possible, je suis dans le Sud ! Parce que vous n'êtes pas à Paris ?!

Samuel lui a loué un studio dans le village. Ça non plus, elle ne le savait pas… Alors descendre dans la salle à manger, prendre le petit déjeuner, affronter les regards de sa famille qui retrouveront les traces du chagrin. Samuel feuillette un journal. Elle passe, tournoie comme un animal de compagnie cherchant sa place. Il ne la voit pas, ne réagit pas. Elle ne compte pas plus que le beurre qu'il étale sur sa tartine. Leur passion refermée en bûcher, effacée comme le reste de son destin.

— T'as une mine épouvantable, t'as mal dormi mon ange ?

— J'ai rêvé d'un cauchemar.

— Tu veux nous le raconter ?

— Je préfère oublier.

— Je te fais confiance, t'es douée pour ça. Je dois m'absenter, je serai là ce soir. Désolé chérie une urgence. Profitez bien.

C'est quoi une urgence au milieu des vacances ? Elle pourrait penser que ça tombe bien pour son tête-à-tête avec Omer, elle devrait même, mais c'est la guerre en elle : où va-t-il aller ? que va-t-il faire ? Est-ce trahir son mari que de chercher les clefs pour le comprendre ?

— Vous paraissez affolée mais vous savez qui vous avez épousé quand même ? Vous savez qui est Samuel ? Pourquoi êtes-vous venue ?

— Parce qu'il ment.

— Eh bien voilà ! C'est un menteur. Pire. Un imposteur qui n'a jamais peint de sa vie. Vous ne le saviez pas ? Je ne vous crois pas.

— Moi non plus je ne vous crois pas !

— Vous l'avez déjà vu créer ?

— Il crée la nuit.

— Bien sûr, comme ça vous ne pouvez pas vérifier. Vous l'avez déjà vu dans son atelier ?

— Il me l'a proposé.

— Seulement il ne vous y a jamais emmenée ?

— Mais c'est pas possible ! Qui réalise les tableaux ?

— Ses peintres fantômes, ses prête-pinceaux. Je vais les appeler et les faire parler, vous voulez ?

— Non, je ne veux pas ! Attendez !

Omer n'attendra pas. Comment s'interdire un moment si jouissif ? Le réquisitoire fut sanglant. Chaque attaque, chaque révélation, comme autant de gouttes de sulfate.

— Pourquoi faites-vous ça ?

— Vous vouliez les clefs ? Je vais vous les donner. Mais elles ouvrent des serrures bien détériorées.

— Mais je l'aime...

— Mais non, arrêtez ! On ne peut pas aimer un être comme ça. Définissez-moi l'amour ! Eh ben voilà ! Vous ne pouvez pas. Vous ne l'aimez pas et il ne vous aime pas. Tout le monde sait que votre mariage est sans valeur, que vous n'êtes unis que pour les avantages et les honneurs. Il n'est que mensonge. Un être irréel, cousu de petits mystères. Vous voyez bien qu'il est piégé dans son enfance, qu'il s'est forgé une identité pour remplir le vide sidéral d'un moi qui n'a jamais pu se construire. Croyez-moi, il n'est rien qu'un caméléon qui change d'attitude selon ses intérêts, mimant les gestes et les paroles de l'autre pour créer chez lui l'illusion de l'accord parfait. Je le connais par cœur. Chaque fois il se conforme au fantasme de sa proie pour mieux la capturer. Il aime ce que vous aimez, partage la même philosophie, les mêmes délires sexuels, jusqu'aux mêmes faiblesses. Il vous a conditionnée. Il a substitué à votre état de conscience un état de dépendance afin de vous placer sous emprise.

Arrêtez de rechercher un sentiment humain là où il n'en demeure malheureusement aucun. Il est froid, calculateur, étranger à la douleur d'autrui. C'est une machine à broyer, incapable d'aimer. Il se passionne juste pour une idée, une activité, une personne. Il s'est passionné pour vous car il vous admire même s'il affirme le contraire. Il est fier d'avoir une femme belle, intelligente, connue et reconnue à la fois. Il se renarcissise.

Et bannissez l'interrogatoire, ça ne l'incitera qu'à mentir davantage. Ne commentez pas ses activités. Ne vous laissez pas isoler. Continuez à voir des gens. Ne lui confiez pas de projets importants. Évitez de faire un enfant. S'il vous décoche un reproche, n'essayez pas d'argumenter. Aucune confidence : il s'en servira contre vous-même. Préservez vos émotions et vos sentiments. Protégez-vous financièrement. Apprenez à le complimenter sur tout, à tout propos et à tout instant, mais avec précaution, au risque d'être soupçonnée de manipulation. Soyez aussi impassible que possible. Acceptez de ne pas être aimée, mais uniquement utilisée. Devenez un objet et ignorez tout le reste. Je sais, c'est extrêmement violent, mais si vous désirez rester dans sa vie, la seule possibilité est de risquer la vôtre. Il vous a montré son vrai visage, celui du diable, rare privilège dont seules jouissent les victimes. Il a senti que c'était le moment propice : suffisamment amoureuse, suffisamment prise dans sa toile pour qu'il puisse relâcher ses griffes.

Elle regarde le soleil à demi mort comme son cœur sur le carreau.

— Je dois rentrer.

— Souvenez-vous… le véritable Samuel est le maudit que vous côtoyez depuis cette nuit. Le charitable n'a jamais existé. Et n'oubliez pas qu'un pervers a des espions même parmi vos amis… s'il vous en reste.

La terre a tremblé.
Elle l'a mise en lambeaux.

Elle l'a réduite en cendres.

Les muscles ne sont plus que sanglots.

Elle pleure, se désintègre en flaque dans laquelle les autres pataugeront comme ils l'ont toujours fait. Comment maintenir sur pied une marionnette aux ficelles cisaillées qui n'aspire plus qu'à s'écrouler ?

Viens la chercher Samuel. Viens à son secours. Elle est en danger. Tu le lui dois plus qu'à tout autre, car tu en es la cause. Toi seul peux lui apporter l'aide dont elle a besoin, même si c'est toi qui l'as jetée dans le ravin. Elle est face contre terre, ne peut plus bouger, pas même respirer. Arrache les morceaux de verre, fais que sa joie revienne. Viens la délivrer. Ne viens pas. Elle n'a pas été créée pour vivre enchaînée, persécutée par un suppôt de Satan ! Tu as encore menti en lui promettant les clefs miraculeuses quand c'étaient celles de l'enfer. Elle les a jetées. Elle ne vivra pas dans ton royaume, ne partagera pas ta couronne ! Comment revenir vers un amour détruit ? Le courage l'a quittée. Elle n'a même plus la force d'être maltraitée. Elle n'est plus abusée mais désabusée. Elle n'a plus de maison. Elle n'a plus de famille, plus d'amis. Elle est finie.

— Où es-tu Adélie ? Que fais-tu ? Tout le monde te cherche ! Tu as disparu ! Raphaël et Gabrielle t'attendent pour aller à la fête comme prévu. Je ne serai pas là ce soir, je rentrerai plus tard.

Aux noms de Raphaël et Gabrielle, le sang se réinjecte dans ses veines. Elle ne les avait pas oubliés, elle s'était oubliée. Et ce soir, dans cette fête foraine, elle réalise pourquoi elle n'aime pas ces endroits glauquissimes où le lugubre règne derrière les rires, où l'insouciance fait fuir sa putassière odeur de déprime, celle du deuil de l'enfance et des illusions qui tournent dans le vacarme des manèges.

Comme un furieux animal qui se défend avec le courage qu'il a reçu de la nature, elle se fatigue à le chasser, à ronger les liens. Mais l'odeur de sa peau. L'odeur d'amour. Mais la barbe à papa dans laquelle glissent ses doigts quand Samuel laisse pousser la sienne, mais les jeux de loterie où on ne peut jamais rien gagner parce que le forain est un tricheur, les montagnes russes qui donnent autant de plaisir que de vertiges, le grand huit qui file l'envie de vomir, les autos-tamponneuses qui percutent le slow love de leur mariage. Mais la voyante et ses belles promesses qui cherchent à alléger votre porte-monnaie pour alourdir le sien, la grande roue qui les enlace, les stands de tir où Samuel est cible, où même si on réussit, le prix à payer est plus élevé que ce qu'on gagne. Mais les carrousels où tant de fois leurs têtes se sont renversées quand celles de Raphaël et Gabrielle cabriolaient. Mais le clown bourré de tristesse qui, malgré sa dégaine joviale, lui apparaît maléfique. « Restons sur nos gardes, méfions-nous des apparences », semble-t-il dire sous ses traits suintant la bonhomie. Que peut cacher un personnage en apparence si inoffensif, prêt à tout pour nous réjouir : un psychopathe, un machiavélique, un pervers narcissique ?

Elle réalise avoir horreur des plaisirs frelatés, de cette orgie qui frappe le cœur de tant de grossièretés, de ces couleurs stridentes, hurlant des bruits de ferraille à lampes fluorescentes.

Sans chercher à savoir s'il était rentré, elle s'est repliée dans sa chambre. Elle a fermé la lumière, allumé un cierge. S'est dénudée, a lancé le requiem, s'est installée à son bureau et a entamé sa descente, la tête saturée comme une commode dont les tiroirs ne pourraient plus fermer. Il faudrait écrire, mettre de l'ordre, mais l'esprit a filé, et avec lui, l'espoir d'ordonner le foutoir. Elle ne cherche plus les mots, ils viendront. Ne te laisse pas engloutir par le désespoir car il mène à la mort. Trop tard : les vannes ont lâché sous le poids accumulé depuis le début de cette journée, depuis qu'elle est née.

Je pleure mes mots sur le papier car je n'ai personne pour les écouter. Je pleure les mots que je ne dis pas, je les remplis d'eau pour qu'un autre, peut-être, pleure quand il les lira. Est-ce une vie ? Serait-ce ma vie ? Je suis épuisée, sans repos, vouée à l'errance. Pourquoi ces notes de musique me bouleversent-elles ? Pourquoi me pénètrent-elles ? Je comprends, seulement maintenant, que tout ce qui est puissant s'infiltre par mon sexe. Canal unique pour ressentir, comme s'il était l'orifice le plus accompli de mon anatomie, qu'on a inscrit dans la petite fille que j'étais. La musique existe, les sculpteurs, les peintres, les auteurs me sauvent. Mes yeux se ferment aux choses réelles.

On a frappé. On appelle. Tourne la poignée. Elle arrête la musique, cesse de respirer. Même derrière la porte, il viole son intimité. Puis repart.

Est-ce que je pense à quelqu'un ? À celui qui se hasardera dans ces lignes ? J'aurais tellement voulu écrire à ma mère. Lui dire que je me suis perdue tant de fois dans la forêt. Que j'ai pris tant de risques. Que je me suis jetée dans l'existence à peine sortie de l'enfance. Me suis heurtée à un mur, si haut, si gros, que je ne pouvais ni l'escalader ni le démolir. Que j'ai cogné ma tête contre puis suis allée droit dedans. Que j'ai passé la plupart de mes jours entre des murailles, en espérant qu'elles se fissureraient, pour finir emmurée, une fois de plus. Que j'y ai cru si souvent maman.

Effondrée est encore trop humain, elle se réveille morte. À mesure que ses pas la conduisent à la piscine, la gravure se précise. Les plus âgés sont plongés dans une sieste profonde, les plus jeunes jouent dans l'eau, Marie et ses amies sur leurs tablettes. Son regard trébuche sur Omer livré aux rayons chauds, sur Samuel en conversation avec une femme de dos. Que font-ils là ? Sont-ils, comme elle, manipulés par son mari ? Puisqu'elle sait, désormais, qu'avec lui le hasard n'existe jamais ? Depuis quand ? Depuis quand les combines ?

— Ah ! Voilà ma chérie ! Assieds-toi là, à côté de moi ! Je te présente Daphné, l'amie artiste plasticienne dont je t'ai parlé. Comment s'est passée ta nuit ? Je devrais dire ta journée, vu l'heure qu'il est. J'espère que tu t'es bien rétablie ? Elle était très fatiguée. Tu t'es cloîtrée hier soir ? Eh oui ! Ma bien-aimée s'enferme, c'est une manie. Ça m'a manqué de ne pas t'embrasser avant d'aller me coucher.

— Vous ne dormez pas ensemble ?

— Non, Adélie n'aime pas l'idée. Mais chérie c'est quoi cette tenue ? Tu vas mourir de chaud ! On dirait une carmélite. Et le voile tu l'as pas trouvé c'est ça ? Je plaisante mon ange.

— Ça va aller, je vais m'allonger à l'ombre du châtaigner.

Elle s'est levée avant qu'il ne puisse répliquer qu'à l'ombre il fait quarante degrés, que dans cette région il n'y a pas de châtaigniers, et que ses paroles n'ont aucun sens. Mais la vie n'a aucun sens. Pourquoi ce qu'elle dit en aurait-il un ? De toute manière, elle ne ressent plus rien, le chaud, le froid, tout le reste. On ne ressent plus l'extérieur quand c'est atomisé à l'intérieur. Elle s'allonge sur un matelas, ne bouge plus, ne parle plus, ses yeux mouillés, cachés derrière des lunettes démesurées.

Souviens-toi Adélie. N'oublie jamais le jour où Omer, comme en charge d'instruire une nouvelle recrue, débitait les consignes pour survivre auprès d'un pervers. Souviens-toi quand Daphné louait les mérites de Samuel alors que Mélanie l'étrillait. Souviens-toi quand ta fille te mettait en garde contre l'homme idéal. Souviens-toi des paroles visionnaires de ton père : « Cette osmose inouïe, gémellité, passion inévitable. Une communion d'âmes presque inconsciente, avec toutefois une faille, une seule, fatale si elle venait à se fracturer. »

Adélie, Daphné s'en va ! Laisse-la dormir Samuel. C'est ça, laissez-moi crever.

— Il se réjouit du spectacle de votre misère.

— Qu'est-ce que vous faites là Omer ?

— Il jubile de votre agonie. Ne lui montrez pas. Son but ultime est de vous pousser à l'internement ou au suicide. Ne les lui offrez pas. Cela marquerait sa toute-puissance, son droit de vie et de mort sur vous.

— Je vais partir… là… tout de suite…

— Vous ne pourrez pas. Si vous le quittez, il vous terrassera d'une revanche à laquelle il consacrera toutes ses forces et son génie. Il n'aura de cesse de satisfaire son désir de vengeance jusqu'à la violence physique si nécessaire. C'est un harceleur-né, un sans-pitié qui retournera votre famille, vos amis, vos enfants contre vous. Pour s'assurer qu'en aucun cas vous ne voudrez ou ne pourrez le quitter.

— Je n'y arriverai jamais.

— Je vous aiderai. Je ne vous ai pas donné la clef pour que vous ouvriez la porte de la liberté, mais pour que vous aimiez cet homme tel qu'il est en réalité et que vous partagiez le plaisir de cette danse morbide. Qui a tout pour vous séduire sinon vous ne l'auriez pas épousé.

19.

Eh bien oui, au nom de la vérité, elle a désobéi ! Et transgressé l'intimité de son mari. La voilà comme une enfant devant le jouet qu'elle a détruit pour en découvrir le mystère. Tout était parfait, elle jouissait de la vie, en savourait les bienfaits, mais ça n'a pas suffi. Rebelle qui méprise les ordres, obéissant à une insécurité maladive, une curiosité malsaine, elle a franchi les limites et sera punie : pas du dernier supplice, mais tout comme. De victime, Samuel la rendrait coupable. Elle deviendrait le bouc émissaire offert à ses pulsions sadiques.

Pourquoi Omer lui montre-t-il le monde par son envers ? Serait-il une taupe, une nuisible et méprisable taupe ? Leur plan de bataille était-il prémédité ? Son mari ne croyant nullement au salut des hommes, le regard qu'il pose sur eux est celui d'une statue, lui donnant l'assurance effroyable d'un psychopathe. Et ses victimes, piégées dans ses infâmes machinations, l'ont conforté dans ses certitudes d'une humanité prévisible, d'un fatras de machines, des automates qui agiraient par la seule programmation de leurs organes. Sans volonté ni réflexion, faciles à détraquer. Une humanité prête à se perdre dans des problèmes mécaniques. Il arrive un moment dans la vie où il n'y a plus rien à faire que de laisser faire, de céder à la terreur. Est-il vraiment trop tard pour s'affranchir de ces noces sanguinaires ? Trop tard pour fuir ?

— Vous n'allez pas lui donner la joie de partir sans réagir, sans le poursuivre, sans vous garantir. Vous n'allez pas le laisser gagner alors qu'il doit payer, céder alors qu'il doit être condamné. Ayez une stratégie au moins une fois dans votre vie, pour vous protéger et mettre vos enfants à l'abri. Soyez comme lui : devenez manipulatrice. Devenez la femme de ses rêves, pour qu'il ait envie de combler les vôtres. Redonnez-lui confiance, amenez-le à vous offrir une résidence. Et là, seulement là, si c'est toujours votre désir, vous pourrez vous enfuir.

Mais elle n'est en rien une stratège, Omer le sera pour elle. Il la soutiendra, l'encouragera, sera constamment joignable. Pourquoi se donne-t-il tant de mal ? Pour qu'elle cesse de pleurer au pied d'une porte fermée ? Parce qu'il n'est pas normal que ce soit toujours les salauds qui gagnent. Alors, elle n'a plus jamais rien dit, ne s'est plus lamentée et a recouvert son angoisse d'une fausse indifférence. La suite des vacances s'est déroulée comme Samuel le voulait, elle était désormais vouée au danger de la double pensée.

10 h 15. Ils n'ont ni couché ni dormi ensemble. Il n'est pas même venu l'embrasser. Elle descend prendre le petit déjeuner.

— Bonjour Jeanne. Bonjour les fill…

— Ma chérie adorée ! Tu m'as manqué.

— Fallait me réveiller.

— Je n'ai pas osé. Pourquoi on n'irait pas tous à la plage aujourd'hui ? Ça vous dit ? Adélie ?

11 h 30. Il la rejoint dans sa salle de bains, rasé, lavé, habillé, quand elle n'a pas encore commencé.

Les filles sont folles de joie, c'est une bonne idée de les emmener à la plage, tu ne trouves pas ? Si, si, je te félicite. De toute façon c'est trop tard pour se poser la question, non ? Et puis si on se ravise, ma mère pensera que c'est ma faute. Pourquoi ? C'est quoi le malaise ? Elle pense toujours que les problèmes viennent de moi. Mais on s'en fout de ce que pense ta mère ! Toi peut-être, mais pas moi. Ah ! Fallait pas le dire devant ta mère, c'est ça ? Laisse tomber, c'est pas grave. Et comment on emmène tout le monde, tu y as pensé ? C'est pas un problème. D'accord. Donc je prends l'Audi et toi le Range, ou l'Aston Martin si tu préfères ? Pas question ! Toi tu viens avec moi. Très bien... ma mère et mon beau-père ne savent conduire aucun de ces engins, qu'est-ce que tu proposes ? Rien ? Alors je vais demander au gardien. Non ! Tu demandes pas à Jean-Bernard, il a trop de travail. Donc on prend chacun une voiture ? Eh ! Tu te calmes ! T'arrête de me parler comme si j'étais une burne !

Excuse-moi de t'avoir parlé comme ça Samuel. Parlé comment ? Mal apparemment. T'en as conscience ? Peu importe, c'est ce que tu ressens qui compte. Non, ce qui compte c'est que tu le ressentes toi, parce que je ne veux pas que tu recommences. Je ferai attention. C'est offensant. Je comprends Samuel. Je t'assure, tu me parles mal en ce moment, fais gaffe. Je te demande pardon. T'as pas l'air sincère ? Si, si, je te promets, mais faut qu'on enchaîne là, alors je demande à Jean-Bernard ou pas ? Non ça va, laisse tomber, j'ai gentiment proposé une idée, maintenant si c'est compliqué... C'est pas compliqué, mais si tu veux qu'on soit tous les deux dans le Range-Rover, faut demander à Jean-Bernard. Alors j'y vais, sauf si tu veux... Je ne veux rien Samuel, mais je t'accompagne, il faut que je lui parle. De mon gâteau d'anniversaire ? Non, de celui de Marie. C'est pas moi qui devais m'occuper du sien ? Non, tu devais t'occuper du tien. Mais c'est pas plus logique que je m'occupe du sien et toi du mien ? C'est pas ce qu'on avait décidé mais on peut changer. J'aimerais bien. Parfait, on fait comment ? Parce que Marie c'est ce soir, et aujourd'hui on est à la plage, tu te souviens ? Bon, j'ai compris, t'as pas envie de t'occuper du mien. Si, mais le tien c'est lundi prochain. Alors faudrait au moins le commander. Ben oui. Tu sais pour combien ? Ben non. Voilà ! Tu ne sais même pas qui vient ! Tu ne m'en as pas parlé Samuel. Tu aurais pu t'en inquiéter. Tu voulais être le maître de ton anniversaire, mais si tu le souhaites je peux m'en occuper. Laisse tomber... que ça soit pour un gâteau, une voiture, un anniversaire, avec toi tout est toujours compliqué. C'est pas compliqué, j'essaie juste d'organiser. Ben tu sais quoi ? T'es pas douée ! Ben j'suis désolée.

12 h 15. Ils débarquent dans la cuisine.

Adélie, c'est quoi ça ? Des céleris. J'en mangerai pas, j'aime pas ça. T'aime ça le céleri ? Non. Eh ben voilà ! Personne n'aime ça. À quoi ça sert que je me fasse chier à faire des menus s'ils achètent des trucs qu'on leur commande pas et dont personne voudra. Tais-toi Samuel, la voilà ! Bonjour Jeanine, on cherche Jean-Bernard. Bonjour monsieur, bonjour madame... Oui, bonjour Jeanine, on cherche Jean-Bernard. Où c'est qu'il est passé ? Il était là ! Il m'énerve ! Il est encore parti se balader ! Jamais là quand il faut çuilà ! J'vais l'appeler, j'vais l'engueuler ! C'est moi ou il fait très chaud ? Va te baigner Samuel, je m'en occupe. Tu ne veux pas que je le fasse mon ange ? Non, non, c'est bon je m'en charge. Tu ne veux pas que je lui dise pour les céleris ? Non, non, je m'en chargerai aussi. Vas-y tout doux, ils ont l'air énervés... Mais t'es toujours pas lavée ? J'y vais dès que j'ai terminé.

13 h 35. Le téléphone coincé contre une oreille, cheveux trempés comme sa peau dégoulinante sur le pavé, elle se recouvre de crème solaire des pieds jusqu'à la tête.

— Omer, j'y arriverai jamais, c'est un enf…

Ses yeux butent contre Samuel clandestinement reflété sur l'écran de télé.

— Oui, oui, tout va bien… et pour l'anniversaire de Samuel j'aimerais… je pensais peut-être qu'on pourrait… non, non, je vous promets… pas de problème… bon d'accord… on fait comme ça…

Samuel s'en va. Samuel revient. Son regard caresse, l'étreint.

— Excuse-moi pour ce qui s'est passé ces derniers jours. Je suis désolé si je t'ai blessée. Je ne recommencerai plus, en tout cas je vais essayer. Ne change rien, c'est à moi de changer. Je t'aime Adélie. J'aime ta famille. C'est tout ce que j'ai, tu es toute ma vie. Tu entends chérie ?

Elle entend mais ne ressent plus.

14 h 15. Poupée inerte au fond du Range-Rover, rien ne l'affecte. Ni la main de son mari le long de sa cuisse ni la musique dont chacun chante l'allègre refrain. Plus rien ne la bouleverse. Gaie comme la chanson, elle aurait consolé le monde par un soleil, là il ne reste plus rien. Elle a beau s'efforcer, elle n'y arrive pas. Il lui a inoculé de la peine et elle en crève. Sa voix ne veut plus chantonner, mais hurler.

— Maman, pourquoi tu chantes pas ?

— C'est vrai ça. Pourquoi tu chantes pas ? D'habitude on n'entend que toi !

— Je suis un peu fatiguée mon bébé.

— Maman, chante pour moi !

— Comment tu peux être fatiguée ? Tu dors toute la journée ! J'ai pas raison les pitchounes ?

— Je vais essayer mon bébé… Ah ! Mais plus tard ! Regarde on est arrivés.

14 h 30. Commande des plats dans un brouhaha de vie et de joie – dont elle ne fait plus partie – sous l'ombrage

délicieux de bambous, de charmes et de palmiers. Elle est posée là, comme l'oiseau sur la branche d'un vénéneux mancenillier.

T'as choisi Adélie ? Je n'ai pas très faim. Ah, mais t'as pas eu la carte ! Ça ne changera rien. Déjà au petit déjeuner tu as à peine grignoté, qu'est-ce qui se passe chérie ? Rassure-moi, tu ne vas pas sombrer dans l'anorexie ? C'est quoi l'anorexie maman ? C'est quand on n'a plus envie de manger. Et pourquoi on n'a plus envie ? Ça c'est une longue histoire que je te raconterai plus tard. Pourquoi c'est papa-ange qui répond à mes questions ? Parce que je suis le plus intelligent ! Je plaisante évidemment. Maman, t'as plus envie de manger ? Mais non, pas du tout mon bébé, c'est passager. Même si j'adore que tu sois un peu maigre, j'espère que ce n'est pas pour me plaire que tu arrêtes de t'alimenter. T'es mon trésor, et je ne veux pas que tu le détériores ! On est d'accord ?

Silence.

Adélie ? On est d'accord ? Adélie regarde-moi ! On est d'accord ? On est d'accord. Qui a envie d'une glace chez Marcello après la plage ? Une autre fois Samuel. Pourquoi pas cette fois, puisque les filles sont là ? Parce que ce soir c'est compliqué ! C'était juste une idée. Ben ça serait pas mal que tu me parles de tes idées avant de les partager. Pourquoi tu chuchotes chérie ? Ah OK, j'ai compris, j'ai encore fait une connerie. Mais non. Mais si. Chut ! Parle plus bas sinon ils vont croire qu'on se chamaille. Mais merde à la fin ! Elle a raison ta mère, c'est quoi ton problème ? Que tu fasses le gentil pour nous le faire payer après. Excuse-moi de vouloir être gentil, alors ! S'il te plaît, tu parles fort, je t'assure. Maman, t'as vu le groupe de reggae qui chante là-bas ? Oui je sais, ils sont incroyables, on les a rencontrés à une fêt... Ah oui ! Ils jouaient chez mes amis, j'ai pris leurs coordonnées pour les inviter à ton ann... Ah, pardon Adélie ! Je t'ai coupée dans ton élan. Comme la plupart du temps, faut bien que je m'en accommode. Mais vas-y maintenant, te gêne pas, enchaîne Samuel ! Non, non, j't'en prie, toi ou moi c'est pareil. T'as tout dit, y a rien à rajouter.

Allez, vas-y, crache Adélie, nourris pas le monstre en toi. Tu sais bien qu'il ravage et qu'après ça déraille.

16 h 15. La plage milliardaire. Tout ce qu'elle déteste. Mais elle s'en foutait, qu'elle soit là ou ailleurs, elle aimait, elle était bien partout puisqu'elle était dans son cœur. Elle regardait Samuel à travers un rêve d'amour, ne voyait pas autre chose que le foudroyant oubli du reste. Il lui donnait des couleurs quand elle était en noir et blanc. Mais maintenant elle est décolorée, lessivée à l'eau de Javel comme le monde autour d'elle.

Adélie, tu viens te baigner ? Non. Tu veux te promener ? Non. Tu veux surfer, snorkler, plonger ? Non. Tu veux rentrer ? Non. Ben tu veux quoi, alors ? Ça a pas l'air d'aller ? Qu'est-ce qu'elle a ma petite fille ? Elle est toute pâlichonne. Elle veut ramasser des coquillages, faire un château de sable, attraper des crabes avec papa ? C'est censé me faire rire ? Ben c'est raté ! Plutôt pleurer que d'être moquée par mon mari sur un sujet qu'il sait si sensible. Tu ne trouves pas ça drôle ? Oh ! Mon amour a perdu son humour. Mais c'est toi qu'es pas drôle ! T'es là toute seule à faire la gueule sans qu'on sache pourquoi. Je ne comprends pas. Qu'est-ce qui ne va pas ? Rien. Tout va bien. Va nager Samuel, je vais te regarder.

Mais il revient telle une pendule remontée chasser l'homme qui ose s'amuser avec sa poupée. Désanimée peut-être, mais poupée quand même. De loin, il n'a pas reconnu le magicien qui s'évertue, chaque saison, à amuser les ultra-riches désabusés des plages de la Méditerranée. Hélas, l'illusionniste ne produit plus son effet, les trucages n'ont plus de secret pour Adélie qui ne parvient plus à s'émerveiller, la magie s'est enfuie.

Il est très fort. J'adore. Ça m'emporte. Pas toi chérie ? Je vais faire venir le musicien et ce magicien à mon anniversaire ! Je croyais que le musicien c'était pour Marie ?! Ben oui, mais c'est trop tard pour ce soir, dommage ! Ben non, parce que c'est déjà organisé. Tu l'as appelé sans m'en parler ? Mais tu le savais, puisqu'au déjeuner t'as jugé bon de tout gâcher ! Oui j'en ai parlé ! Mais putain… j'ai vraiment l'impression de ne rien faire de bien ! À t'écouter je fais des conneries toute la journée. Mais pourquoi tu m'as pas dit que t'avais tout organisé ? Je te l'ai dit mais t'as oublié, et tu vois, le soleil est presque couché et nous sommes où ? À la plage ! C'est pas grave, j'ai prévenu Marie, on va décaler. Dans ce cas, fêtons les deux en même temps. C'est une idée, je vais lui en parler. C'est quand même pas à elle de décider ! Ah bon ! C'est à qui alors ? À toi ? Ben tu me diras ce que tu voudras, d'accord ? Ça va comme ça ? C'est pas trop compliqué ? Ben voilà.

21 heures. Dîner. Sur le lit, les vêtements souhaités par son mari. Tenue extrêmement sophistiquée, décalée pour un repas familial sous une chaleur estivale. Il la provoque, la teste. Mais qu'importe, elle n'a ni l'envie ni la force de se révolter. Si l'image de sa femme en robe cocktail noire, bas dentelle, stilettos vernis le séduit et lui épargne des représailles cette nuit, elle s'y plie sans souci. C'est tellement déplacé que personne n'a osé le remarquer.

22 h 30. Yeux mouillés devant *Babel*, film mexicain d'Iñárritu sur la difficulté des hommes à communiquer, sur la façon dont on considère l'autre comme une menace si on ne réussit pas à le comprendre ; sur l'incapacité à entrer en relation avec autrui, et comment on est vulnérable à travers les êtres qu'on aime.

1 heure du matin. Débriefing familial où chacun défend ses opinions, la sienne se heurtant évidemment à celle de Samuel, l'accusant au passage d'être ignare, de ne pas avoir perçu le message du cinéaste et, définitivement, de ne pas avoir « la lumière à tous les étages ».

2 h 15 du matin. Par l'entrebâillement des persiennes, d'une curiosité déplacée, Samuel observe.

Aaaaah ! Mais qu'est-ce que tu fais ? Putain Samuel tu m'as fait peur ! Tu t'es changée ? Oui, j'allais me coucher. Tu m'as plu dans cette tenue et tu le sais. Tu m'as excité, tu veux bien te rhabiller ? Samuel je suis fatiguée. Arrête de jouer Adélie, de faire ta timorée. Te fais pas prier, va te changer. Samuel, je souffre de partout. Et moi je ne souffre pas peut-être, qu'est-ce que tu crois ? Je crois que tu donnes les coups et que je les reçois. C'est exactement ce que ma queue rêve de faire, ma queue n'a que ça dans la tête. C'est drôle ce que je viens de dire, voire spirituel ! Non c'est vulgaire Samuel. Et toi ton rêve c'est de la sentir. Non, de dormir. Je sais que t'as envie, arrête de mentir Adélie. Tu m'as provoqué toute la soirée, t'as vu comment t'étais habillée ? Mais c'est toi qui me l'as demandé ! On n'est pas samedi, t'étais pas obligée. Je savais pas que j'avais le choix sinon je serais descendue en pyjama. T'as raison, c'est très mignon. Tu sais quoi : te change pas, t'es très sexy comme ça.

Et d'une soif cannibale, il la plaque contre lui et la dépèce de ses habits.

Ses caresses appuient sur son cœur. Des caresses qui agacent, exaspèrent davantage. Comment la main qui caresse devient-elle celle qui blesse ? Comment fait-on ? Comment fait-on pour continuer à aimer quand on crève de désamour, quand on est garrotté par l'amertume ? Elle est tellement en vrac qu'elle n'a plus besoin de fumer pour s'anesthésier, comme s'il jouait de ses doigts malhabiles sur une harpe désaccordée.

— Je ne sais pas où tu es Adélie...

Jetée dans la même poubelle que toi Samuel !

— Mais tu n'es pas avec moi...

Si, si, elle est avec toi parmi les ordures !

— J'attendrai que tu le sois...

Mais elle y est ! Regarde-la ! C'est un déchet. Vous ne vous quittez pas, tu vois.

— J'attendrai que tu m'aimes... mais je n'attendrai pas longtemps. Je ne supporte pas que l'on soit indifférent, je peux devenir méchant.

5 heures du matin. La journée est finie. Dorénavant, que ce soit dans le Midi ou à Paris, nuit après nuit, elle va pleurer au fond de son lit, se draper de dramatique, revivre les scènes de sa vie conjugale sous un nouvel éclairage, une autre réalité, comme si les jours passés dans la grâce n'avaient été que mirage.

Dans le noir de ses nuits blanches, faut-il qu'elle se souvienne de cette enfant d'autrefois ?

À mon père...

Papa. Je suis incapable de dire non à un homme qui me prend dans ses bras. Qu'il ait de bonnes ou de mauvaises intentions. Que ce soit pour une nuit ou pour la vie. Homme après homme, je rebrode le même canevas, depuis que toi tu m'as prise dans les tiens. Je n'allais pas te dire non et repousser ta main. Je ne savais pas, mais toi tu savais. Toi tu savais que pour t'abandonner mon cœur je n'avais pas à t'abandonner mon corps. Mais moi je l'ignorais. Alors sans comprendre, j'ai caché mes mots dans un coin de la chambre et, le ventre serré, je me suis laissé emporter par tes gestes d'homme. Ce n'étaient pas ceux d'un père pour son enfant. Ce n'était pas bien. Ce n'était pas beau. Mais j'aime à croire que ces gestes trahissaient l'attention, l'amour que tu me portais. En tout cas c'est ainsi que je le recevais, et ainsi que tu étanchais la soif d'affection dont je souffrais alors, et souffre encore ce soir. Pelotonnée dans mes misérables pensées. Par manque de confiance en moi, j'ai subi l'ascendant des hommes. Je me suis laissé dominer par leur intelligence, leur talent, brillances dont je me croyais dépourvue. Je les ai mis sur un piédestal, et j'ai fait mon nid à leurs pieds, sous la dalle. Jusqu'à ce que, timidement, je prenne mon envol et qu'instantanément ils en dégringolent, m'entraînant dans leur chute, m'incriminant de ne pas les avoir soutenus, mais aussi de les avoir déchus de leurs droits usurpatoires sur moi. Papa, il faut que ça s'arrête, car il est dément d'espérer un résultat différent si on fait sans cesse la même chose. Mais je crains une récidive et, telle une droguée, d'avoir rechuté dans l'héroïne. J'ai peur, vraiment peur, d'être tombée une nouvelle fois dans un piège. Et d'avoir épousé celui qui l'a posé. Serai-je jamais guérie un jour ? Ne puis-je sentir mes chaînes se briser une fois… un instant ? N'ai-je pas assez gardé le secret ? N'ai-je pas assez purgé ma peine ? Comment peut-on détruire ce qu'on a fait naître ? Papa, s'il te plaît, ne me laisse pas sombrer dans un sommeil sans rêve. Délivre-moi. Je ne le serai jamais sans toi.

À ma mère…

Maman. J'adore ce mot. J'aime l'entendre. J'aime le dire. Cinq lettres qui me bercent. J'aime le bruit qu'il fait, l'écho qu'il crée, l'onde de paradis qu'il émet. Un adoucissant pour vie calcaire. Un enchantement sans hiver. Il me bouleverse. M'attendrit autant qu'il m'attriste, sans que je comprenne ce qu'il éveille dans le sanctuaire de mon être. Mystère que je n'ai pas cherché à percer. J'ai préféré nous protéger, me protéger du regret de ne pas avoir tout à fait la maman qu'il me fallait. J'ai préféré la rêver que d'entrevoir la réalité, et ainsi ne pas la dégrader de son titre de noblesse. J'aurais tellement souhaité lire une lettre de toi comme celle que je t'écris à travers les larmes. J'aurais tellement espéré ces paroles qui consolent. J'aurais tellement désiré que tu me portes dans ton cœur comme tu m'as portée dans ton ventre. J'aurais tellement aimé que tu m'aimes, plus tôt, plus fort, plus grand, plus comme une maman. Tout ça m'a manqué terriblement, et depuis très longtemps je t'attends. Même si je suis une grande, je reste une enfant qui s'ennuie de sa mère. Moi je crois que je suis née parce que je voulais être avec toi, être avec ma maman, tant j'ai besoin de ton amour. Du tien, de celui de mon père, de ceux de ma sœur, de mes frères. Mais « la Mère » a toujours été pour moi quelque chose de sacré. Comment ne pas devenir folle en éprouvant le miracle de la maternité ? Si toutes les mères avaient la clairvoyance d'en prendre conscience, humilité, sagesse, mais surtout reconnaissance seraient de mise devant un tel prodige. Mais tel ne fut pas le cas pour toi ma maman. Ma naissance, sans être un événement malheureux, n'en fut probablement pas un heureux, et, de ce fait, ne le fut pas pour moi. Enfanter devrait être un pacte d'amour entre une mère et son enfant pour l'éternité. Je ne te juge pas. Je ne te jugerai jamais. Je crois sincèrement que tu as fait du mieux que tu pouvais avec ce que tu avais. Et je t'aime trop pour me permettre de te faire du mal, mais tu peux imaginer la souffrance provoquée par ta distance, voire ton absence. Mes proches pourraient en témoigner, et te révéler combien « la Mère », « ma Mère », est une composante essentielle de mon existence. Comment ils m'ont regardée, peinée et déséquilibrée, poursuivre tristement mon chemin. Dommage pour toi, dommage pour moi, tu t'es réveillée un peu tard, mais pas trop tard, car je n'ai jamais cessé d'y croire. Et j'ai trop faim pour daigner refuser le pain que l'on me donne, surtout quand il provient de celle qui m'a donné la vie. Retrouver sa mère, c'est comme retourner dans sa chair. C'est regagner la paix, la chaleur, le bonheur, l'amour. Alors aime-moi maman. Que je puisse prononcer sans souffrir ce mot que j'aime tant.

Comment succomber au sommeil quand on traverse un krach sentimental et qu'on a la tête ruinée ? Pourquoi dormir de toute façon ? Seules les personnes en bon état s'endorment, les affranchis de l'angoisse. Dormir pour arrêter de réfléchir ? Récupérer du désir ? Elle n'arrivera pas à trouver le sommeil et le sommeil ne la réparera pas. Car elle connaît son mal. Sa faille s'ouvre dans les sentiments, ils ne tiennent pas la charge, ne fonctionnent pas sur secteur, ne marchent qu'avec des piles régulièrement changées par son bien-aimé fournisseur d'électricité. Pas des piles ordinaires, mais des volts puissants qui durent longtemps, beaucoup plus longtemps. C'est vrai que les pensées commencent à divaguer lorsqu'on ne dort pas assez. Samuel était tout pour elle. Il était celui qui remplaçait les piles quand elles étaient usées. Il était son père, son frère, son ami, son amant, son professeur, son manager, son jumeau, son âme sœur… sa folie. Dorénavant il sera uniquement son mari et elle sa femme.

Mercredi 18 avril. Elle a quitté l'homme de sa vie pour un mari. Elle va vivre comme les gens mariés, elle va vieillir son amour. Ils deviendront un vieux couple comme les autres, qui a renoncé. Elle va faire comme pour sa dent, elle va s'aligner. Forcée par sa poigne de fer, comme par l'appareil dentaire, zéro défaut, elle ne l'embêtera plus, n'embêtera plus les hommes. Elle sera l'ombre, elle sera une absence.

Que son rêve soit trop grand. Que ce soit trop demander qu'un homme ait la patience de revenir sur les lieux du crime pour rétablir une enfance massacrée. De repartir au commencement, de préparer la terre, de planter la graine, de l'arroser chaque jour si nécessaire, de regarder sa femme pousser, et de la cueillir parce que c'est la sienne. Elle l'admet. Mais son cœur crève. Elle voudrait courir à la rencontre de celui qu'elle a trahi. Pardonne-moi Samuel, ne me condamne pas.

Mais qui parle de pardon Adélie ? Je vais continuer à jouer et à te détruire, et si tu joues avec moi, sache que j'ai gagné toutes les batailles, que j'étudie les coutumes et les habitudes de mon adversaire en détail, ses manques, ses anxiétés, ses disputes régulières pour déterminer ses vulnérabilités. Pour affronter l'ennemi, tu dois connaître le côté opposé de ce qu'il t'a montré. Et la volonté de combattre de ton rival est peut-être la chose la plus importante que tu dois évaluer dans ton plan d'attaque. Mais attention, on ne côtoie pas les monstres sans risquer de devenir monstre soi-même.

Elle se lève du cauchemar, cernée d'insomnie et de larmes. Elle l'aperçoit. Sur le départ. Qui s'échappe vers le second atelier qu'elle ne connaît toujours pas. Comme autrefois ils ne se quitteront pas en s'enlaçant. Comme autrefois elle ne se précipitera pas à la fenêtre pour le regarder s'en aller, mais se cachera derrière pour le voir se retourner. Et il se retournera. Trois fois. Mais elle se dérobera chaque fois, le cœur tiraillé, risquant de se déchirer. Devrait-elle céder ou résister au petit garçon paumé dans un corps d'homme qui s'en va sans le regard réconfortant d'une maman, de cette mère, qu'il n'a de cesse de rechercher lui aussi ?

Comme si elle absorbait la douleur de l'autre, alors qu'elle ne projette peut-être que la sienne, elle vit sa souffrance par le biais d'autrui. Un tiers qui vient l'alléger de ses émotions extrêmes, chez qui elle se réfugie. Jamais chez elle, jamais elle-même, elle devient ce que l'autre aime, parvenant à ce degré suprême de dépersonnalisation qui la conforte dans sa qualité de voyageuse, son cœur errant de lieu en lieu comme tous les maudits.

— Samuel, je voulais te souhaiter une bonne journée, te dire que je pensais à toi. Je ne sais pas ce que tu fais, je ne sais pas où tu vas, mais je suis avec toi. Te dire… quand tu pourras, rappelle-moi. Je t'embrasse.

Il rappelle.

— C'est quoi l'adresse de l'avocate ?

— Je ne sais pas, t'as pas son numéro ?

— Ah si ! À plus tard.

Il rappelle.

— Tu m'as appelé ?

— Oui… je voulais te dire… je voulais te souhaiter… une bonne journée.

— Bonne journée, à ce soir.

Elle voudrait lui dire qu'elle ne peut pas vivre sans lui, que sa chair est manquante, qu'elle est prête à tous les sacrifices. Mais il a mis une telle anarchie en elle qu'elle ne sait plus si sa ferveur est stratégie ou vérité.

Samuel savait où elle se foutrait : là où la musique avale sa tristesse. Elle tient sa lettre entre ses doigts avec un peu de lui, et beaucoup de joie. Une lettre comme philtre d'amour et d'oubli.

> *Mon Ange…*
>
> *Il est 1 h 45 du matin. Je viens de rentrer. Je pense à toi, à notre amour qui nous jette l'un vers l'autre par-dessus la souffrance. J'ai envie d'entendre ta voix. Je n'ose te réveiller. Tu ne m'aurais rien dit de particulier, je t'aurais sentie, j'aurais vu ton mélange pudique de surprise et de plaisir. Mais je ne te vois pas, alors je t'imagine… M'abandonnant à la douceur du rêve, à l'érotisme du fantasme, ne compromettant ni la liberté du désir ni le désir de liberté.*

Oui, elle n'est pas guérie, il y a une différence entre comprendre et guérir. Il faudrait qu'elle ait de l'emprise sur elle-même pour sortir de l'emprise. Oui, elle est une dépendante affective. Oui, elle subit les mêmes alternances que le drogué entre extase et désespérance. Oui, elle est une victime en quête soit d'un persécuteur, soit d'un sauveur. Oui, elle se considère comme quelqu'un qui mérite d'être rabaissé. Oui, Samuel est une arme à double tranchant. C'est de la cortisone. Quand on commence, on ne peut plus s'en passer. Sa lettre, crème qu'elle étale sur sa plaie, la calme dans l'instant. Effet radical, puissant.

Mais Adélie, faut être aussi barge que lui ou en plein syndrome de Stockholm pour ne pas s'apercevoir de pièges aussi grossiers, et défendre son tortionnaire, pire éprouver de l'affection pour lui ! Ou pleine d'espoir Omer ! Un espoir qui vous livrera en aveugle au milieu du danger. Et laissez tomber les bébés, c'est le troisième que vous perdez, croyez-moi Adélie ! Mais combien il est difficile d'affirmer le contraire de ce qu'on ressent : parce qu'en vérité Samuel, elle aurait fait n'importe quoi pour avoir un petit de toi, et aujourd'hui quand elle te voit là, assis en face d'elle, l'œil à l'agonie, elle en a encore plus envie.

Ses yeux pleurent. C'est la seconde fois que Samuel se remplit de larmes. Elle sait que tu n'aimes pas avoir de l'eau sur ton visage. Pourtant elle adore voir que tu as mal, souffrir en partage. Mais s'il te plaît, pas là, pas ce soir, ne lui fais pas ça, ne lui demande pas pourquoi, c'est comme ça, elle ne lâchera pas. De même, je ne désire plus que tu t'investisses dans mes projets. J'ai toujours eu quelqu'un derrière moi, et j'ai besoin de vérifier ma capacité à m'accomplir seule. Ça n'a rien à voir avec toi. Je te promets.

Elle le regarde. Elle le plaint. Il est misérable, il essaie d'essuyer du revers de sa main ses larmes qui tremblent comme l'enfant rejeté voudrait se faire aimer.

Tu verras, tu changeras Adélie, je te ferai changer d'avis. Je t'aime et je sais que toi aussi.

20.

Comment justifier les actes d'un homme ?

Certaines âmes empruntent les chemins du mal mais ne sont pas fatalement mauvaises. Samuel n'est ni mauvais ni le diable, c'est un enfant trop tôt devenu grand, édictant les règles d'un monde qu'il s'est construit pour en passer maître. D'où vient cet enfant terrible ? D'où provient sa violence ? Pourquoi n'est-il pas capable de voir la douleur de l'autre ? Parce que sans doute nul n'a été capable de voir la sienne ? Il fait souffrir parce qu'il souffre lui-même. Il agresse pour sortir de sa condition de martyr.

Dominé et abusé pendant des années, il a dressé des fortifications entre ses émotions et lui pour ne plus jamais céder à son cœur, se rendant insensible comme s'il portait en permanence une carapace. Il a renié son humanité pour pouvoir gouverner, pire il l'a tuée pour devenir un tueur, une machine à détruire les êtres, à détruire en eux ce qu'il ne peut atteindre en lui, mettant leur âme au supplice, massacrant leur existence, les réduisant à l'impuissance. C'est un malade qui n'échappe à sa folie qu'en rendant l'autre fou. L'autre qu'il utilisera pour expulser son chaos mental. Qui sera son double. Qui se confondra avec lui. Je suis Jekyll et tu es Hyde. Il le tiendra responsable de ses peurs, erreurs, déviances. Il le vampirisera pour asseoir son pouvoir sur les valeurs de sa victime, chargée de lui fournir les qualités qui lui manquent, de combler une faille béante. Mais ce vide, jamais il ne le comblera. Sa quête de nourriture chez l'autre sera éternelle, et sans arrêt il devra recommencer. Avec l'espoir insensé que parmi ceux qu'il agresse, quelqu'un survive à son attaque pour nouer une relation, susceptible de rétablir ce qui a été anéanti.

Si Samuel se révélait, la société l'estampillerait monstre pervers. Une société qui s'acharne à corriger les monstres qu'elle fabrique. Mais trop tard. Lui ne veut rien changer, persuadé qu'il détient la vérité à l'égard d'un monde qu'il juge indigne. Ambitieux comme la plupart de ces malheureux mais dans un déni de la réalité, il ignore les limites entre ce qui est permis et ce qui est interdit. Il vote ses propres lois, sa philosophie est celle du plus fort, du plus rusé, du plus retors. Ce n'est pas qu'il soit dépourvu de qualités, il les a détournées de leur moralité. Certaines de ses aptitudes confèrent même au génie, tant il en faut pour être un tel menteur. À ce stade, le mensonge relève de l'œuvre d'art. Il est plus facile de dire la vérité, cela ne nécessite aucune stratégie. Pour soutenir un mensonge, il faut en inventer dix, faire preuve de créativité. Le menteur est un séducteur, un comédien à la maîtrise des émotions magistrale, doté d'une palette de personnalités sans cesse renouvelée.

Mais si son fragile équilibre semble en péril, s'il perçoit la menace d'être démasqué, le pervers peut basculer dans une folie où les limites disparaissent car ne compte plus que sa survie. Il peut devenir imprévisible, entrer dans une fureur dévastatrice, anéantir tout si nécessaire. Se transformer en harceleur, ou encore en meurtrier, selon ce qu'il a à perdre. Pareil à un sportif de compétition, il est entraîné très jeune à supporter l'insupportable, ayant développé des techniques pour vivre les conditions extrêmes.

Comme elle, Samuel vit dans le secret d'un drame. L'humiliant et l'humilié souffrent tous deux de la peur de l'abandon. Ils ont été des enfants insatisfaisants qui n'auraient pas réussi à combler le gouffre de leurs parents. Ils sont devenus ces désespérés qui ne s'aiment pas puisqu'ils n'ont pas été aimés. Ils cachent leur désespoir derrière des masques en fabriquant un personnage parfait qu'on aimera. Ils nient ce qu'ils sont pour se conformer à ce que les gens attendent d'eux, mentent et se mentent tant la vérité est d'abord une reconnaissance de soi. En réalité, ils portent le deuil d'eux-mêmes, cherchent leur reflet dans le miroir de l'autre, comme ils cherchent à infliger ou à accepter la violence dont ils ont été l'objet. Se demandant toute une vie pourquoi ils sont incapables de voir le bien, d'entendre l'amour, ils culpabiliseront de ne pas avoir su donner leur cœur là où il n'y avait personne pour l'aimer.

C'est pour des hommes et des femmes détraqués comme eux que j'aurais voulu être avocate. Pas pour condamner, mais pour défendre. Car avant d'être des bourreaux, ils ont été des victimes. Voilà ce que je voulais faire, voilà ce qui m'inspire. Défendre l'humanité du bourreau. Non pas voiler sa culpabilité, non pas enterrer les douleurs, non pas oublier l'abominable, mais aller chercher la victime que le bourreau a été. Et combien cela est risqué de défendre l'indéfendable pour obtenir le pardon, d'être celle qui démêlera ce qu'ils font de ce qu'ils sont. Comment un enfant maltraité peut-il aborder le bien ? En devenant un saint, ou du moins un grand sage ? La société qui engendre les monstres n'est-elle pas redevable, ne devrait-elle pas secourir ces êtres massacrés pour éviter de nouveaux désastres ? Je n'espère pas l'impunité, je requiers que les bourreaux soient compris : reconnus coupables autant que victimes. Je le requiers dans l'idée que ce double statut soit clairement identifié par la justice, mais aussi par eux-mêmes, afin de les dissuader de leurs crimes. Car les comprendre, c'est ne plus juger dans l'ignorance, mais retracer la trajectoire de leurs mécanismes de défense remontant à l'enfance. Les disséquer pour s'affranchir de leur emprise, pour les désarmer de leur pouvoir, et partager notre misère à tous.

J'avais besoin d'eux pour me libérer du boulet auquel j'étais enchaînée. J'avais besoin de pénétrer le cœur du bourreau sous l'écorce pour mieux m'en préserver. Ils avaient besoin de moi pour se libérer de leur carapace métallique, de leur mal-être, de leur rage narcissique pour que le monde entende leur souffrance. J'aurais plaidé leur cause. Je ne les ai pas défendus dans un tribunal mais dans une salle de cinéma, du moins j'ai essayé. Je les ai soutenus à travers mes personnages. J'ai incarné les exclus, les incompris, les insoumis, les désaxés, les condamnés. Et les victimes. Ce qu'il est lui. Ce que je suis moi. Mais ce n'est pas si préjudiciable pour une actrice ou un avocat de défendre un coupable.

Mais quand c'est pour soi-même, comment ça se passe ? Vais-je accuser mon bourreau ou le défendre ? Est-ce que l'amour et le pardon ne se situent pas précisément là ? Si j'avais compris mon mari avant, j'aurais agi différemment. Si je n'avais pas déréglé le métabolisme de son esprit, et celui de notre vie, je continuerais à partager le rêve qu'il m'avait offert, en calculant, en mentant le bonheur. Il m'a adorée. Il s'est passionné, consacré à moi. Je me suis sentie aimée pour la première fois. Pas réel peut-être, mais vivant. Tout en moi s'est accoutumé à ce que ce soit vrai. Sans doute suis-je un peu folle car seul un fou pouvait me faire croire à ce qui n'existait pas.

Est-elle prête à devenir un objet modelé par un pervers, à s'inféoder à ses lois sans émettre une objection, à chercher l'équilibre au bord d'un précipice jonché de fleurs, à jouer le jeu sadique des conflits, la poussant à agir contre lui pour la juger coupable de crimes qu'elle n'a pas commis ? Faut-il se résigner à vivre dans l'alternance des coups et des caresses comme les amants acharnés à se meurtrir ? Le pire des cachots n'est peut-être pas celui qu'on croit, le gardien de prison n'est pas beaucoup plus libre que sa prisonnière.

Reconstruire un déséquilibre affectif ou se construire avec est difficile mais pas impossible. Il faut trouver le chemin, aussi tordu soit-il. Samuel a besoin de faire souffrir, Adélie a besoin de souffrance, une histoire d'amour peut donc exister. Aimer c'est partager des rêves complémentaires. Bourreau. Victime. Pacte de poésie noire. Ils se font mal en harmonie.

Mais il n'est pas qu'un monstre froid, il est un monstre blessé vivant dans une douleur abominable. Qu'il ne faut pas chercher à condamner ou guérir, mais à aimer. Et je vais essayer. Elle a culbuté ses tristesses. Et tout recommença.

21.

Lundi 2 h 35 du matin

Adélie, mon ange, on a découvert l'origine de notre monde, tu te rends compte de la chance ? La crise de cet été nous a révélé pourquoi on s'aimait. On le sentait mais on ne savait rien. Un pas a été franchi. Notre couple n'est pas fusionnel, il est fusionné. Chaque fois que je te sens patouiller dans le bonheur, je suis retourné. Je t'aime tellement. Au-dessus de moi-même, au-dessus de tout. J'espère que tu le ressens. Je crois qu'à travers ces conflits, on a acquis une sagesse. Je ne savais pas que l'amour pouvait nous délivrer, nous rendre meilleurs, et nous ailer de confiance. Tu sais, le manque de confiance en l'autre est un manque de confiance en soi. Tu sais ça ? J'adore que tu ne jouisses plus comme une enfant, comme si cette nouvelle fusion avait créé une relation homme-femme qui par le passé n'a jamais existé, te détachant de la relation père-fille que tu as toujours recherchée. Et si je t'aime comme un homme, peut-être te comporteras-tu comme une femme. Mais ne t'inquiète pas, je sais que la petite fille est incontournable. Elle demeurera à vie. Je la chéris tout doux dans ma bouche. Mais aujourd'hui, il faut qu'elle partage avec la femme qui me séduit aussi. Tu es à la fois ma fille et ma femme. J'aime les deux. Je veux les deux. J'ai envie des deux. Et là, je bande comme c'est pas permis. Dès que j'entends ta voix, ça se dresse en bas. Plus tu jouis comme une femme, du plus profond de ta chatte, plus je deviens animal. Mais ce qui m'excite plus encore, c'est l'enfant de Marie, honteuse et craintive, qui bascule en sybarite vicieuse. Imagine l'effet que ça me fait. C'est l'un des aspects les plus sensuels de ma femme. Et là, ça peut durer des heures. Des heures où je fais crier mon âme sœur. J'ai tellement de fantasmes avec toi. Il suffit que j'en prenne un au hasard, tous sont excitants.

Je vais te confier un secret. Tu es folle en fait. Tu es un phénomène inexplicable. Personne ne peut te comprendre sauf ton homme. Mais ne change rien, ne change jamais : j'aime tout ce que tu es. Ce qui n'a pas ton goût perd toute saveur. Tu es la gloire que j'ambitionnais, le mariage que j'espérais. Tu es ma richesse vitale. J'ai envie de te gaver de toutes les manières. J'ai envie de te donner tout ce que j'ai, tout ce que je suis. Ma chair, ma vie. Je ne suis plus qu'une envie. Même si je n'ai pas dormi, même si je suis épuisé, tu réussis à me porter hors de moi-même. Tu es aimée à tel point que tu ne peux le soupçonner. Je t'aime. J'aime te le dire. J'aime te l'écrire. Et cet amour me bouleverse, me fait venir l'eau dans les yeux. Tu es de plus en plus belle, de plus en plus sexuelle. Tu me fais sentir des choses que je souhaite à n'importe quel homme.

Tu vois, ce matin j'étais perdu et tu m'as soutenu. J'étais dévasté, j'ai regardé ce que j'avais peint et je voulais tout arrêter. Merci d'être là. Je n'ai que toi. Je ne réponds à personne, je ne parle à personne, je ne veux plus parler à personne. Qu'à ma femme. Et tu me parles. Et je te parle. Mais dis-moi il est très tard, pourquoi tu n'es pas couchée à cette heure-là ? Tu fais quoi ? Oh là là ! Il y a de la traînaillerie ! Mais comment se fait-il qu'il y ait de la traînaillerie comme ça ? Je suis jaloux de la traînaillerie. Je suis jaloux de tout, même de ça. Tu penses à quoi ? Tu fais quoi ? Et toi tu fais quoi, Samuel ?

Je peins. Envoie-moi une photo. Demain. Allez, juste pour voir. J'allais quitter l'atelier. T'es pas en train de travailler ? Si mais… bon… deux minutes… voilà chérie. Tu l'as reçue ? Tu me fais faire tout ce que tu veux. Tous les caprices de l'univers. Qu'est-ce que j'ai envie de toi putain ! Rien que d'y penser j'ai le pantalon qui descend. Si tu dois te toucher il faut m'appeler Adélie. Même si je travaille il y a des priorités pour ma femme. Si jamais il te vient des idées salaces, et que ta main glisse là où j'aime, tu m'appelles. C'est un ordre, tu entends ? Je suis énervé, là. C'est toi qui me rends comme ça. J'ai un rêve, m'endormir la tête dans ta forêt. Je t'aime.

Elle raccroche. Ne s'endort pas, ne se caresse pas, encore moins ne rêve. Mais appelle Omer.

Je vous avais prévenue Adélie, il passe du chaud au froid. Il va vous brouiller le cerveau jusqu'à le saturer d'épuisement. Et là, il ne pourra plus tout traiter. Alors vous douterez de votre intelligence, vous perdrez confiance en vous, oserez de moins en moins vous affirmer, vous vivrez dans la crainte de le mécontenter. Vous ne saurez plus où vous en êtes, et ne saurez jamais qui il est. Moi aussi j'ai essayé de le comprendre. En vain. Il est capable de soutenir un point de vue et de le démentir tout autant, juste pour le plaisir de provoquer. Vérité ou mensonge lui importent peu : ce qui est vrai est ce qui vibre dans l'instant. Il adhère à ce que vous dites mais fera le contraire. Les promesses n'engagent que ceux qui les écoutent, lui ne les tiendra pas. Il continue de semer la confusion, se complaît dans l'ambiguïté, s'organisera pour que vous soyez sans arrêt à le décrypter. Il s'amusera de vous voir vous démener pour le cerner, vous améliorer, et sauver votre histoire. Il adorera vous voir demander pardon, alors que c'est vous qui aurez été blessée. Tout ça lui procurera une jouissance sans scrupule dans la mise en œuvre de sa cruauté. N'ayez pas recours à l'intellect, il ne vous sera d'aucun secours. Il se verra détourné même. Vous serez téléguidée. Samuel vous tiendra à sa merci, vous mènera jusqu'à la dépression, la folie ou le suicide comme je vous l'ai déjà dit. Il fait ça pour vous affaiblir et évaluer votre comportement. Il plante ses banderilles avant de vous porter le coup de grâce. Mais vous n'êtes pas un taureau, vous êtes une vachette, comme d'ailleurs il vous a surnommée. Même s'il clame qu'il vous aime, il n'aura nulle empathie quand il vous aura meurtrie de tous côtés, et que vous saignerez dans l'arène. Mais Omer, on n'a aucune preuve qu'il ne m'aime pas ! Je vous dis qu'il n'aime que lui, que l'autre n'existe pas ! Je vous le répète, vous êtes tombée amoureuse de vos propres rêves Adélie : le prince charmant n'a jamais existé et n'existera pas. Il utilise la séduction pour vous retenir, un venin à distillation lente qui met du temps à être éliminé par l'organisme intoxiqué. Arrêtez de faire de la prostitution affective. Ne soyez ni soumise ni rebelle. Soyez stratégique. Comme lui. Il a un but, vous aussi.

Mardi 11 h 45

T'es resté dormir à l'atelier ? Oui. Et tu t'es couché à 6 heures du matin ? Oui. Et tu m'as envoyé le message à 6 heures ? Oui. C'est bizarre parce que mon portable indique 11 heures du matin. Possible qu'ils ne partent pas la nuit chérie. Non ce n'est pas possible, les satellites n'ont pas besoin d'aller dormir ! Je te jure sur la tête des enfants. Jure pas sur leurs têtes. Mais je t'assure Adélie ! Ça relève même de l'héroïsme d'écrire un message enflammé quand tes yeux s'écroulent de fatigue. N'empêche que je ne trouve pas ça logique ! Mais amour, t'es en train de dire que je mens, là ? Ça y ressemble, non ? Putain tu ne vas pas recommencer ! Attends, je vais vérifier parce que ça m'énerve ! Je veux bien parce que je trouve ça incroyable ! C'est toi qu'es incroyable de ne pas me croire ! Le voilà ! Je l'ai retrouvé ! Je vais te le garder ! Je vais tous te les garder comme ça tu pourras tout contrôler. Mais bon... ça me fait de la peine. Tu penses que je te raconte des histoires ? Samuel arrête, je cherche juste à comprendre, mais laisse tomber, tout va bien. Comment peux-tu douter de moi ? Je donnerais n'importe quoi pour être avec toi. Je t'envoie des messages sans relâche, même tard, même épuisé, mon amour est indomptable. Sincèrement Adélie, je suis hypervexé que tu puisses me suspecter, je te reconnais bien là. Tu me manques horriblement mon ange, ça me plaît, je serai déchaîné quand je te retrouverai. Pourquoi tu me « reconnais bien là », précisément quand ça te contrarie ? C'est pas ce que j'ai voulu dire, t'as mal compris.

Comment ne pas reconnaître qu'Omer est essentiel ? Elle n'a qu'à siffler et il apparaît. Il est sa conscience, le chancelier du bien et du mal. Est-ce pour autant le meilleur en la matière ? Car si elle est un pantin entre les mains de Samuel, elle pourrait l'être aussi entre celles d'Omer, Omer entre celles de Samuel et Samuel entre celles d'Omer. Qui doit-elle écouter quand l'un et l'autre tirent sur chacune de ses oreilles ?

12 h 30. Omer, je vous dérange pas ? Il n'y a pas de mystère Adélie, c'est très clair. Il s'est couché quand il a raccroché et vous a envoyé le SMS quand il s'est réveillé. Il ne peut pas vous avouer qu'il s'endort en même temps que vous, alors qu'il prétend s'épuiser dans son atelier. Il est obligé d'échafauder une mise en scène pour tenir son secret. Et faites ce que je vous ai dit pour le week-end, vous verrez !

14 h 15. Samuel excuse-moi, je voulais juste te prévenir que Paul prendrait les enfants ce week-end. Mais pourquoi ce week-end, c'est le seul moment où je pouvais les voir, il ne peut pas les prendre une autre fois ? C'est lui qui a demandé ? Ben

évidemment ! Il aurait tort de se gêner ! Qu'est-ce qu'on en a à foutre de moi si ça convient à son agenda, si je ne les ai pas vus de la semaine ? Qu'est-ce qu'il lui arrive de jouer au bon père de famille ? Tu vois là, ça m'énerve à un point que tu ne peux même pas imaginer. Tu leur parles de moi au moins ? C'est monstrueux l'amour que j'éprouve pour toi et les petits. Il y a ma femme, mais il y a mes petits. Ils sont dans la tribu. Ils sont mes héritiers, t'as déjà oublié ? Je te préviens, je ne lâcherai pas. Je lâcherai rien. Aucun malin n'empêchera que Raphaël et Gabrielle m'appartiennent. Je les aime tellement. Et quand je les regarde, je suis fier de notre ouvrage, fier des fruits qui poussent sur notre arbre, fier de mes loulous, oui mes loulous ! Fais chier ! Ah, et j'allais oublier, je vais peut-être voir une amie samedi. Quelle amie ? Le midi ou le soir ? Alors non seulement je ne verrai pas les enfants, mais je ne profiterai même pas d'un samedi seul avec toi dans l'appartement. Non mais tu vois c'est n'importe quoi ! Moi je voulais que tu m'attendes, qu'on soit tous ensemble dimanche, tranquilles avec les petits. J'avais vraiment envie de… puis voilà. Ça m'énerve tellement, je me demande si je vais pas te retrouver.

15 heures. Il semblerait que vous ayez raison ! Bien sûr que j'ai raison. Mais Omer, c'est dingue ! Pourquoi rester enfermé comme un chien dans son atelier plutôt que de me rejoindre ? Pour être en harmonie avec sa tromperie. Pour trouver grâce à vos yeux Adélie, alors qu'il regarde des films, vous téléphone ou dort pendant que les autres travaillent. Il était très énervé, il paraissait si désolé de ne pas voir Raphaël et Gabrielle. Il fait semblant. Il sait ô combien est important tout ce qui concerne vos enfants. Il en rajoute parce qu'il voit que ça vous touche. Il vous tient avec ça. Il vous manipule encore une fois et vous tombez dedans. Mais c'est de très haut que vous allez tomber si vous continuez. Pourtant il persiste à les considérer comme ses héritiers. Encore une idée de grand maboul qu'il

va falloir dégager : le calcul d'un homme qui entend clouer sa femme à lui-même. Savez-vous qu'un testament peut être annulé ou modifié par sa seule volonté toute la vie durant ? Mais Omer quand je l'entends, il n'a pas l'air de simuler, il semble sincèrement attaché. Il n'est attaché à rien du tout, pas plus à vos enfants qu'aux siens. À ce propos je voulais vous parler de quelque chose. J'ai cru deviner que la relation avec votre père avait été, et reste, pour le moins particulière, je tenais à vous alerter sur la relation tout aussi spéciale que Samuel et sa fille entretiennent. Allô ? Je ne vous entends plus ! Adélie ? Que se passe-t-il ? J'ai cru qu'on avait été coupés ! Je sais pas, ça circule plus… Paniquez pas ! Rien de grave je crois, mais pas très clair. Est-ce normal qu'une fille de trente-deux ans sortant d'une piscine en bikini s'affale dans les bras de son père ? Elle le faisait cet été dès que vous étiez éloignée, et Samuel se prêtait à cette tendresse sans aucune gêne. Je vous rappelle Omer…

15 h 15. Samuel, t'es occupé ou je peux te parler ? Si c'est court et agréable amour. Tu te souviens de l'amie dont je t'avais parlé qui souffrait du lien étrange qui unissait son mari à leur fille ? Je les avais observés et leur conduite m'avait dérangée. Tu te souviens ? Et que je n'étais pas la mieux placée pour juger ce qui est bien ou mal parce que j'ai un regard un peu bizarre sur ces choses-là. Euh… je me demandais… en ce qui concerne Angèle, tu pourrais avoir des gestes tels que lui parler à l'oreille, l'embrasser dans le cou, mettre la tête sur son épaule, les doigts dans ses cheveux, tu vois ce que je veux dire ? T'allonger sur le même transat, la laisser se lover contre toi ? Est-ce que toi tu le ferais, l'as déjà fait ? Non, Angèle n'éveillait pas ça chez moi, mais j'aurais une petite fille de toi, je le ferais jusqu'à un certain âge et d'une certaine manière. Cela dit je connais des pères qui sont gagas de leur fille sans pour autant être des pervers. Pourquoi tu

parles de pervers ? Je n'ai pas parlé de pervers ! Mais parce que c'est comme ça qu'on les appelle Adélie ! Même si tu dédaignes cette épithète pour ton père. Je ne veux pas que tu parles de mon père ! Je sais bien que tu ne veux pas qu'on parle de lui. Tu ne veux pas parler du père que tu avais mais du père que je suis. Eh bien je ne suis pas un pervers moi, puisque telle est ta crainte si j'ai bien compris ! Arrête ! J'arrête. Et puis ma fille était un garçon manqué, elle n'aimait pas les robes, ne jouait pas à la poupée. Elle n'était pas de nature lascive, et si certaines petites filles le sont, c'est à l'adulte de poser les limites. Ça ne te viendrait pas à l'esprit de te mettre dans un lit avec elle ? Ah pas du tout ! Et de voir une fille de trente-deux ans sortir d'une piscine en bikini et s'affaler sur son père ? Non mais là t'es en train de me dépeindre une scène porno ! Ah ! t'es d'accord !

Moi ma fille, elle me le ferait une fois, pas deux. Dans ton histoire c'est le père qui a un problème. C'est lui qui doit s'opposer et ne pas laisser planer la moindre ambiguïté. Et si Angèle le faisait, qu'est-ce que tu lui dirais ? Je lui dirais… putain Adélie, t'es vraiment… j'hésite entre têtue et tordue… je lui dirais… si tu veux un câlin tu ne viens pas t'affaler sur moi comme ça, je suis pas ton petit copain. Je lui dirais : *Angèle chérie, t'as pas autre chose à faire que venir titiller ton père ensuqué de soleil ?* Tu vois bien que t'es trop grande trop lourde, que tu m'écrases de partout. Et puis t'es toute mouillée va te sécher pour commencer. Jamais je n'aurais laissé s'installer une quelconque équivoque. Si ce n'est pour mon Adélie, qui seule est autorisée à se comporter ainsi avec son papa. Bon… j'ai terminé. Donc ton histoire n'était ni courte ni agréable. Je blague amour ! Mais je comprends que ton amie s'inquiète. Sa fille se prépare des jours pénibles. Tu te relèves difficilement d'un tel traumatisme, ça laisse des traces. T'es bien placée pour le savoir, n'est-ce pas ?

15 h 45. Omer, je ne vous crois pas.

2 h 30 du matin. Adélie, c'est Omer. Je viens de lui parler, il termine de regarder un film, après il va certainement vous appeler. Oui pour m'embrasser avant que j'aille me coucher. Il vous appelle tous les soirs ? Plusieurs fois par soir. Mais il ne s'inquiète jamais de savoir pourquoi la ligne est occupée ? Parfois c'est un peu compliqué mais j'astuce comme vous me l'avez suggéré. Faites gaffe, hein ! Et en aucun cas ne parlez de moi. Je sais, vous me l'avez déjà fait jurer plein de fois ! Ah ! et pour samedi c'est mort ! Votre plan a échoué Adélie. Il restera à végéter dans son atelier tel que je l'avais prédit. C'est pas ce qu'il m'a dit ! Il vous laisse croire qu'il va essayer de venir, ça fait partie de sa stratégie. Mais vous verrez, il ne… C'est lui ! Il faut que je le prenne. Je vous rappelle !

2 h 50. Pas encore couchée ? Mais ça ne rend pas nerveux ton mari. Il comprend que sa chérie rêvasse au milieu de la nuit. Il la connaît. Néanmoins, il aimerait savoir pourquoi lors de ses rêveries, le téléphone est systématiquement déchargé, tombé dans l'eau, oublié à côté, mal raccroché, et je ne sais quoi d'improbable… j'essaie alors de trouver des ruses, de t'envoyer des signaux de fumée, de taper des tam-tams pour *in fine* entendre… *Ah ! Je suis contente que tu m'appelles. Je crois que j'étais dans une transe.* Mais t'es folle amour. T'as conscience que tes névroses, ton mari, il les adore ? Parce qu'il ne s'agit pas de les comprendre, mais de les aimer. Ne change pas, tu es ma joie. Comme toutes ces heures enfermée dans la salle de bains où tu ne fais rien. Là par exemple tu fais quoi ? Je me lave. Voilà ! Quelle que soit l'heure à laquelle je t'appelle t'es en train de te laver. Là aussi y a un problème : t'as pas de l'eau chaude dans le cerveau ? T'es pas une pétasse qui passe sa journée à se chauffer devant

la glace ? Y a des choses plus passionnantes dans l'existence, n'est-ce pas ? Alors, qu'est-ce tu fabriques dans cette putain de salle de bains ? Pourquoi me faire attendre dans la chambre, me suspendre dans la chaleur et le silence ? Je ne sais pas comment je fais pour ne pas tomber de sommeil. Ma flamme pour toi est si héroïque qu'elle encourage les bougies qui se désespèrent de te voir apparaître. Cela devrait décapiter mon désir, eh bien ça le tumulte, ça m'attendrit, je devrais pas te le dire. Ma femme est barge et j'attends amoureusement derrière une porte la fin de l'astiquage. L'amour, c'est là que tu le vois. Tu laves quoi là ? Heureusement que c'est le visage que tu laves sans relâche, parce que si c'était le corps, faudrait t'y prendre à l'aurore.

Tu penses quoi du personnage que je décris ?

Qu'il s'accorde bien avec son mari.

J'aime que tu traînes, que tu rêves, que tu t'enfermes. T'es la mienne. Je t'aime. Et là tu fais quoi ? Ben je me... Me dis pas que tu te laves ! Mais Samuel pourquoi ça te fait rire ? Si je savais peut-être que j'en pleurerais ! Et t'as rien fait d'autre ? Si, si, je me suis lavée pendant très longtemps parce que j'étais sale ce soir. Mais t'es pas sale mon ange, t'es malade. Y a pas d'espoir. Tu me fais bander. Moi, j'ai une femme, c'est une magicienne. Elle fait bander son mari toute la journée.

Bon, tu fais quoi là ? Tu vas te coucher ? Je vais me laver. Tu ris encore ? Oui chérie, mais pas trop fort, le malheur risquerait de m'entendre. Alors comme ça tu copies ton mari, tu fais des nuits blanches. J'attends qu'il rentre. Tu vois, ce qui est génial chez toi, c'est que tu racontes n'importe quoi. Que je sois là ou pas ne change rien, de toute façon tu ne te couches pas. Samuel, je voudrais faire une cure de sommeil. Elle est à trois centimètres de toi, au bout de ton bras. T'as le meilleur lit au monde, la fleur de la literie. Non, écoute-moi ! Je suis sévèrement décalée. Je te confirme : c'est pas une cure de sommeil qu'il te faut, mais un séjour en psychiatrie. Je voudrais juste dormir ! Mais va te coucher, moi je donnerais n'importe quoi pour y aller. En fait je me demande si tu ne dors pas plus que moi Samuel. Tu plaisantes j'espère ! Allez arrête, c'est pathétique. Et puis il faut que j'y aille, il faut que je travaille, après c'est trop tard, je suis fatigué et je craque. D'ailleurs l'autre jour j'ai craqué. J'ai craqué au-delà de la normale. Seul, sans témoin. Alors j'ai pensé à ma femme. C'est un remède universel. J'ai pensé à sa bouille de petite fille qui fouille partout, inspecte tout sans que je sache pourquoi du reste. Mais grâce à toi, je me suis raisonné, et lorsqu'on jouit d'une femme aussi admirable que toi, on n'a pas le droit de se lamenter. Tu vois, tout ce que je t'ai dit ce soir, je le pense vraiment. Parce que parfois tu ne le penses pas vraiment ? Parce que parfois tu ne me crois pas vraiment !

Parce qu'encore une fois tu lui mens.

Elle le sait, elle le savait. Seulement avec tout l'amour qu'elle s'était risquée à lui donner, elle espérait qu'il se calmerait. C'est l'histoire d'un homme et d'une femme qui s'aiment à la folie mais ne peuvent pas s'aimer. De corps en manque s'abusant dans des passions pour compenser ce dont on les a privés petits. Les excès sont leur domaine, car seules des bourrasques peuvent les déraciner de la terre dans laquelle ils ont été si mal plantés, et leur permettre d'éprouver des émotions. Certes, l'excès en tout est un vice, mais cette perte de la mesure offre un privilège : exercer sa volonté quand le plus grand nombre demeure esclave de lui-même. Sous l'emprise du réel, les désirs sont de nature non satisfaisable, le principe de plaisir détrôné par le principe de réalité interdisant l'accès à la vérité de l'être. Sauf pour certains, hors norme ou hors la loi, qui vont réaliser leurs rêves de manière détournée, pour le meilleur ou pour le pire, mettant en œuvre leurs pulsions, tels les artistes. Ces virtuoses du ressenti qui ne regardent pas mais voient, n'écoutent pas mais entendent, ne connaissent pas le réel mais le transcrivent ou le subliment. C'est dans l'irréel que plongent les racines de la réalité.

Comment peut-on construire sur les ruines d'une enfance ? En devenant comédienne et peintre. En faisant rêver les autres pour retrouver les rêves qu'ils ont perdus. En jouant à des jeux de société aux règles compliquées, en trichant, en utilisant le joker si la partie est condamnée. Faites vos jeux... d'imagination, de manipulation. Faites vos jeux... d'esprit et de massacre. Faites vos jeux... Les jeux sont faits... Rien ne va plus.

Ne sachant plus quoi penser de son mari, fouiller dans ses affaires était devenu son activité prioritaire. Mais plus elle le sondait, plus elle se perdait. Elle savait que Samuel s'était procuré le DVD de son tout premier film, alors pourquoi lui rappeler de l'acheter ? Et pourquoi sur le ticket d'achat figuraient son film mais aussi celui de son ancienne amoureuse ? Et pourquoi faire tant de mystère d'un épiphénomène ?

Mercredi, 2 heures du matin

Merde ! On a oublié ! Qu'est-ce qu'on a oublié chérie ? D'acheter le DVD. Putain ! Quel idiot ! J'ai encore oublié ! Non c'est de ma faute, c'est moi qui ai oublié de te le rappeler, sauf si tu l'as déjà fait. Ben si je l'avais déjà fait, je ne dirais pas que je suis un idiot de pas l'avoir fait ! Sait-on jamais, t'aurais pu oublier que tu l'avais fait. Je t'adore. Si je résume, mes neurones sont à leur crépuscule et ton homme devient un légume. C'est ça ? J'en suis vraiment désolé et j'espère que tu pourras continuer à l'aimer ! Qu'est-ce que tu veux que je réponde à ça Samuel ? Ce que je te répondrais moi. Quoi qu'il advienne, je t'aimerai et serai toujours là pour toi. Tu veux que mon assistante aille le chercher ? Mais je ne veux rien moi, c'est toi qui le voulais ! Je vais demander à Marlène d'aller le chercher. Et là, tu penses à quoi mon ange ? T'es où ? Tu fais quoi ? Je me lave. Parfait ! Juste pour vérifier que les traditions ne se perdent pas ! Je blague chérie. Mais t'es assez lavée, crois-moi, va te coucher.

2 h 25 du matin. Mais non Omer ! Il m'a déjà appelée, je suis dans mon lit. Vous auriez au moins dû garder le ticket d'achat pour prouver si besoin. Maintenant que vous lui en avez parlé, il va le jeter ou chercher à le récupérer. Je sais, je n'y ai pas pensé. Vous auriez dû me consulter Adélie. Aaaanh !!! Attendez, on sonne à la porte ! Mais quelle heure est-il ? Qu'est-ce que je fais Omer ? Allez voir, mais n'ouvrez pas ! Je reste en ligne…

Effrayée, elle se lève, discerne dans l'obscurité les doigts de Samuel qui s'énervent sur la chaîne de sécurité.

— Désolé mon ange, je t'ai réveillée ! Comment n'ai-je pas songé, parano comme t'es, que tu serais enfermée !

— Pourquoi tu ne m'as pas téléphoné ? Pourquoi t'es là ?

— J'ai besoin de vernis pour ma toile.

— Et t'en as besoin ce soir ?

— Oui, si tu commences, tu dois terminer toute la surface.

— À 2 h 30 du matin.

— Oui, après ça colle et c'est difficile à travailler. Écoute amour, arrête de me suivre partout, ça m'embrouille.

— C'est pas croyable !

— Ah commence pas Adélie ! Va te coucher. J'arrive.

Allô Omer ? Vous êtes toujours là ? Oui je suis même dans un taxi ! Mais pourquoi ? Au cas où vous auriez besoin de moi ! Merci ! C'est vraiment gentil, mais c'est pas la peine, c'était Samuel. Mais son Aston Martin est en bas Adélie ! Parce qu'il est toujours là ! Mais vous êtes folle de rester au téléphone ! C'est pour ça que je chuchote ! Mais vous êtes où ? Au pied de votre immeuble ! Ah mais fallait pas. Je raccroche ! Je suis désolée.

— C'est moi qui suis désolé amour !

— Mais de quoi ?

— De t'avoir réveillée !

— Pas du tout ! Regarde, j'en tremble de joie !

— Alors viens me rejoindre sous la couette.

— Faut que j'aille aux toilettes !

— Pourquoi tu n'y es pas allée avant que je vienne me coucher ?

— Je n'y ai pas pensé.

— Pourquoi tu ne vas pas dans celles de la chambre ?

— Ça me gêne que tu puisses entendre.

— Allez, dépêche-toi, arrête de parler.

Elle s'éclipse… Et s'il était là pour récupérer le ticket de caisse ? Elle se précipite… ça veut dire que Samuel ne l'a pas… Le chercher dans le salon… Et qu'elle pourrait le trouver…

— Qu'est-ce tu fais ?

— J'allais me mettre dans tes bras.

— Et toi t'allais où comme ça ?

— J'allais mettre mon pyjama.

Fonce dans son bureau, bouscule les tiroirs, en tous sens, s'énerve dans le noir, déterre sous la paperasse le ticket de caisse qu'elle glisse dans sa chaussette. Ils s'entortillent sous les draps, pubis contre pénis tandis qu'elle réalise qu'il n'a pas mis son pyjama. Il l'embrasse, mais la laisse froide. Ses pensées sont à cette bouffonnade.

— À quoi sert d'aller chercher ton pyjama si tu ne le mets pas ?

— Ça me gênait d'être fesses nues.

— Ça te gênait qu'elles soient nues avec moi ?

— Ça me gênait qu'elles soient nues quand je me suis levé.

— Mais tu t'es levé pour mettre ton pyjama, or si tu ne te lèves pas, t'as plus de raison d'être gêné !

— Mais non ! Tu comprends pas ! C'était avant.

— Mais avant tu étais couchée.

— Putain ce que t'es fatigante ! Tu comprends rien. Je me suis levé pour aller le chercher.

— Non c'est toi qui es fatigant ! Mais laisse tomber. Ça n'a aucun sens et c'est sans importance.

— Ça veut dire quoi ?

— Que ce n'est absolument pas cohérent. Se lever pour mettre un pantalon que tu vas retirer pour te coucher ou se lever pour aller chercher un pantalon que tu mettras quand tu te lèveras pour aller chercher ce même pantalon. Mais qu'en fait tu ne pourras pas mettre, car si j'ai toute ma tête, tu n'auras pas encore été le chercher, ben oui, excuse-moi, je ne comprends pas et pour moi tu t'es levé pour une autre raison.

— OK t'as gagné, je ne peux rien te cacher. Je l'ai le DVD. Je suis allé le chercher jeudi dernier !

— Voilà ! Et c'est le seul que t'as pris ?

— S'il te plaît Adélie.

— Alors ?

— Je ne sais plus chérie.

— N'importe quoi ! C'était y a moins d'une semaine !

Il mentionne cinq films, et la suspend comme du linge à la fenêtre. Et ?... Et ?... Allez... Dis-le... Dis-le, je t'en supplie... Et ?... Et le ballet de Copélia !... Bravo !... Il l'a dit.

— Je voulais le revoir avec toi.

— Ah ouais, pourquoi ?

— Le thème me rappelle ton histoire.

— Tu veux qu'on le regarde ?

— Je l'ai vu hier soir.

— Je croyais que tu voulais le voir avec moi !

— J'ai voulu vérifier si c'était une bonne idée.

— Parce que t'as le temps de regarder des DVD ?

— Je le prends. J'en tire des inspirations.

— T'as vu mon film ?

— Non.

— T'as vu son film mais pas le mien ?!

— Arrête, tu te fais du mal pour rien. T'as juste oublié !

— Oublié quoi ?

— Que je voulais une photo de toi, je t'en avais parlé tu te souviens, eh bien voilà, je l'ai trouvée. Celle de la jaquette me plaît. T'es trop mignonne dessus, toute charnue, toute fillette. C'est ridicule, c'est ça ? C'est idiot ? Ben c'est comme ça ! Tu m'as ému sur cette photo.

— Non, c'est pas ridicule ! Et rien t'empêchait de me le dire !

— Ben si. C'était une surprise.

— Ben non. C'est un plaisir pour toi, pas une surprise pour moi. Si même je l'avais deviné c'était pas dramatique !

— Ben si.

— Ben non. Et puis... jamais... mais alors jamais... j'aurais imaginé que tu choisirais une photo de moi pubère, ou presque.

— Ben si.

— Ben non. Spécialement après m'avoir tenu le discours contraire, où manifestement tu te réjouissais de la femme que je devenais.

— C'est vrai, mais c'est le pouvoir de la petite fille qui me charme.

— Tout ça n'est pas très logique non plus, mais bon, merci de me l'avoir dit parce que, Samuel...

— Ton odeur, tes fesses, ta peau, t'es trop bonne.

— Chéri, n'oublie pas que tu dois retourner à l'atelier.

— Je rêve de rester là, contre cette chair qui me plaît, contre cette femme que j'aime, contre la mienne.

— J'vais faire pipi !

— Encore ! Mais c'est une maladie !

— Oui, j'sais pas, j'ai tout le temps envie !

— Moi c'est de toi dont j'ai envie, même à moitié endormi.

— Allez amour, lève-toi ! Faut que je verrouille derrière toi.

De la tête aux pieds en marmelade, ses cheveux qui bataillent avec les yeux qui spiralent, Samuel émerge non sans peine.

— T'es trop mignonne comme ça, toute perdue dans mon pyjama. Viens là.

Il l'enlace, du doigt retrace son visage.

— La fille de la jaquette me plaît mais c'est cette pomme que je croque. C'était drôlement bien, drôlement bon d'être contre toi. Va vite te coucher, tu vas me manquer ma femme adorée.

Elle le regarde s'effacer dans la nuit, le froid, éperdument seul. Il se retournera. Elle sera là. Elle ne saura jamais ce qui s'est joué dans les coulisses de ce vaudeville. Un gros, un petit ou pas de mensonge du tout.

Un dimanche à midi

Deux épaves sensuelles endormies dans la même chambre mais pas dans le même lit. Elle ouvre les yeux avant lui, se demande comment mettre à profit ce temps pour reconstituer le gigantesque casse-tête qu'est son mari. Du bout des orteils, elle disparaît de sa chambre et apparaît dans celle de Samuel, fouille encore, furète. Pas de portable. Elle inspecte chaque pièce, examine chaque prise. Il doit bien charger quelque part. Dépitée, elle retourne se coucher. Et là, ses yeux passent sur la table de nuit et elle ne voit plus que lui. Prête à s'en emparer, son bras est soudain garrotté par la poigne de Samuel.

— Qu'est-ce tu fais ? Oh pardon je t'ai fait peur !

— Euh… non, non, ça va… tourne-toi.

D'une main, elle caresse ses fesses et ce qui va avec. De l'autre, elle attrape le portable et le glisse dans son peignoir.

— Qu'est-ce que c'est bon ! C'est rare que tu me fasses ça !

— Reste comme ça. Je reviens. Bouge pas.

— Où vas-tu ? Dépêche-toi !

— On va voir si tu peux deviner pour une fois.

— T'es vraiment qu'une petite pisseuse !

— Et qu'est-ce qu'elle est d'autre ton amoureuse ?

— Merveilleuse, charmeuse, précieuse !

Elle allume le téléphone. Code refusé.

— Audacieuse, curieuse, dangereuse !

Elle le rallume. Code refusé. Téléphone bloqué. Fuck.

— Suspicieuse, coléreuse, venimeuse !

Putain Samuel ! Pourquoi t'as fait ça ? Pourquoi t'as changé le code sans m'en parler ? C'était une marque de confiance à laquelle je m'accrochais, et jamais je ne l'aurais trahie si tu n'avais pas mis le ver dans le fruit.

— Pleurnicheuse, anxieuse, non hypernerveuse !

Putain ! Qu'est-ce que je fais maintenant ?

Elle va retrouver son mari, replacer le portable sur la table de nuit, se glisser dans le lit, s'enfermer dans les limites de l'autre, car parfois le seul chemin pour se trouver c'est de s'oublier, dût-elle parvenir à un abîme.

— Mais où t'étais ? Qu'est-ce tu faisais petite vicieuse ?

— Je pensais à… non rien…

Si jusqu'à ce mercredi elle fut fidèle à sa promesse de ne plus provoquer Samuel, elle y renonça quand Omer, informé par une connaissance à l'Office central de la lutte contre le trafic des biens culturels, l'avisa que son mari, éventuel témoin dans le cadre de ventes illégales d'œuvres d'art, était sur écoute depuis deux mois. Des enquêteurs étaient même tombés sur leurs vidéos du samedi. Et Omer Cricket de visionner quelques images pour s'assurer de la véracité de leurs commérages.

1 h 15 du matin.

— Tu réalises ce que t'es en train de me dire Samuel, mais tu réalises la merde ?

— T'inquiète pas, le nécessaire a été fait grâce au contact d'Omer.

— Ben voyons ! Et la raison pour laquelle tu rentres si tard ?

— Fallait à tout prix qu'on joigne Vincent, son ami.

— T'imagines si ça part sur internet ou s'ils font des copies ?

— Vincent a ordonné à ses agents de tout nettoyer.

— Tu parles ! Il va pas contrôler si les mecs sont bourrés ou s'ils ont envie de s'amuser.

— Si ça peut te rassurer, ils n'ont intercepté que les éléments indispensables à leur enquête.

— Parce que dans ton crâne de malade t'espères qu'il est prévu une option triage sur le matériel qu'ils collectent ? Mais n'importe quoi !

— Non, mais ils ont un devoir de discrétion. Même Omer ne sait pas ce qu'elles contiennent.

— Mais bien sûr ! Il est formidable ce Vincent, il a juste dit à Omer : « Préviens ton pote qu'il est sur écoute et qu'il arrête de faire des conneries car je ne pourrai pas intervenir à chaque fois. »

— Je ne comprends pas pourquoi tu m'agresses !

— Parce que t'es irresponsable et que tu ne m'as pas protégée.

— D'abord, je ne suis pas le seul responsable…

— Évidemment, même si c'est toi qu'as filmé mon visage, et pas le tien comme par hasard.

— J'ai fait tout ce qui était en mon pouvoir. T'as pas idée comme c'était compliqué.

— Ah ouais ! C'était compliqué. Juste que je comprenne : à part demander à Omer de t'aider, t'as fait quoi de plus que j'aurais pas pu faire ? Alors s'il te plaît, arrête de te voir en héros qui a remué ciel et terre pour me préserver.

— T'avais qu'à le faire si je suis un incapable, si t'as toujours raison et moi toujours tort.

— Voilà, on ne peut rien te dire sans que tu vomisses des trucs extrêmes. Et pourquoi pas… vas-y… jette un placard… c'est incroyable que tu puisses pas reconnaître que t'es responsable dans cette affaire.

— J'ai fait ce que j'ai pu. Tu m'as supplié d'effacer tous nos souvenirs sur l'ordi et le téléphone, est-ce que j'ai discuté ?

— T'as raison ! Je te rends grâce qu'après avoir fait une énorme connerie, tu cherches à la corriger. Mais qui a réagi ? Toi peut-être ?

— Tu ne m'as pas laissé le temps !

— Le temps de quoi ? Que tout le monde soit au courant ? Mais tu peux continuer à dire ce qui t'arrange, à hurler et tout casser, ça ne changera rien à ce que je pense. Peut-être que tu t'en fous d'avoir ta vie étalée et même trouves ça rock'n'roll, moi pas. T'imagines si un jour mes enfants tombent sur le sexe de leur mère béant ? T'y as pensé à ça ?

— Voilà ! C'est ça qui me fait mal, tu dis « mes enfants ».

— Et moi ce qui me fait mal c'est que tu penses qu'à ta gueule !

— Dès que ça va mal tu dis « mes enfants ».

— Parce que ce sont les miens putain ! Si c'étaient les tiens, t'aurais réfléchi avant de faire une telle connerie ! Tellement ça t'aurait mortifié qu'ils te voient baiser.

— Je te rappelle que j'ai aussi une fille !

— Mais elle est grande et pensera juste que son père est un con !

— Pourquoi tu pleures ?

— Parce que je pense à mes enfants. Quoi qu'il en soit, c'est trop tard, le mal est fait, il faut juste prier pour un miracle.

— C'est pas interdit d'être content que tout soit détruit !

— Ah j'adore ! C'est génial ! Non seulement tu ignores ma détresse mais, en plus, il faudrait te remercier.

— Oui, car c'est grâce à moi si tout a été balayé.

— T'es trop fort. Mais moi y a qu'une chose qui m'intéresse. C'est que mon mari comprenne que je vais de travers, que je vais mal à cause de cette histoire. Qu'il reconnaisse sa faute et qu'il me lâche un « pardonne-moi » pour que je le prenne dans mes bras.

— Ça fait quatre fois que tu me dis que j'ai foiré, tu crois pas que je me sens comme une chierie ?

— Peut-être, mais pas une fois tu t'excuses d'avoir fait une connerie. T'es le même homme, menteur, méchant qui me fait peur comme il y a sept mois. Sept mois où par amour je me suis battue pour toi, où je me suis écrasée sur tout. Où toi seul régnais. Toi… Toi… Toi… Mais ça n'a rien changé.

— Je suis désolé.

— Tout le week-end tu m'as joué la sérénade que jamais on t'avait autant donné et que ça t'avait profondément marqué. Marqué quoi ? Marqué où ? Regarde comment ça t'a marqué ! Je ne peux toujours rien dire. Et peut-être que demain le seul fait que je respire te rendra hystérique. Alors moi aussi je suis désolée, mais la poupée gonflable peut également crever ou se dégonfler. Je ne suis pas seulement Barbie bonnasse ! Je peux être Barbie couillue et démonter Ken. Mais t'inquiète pas, ça ne va pas durer. Barbie comme t'aime va rappliquer fissa fissa. D'ailleurs elle est déjà là :

comment s'est passée ta journée ? Le contrat pour Bruxelles ? Le rendez-vous avec Christian et Xavier ?

— C'est pas le moment.

— D'accord. On va se coucher alors.

— Excuse-moi, je suis une merde. Prends-moi dans tes bras.

Il s'est rendu. Il s'est excusé. Elle ne croyait plus qu'il déposerait les armes. Il s'est délivré du faux pour s'assujettir au vrai. Victoire. Fruit qui, sitôt porté aux lèvres, la saisit d'oubli. Pas tout à fait. Omer. Samuel. Des allers-retours qui vont l'un contre l'autre, l'empêchent d'avancer. Sa tête comme un boxing club où swings et uppercuts la mettent à terre, KO, le cerveau déformé.

Vous n'avez pas cru à ses excuses j'espère, même s'il avait l'air sincère ? *T'as remarqué les progrès de ton mari ? Comme il est de mieux en mieux avec sa femme.* Il n'aura jamais tort, il ne demandera jamais pardon sauf par stratégie. Il n'avouera jamais sa culpabilité, pire, il vous la fera porter. *C'est difficile la vie, tu ne serais pas là, je serais un homme triste. J'ai envie qu'on ait une belle vie, tu la mérites, que l'on se construise, qu'on arrête les crises.* Vous saviez que ce qu'il vous racontait au sujet des écoutes était bancal, puisque je vous avais tout expliqué avant qu'il n'en parle. *Quand je dis je t'aime, je t'aime de tant de manières. Les paroles d'amour sont toutes usées avant qu'elles ne soient vraies une fois dans la vie d'un homme.* Vous voyez bien que ces accès de folie interviennent s'il n'a pas sa dose de contrôle ou si vous n'êtes pas assez soumise. Si vous sentez que la violence physique le gagne, partez sur son terrain narcissique, dites-lui que sa furie ne donne pas une bonne image de lui. *J'ai besoin de ma femme, de mes petits, de ma famille. Heureusement que vous êtes là. Que tu es là. Qu'il y a quelqu'un à qui je peux parler. Qui m'écoute, me regarde, me connaît. Sait comment je suis fabriqué. Arrête d'avancer dans la méfiance. Tu t'es mariée, épouse la félicité de se fier à l'autre.* Il vous accordera toute la liberté dont vous avez besoin, y compris celle de vous exprimer, mais il n'en sera rien. Il ne vous laissera pas parler ou fera en sorte que vous vous taisiez de votre propre volonté. *Je dis quand même à tout le monde que j'ai une femme, qu'elle n'est pas un fantasme. Ce n'est pas parce que personne ne la voit qu'elle n'existe pas. Tu me plais. J'ai une existence entièrement mouillée par le désir. J'ai des trucs sales à te faire, je sais que t'es prête à dégouliner.* Ce n'est pas parce que je vous ai conseillé de ne plus vous montrer à ses côtés, que ce soit dans la presse ou en société, que vous devez mener une vie de moniale. Je vous avais avertie du danger de vous laisser emprisonner. Est-ce vraiment ce que vous souhaitez ? N'exister que pour lui ? Mais rappelez-vous : il n'est pas Jésus-Christ, il est son ennemi !

Peut-être, mais il est son mari, et il pourrait redevenir l'homme de sa vie. Elle pense, sent que si elle accepte tout, sans réprimandes, sans rien attendre, que si elle retisse la confiance, il lui révélera son secret. Elle pourrait y arriver et ils pourraient enfin s'aimer.

22.

Il était tellement heureux. L'air satisfait du créateur qui a réalisé son œuvre. Les drames et les blessures et les amertumes passaient devant lui comme si le cœur avait oublié.

— Samuel méfie-toi, seul un amant peut être à l'origine d'un tel bouleversement, l'alerta un de ses rares amis qui, après s'être ému de sa joie, s'inquiéta de sa peine.

Pendant des jours, Samuel ne lui a pas adressé la parole. Il l'a ignorée du matin au soir, tout juste la traversant parfois d'un regard qui l'a rendue inexistante. Une nouvelle fois lâchée sans savoir pourquoi, sans l'aide d'Omer – qui pour la première fois fut, lui aussi, plongé dans l'ignorance –, laissée à l'abandon. Avec cette sorte d'errance qu'ont les chagrins qui ne cherchent plus à se maîtriser.

— Samuel sait tout ! Il arrive, il va vous massacrer !

— Mais Omer ! Il sait quoi ? Comment ? Par qui ?

— Il a pensé que vous aviez un amant, il vous a mise sur écoute !

— Mais alors il sait pour nous ?

— Oui. Non. Je ne sais pas.

— Les enfants sont avec vous ?

— Non, chez leur père.

— Il aurait mieux valu qu'il soit là !
— Qu'est-ce que je dois faire ?
— Je ne sais pas ! Je raccroche, il est dans l'escalier !
— Mais comment vous savez ?
— Je vous expliquerai ! Méfiez-vous, il est dans une colère nucléaire !

T'es vraiment qu'une raclure, une enculée, une bâtarde, une traînée, une pourriture, une dégénérée, une ordure. Je sais tout. Les stratégies, les combines, tout ! Mais comment t'as pu me faire ça à moi, ton mari qui t'aime à la folie ? Que tu traites de menteur hier, et d'imposteur aujourd'hui. Mais comment t'as pu, alors que je suis victime de fourberie, et que ça fait plus de sept mois que tu me trahis, que tu me joues la comédie, que tu fais semblant de... de quoi d'ailleurs ? Dis-le-moi sale pétasse ! De quoiiiiiiiiiiiiiiiii ? Dépêche-toi ou je te massacre ! Voilà ! c'est ça ! T'as fait semblant de m'aimer ! Alors que tu me fais chier avec ta putain de vérité et que tu me mens à longueur de journée. C'est qui l'abusé ? Hein ? C'est qui, espèce d'enfoirée ? Mais à présent c'est moi qui connais la vérité. C'est fini les conneries. La comédie tu la joueras au cinéma, pas avec moi. Et encore si j'ai pas démoli ta jolie petite gueule d'abord. Tu m'écrases Samuel ! Tu me fais mal ! J'm'en fous ! Moi aussi tu me fais mal ! Je vais t'écraser, t'abuser même, ça te rappellera des souvenirs ! C'est tout ce que tu mérites. Ah ! les larmes ! C'est tout ce que tu sais faire depuis que t'es petite. Mais tes sanglots c'est que de l'eau, tu pleures tellement qu'il n'y a plus rien dedans. D'ailleurs ça n'attendrit même plus mon cœur, à supposer qu'il l'ait été au moins une fois. Et tu sais quoi ? C'est plutôt ma bite que ça raidit puisque tu chiales aussi quand tu jouis. Saloperie ! Arrête d'hurler Samuel ! Je vais t'expliquer ! J'hurle si je veux, quand je veux, tu ne connais pas le slogan ? Et tu vas rien m'expliquer du tout. J'ai pas besoin de ton aide. L'aide d'une merde. Vas-y ! Répands tes larmes que je m'y trempe. Je vais te violer, pas pour me faire du bien mais pour te faire du mal. Samuel, je t'en supplie, laisse-moi t'expli... Putain, tu vas te taire ! Tu vas la fermer ta gueule ou je vais te la casser ! Reconnais juste ce que t'as fait. Reconnais la vérité, ton amie la plus chère que tant de fois tu m'as intimé d'embrasser. Mais là je vais pas l'embrasser, je vais l'enculer avec le sang comme unique lubrifiant. Tourne-toi que je te pilonne jusqu'au fond de ton cul de salope ! On t'avait jamais prise comme ça, hein ? Pas vrai ? Elle en pense quoi ma petite chérie ? Je suis d'accord c'est atroce. Un calvaire. Surtout quand c'est réalisé à sec, ni huilée ni graissée, qu'on n'y est pas préparée, qu'on croit bien connaître son prochain, et qu'on a foi en l'amour qu'il vous porte. Je sais ce que ça fait ! Combien ça fait souffrir ! Je l'ai éprouvé ce matin et toi cet après-midi. Une journée de douleur admirablement répartie. Adélie n'est plus qu'une proie pantelante, une disloquée, malléable à toutes les docilités.

Je reconnais. Pas comme ça ! Je reconnais « Nutsy ». Eh bien voilà chérie ! Mais Samuel il faut que tu comprennes... Que je comprenne quoi ? Ce que trois pétasses t'ont dit ! Que je suis un pervers narcissique qui doit détruire pour exister, un perfide qui manipule les victimes, un mythomane qui ne peint même pas ses toiles ! Tu veux que je continue la liste ? Trois pétasses que ma femme a eu la folie de croire plutôt que son mari ! Mais je vais t'emmener à Sainte-Anne ! C'est qui les trois pétasses dont tu parles ? Ne commence pas à nier, je sais tout. Tu m'as mise sur écoute ? C'est grave, t'as pas le droit de faire ça. Parce que toi c'est pas grave ! Toi tu as le droit de penser que je ne fais pas ma peinture ! Mais tu sais qui je suis ? Tu sais qui est ton mari ou t'es totalement abrutie ? JE-SUIS-UN-DES-PEINTRES-LES-PLUS-ADULÉS-DU-MONDE-ENTIER ! Ça me gêne d'avoir à le spécifier. Mais t'as quoi dans le crâne ? Tu réalises la torture que tu m'infliges ? T'as réfléchi comme ça va nous détraquer ? Tu crois que je vais pouvoir vivre aux côtés d'une femme qui doute ? C'est pas compliqué de supprimer le doute Samuel. Ah oui ! Eh bien je t'écoute ! Promets-moi de ne pas t'énerver et d'accepter ce que je vais te demander. Vas-y ! Dis-moi. Promets-moi ? C'est bon !... allez !... je te promets ! Je voudrais qu'on aille dans ton atelier et que tu peignes pour moi. Mais ça va pas ! Attends Samuel, écoute-moi ! Soit les personnes qui te salissent ont tort et c'est l'occasion de me le prouver, soit elles ont raison et crois-moi je ne te jugerai pas, je ne te condamnerai pas. Je t'aimerai. Je suis ta femme et serai honorée d'être ta complice. Je ne sais pas pourquoi tu pleures quand tu me dis ça Adélie, parce que sérieusement, moi ça me fait rigoler ! Mais ça va pas la tête ! Tu dérailles ! Non seulement tu insinues que je serais coupable de crimes que je n'ai pas commis, mais aussi que tu serais capable d'être la compagne d'un imposteur comme celle d'un tueur. Tu me fais peur Adélie ! Je te savais barge mais je ne pensais pas que tu l'étais réellement. Je ne suis pas barge je te comprends. Je ne suis pas un imposteur ! Tu entends ? Et jamais ! Tu entends ?! Jamais je ne peindrai dans ces circonstances ! Je n'ai pas à prouver mon innocence !

T'es pas obligé de crier, peu m'importe que tu joues un faux rôle parmi les hommes, je ne suis pas là pour te jeter la pierre, mais pour te prêter main-forte, te permettre de déposer ton masque au vestiaire. Je suis là pour aimer celui que personne n'a aimé. Celui que tu es en vérité, pas celui que tu as fabriqué. Je suis la tienne, je suis là pour t'aimer Samuel. Non tu n'es pas la mienne. T'es juste ma femme. La mienne aurait le courage de me faire confiance quoi qu'il advienne ! J'ai perdu la foi au cours de ces années passées avec toi. Ce qui m'a acculée à croire des étrangers, mais tes doigts sur un pinceau rétabliraient la vérité. Qu'est-ce que ça te coûte ? Tu prendrais un ascendant si puissant sur ta misérable femme qui ne se permettrait plus jamais de te suspecter. Ça vaut la peine d'essayer, non ? Je t'en supplie Samuel, peins pour moi.

Jamais je ne peindrai ! Si tu ne peux pas, je t'en voudrai pas, j'ai de l'amour pour t'aimer au-delà de ça. Tu m'en as tellement prodigué que j'en ai suffisamment à partager. Ne crains rien, je continuerai de t'admirer. T'es peut-être pas un véritable peintre mais t'es un incroyable magicien. Arrête de me forcer ! Jamais je ne peindrai ! Tu comprends ça ? Non je ne comprends pas ! Je ne comprends pas pourquoi tu ne te livres pas à ta femme ! À la seule qui t'aimera malgré tous les obstacles. J'espère que la morale de notre histoire te plaît Adélie, puisque t'as fait le choix de foutre en l'air notre mariage. Tes rêves de vérité ont transformé notre amour en cauchemar. Dégage ! Je ne veux plus te voir ! Et sache que je ne t'ai pas mise sur écoute, il n'a pas été nécessaire de descendre aussi bas. Ne me demande pas comment j'ai fait, je ne dirai rien. À toi de savoir ce qui est vrai ou pas. Jamais tu ne me reverras.

Il est parti. Sans plus lui parler, sans plus la maltraiter. Elle n'est même plus digne d'être dédaignée. Elle est cette chose inutile qui ne peut plus servir à sa perversité. Il l'a délaissée, l'a versée dans la machine à pleurer des semaines et des semaines. Et bien qu'elle soit habituée à supporter les extrêmes, combien de temps supportera-t-elle l'attente ?

Comment ne pas trembler quand celui qui vous a répudiée vous demande de le retrouver ? Quand une première fois se confond avec une dernière ? À l'état de cendre encore chaude que laissent les bûchers qui ne se découragent jamais, elle y va.

On l'installe à une table faisant face à un miroir, elle se regarde. Elle n'a pas su comment se préparer, il n'était pas là pour la guider.

— Pardon je suis en retard !

De sa langue asséchée elle cherche une larme qu'elle retient de ses yeux.

— Tu n'as pas changé… je n'ai même pas commencé que t'as déjà les pupilles trempées.

— Elles ne sont pas trempées, elles palpitent… t'as raison… je suis désolée… je vais contrôler, je te promets.

— J'ai bien réfléchi…

Une larme tombe, tressaillement d'espoir qu'elle écrase.

— Tu vois ! Il ne faut pas faire des promesses, il faut les tenir. Alors… je disais que j'avais réfléchi. Moi, je suis une bonne personne, honnête, équilibrée qui ne trahit pas sa parole. Je ne suis coupable de rien. Toi, comme les hommes t'ont déshonorée depuis que tu es toute petite, il était fatal que tu les bousilles. Hormis ton détraqué de père qui jusque-là bénéficiait d'un sursis, on ne sait pas trop bien pourquoi mais c'est ainsi. Et comme tu n'as pas pu tuer le père, il a fallu que tu sacrifies ton mari. Tu m'as détruit à la hauteur de l'amour que tu me portes qui, pour mon malheur et mon bonheur, est immense vu ce que j'ai subi. Pour exister, il fallait que tu supprimes ce que tu admires, et tu l'as fait. Une fièvre d'adolescente contre l'emprise paternelle. Un parricide. Tu m'as tué Adélie. Donc s'il y en a un qui doit ressusciter c'est moi. Et c'est douloureux, très douloureux de se relever après ce que j'ai souffert. Je me sens comme Jésus dans le désert, sauf que je ne suis pas Dieu et que j'aurais bien besoin d'être soutenu pour braver, ou du moins panser, mes misères. Mais j'ai réfléchi.

Au lieu d'être indigné, mieux valait considérer les secrets qu'avec courage tu m'avais confiés, entendre les saccages de ton enfance et comprendre que tu n'as pas su faire la différence entre les hommes qui te blessent et celui qui t'aime. Il ne fallait ni te blâmer ni t'abandonner, mais t'aimer. Plus encore. Plus fort. Il fallait que je me jette dans les ténèbres pour ramener ma femme à la lumière. Sacrifier une part de moi, non, me livrer tout entier sans rien garder de moi alors que c'est elle qui devrait le faire. Pas grave, lutter pour la sauver est mon désir le plus sincère. Le plus bel acte d'amour que je pouvais lui offrir. Voilà. Je vais bien. Très bien. Les foudres sont derrière nous. Je me suis marié à l'église devant Dieu, pas devant le Diable. Ça ne compte pas pour toi ? Et l'alliance que je porte, ce cercle sans début ni fin, ne signifie rien pour toi ? J'ai tellement envie de te chérir, te guérir. De te savoir rassurée, de te voir sourire, verser ces larmes si prodigieusement maîtrisées. J'en suis impressionné, presque intimidé. Je ne mangerai pas ta chair, je ne boirai pas ton sang, j'absorberai tes pleurs pour qu'en moi tu demeures.

23.

Il n'était plus une seconde pour oublier ces journées passées sans amour. On braverait l'irréparable. Le passé n'existerait plus, il s'effondrerait dans sa misère. Il faudrait le fuir à vive allure sur une route étroite et défoncée entre les marguerites et les foins coupés à la poursuite d'un ailleurs, d'un lieu. Qui a le pouvoir d'anéantir le passé ?

Elle s'allonge dans l'herbe, face au ciel, en tempête, la musique à fond dans les oreilles, les pensées qui éclatent. Ça y est ! Elle sait ce que contenaient ses dernières larmes. Ni amour ni haine. Ni bonheur ni malheur de le retrouver. Mais le viol de son âme. Et mon Dieu ce que ça fait mal ! Il a violé ce qu'elle a voulu lui donner, il a rejeté son amour pour l'éblouir du sien, il l'a quittée pour mieux tendre la main. Il a tout renversé. Elle n'a pas senti les ficelles glisser autour de ses poignets, de nouveau prêtes à la manipuler. Lui s'est donné le rôle du bienfaiteur, du sauveur de mariage, du héros. À elle celui de la mauvaise. Alors qu'il est son bourreau. Est-ce que tu existes Toi là-haut ? Pourquoi lui donnes-Tu la permission d'agir ainsi, pourquoi ne me rends-Tu pas justice pour que je puisse la rendre aux autres ? Aide-moi ! Qu'est-ce que Tu attends ? Que je devienne monstre comme lui ? Ou est-ce trop tard ? Est-elle comme la grenouille qui, plongée subitement dans de l'eau chaude, se serait échappée d'un bond, mais, plongée dans l'eau froide portée progressivement à ébullition, terminera ébouillantée ? Est-elle déjà brûlée au second degré ? Il faut aller bien mal pour repousser jusqu'à son désir d'aller mieux.

Tu ne pouvais pas pleurer dans mes bras plutôt que sous l'orage ? En fait tu passes ton temps à te laver, avec des crèmes ou des larmes. Et pourtant tu ne te sens jamais propre ! Jamais assez récurée ! C'est pas faute de frotter ! Viens là ! Viens t'asseoir sur moi ! Mais t'es trempée ! T'as pas froid ? Qu'est-ce qui se passe chérie ? Qu'est-ce qui ne va pas ? Parle-moi, dis-moi ce que tu ressens ! Allez mon cœur ! Je… on a failli se quitter et… Non Adélie ! C'est toi qu'as failli me quitter. Tu t'es mis des trucs dans le crâne qui t'ont rendue malade. Ma femme a pensé qu'elle était mariée à un monstre. Si, t'as failli me quitter Samuel ! Non, j'ai pas failli te quitter, mais c'est difficile de rester quand tu te fais cracher dessus. Je t'ai pas craché dessus, je t'ai offert un amour absolu, monstre ou pas, ça ne changeait rien. Ta proposition n'était pas sans restriction Adélie, et en amour ça n'existe pas. Je veux que tu m'aimes d'un amour inconditionnel. Mais Samuel, aimer sans mesure n'est pas aimer de manière animale, ce n'est pas aimer sans savoir qui on aime, c'est au contraire connaître l'autre et l'accepter en totalité. Si tu me caches une partie de toi tu ne sauras jamais si je t'aime en entier. T'as pas envie d'être aimé comme ça ? Moi je ne rêve que de ça. Je veux aimer chaque parcelle de toi… Attends, excuse-moi une minute, je vérifie qui m'appelle… c'est Omer… je réponds pas. Rien ne m'intéresse en dehors de celle qui est assise sur moi. Non, non, réponds. Ça ne me gêne pas.

Elle n'a toujours rien compris à la cafouillade des écoutes. Entre les judiciaires et les privées, entre Samuel et Omer, elle ne sait pas vraiment ce qui s'est trafiqué. Mais pourquoi s'épuiser à comprendre le passé quand l'avenir s'annonce pire ? Elle ne peut plus contacter Omer sans passer par un tiers ou des téléphones prépayés, et lui ne peut plus l'appeler, de crainte que les écoutes n'aient jamais cessé. Infernal quand elle court à l'info, et que d'après la taupe : Samuel désormais démasqué ne voudrait plus rester avec elle et chercherait une nouvelle proie. C'est entré chez elle avec le salto d'un ouragan.

Mon ange ? Qu'est-ce que tu me disais ? Rien… enfin si… tout comme tu espères que je ne parlerai plus à personne, j'espère que tu ne joues pas double jeu, que tu ne reconstruis pas notre histoire avec de l'aggloméré qui se pulvérisera à la première brèche ? D'abord on reconstruit tous les deux chérie, ensuite quel serait l'intérêt d'un double jeu ? Je sais pas, peut-être attends-tu de rencontrer quelqu'un pour me quitter Samuel. Mais comment tu peux penser ça ? Je ne sais pas, ça m'a traversée. Ça me fait de la peine pour toi Adélie. Je suis amoureux de ma femme, pourquoi veux-tu que j'aille m'emmerder à construire avec une autre, une conne qui après m'avoir aimé deux ans me prendra la tête ? Si tu crois à mon amour comme moi au tien, je n'ai pas besoin d'aller voir si l'herbe est plus grasse dans le pré du voisin. Je ne sais plus comment t'exprimer combien je suis attaché à toi. Quand j'entends la sonnerie de ma femme, tout s'arrête le temps qu'elle le souhaite. Et des attentions comme celle-là c'est tous les jours sans exception. Tu n'as pas à t'inquiéter Adélie. N'oublie jamais que t'as un mari qui t'aime à la folie. T'as pété les plombs mais en aucune façon je n'ai failli te quitter. Je ne suis pas un pourri. Tout ce temps, je me suis occupé de toi et de tes proches avec toute mon énergie, tout mon amour, un amour encore intact aujourd'hui. Je sais que t'es fragile et ça me déstabilise de voir comme tu te fais abuser, comment tu crois tout et n'importe quoi. Mais je me dis qu'un jour tu t'apercevras que tu te goures, que tout s'apaisera, et que tu seras dans mes bras comme tu l'es là.

Et tu danseras pour moi. Convulsivement. Comme une possédée. J'adore te voir danser. T'es sensuelle, sexuelle, tu me plais. T'arrête pas. Je vais mettre le son plus fort, très fort comme tu aimes. Lâche-toi ! C'est pas grave si tu m'entends pas. Et puis ce que je dis est autant pour moi que pour toi. Car entre nous, je n'ai toujours pas capté ce qu'il s'est passé. J'ai quand même été accusé de tous les maux de manière horrible. Un jour tu réaliseras ce que j'ai pu souffrir, et que tu vis auprès d'un héros sans le savoir. Plus qu'une déclaration d'amour, c'est un sacré témoignage de tolérance et d'humilité que j'ai délivré. J'espère que la leçon sera profitable et que d'ici quelque temps, je ne serai pas une nouvelle fois victime d'un paquet de caca qui me tombe sur la tête parce que, franchement, j'ai passé l'âge. Ce que les gens pensent, j'm'en branle. Je ne suis pas responsable des saloperies qu'on raconte sur moi, mais j'm'en branle pas si c'est ma femme. Après se pose la question de qui tu fréquentes et ça c'est fondamental. C'est pas à moi de te faire l'article sur ton mari mais sache qu'il est incomparable. Je le pense sincèrement. Je ne suis pas parfait mais je suis innocent, la tête sur l'échafaud je ne changerai pas d'avis. Vas-y ! Danse mon ange ! Qu'est-ce que t'es belle ! T'arrête pas ! J'ai vraiment marié une petite fille. Un moineau effarouché qui peut se transformer en piranha. Voilà, c'est ça : t'es un piranha déguisé en moineau. Je te rappelle que la valeur d'un amour se mesure lorsqu'il y a péril. Il faut m'aimer quand je suis attaqué, quand nous sommes attaqués, lorsqu'il y a de la haine autour de nous fomentée par une jalousie féroce. Les autres feront tout ce qu'ils pourront pour nous détruire, nous pousseront au divorce parce que ça les fait jouir. On est insupportables aux yeux des gens. Notre amour, au mieux les désespère, au pire les exaspère. Quittons-nous et tu vas voir le nombre d'amis qui vont se pointer.

Adélie a quitté son mari ! Ça y est ! On a retrouvé notre amie. Elle est redevenue normale. Elle est malheureuse mais ça va passer. Qu'est-ce qu'on est heureux pour elle ! Ce qu'on est soulagés ! J'ai cru que jamais elle n'y arriverait. Moi je n'en ai jamais douté. Elle est trop intelligente pour ne pas prendre conscience du cauchemar qu'elle vivait. Il faut qu'on l'aide, que l'on soit près d'elle. Elle mérite tant, on l'aime tellement. Elle est si spéciale. Je suis fière d'elle. Quelle force ! Un courage ! Elle a réussi à sortir des griffes du pervers. Une femme admirable ! Il faudrait qu'elle rencontre quelqu'un de bien, pas un psychopathe comme l'autre malade. J'espère qu'elle pourra oublier cet enfer.

Comme il fallait s'y attendre, Samuel s'est enfin débarrassé d'elle ! Il est revenu ! Je ne sais pas ce qu'elle lui avait fait, on ne le voyait plus. Génial ! On va pouvoir s'amuser comme avant son mariage. Sincèrement, je ne comprends pas ce qu'il lui trouvait. Je suis sûr que c'était une histoire de cul. En tout cas, elle l'a bien détraqué ! T'as vu dans quel état il est ! Je crois qu'il est déjà avec une fille, mais bon c'est pour s'étourdir. Il a compris. Il n'est pas près de s'installer avec quelqu'un. Il va en profiter. Quelle idée de se marier ! De toute façon les actrices sont des folles. C'est une race à part, y a pas à tortiller. Elles ont énormément de problèmes, des hyperégoïstes torturées sur elles-mêmes. Comment veux-tu qu'elles te donnent de l'amour ? Toi t'es un artiste, qu'est-ce que tu fous avec une actrice ? Tu ferais mieux d'avoir quelqu'un qui s'occupe de tout, qui t'aime, dévoué à ton bonheur et non à ton malheur.

Je connais leurs foutaises par cœur. Ça les rassure. Ils se diront qu'on est dans la même merde qu'eux. Après, c'est à nous d'être forts. C'est sûr que sur une île déserte on ne risque pas grand-chose, mais quand on met un pied dehors et qu'on entend des bruits de chiottes, c'est là qu'on réalise si on aime ou pas, si on s'unit pour résister à l'ennemi…

La sonnerie se perd dans le bordel, n'atteint pas leurs oreilles saturées d'alcool, de musique et de paroles. Mais ça insiste…

Chérie ? C'est Lorraine, la nounou de ma mère, faut que je la prenne. T'arrête pas ! Continue de danser, moi je continue de te regarder. Si tu savais comme tu me plais.

Adélie ?… Adélie ?… Ma mère est en train de mourir.

24.

Jeanne attend d'embrasser son fils et sa « fille » d'un adieu cireux et éternel. Face à la mort, Adélie et Samuel s'agrippent à la vie, leurs mains se cramponnent jusqu'à former le cercle de l'infini ; se joindre dans le malheur. Deux enfants paumés qui s'accrochent au dernier regard d'une maman. Leurs yeux ouverts sur les siens qui se perdent. Pris de vertige quand l'autre se balance dans le vide, coupables de se sentir vivants quand l'autre est en train de mourir. Tendre une main qu'il lui sera impossible de prendre. Que se passe-t-il dans l'esprit de celui qui échappe à la vie et de celui qui s'échappe de la mort ? On voudrait savoir si on a tout dit, pardonné, compris. Plus son cœur ralentit, plus le leur bat fort.

— Tu pourras préparer ma mère pour moi ?

— Tu ne préfères pas que ce soit ta fille ou…

— Non, je veux que ça soit ma femme. Je veux que tu la fasses belle comme tu sais si bien le faire et comme elle aimait être.

Mamie, vous êtes ma première morte. Devrais-je fermer vos yeux ? Je les laisserai ouverts pour partager ce moment avec la mère de celui que j'aime. Et si votre âme est déjà endormie avec le Christ, il le partagera lui aussi. Mamie ? Votre fils m'a priée de vous préparer. Il me connaît. Il savait que j'allais vous parler. Il pensait peut-être que vous me donneriez la clef, la vraie. Que lui avez-vous fait ? Je vous l'ai déjà demandé. J'étais allongée à vos côtés, dans la chambre d'amis chez nous à Paris, et à travers vos regards, j'ai deviné qu'il avait fait souffrir sa mère comme il faisait souffrir sa femme. Et dans cette première et dernière communion vous ne l'avez ni excusé ni accusé, vous l'avez juste aimé. Sans un mot mais d'une œillade suppliante, vous m'avez choisie entre toutes les femmes pour vous succéder dans cette mission. Et je l'ai fait. Et je le fais. Mais mamie, c'est tellement dur, j'ai tellement mal, comme j'ai du mal à vous habiller d'ailleurs. J'imagine que draper un mort est moins difficile que de l'affubler d'un tailleur. C'est ce que vous vouliez, j'ai pris votre préféré en tweed gris-rose. Suis-je digne de ces tâches ? En aurai-je la force ?

Je m'adresse à vous comme si je parlais à Dieu puisque vous êtes avec lui désormais. Qui est Samuel ? Vous me direz ? Vous m'aiderez ? Avant de vous maquiller, je vais étaler de la crème sur vos lèvres, c'est tout desséché. Là, je sais bien qu'il est impensable de me faire un signe, mais dès que ça vous sera possible, tendez-moi la main. C'est pour nous. Si vous nous aimez. Je vais vous épiler un peu les sourcils. Ou alors on ne le mérite pas. Mais à qui la faute ? On n'a rien demandé, on voulait juste être cajolés. Si vous ne l'avez pas fait vivante, faites-le morte. Vos actes seront providentiels, ils rattraperont l'essentiel. Je vous sollicite parce que l'Éternel semble très occupé. Vous êtes de la famille, c'est votre fils. Ne souhaitez-vous pas son bonheur, qu'il cesse d'être un bourreau ? Bougez pas ! Je cherche une glace. Regardez, je l'ai fait léger comme vous aimez. D'accord pour un peu plus de rouge à joues. C'est vrai c'est mieux, attendez, vous n'êtes pas encore coiffée.

J'ai l'impression de vous confesser. Ce que vous me révélerez restera secret. Parce que Mamie, si pas de confession pas de pardon, et si pas de pardon pas de réconciliation, et si pas de réconciliation patatras dans l'enfer ! Alors comment tu vas nous aider ? Tu as réfléchi à tout ça avant de t'en aller ? Pardon, je vous ai tutoyée. Peut-être ne me suis-je jamais sentie aussi proche de vous. Parce qu'avec un peu de soutien, Samuel et moi sommes prêts à vivre et mourir main dans la main. Ahhh merde ! J'ai oublié le vernis. Personne me l'aurait pardonné. Je conçois que pour être soutenu, il faut non seulement le mériter, mais aussi avoir la foi. Moi je crois, en quoi je ne sais pas, mais je crois. Et vous savez pour Samuel ? Non, c'est comme le reste, vous ne le connaissez pas plus que moi. Et ce que l'on connaît de lui n'est pas forcément vrai. Mais la vérité je ne sais plus où elle est ni s'il faut la chercher. Votre fils a peut-être raison de vivre dans le mensonge. La réalité est tellement pas belle. Si on ne vous avait pas prodigué des soins funéraires, vous seriez toute pourrie.

On va se quitter Mamie. Chacune son itinéraire. Toi vers la lumière, moi vers le mystère. Je vais t'embrasser et fermer tes yeux sur ce monde si douloureux à regarder. Au revoir Mamie. T'es belle, on croirait que tu dors. Tu vas l'entendre un grand nombre de fois cette phrase. Et pourtant toi et moi on sait que c'est faux, tout le monde sait que c'est faux, et pourtant on fait comme si c'était vrai tout au long de notre vie.

— Samuel est parti !

— Mais parti où ?!

— Attendez ! Écoutez-moi Adélie !

— Je vais le chercher !

— Adélie ne partez pas, faut qu'on puisse se parler, vous n'allez pas y arriver !

— Sa mère va nous aider !

— Sa mère ??

— Oui je lui ai demandé !

— Adélie il faut acheter un autre portable et faire ouvrir une ligne par un ami !

— Je ne sais pas Omer. J'arrive plus à penser. Je vais chercher mon mari !

Après avoir sillonné un maximum d'endroits en un minimum de temps, quadrillé chaque allée du funérarium, chaque entrée du cimetière, ses forces l'abandonnent. Déposée comme une fleur sur une tombe, tuée de tristesse, à se demander si ce ne serait pas pour chacun d'eux l'heure de mourir, elle demeurerait là, la peau sur la pierre froide et l'écœurement à l'intérieur. Les situations ont-elles leur instinct ? Elle aperçoit l'Aston Martin à l'abri d'un rempart de cyprès, et sur la banquette arrière, Samuel comme la bête au fond du trou, verrouillée de toutes parts. Elle tape la fenêtre, l'appelle, le rappelle.

— Samuel ouvre-moi ! Parle-moi ! Je comprends que tu ailles mal ! Pourquoi tu te barricades, t'es malade ? Excuse-moi, je n'avais pas percuté que le programme était une partie de cache-cache, mais là je t'ai trouvé, alors on arrête de jouer, ouvre-moi ! Arrête de faire l'enfant pas sage, ta maman t'attend pour te dire au revoir. Trêve de plaisanterie, ouvre-moi Samuel ! Je suis épuisée, je n'ai pas arrêté de te chercher. Parle-moi, regarde-moi. Je suis là. C'est pas en fuyant que t'échapperas à tes tourments. OK d'accord : fais le mort ! T'as raison ce sont les conditions idéales. Tu sais quoi ? J'en ai marre, je peux plus, je vais faire comme toi ! Je suis vraiment trop conne. Rester avec un homme qui s'enterre quand on enterre sa mère. Elle est prête, elle est belle, tu verras elle est sereine. T'as plus besoin de moi, je te laisse, vous avez peut-être des choses à vous dire. Va lui parler et demande-lui pardon, c'est l'occasion.

— J'ai rien à lui dire.

Comme il est risqué d'afficher violemment le calme, de renverser sa propre nature. Espère-t-il l'arracher à la cruauté qui vient de s'ouvrir sous ses pieds ?

— Je n'ai rien à lui dire, pas plus aujourd'hui que durant toute ma vie. Je suis orphelin depuis gamin. Mon père m'a abandonné et ma mère est morte dans la foulée. Je ne suis pas en deuil parce qu'elle est dans un cercueil, je le suis depuis tout petit. Je l'ai enterrée vive ma mère. Viens, on s'en va.

— T'es sûr ? Mais jamais elle nous aidera !

— Je ne veux pas de son aide, je veux que tu m'aimes.

— Tu ne la reverras jamais ?

— Je reverrai une dernière fois le visage de ma mère avant de la regarder brûler dans les flammes puisque c'est sa volonté. J'entendrai crépiter ses regrets, je viendrai à la pose des scellés pour regarder disparaître cette dame qui en rien ne m'est chère.

— Ohhh putain Samuel ! Je ne sais pas si je dois m'enfuir ou m'attendrir.

— Tu dois juste vivre et moi aussi. Viens ! Ce n'est pas ma mère que je vais enterrer mais ma vie de garçon avec ma femme, et ça c'est diablement sexy.

Après trois vols, deux escales et un quart d'heure de 4 × 4, les voilà à la réception d'un hôtel entièrement fait de glace. Après une escapade en motoneige dans la nature sauvage, ils dînent dans une cabane au fond d'une forêt scandinave. Après s'être surexcités au bar, dans la boîte, puis au sauna, ils s'aiment dans un bain chaud sous les étoiles. Après une balade au clair de lune à la poursuite des aurores boréales, ils s'assoient sur un banc d'église recouvert de peaux de renne dans une nuit polaire de moins vingt-sept.

J'ai passé une soirée inoubliable avec ma femme. J'aime t'aimer, j'aime te boire, je voudrais être cannibale pour te manger. Samuel, on est dans une chapelle ! On n'est pas dans une chapelle, on est dans une chambre mortuaire. J'ai l'impression d'être avec ma mère. Justement, je peux te parler d'elle ? Il n'y a pas une molécule de mon être qui n'a pas cherché à l'éliminer. J'ai fait plus de 2 500 kilomètres pour l'oublier, pourquoi la ramènes-tu dans mes pensées ? Parce qu'une mère doit mourir pour qu'une autre femme soit aimée.

Chut... T'entends la musique ? Viens dans mes bras, viens danser avec moi mon ange. Il y a longtemps qu'on ne s'est pas mariés, veux-tu une alliance que rien ne saurait détruire, veux-tu m'accompagner sans crainte de ce qui peut nous arriver ? Mon amour, es-tu enfin prête à vivre avec moi, à t'engager chaque jour sur la route que nous avons tracée, à renouveler cette confiance absolue même si je demeure un mystère ? Veux-tu être ma femme ? Oui je le veux, je veux ta main qui m'invite à la danse, je veux t'aimer, respecter qui tu es, je veux être avec toi dans ce que tu deviendras, même s'il faut partager le pire, parce que je crois en nous, parce que je crois en toi. Je veux être à tes côtés, même s'il faut lutter, parce que nous avons aussi la joie. Et toi, veux-tu être mon mari ? Oui je le veux, il n'est pas de rêve où tu ne puisses vivre, de chagrin que tu ne puisses adoucir, de chemin en moi que tu ne puisses suivre, je m'engage à te combler, à t'aimer dans la vérité, dans la joie comme dans la peine.

Après une plongée dans la légèreté, les voilà à Paris, remontés à la surface de la gravité, comme si les vivants héritaient de la vie des morts.

— Madame, monsieur, si vous êtes prêts, nous allons procéder à la fermeture du cercueil.

Et il se tient là l'enfant meurtri, le regard imprégné de détresse, acceptant ce dernier abandon qui résonne comme le premier. Sur un bout de papier froissé, Adélie écrit :

Samuel, tout comme c'est la dernière fois que tu la vois, c'est la dernière fois que je fais ça, que je sollicite la vérité, l'entière vérité, que j'invoque la Vierge, ta mère, ou quiconque voudra s'en charger pour que s'accomplisse un miracle. Je jure que je t'aimerai quoi que j'apprenne et que je serai ta femme pour l'éternité. À toi de jurer que, jusqu'à ce jour, tu m'as dit la vérité et me la diras toujours.

Après qu'il l'a lu, Adélie le place dans le cercueil mais ne lâche ni le billet ni le regard de Samuel. Elle espère, comme l'abeille rivée à la fleur, y boire la promesse. Les mots résistent. Elle attendra qu'ils se décramponnent. Les lèvres s'écartent, arquent je te jure à son visage. Alors, ses doigts se desserrent et libèrent le serment dans la main de Jeanne.

— Madame, monsieur, si vous êtes prêts…

Sommes-nous jamais prêts pour le dernier adieu ? Adélie et Samuel s'égarent sur le visage de celle qui s'efface au fur et à mesure que le couvercle s'abaisse, les employés des pompes funèbres n'ayant pas attendu la réponse de la famille. Même pour aller au ciel, il existe un horaire. Deux croque-morts se sont positionnés aux extrémités pour apposer les scellés : une vis à la tête et une aux pieds, sur lesquelles on fait fondre de la cire cachetée. Puis, le cercueil s'avance et s'embrase. Regarder sa mère brûler et l'imaginer plus que poussière.

Faut-il jouir de la vie sans souffrir de la mort ou, au contraire, passer sa vie à préparer sa mort ? Vaut-il mieux affronter une fois dans sa vie un danger que de l'éviter toujours ?

A-t-elle le choix quand le risque rôde autour d'elle ? Et même si elle se donne des raisons de l'aimer, en réalité, elle ne réfléchit plus par elle-même, chaque endroit de son être est sous le pouvoir de Samuel ; elle ne peut le quitter, croyant qu'elle n'est rien sans lui, qu'elle est en péril, qu'il est son souffle. Elle ne pourra plus respirer qu'au souffle du mal.

25.

Et l'amour a repoussé dans leur vie, ignorant du désastre et de la folie, comme si rien ne s'était produit, pas même le décès d'une mère.

Chérie, faut se lever ! Mon souhait serait de t'aimer toute la journée mais il est déjà 4 heures de l'après-midi. C'est ça ! Étire-toi comme une chatte amoureuse. Regarde-moi ces petites fesses, ces petits seins, c'est à moi tout ça, t'entends ? Rien qu'à moi. Viens ! On va se doucher, ça va nous ranimer. Vas-y, j'arrive, faut d'abord que je sorte du coma. Tu y arriveras jamais. Si, faut juste que je m'habille. Faut que tu t'habilles pour te laver ? T'es pas près d'arriver. Si, tu verras ! Au-delà de trois cent soixante secondes sans toi, je suis perdue, fichue, fout… Arrête Adélie, tu m'énerves ! Je vais me recoucher et t'attraper ! Non pas les chatouilles ! Nooonh Samuel ! Pitié, je déteste ! Vas-y je te rejoins, va allumer les bougies, ferme les rideaux, mets de la musique, fais couler l'eau et… Je vois, tu veux un samedi. Tu vois mal, je veux une thalasso pour passer du coma au hammam. T'es infernale.

Pourquoi fait-il toujours plus que ce qu'on attend de lui, comme s'il se positionnait à l'extrémité de ce que l'on souhaite ? Comme si, pour tourner la page, il fallait déchirer la précédente qui faisait mal et célébrer la suivante qui serait géniale ? La salle de bains est surréelle de vapeur, de réveils radieux. Adélie se coule dans la mousse, abandonne son corps contre le sien. T'as raison de mettre un maillot pour te laver avec ton mari. T'as pensé au burkini ? Mais c'est quoi ta religion ? Tu es plus intégriste que les musulmanes qui, au moins, dans l'intimité se déshabillent. J'ai beau fouiller dans ma mémoire, je crois ne t'avoir jamais vue nue de la tête aux pieds. Il y a toujours un bout de tissu qui traîne sur ta peau. Alors t'as oublié l'été dernier quand... Je t'ai forcée. Pas du tout Adélie, j'efface les taches. Mais reste chaste puisque c'est ton souhait, dis-moi juste comment je lave ma chérie si sale après les bacchanales de cette nuit. Car l'obscène ne te gêne pas à certains horaires, petite vilaine ! Tu te rends compte comme ma poupée est cassée, et comme je dois gérer ce qui est déréglé. Peu d'hommes le pourraient, il faut tellement d'amour. Alors tu réponds quoi face à l'immensité de ma rage ? Ça te laisse sans voix. Non Samuel, je me dis que c'est un mari formidable et une femme lamentable. Arrête de lâcher des âneries ! Quand une femme soupçonne son homme, elle n'est pas lamentable, elle est blâmable. Mais tout ça c'est du passé, je vais t'aimer comme je l'ai fait depuis que tu as débauché mon regard. Ton mari n'est pas un pétri d'angoisse. D'ailleurs on se demande ce qu'il a comme défauts ton mari. Il en a si peu qu'il a fallu lui en inventer. C'est insupportable d'être parfait, ça doit cacher quelque chose. Ce n'est pas si mal de susciter le mystère. Les gens racontent, les gens fantasment. C'est Dorian Gray, Hannibal Lecter, Dracula. C'est le diable. Assez génial d'avoir une tête de messie qui masque une âme de monstre pour baiser. Tu penses vraiment que tu n'as pas de défauts Samuel ? Je pense que la femme d'un mec comme moi a sacrément de la chance, et que la renommée de monstre l'exalte, ça excite les filles. Les filles peut-être, les femmes je ne sais pas Samuel. Les femmes on s'en fout Adélie ! Vu que t'avais huit ans et demi quand je t'ai rencontrée, et que là t'approches des treize, période charnière, puberté, acné, mais ne t'affole pas ça se traite facilement... Sans oublier l'épisode rebelle, évidemment. Qu'est-ce que t'es con ! Je ne suis pas rebelle, je suis passionnée et c'est compliqué à manier. Moi tout me va mon ange, la passion, les excès, tout. Rien ne me fait peur. Excepté si la mienne imagine le sien à l'inverse de ce qu'il est. Ton mari est celui qui connaît le mieux sa femme mais sa femme est celle qui connaissait le moins bien son mari. Je voudrais tellement que tu l'aimes, que tu te fies à lui, que je t'inspire comme tu m'inspires. J'aime la routine avec toi, je ne l'aime pas, je ne la connais pas. Je voudrais que tu sois fradingue d'amour. Regarde-moi Adélie ! N'aie jamais peur de moi. Allez, assez parlé, Omer ne va pas tarder. Omer ? Pour quoi faire, c'est toi qui lui as demandé ? Non c'est toi qui l'as appelé. Tu m'inquiètes chérie. Soit le joint d'hier t'a trop atteinte soit tu perds la tête. Quoi qu'il en soit, je te sais gré de l'avoir planifié. Hou là !... dur à foutre cette phrase. Mais vois-tu, j'aime que tu veilles sur moi, sur nous, comme ça, que tu organises des séances. Si ça ne t'ennuie pas, je méditerai en premier. J'ai une vraie envie d'huîtres, j'irai les chercher pendant qu'il s'occupera des postures de ma femme.

Rassurez-moi Omer, je ne vous ai pas appelé ? Non, c'est la seule ruse que j'ai trouvée pour vous parler. Eh bien voilà c'est fait : comme vous le voyez tout va à merveille. Même si je vous le souhaite, ne pensez pas être en mesure de vous priver de mes conseils. Vous êtes toute contractée là, on dirait une colonne vertébrale sous une voûte trop basse. Mettez les épaules vers l'arrière et le dessus de la tête vers le ciel, arrêtez de regarder le sol, voilà, comme ça. Vous m'avez bien formée Omer, j'ai intégré le système tel un logiciel programmé dans ma chair et je vais m'y conformer. Je vous admire vraiment Adélie et serai le plus réjoui si vous parveniez enfin à vous épanouir. Rien ne me ferait plus plaisir. Mais si nos espoirs étaient trahis, il faudrait pouvoir se parler sans le danger d'être écoutés. Achetez un nouveau téléphone et demandez à un proche extra-fiable d'ouvrir une ligne à son nom. Cette personne, seuls vous et moi la connaîtrons. Elle sera intraçable. Mieux vaut prévenir que guérir, surtout dans votre cas.

Lorsque vous inspirez Adélie, allez chercher l'énergie tout autour de vous, connectez-vous à tout ce qui existe. Vous n'avez pas de projets ? Théâtre, films, séries ? Qu'attendez-vous ? Celui qui m'intéresse se tourne en Angleterre. Et où est le problème ? Laissez Samuel qui vient de perdre sa mère. Je vous rassure, il s'en contrefiche. Comme il s'en cogne pour son père. Il les méprise. Vous avez constaté qu'il ne l'a pas veillée, pire il s'est enfui, et vous avec. C'est vrai, et je ne regrette pas de l'avoir suivi même si je n'ai pas compris. J'étais attachée à sa mère et je pensais que lui aussi. Il a abandonné sa mère comme elle l'avait abandonné. Vous pouvez développer parce que là, ce n'est pas très clair ? Vous voyez Adélie que mon aide est nécessaire. Samuel était tout petit quand son père est parti et l'a livré aux mains d'une mère désespérée. Dévastée par la dépression, perdant le goût de vivre, il l'a vue passer de mère affectueuse et joyeuse à mère quasi inanimée. Une maman trop peinée pour se soucier de son enfant, l'abandonnant au vide, au fantôme maternel. Trop petit pour comprendre ce qu'il s'était produit, il a pensé que c'était sa faute et peut-être lié à sa manière d'être. Il s'est laissé dépérir, passant des journées devant la porte close de sa mère, pleurant toutes les larmes qu'il avait en lui, ne comprenant pas pourquoi elle ne s'intéressait plus à lui. Ayant échoué à ranimer cette mère morte, sans s'expliquer la perte de ce premier amour, c'est avec une extrême douleur qu'il a mis sa mère dans un cercueil et pris le deuil pour ne plus jamais le quitter. Vous ne connaissiez pas le complexe de la mère morte ? Attendez, c'est pas fini ! Parce qu'évidemment, cela produit des ravages sur la vie sentimentale. Comment offrir son amour à une personne susceptible de le détruire ? Je vais vous lire la suite, ça sera plus explicite. Où ai-je mis mon portable ? Je crois que c'est bon pour la posture du diamant couché, je vais me maquiller. Vous sortez ? Non, juste être jolie pour dîner avec mon mari. Ah, moi je vous trouve jolie comme ça.

Alors pour ne pas être emporté par ce cataclysme et survivre à cette brèche, l'enfant, selon André Green, va constituer deux lignes de défense : « La destruction de l'objet maternel, assimilable à un meurtre psychique, et l'identification inconsciente à la mère morte. » Ne pouvant plus l'avoir, il continue de la posséder en devenant non pas comme elle, mais elle-même, et reste ainsi indéfectiblement lié à cet objet mortifère qui règne en lui. Un moyen irrévocable pour ne plus la perdre, mais qui le rendra incapable d'aimer puisque son amour sera comme pris en otage. Il aura beau être fortuné et généreux, il ne pourra rien donner car il n'a pas la jouissance de sa fortune. Il est propriétaire de son cœur mais sa mère en est l'usufruitière. Et dès qu'un nouvel objet menacera de remplir le vide, cela ressuscitera la mère morte qui rivalisera avec cette passion naissante, ravagera tout sur son passage, et comme un nourrisson agrippé au sein, tiendra l'enfant à sa merci. En fantôme idéalisé, elle hantera son imaginaire, le rongera d'un désir inassouvi, d'un amour inaccessible. À l'abri de toute atteinte, elle jouira de ce lien fusionnel unique. Puisque le partage lui demeure interdit, le sujet sous l'emprise d'une mère morte est réduit à vivre au fond d'une solitude. Mais une solitude qui s'est modifiée. Elle était subie, elle devient consentie. Et lui prisonnier de sa mère comme de lui-même. Les bébés qui n'ont pas eu le bonheur de se refléter dans le regard trop déprimé ou absent de leur mère ne développeront ni opinions ni visions d'eux-mêmes et s'appuieront sur des critères de la réalité externe pour exister. Et ce qu'ils auraient dû projeter chez la mère, ils le projetteront sur l'autre, afin de se reconnaître comme dans un miroir, pour, en désespoir de cause, s'aliéner dans des identifications projectives. Vous savez ce que c'est ? Un mécanisme de défense pathologique consistant à introduire sa personne, en partie ou en totalité, à l'intérieur d'une autre afin de la posséder, de la contrôler, et de la dégrader. Ça vous rappelle quelqu'un Adélie ?

Green relève la présence du syndrome de la mère morte chez de nombreux artistes, peut-être comme une tentative de s'arracher à ce gouffre qui ne peut être rempli que par quelque chose d'absolu tel que la création. Se surinvestir dans la créativité est une autre manière de sortir de soi-même, de transcender le réel, et permet de fuir la rencontre avec l'autre. Car l'objet est versatile, hors de contrôle. Il peut apparaître et disparaître. Aimer et ne plus aimer. Mais cette échappatoire est loin de réparer les blessures et d'être valable pour tous. On remarque alors des phénomènes d'hyperactivité, une agitation maniaque, des dépendances, des perversions et de la mythomanie. C'est ça qui nous intéresse, non ? Amoindri par un sentiment d'infériorité et de régression, le mythomane n'a pas la force d'affronter la réalité, et se réfugie dans un ailleurs pour ne pas souffrir. Il se crée un moi idéal, un personnage qui se doit d'être crédible pour son entourage, sans quoi se désagrège son monde imaginaire. Et finit par croire à sa fabulation dans la mesure où les autres y croient.

La constitution d'une image de soi défaillante, puisque fondée sur le vide, participerait à la consolidation d'un « faux self », protecteur d'un moi fragile, traumatisé et mal structuré. Une sorte de double venant boucher le trou psychique pour lutter contre son propre anéantissement et la terreur d'être aspiré par le vide. Car la crainte de l'effondrement côtoie celle de la folie. Ces personnalités en « faux self » bien adaptées socialement, vu qu'elles s'intègrent à la norme, sont en réalité tenaillées par une souffrance qu'elles ne dévoilent jamais. Pour la montrer à qui ? Pour quoi faire ? Puisque personne n'a répondu au départ. Pour tenter de sortir de la douleur de n'être qu'eux-mêmes, ces sujets font donc semblant. Ainsi, pour André Green « pervers et créateur peuvent être rapprochés dans la mesure où tous deux refusent le monde tel qu'il est pour lui préférer un monde créé par eux ».

Elle pleure ! C'était bien la peine de se maquiller ! Ce n'est pas grave, Samuel aime le maquillage qui bave. Elle réalise que son histoire est aussi la sienne, qu'ils ont eu les mêmes mères, qu'il n'est pas son âme sœur mais son semblable. Lorsqu'elle le regarde, c'est elle qu'elle voit et lui se voit en elle, ils sont leurs propres miroirs, des miroirs qu'ils voudraient briser parce qu'ils haïssent ce qu'ils reflètent. Mais on ne peut pas aimer ce que l'on déteste, sauf si on est pervers. La haine qui les anime est précisément ce qui les rapproche, les attache. Ce qu'elle refuse de reconnaître parce qu'elle l'aime… Oui elle l'aime !

Omer est d'avis contraire. Non, elle ne l'aime pas, elle s'illusionne parce qu'il l'illusionne. Et si elle n'est pas perverse, elle souffre d'un sérieux trouble de la personnalité, car elle ne pourrait supporter une relation aussi toxique sur le long terme. C'est pour cette raison qu'il lui a livré les clefs et continue de les lui donner. Il sait qu'elle osera les mettre dans les serrures et les faire fonctionner. C'est facile pour elle, comme si elle ouvrait la porte de chez elle. C'est supportable pour son organisme. Elle ne va pas le chasser du domicile, elle est de la même famille. Sans pouvoir s'aimer, ils sont liés et peuvent fabriquer avec les quelques outils qu'on leur a laissés. Ils vont dysfonctionner ensemble. Ils partageront la haine qu'on leur a transmise. Et lorsqu'ils disent je t'aime, ils disent je te hais, mais ça leur produit le même effet. Ces quatre lettres recèlent la même grâce, la même volupté. Elle est une dépendante affective entre les mains d'un pervers narcissique. Alliance parfaite. Faits pour s'entendre. Elle comblera sa peur de l'abandon et son besoin de sacrifice tandis qu'il exercera son contrôle et sa domination. Ils seront dans une relation de complétude proche d'une addiction. Leurs pathologies s'imbriquent comme les pièces d'un puzzle, leur union a toutes les chances de durer quel qu'en soit le prix. Enchaînés par un contrat pervers. Est-ce ce qu'elle veut ? Alors, elle doit l'écouter.

Elle comprend qui est Samuel. Elle doit aussi accepter qui est Adélie. Mais comment Omer sait-il tout ça ? Licence en psychologie doublée d'une analyse. Mais qu'est-ce qu'il fait là alors qu'il pourrait être psychanalyste ? Non, impossible. Des stages en hôpital psychiatrique l'ont rendu fou. Trop éprouvant. Plus envie de courir après un patient pour l'empêcher de se suicider. De se garder des malades qui veulent vous frapper. De gérer les délires mégalomanes de celui qui se prend pour un Viking et voit des dragons, ou de Michel-Ange qui repeint sa chambre en chapelle Sixtine. La souffrance mentale est délicate à soulager. Le patient peut dire ce qu'il veut quand il veut, puisque personne n'arrivera à savoir avec certitude de quoi il est atteint. Entre névroses, états limites, psychoses, l'éventail est plus que large. Alors on se sent terriblement impuissant. Il s'est senti tellement impuissant. Pas assez bien dans ses baskets pour escalader la montagne des aliénés, pas assez solide pour se confronter aux fragiles, mais utile pour des calibres comme Samuel et elle, qu'il s'obstinera à aider car ils le méritent, et surtout parce qu'elle y arrivera. Toutes ont craqué quand Adélie est toujours là, comme la mouche qui essaie de traverser la vitre, se cogne, vient et revient encore, pour mourir sur le rebord d'une fenêtre fermée. Non seulement ça ne la détruit pas, mais elle ne s'en aperçoit même pas.

Alors, il la conjure de devenir la victime qui s'oppose à son bourreau dans un jeu de domination et de résistance, tension qui constitue le lien vital entre eux, les soude dans leur lutte pour exister. Vous trouvez ça risqué ? Eh bien essayez la routine, tout aussi mortelle. Vous êtes sans cœur Omer, voilà pourquoi vous n'êtes pas psychanalyste ! Je ne suis pas sans cœur, je suis réaliste. C'est horrible ! J'ai l'impression d'être condamnée à une peine de prison ferme à laquelle viendraient s'ajouter les travaux forcés sur l'île du diable. Ce n'est pas moi qui vous condamne Adélie, moi je vous accompagne, je fais mon possible pour tarir vos larmes. On croirait entendre Samuel. Pourquoi ne pas m'avoir laissée dans la quiétude du déni ? Parce que vous êtes plus forte et plus intelligente que votre mari. Et n'ayez crainte, votre mécanisme de défense est bien en place, il nécessite plus que ma touche de psychologie pour être ébranlé. Je pourrais refuser la réalité comme je l'ai toujours fait, décider que ce n'est pas la vérité et rejeter ce que vous m'avez confié. Vous voyez Adélie, vous êtes déjà sur la défensive. Rejeter ne signifie pas supprimer, et ça reviendrait sous forme d'hallucination ou de délire. Eh bien Omer, je ne vais pas vous apprendre que ça cadrerait mieux avec ma nature psychotique !

Mais qu'est-ce qui s'est passé mon ange, t'as pleuré ? Non, j'ai trop rigolé ! J'adore comment t'es maquillée.

Samuel a préparé la salle à manger comme la salle de bains, fantasmatique, éclairée par l'orangé de candélabres et des flammes de la cheminée. Un tableau aux clartés dramatiques, aux obscurités sensuelles, aux boiseries chaleureuses, aux drapés redoublant de velours. On eût dit une robe de couture Empire au décolleté qui se languit d'amour. Même son maquillage coulé s'accordait à un tel romantisme noir.

Elle s'installe à l'extrémité de la table majestueuse, observe le plateau royal d'huîtres, et alors qu'elle n'a encore rien dit : tu n'aimes pas les huîtres chérie, mais j'ai trouvé autre chose pour te faire plaisir. Des crêpes et des cerises qu'il s'empresse de lui servir. Mais, malgré ces attentions, son esprit barbouillé par les fétides révélations d'Omer ne peut s'abstenir de vomir qu'elle va aller tourner en Angleterre. La réaction de Samuel fut volcanique. Tout ce qui put être brisé le fut. Même lui, puisqu'il disparut.

Repliée comme le reste des objets jetés à terre, imputant ces ravages à la démence de son mari. Au milieu du carnage, percutant une assiette épargnée, où en portions maniaques se réconfortent les sucreries qu'elle préfère, orangettes, dragées, fraises Tagada et caramels, à quatre pattes sous la table, dont elle se gave pour combler son être qui se vide, à vide, avide : c'est quoi ce délire ?

Qu'il est déchirant d'avoir un mari qui manie avec autant de virtuosité le bien comme le mal ! Ça lui évoque quelqu'un de proche. Comme toutes les filles qui ne sont plus des petites, on cherche notre papa dans chaque homme. C'est la quête de notre existence. Mais qu'en est-il si notre père est un pervers ? Eh bien, cela ne change rien, on le cherche quand même. Et quand on pense l'avoir trouvé, on ne peut le quitter car on croit qu'il s'agit de l'homme de notre vie comme on a cru que notre père était celui de nos rêves ; peu importe s'ils nous abusent de leurs vices et des supplices qui en résultent.

— Allô, maman, je te dérange pas ?

— Non Marie dis-moi.

— Je me suis fâchée avec mon amoureux.

— Ah, et pourquoi ?

— Il est malhonnête.

— Ah, mais pourquoi ?

— Ça l'arrange. Lucas fait des conneries et n'a même pas le courage de le reconnaître.

— Essaie de comprendre peut-être avant de juger.

— Comprendre quoi ? Qu'il fournit de l'herbe à son responsable pour sortir plus vite de son travail ! Et c'est qu'un exemple. Non, j'ai plus confiance.

La colère et les larmes se bousculent dans ses yeux.

— Attends qu'il revienne vers toi et voyez si vous pouvez vous parler.

Samuel réapparaît, enclenche l'adagio de leur mariage, sans un mot, sans un regard.

— Fais ça, tu verras ça ira. Je t'aime.

Un homme et une femme, deux enfants qui rassembleraient les éclats de leurs jouets après les avoir brisés. Un calme où se faufile le vacarme des consciences. Du double bruit que faisait son cœur, cri au-dedans, silence au-dehors, ne restait que le cri.

Je n'accepterai plus de vivre comme ça. Ça va me détruire. Je ne le supporte plus. Je n'en ai plus ni la force ni le désir. Sache que si tu continues de cracher ton venin – et vas-y ne te gêne pas si tu en as besoin –, je ne répondrai plus, ne me défendrai plus, ne chercherai plus à te convaincre. C'est fini. On s'en est mis plein la gueule, ça fait trop mal, on va trop loin. Il y a des choses qu'on ne pourra plus réparer. On ne pourra plus s'aimer. Je vais arrêter de ne plus dormir, de ne plus manger, de ne plus vivre. Parce que je vais mourir. C'est moi qui ai envie de mourir Adélie. Je ne sais pas où je vais, ce que je fais. Je suis perdu ! Je suis malheureux ! Je n'ai jamais été aussi malheureux de ma vie. Je ne comprends pas comment nous en sommes arrivés là. Ce n'est pas ce que je voulais ce soir, je voulais être avec ma femme, lui faire du bien, pas du mal.

Alors puisqu'on n'arrive pas à se quitter Samuel, il faut qu'on retrouve ce que l'on avait, et il faut être deux pour ça. Moi je suis là chérie, mais toi tu n'y es pas, tu n'es pas comme avant. Mais tu n'es pas comme avant non plus Samuel. Ne parle plus aux autres, je t'en supplie Adélie, tu verras ça changera beaucoup de choses. Je ne parle pas aux autres mais tu ne me crois pas. Si, tu ne fais que ça. Toute la journée tu t'accroches comme une noyée au téléphone à déblatérer ma vie, mon intimité, jusqu'à ma sexualité ! À vérifier la véracité de mes propos. T'étais encore scotchée à ton portable y a pas cinq minutes… Je parlais avec ma fille. Bien sûr, mais tu me prends vraiment pour un imbécile !

Tu veux que je cesse de parler, alors cesse de me menacer Samuel, arrête de me quitter un jour sur deux, arrête de me manipuler par-derrière, de me dire des trucs et de penser le contraire. Mais Adélie, quoi que je fasse, quoi que je dise, tu crois que je suis un escroc, que j'ai rendu folles toutes les femmes avec qui j'ai vécu. Je ne le pense pas, on me l'a dit, mais on va pas remettre ça ? T'aurais dû donner une claque aux médiocres qui bavent sans savoir, ils n'ont aucune preuve, un bon coup dans la gueule. Ne pas te laisser déstabiliser, te fourrer les oreilles. Quand tu laisses dire des saloperies, c'est comme si c'était toi qui le faisais.

Que tu puisses imaginer être mariée à une merde, comment veux-tu que je m'en relève ? Tu sais ce que c'est de placer tous ses espoirs dans une femme et qu'elle remette tout en cause parce qu'elle écoute des bobards ? Tu te rends compte du cauchemar ? Je ne sais pas qui sont ces gens et ce qu'ils te racontent, je suis dans le noir. J'ai un bandeau sur les yeux depuis des mois. Tu penses que c'est vivable ? Tu ne penses pas que c'est normal que je pète les plombs ? Personne n'aurait résisté. Y en a qui seraient devenus carrément dingues. Mais je souffre. Je suis une ruine. Même si personne ne le voit. Et tu sais pourquoi personne ne le voit ? Parce que je ne parle pas. Je cache au fond de moi, par égard pour ma femme. Je n'ai que toi à qui parler. Aucun confident. Toi, si. Ce n'est pas digne de nous. Ça ne regarde que toi et moi. Ce sont nos secrets et je regrette que tu les répètes.

Par amour j'ai décidé de tout pardonner, mais c'est difficile et j'ai besoin de ton aide. J'ai besoin que tu m'aimes. J'ai besoin que tu me le dises comme jamais tu me l'as dit, que tu me le danses jusqu'à la fin de ma vie. Moi aussi j'ai besoin d'être rassurée Samuel. De savoir que ton amour est véritable et non fatal. De savoir que je peux te croire. Qu'à chaque malaise tu ne vas pas me quitter ou me tromper… T'oublies juste… Non tais-toi ! Écoute ce que je dis Samuel parce qu'encore une fois, tu ne parles que de toi ! Et comment t'expliques… Mais écoute ! La clef, elle est là. Mon angoisse est que mon mari parte avec la première qu'il trouvera mieux que moi. Mais jamais je ne t'ai laissé croire ça ! Tu me le déclares à chaque fois, même encore ce soir. Parce que j'ai les nerfs qui ont lâché. Que je suis à sec. Que j'appelle au secours. Que j'ai mal, très mal. Et n'ai pas l'amour de ma femme. Et « ta femme » t'explique pourquoi mais tu ne l'écoutes pas. Malgré les abjections, les accusations, je suis là Adélie. Malgré les mensonges, les machinations, les trahisons, je suis là aussi Samuel, mais tu ne considères pas ce que je dis ni ce que je suis. Tu veux que je te rappelle certaines de tes délicatesses ? T'es qu'une grosse salope poissonnière que je vais jeter dans la fosse à fumier. Tu n'existes pas, t'es transparente. Si je reste dans cette maison c'est uniquement pour les enfants, ils ont déjà perdu leur père, je ne vais pas leur faire revivre une deuxième perte. T'es qu'une traînée qui mérite d'être foutue dans la boue et accablée d'injures. T'es une malade mentale. T'es que dalle, le néant, tu n'as servi qu'à faire des enfants. Tu veux parler mais t'as rien à dire. Tu ne veux pas parler, tu ne veux répéter que ce que des abrutis t'ont imprimé. On t'a lavé le cerveau au Kärcher et on t'a laissé le neurone de la connerie en plus de celui de la vilenie. Je continue ? Mais arrête, c'est une façon de parler ! Non, c'est une façon de penser Samuel. Mais c'est pas du tout ma façon de penser ! Arrête d'hurler Samuel ! C'est ça le problème ! C'est ça qui me fait souffrir ! C'est que tu ne sais rien de moi. Tu ne sais pas qui est ton mari. Un mec qui va rester, un mec qui va partir. Un infidèle, une lopette, un criminel. C'est ça qui me fait mal ! Tu ne sais pas qui je suis ! Non, toi tu ne sais pas ! Mais moi je le sais, et un jour je te le dirai.

Il s'élance, l'empoigne, la plaque au sol avec plus de force qu'un taureau frotté au vitriol.

Eh bien vas-y petite vaniteuse ! Je suis tout ouïe. Alors dis-moi qui je suis ? Mon bourreau.

Il la claque. Et pour se retenir de la frapper davantage, il pulvérise tout ce qu'ils avaient ramassé plus tôt.

Ce n'est pas ce que je suis ! C'est ce que les langues de pute ont dit que j'étais ! Non, c'est ce que je pense maintenant que je te connais. Mais c'est vrai qu'il serait incorrect de te réduire à ce terme, t'es bien pire. Mais qu'est-ce que tu fais avec moi ? Pourquoi tu restes ? Je n'ai pas encore trouvé la réponse, je cherche… Arrête, tu m'énerves ! C'est peut-être ça l'amour, aider l'autre à trouver ce qu'il cherche, mais t'as pas l'air d'humeur Samuel. Arrête, tu… Arrête quoi ? de me rebeller ? Pourquoi ? C'est plus amusant tu ne trouves pas ? Ça donne du charme à la dispute, ça devrait te plaire ! Ça ne te plaît pas ? C'est pourtant ce que suggèrent les langues de pute ! Ah ! Mais je sais ce qu'il te manque ! Tes accessoires. T'inquiète ! Regarde, y a plein d'assiettes dans le placard. Même pas déballées. C'est bien de faire des réserves, vu ce qu'on consomme pour batifoler, y en aurait même plus pour manger ? Remarque je te comprends, c'est pas drôle de casser ce qui l'est déjà. Tiens, amuse-toi ! Ça te va pas ? T'aimerais mieux les plats ? Ah merde ! Ce sera pour la prochaine fois.

À moins que tu préfères me donner des claques. C'est ça ? Mais je t'en prie, me voilà ! T'es vraiment balèze Samuel, de victime tu me rends coupable. Non Adélie, c'est toi l'experte à ce manège. T'es qu'une dégueulasse, ton plan était quand même de te tirer dès que t'avais l'argent. Non, mon plan c'était... Un plan de salope dont je ne faisais pas partie et ça si tu veux, c'est toute la différence entre toi et moi. T'avais une stratégie de quittage, moi j'en avais pas. Faux, je n'avais aucune méthode, juste du bordel dans ma tête, et j'ai survécu comme j'ai pu. Je ne sais pas d'où tu sors ces conneries Samuel, peut-être de certaines langues de pute personnelles qui se mêlent de tes affaires. Alors Samuel, à qui tu parles, à des putes ou à un sale petit enfoiré ? Si ma femme pouvait simplement reconnaître...

Reconnaître quoi ? Que je parle à des gens ? Mais toi aussi apparemment. Parce que si tu ne m'as pas mise sur écoute, tu les as eus comment les renseignements ? N'empêche que le problème n'est pas là Samuel, il est dans la peur continuelle qu'on se provoque, la tienne, la mienne et celle des putes. Je ne veux pas te quitter Adélie, tu peux te rassurer. Et me trahir ? J'aimerais bien savoir par quel procédé tu alimentes cette angoisse ? Mais par toi Samuel, qui me le répètes chaque fois que tu te mets en colère. Et me trahir ? Jamais je ne te trahirai. C'est tellement évident, je trouve pathétique d'être obligé de le dire, c'est la clef de voûte de notre mariage. Comme témoignage d'amour pour ma femme, ça ne va pas pisser loin : je sais, c'est vulgaire mais parfois j'aime ça. En revanche, j'espère que toi tu sauras résister.

Résister à quoi ? À pas te faire monter par l'acteur anglais qui va baver derrière toi comme tous les acteurs qui se font chier avec besoin chronique de se prouver qu'ils existent en sautant l'actrice. Et comme l'actrice est dans les mêmes questionnements métaphysiques, elle se laisse attraper. Enfin tu sais, t'as fait ça toute ta vie. J'étais infidèle parce que je noyais ma misère dans le sexe, je transférais sur la terre entière. Oui, c'est ce que je dis, ça fout le vertige ! Mais j'étais libre. Je ne suis plus la même. Je suis mariée. Je pars sur un tournage avec la bague au doigt. Je sais Adélie, mais ça va me travailler quand même. J'aime sentir que je vais manquer à mon mari, qu'il est inquiet si je suis loin de lui, qu'il peut être jaloux. Si je tremble, c'est que je n'ai pas confiance. Ou que t'es malade Samuel. Tu penses que ça va m'amuser de bander pour ma femme et de savoir qu'elle est dans les bras d'un connard parce qu'ils sont dans leurs personnages.

Tu penses que ça va être facile. Je n'ai pas de père. Je viens de perdre ma mère, et ma femme se casse. Mais c'est horrible. Ton père comme ta mère ne sont pas vraiment un souci si j'ai bien compris. Et ta femme n'a pas tourné depuis qu'elle t'a rencontré. Tu peux comprendre que ça me manque comme je comprends que je vais te manquer.

Mais ça me plaît. Et que je vais bander, ça te plaît ? Aussi. Ben moi ça me plairait que ma femme, au lieu de rester allongée sur un lit à rien faire depuis des années, me montre qu'elle a envie de son mari. J'ai besoin qu'elle me montre que… T'es méch… dans un couple on est deux… T'es méchant… on n'est pas tout seul, surtout avec les coups que je me suis pris dans la gueule… T'es méchant quand… non c'est pas moi qui le suis… T'es méchant quand tu dis ça, pourquoi tu m'as fait croire que tu adorais comment j'étais si c'était pas vrai ? Tu voulais une poupée dont tu pouvais disposer en toute liberté. Une poupée Corolle comme tu plaisantais, parce que ce sont les plus belles et qu'elles sont de meilleure qualité. Tu te rappelles ou j'ai tout inventé ? J'espère que t'es satisfait, ma sexualité était bousillée, eh bien maintenant elle sera refoulée ! C'est ce que tu penses de moi, que je suis un servile ectoplasme ? Putain ! Je ne vais plus penser qu'à ça maintenant ! Arrête Adélie ! Non j'arrêterai pas, je veux que tu m'écoutes ! Ça me dégoûte, je me dégoûte, tout me dégoûte.

Mais arrête, écoute-moi chérie ! Je peux te dire que la prochaine fois, non, en fait il n'y aura pas de prochaine fois : je ne veux plus jamais. C'est fini. Je ne saurais plus comment être parce que je ne sais plus ce que veut mon mari. Mais arrête Adélie, tu vas m'écouter putain de merde ! Je ne saurais plus quoi faire. Je vais passer d'inactive à frigide. T'auras tout gagné ! Mais c'est peut-être ce que tu cherchais ! Une nouvelle anomalie pour m'humilier jusqu'à ce que mort s'ensuive. Mais tu n'auras pas ce plaisir parce qu'avant de devenir frigide, je vais devenir folle.

Mais arrête Adélie ! Tu délires sur des choses que je n'ai pas dites. Alors j'suis déjà folle ! Ce n'est pas ce que j'ai dit. Si, c'est ce que t'as dit ! Arrête d'hurler ! Arrête de me dire arrête ! Tu n'as pas compr… Si ! J'ai très bien compris, ras le bol de toujours penser que mon esprit est au ralenti. Ce n'est pas ce que j'ai dit Adélie ! D'accord ! Et qu'est-ce t'as dit alors ? J'ai dit qu'effectivement, jusqu'ici ça ne m'avait pas gêné mais que maintenant… C'est pas ça que t'as dit Samuel !… mais que maintenant… C'est pas ça que t'as dit ! Arrête d'hurler Adélie ! J'hurle pour éviter de tout casser ! Tiens ! Prends ! Les assiettes sont à côté. T'as dit que pendant des années j'étais allongée comme une larve sur un lit. J'ai pas dit ça ! Si, c'est ce que t'as dit ! T'es infernal ! Comment tu fais pour avoir raison quand tu sais que t'as tort ? Ça me révolte ! Alors je me suis mal exprimé. J'essayais de t'expliquer que le chaos de cet été avait généré une cassure colossale, du coup c'est avec un chalumeau et non les étincelles d'un silex qu'il faut faire la soudure. En d'autres termes, serais-tu capable d'aimer d'un amour indéracinable, où rien d'étranger ne peut entrer, et de tout risquer pour le sauver ? Ça fait des mois que c'est mon programme. Non, tu ne le fais pas. Tu ne fais pas ce que je demande. Qu'est-ce que tu demandes ? Je te demande de m'aimer, de me le montrer de toute ton âme… De tout mon cœur Samuel… Et de tout ton corps, qui je te l'accorde n'était pas indispensable par le passé car j'étais comblé par ma femme telle qu'elle était. Mais les choses ont changé, et j'espère que tu le comprendras avant qu'il ne soit trop tard. Non pas que je te quitterais mais je me foutrais en l'air. Je t'en supplie, ne répète pas à tes copains copines ce que je viens de te dire. Et pourquoi tu voudrais te foutre en l'air ? Lorsque tu m'as quittée… non, excuse-moi… lorsqu'on s'est quittés, j'étais délirante d'amour pour toi. Je t'ai proposé l'absolu, t'as craché dessus. Je t'aurais tout donné et tu m'as abandonnée. Qu'est-ce qu'il s'est passé ? L'histoire s'est complètement inversée. Pourquoi t'es dans cet état-là ?

Mais Adélie, un jour dans ta vie tu peux pas oublier ton nombril ? Je l'oublie, mais je veux comprendre pourquoi soudain t'es au bord du chaos. Parce que je sens que tu m'échappes, que tu parles à des gens, que t'es sur ton portable tout le temps. Tu me partages avec d'autres, me rejettes parmi les lambdas. Tu as quoi de si capital à dire à autrui quand ton mari va mal ? Mais mon mari ne m'a jamais dit qu'il allait mal. C'est triste d'être obligé de le dire, tu ne peux pas le sentir ? C'est pour ça que je ne vais pas bien ! Tu ne sens plus rien. C'est plus pareil. Je ne suis plus le centre mais un lambeau de ton univers. Avant t'avais besoin de me parler, maintenant t'as besoin de parler à des étrangers. Mais j'ai toujours parlé avec des gens, je ne l'ai plus fait pendant deux ans, parce qu'on ne se quittait jamais. Faut bien que j'aille travailler Adélie, ça n'a jamais émoussé notre passion.

C'est désespérant, tu te souviens de rien de toute façon. En permanence, des moments magiques ont enchanté notre existence, malheureusement même le bonheur est passé sous un filtre déformant. Ça fait peur. Non seulement je ne déforme rien de cette période miraculeuse mais je la regrette. Je suis le même, c'est toi Adélie qui te fais retourner comme une crêpe. Non ! Tu me surveilles, tu m'espionnes, tu me culpabilises d'avoir des amis ou de parler au téléphone. Parce que la ligne n'est jamais libre ! Il y a trois lignes fixes plus mon portable, maintenant si ça t'amuse de m'appeler sur celui qui est occupé, je ne peux pas t'aider.

D'accord, je me fais des idées Adélie, qu'importe, t'as une conscience, tu sais que je dis vrai et ne pas le reconnaître me fait de la peine. Il ne tient qu'à toi que je sois moins malheureux. Je suis malheureux comme les pierres. J'ai joué la comédie pour essayer de sourire à tout le monde, eh bien c'est fini, je vais m'enfoncer dans la détresse. Tu ne veux pas que je triche, très bien, je ne vais plus le faire. Je vais étaler ma merde comme n'importe quel connard, comme tous les imbéciles qui répandent leur disgrâce. Je m'étais contrôlé par égard pour toi mais je ne vois pas pourquoi je devrais continuer à souffrir en silence alors que personne ne le remarque. C'est insupportable. J'ai mal partout. Je souffre depuis des jours et des jours et je ne dis rien par crainte que tu ne trouves pas ça sexy. Eh bien désormais je m'en fous. C'est là où tu ne me connais pas Samuel. Je suis autrement touchée par quelqu'un d'authentique, qu'un être factice qui fait tout le temps semblant. Tu sais Adélie… j'ai pris Hiroshima dans la gueule, et malgré ça, j'ai essayé d'être aimable, désirable. Je bombais le torse, je souriais, j'ai fait tout ce que je pouvais pour ne pas te déplaire. Mais parfois me sont venues les larmes aux yeux.

Il s'est arrêté net de parler, a quitté la pièce tel qu'il y était entré, comme un fantôme passe au travers des portes closes. À se demander si cette nuit cauchemardesque n'était pas imaginaire, si les fraises Tagada ne l'avaient pas broyée d'hallucinations. Elle partira pour l'Angleterre.

26.

Malgré la distance, malgré la Manche, l'état de guerre reprit comme s'il n'avait jamais cessé.

Adélie, je t'implore une dernière fois, ne parle de notre intimité à personne. Je suis au bout du rouleau. Tu veux garder un mari ? Alors avant de savoir s'il va te tromper ou te quitter, sache s'il ne va pas crever. Je suis brisé. Je suis en morceaux et s'il n'y a pas une femme aimante qui les ramasse, ils iront dans le caniveau. Je ne partirai pas, je disparaîtrai. Ce n'est pas une menace, c'est la vérité. J'ai les nerfs saccagés. J'ai mal aux jambes, aux reins, au crâne, à la gorge, aux os, aux muscles. J'ai mal partout. Je suis en mal d'amour. Voilà, t'es rassurée ? J'en crève. Alors tu fais quoi ? Tu ramasses les morceaux ou tu les fous à la poubelle ? Tu sais très bien ce que je fais. Non, je ne sais pas ! Tu me connais. Non je ne te connais pas ! Jamais je n'aurais imaginé que la femme que j'ai mariée pouvait se faire enculer par des enfoirés. D'ailleurs j'ai réfléchi, il ne s'agit pas de Daphné, de Nadège, d'Arnaud, d'Omer ni de qui que ce soit de mon entourage. C'est impossible. Ce sont les médiocres qui jouissent des misères de leurs semblables.

Ah oui ! Parce que dans le palmarès des calomnies j'ai eu ça aussi. Soi-disant je serais gentil avec toi, tes enfants, ta famille, tout le monde, pour donner une belle image de couple dans la presse. Mais t'imagines ? Ce n'est pas ce que j'ai dit Samuel. J'ai acheté du matériel d'enregistrement. Tu sais à quoi il a servi ? À enregistrer la discussion où tu m'as tout craché Adélie. Mais t'es au courant peut-être, vu que par le plus grand des hasards la facture a disparu. Tu me désoles ! Non seulement tu fouilles mais tu voles. Ah, tu vois que tu m'espionnes ! C'est depuis quand les enregistrements ? Un certain temps forcément, tu ne pouvais pas prévoir quand aurait lieu cette discussion… ou bien… oh non Samuel !… rassure-moi, c'était pas planifié ? En fait je veux pas le savoir. Rien que d'y penser j'ai des frissons à l'idée d'être un pantin entre les mains d'un démon. Connasse, jusqu'à nouvel ordre, c'est pas moi qui t'espionne mais toi qui me soupçonnes. Je veux juste que tu te remémores ce que tu dis. Tu réécouteras. Tu verras. C'est toi qui réécouteras, car malgré ce que tu crois, je n'oublie pas. Mais pense à mettre des caméras aussi, on ne sait jamais. Et puisque t'en parles, en effet tu aurais un problème d'image, il serait capital que les gens puissent voir que tu es quelqu'un de bien, et tu serais capable de tout orchestrer pour qu'ils puissent le croire, jusqu'à un mariage dans une église si besoin. Et tu me le répètes !

Mais ce ne sont plus les assiettes que je vais jeter, c'est moi que je vais balancer par la fenêtre. Comment peux-tu penser que c'est la vérité ? Qu'est-ce que je fous avec une femme pareille ? C'est quoi mon avenir ? Tu la soupèses la merde ? T'imagines la galère dans laquelle je me suis mis en désignant tes enfants comme mes légataires ? Je vais morfler jusqu'à mon dernier soupir. Tu penses que c'est pour avoir une photo dans le journal ? Tu penses que c'est facile pour Angèle de sentir que j'aime plus les tiens ? T'entends ? T'es toujours là ? Je te laisse dégueuler sur la femme que tu dis aimer si ça te fait du bien. C'est toi qui dégueules tous les vices de la terre. Même celui de pédophile, si je ne m'abuse ! C'est pas moi qu'ai dit ça.

Mais tu laisses dire ! Ça te déstabilise et tu t'inquiètes de savoir si je ne fais pas touche-pipi avec ma fille. Faut que tu saches que les pédophiles ça me fait gerber. Si j'ai pris ton père dans mes bras, c'est parce qu'il était ton père. Et ma femme, plutôt que de donner un coup de rouleau dans la tronche de ces salauds, a joué la comédie pour vérifier si c'était vrai. Moi qui pensais que t'étais la mienne. Moi qui me disais que je serais enterré avec toi. Tu vois quand je pense à tout ça, j'ai envie de pleurer. Samuel j'en peux plus, faut que je dorme. Moi non plus je n'ai plus de forces. Je vais boire du champagne et me droguer en regardant le film de notre mariage. Moi je n'y arrive pas, ça me fait trop mal. Je voudrais que tu t'y obliges. Je voudrais que tu regardes le mec assis dans l'église au visage baigné de larmes, celui auquel t'es en train de t'unir… Celui déjà en train de me mentir.

Adélie, ne profère plus jamais les mots mensonge et vérité devant moi. Arrête de me traiter de menteur ! Alors ne me traite plus de menteuse. Je raccroche Samuel. Si tu raccroches c'est pour toujours, je t'aurai prévenue ! Mais pourquoi tu hurles comme un psychopathe ? C'est moi qui raccroche pour toujours si tu continues. J'me balance par la fenêtre, tu entends ? J'ouvre la fenêtre, tu entends, et je me jette ! C'est ça que tu souhaites ? Peut-être que si je saute de trente mètres tu vas comprendre que je n'étais pas malhonnête et que tout n'était pas de ma faute. Arrête Samuel ! T'es prête ? Non tu ne me crois pas en fait c'est comme le reste. Arrête ! Mais non j'suis trop bête, tu crois que c'est pour faire de la presse. Arrête ! T'as conscience de l'état de folie dans lequel tu m'as mis. Tu m'as rendu complètement cinglé. T'as cassé tous les mecs de ta vie, eh bien t'as cassé aussi ton mari. Tu peux le raconter, t'en vanter auprès de tes amis. Tu détruis tous les hommes. Tu tiens ta vengeance. Je vais me coucher Samuel. J'en ai marre de m'en prendre plein la gueule. Je n'ai plus le courage de me battre. Il est 3 heures du matin. J'ai pas mangé, pas dormi et je tourne demain. Va dormir alors ! J'y arrive plus. Mais qu'est-ce qu'on fait ensemble Adélie ?

Et voilà que ça recommence, je ne peux plus t'aider ce soir Samuel, je suis morte de fatigue, il faut que je dorme, j'espère que ça va aller. Ne te jette pas par la fenêtre, c'est stupide. Ne sois pas malheureux, c'est pas si terrible. T'as une femme qui t'aime. C'est toi qui as un problème avec elle. Elle est là. Si tu la veux, elle est à toi. Je ne peux pas te dire mieux. C'est là mon dernier espoir Adélie. Je vais tout oublier et te croire. Mais je t'en supplie, ne joue plus la comédie. Ne fais plus d'embrouilles derrière mon dos. Ne consulte plus les autres. Sois nette avec moi parce que tu ne l'es pas. Je n'y peux rien si tu t'affoles quand je suis au téléphone, c'est mon jardin secret, j'en ai besoin. Je ne veux pas être dans ton jardin secret. Tu n'y es pas, c'est clair ? Putain t'as une branche dans les oreilles ! Y en a marre à la fin ! J'espère qu'on va s'en sortir Adélie.

J'espère aussi. Cette guerre est trop meurtrière, je vais mourir, et pourtant je ne suis pas pour grand-chose dans cette affaire. Samuel, tu me défends de le dire mais ne pas reconnaître que tu mens est mon unique problème. Je me suis mariée à un homme qui m'a appris que j'avais été abusée toute ma vie… Je ne t'ai jamais abusée !… Écoute-moi !… Je ne t'ai jamais trompée ! Écoute-moi, je me suis mariée à un homme… Ne me parle plus jamais de mensonges ou je vais t'étriller !… Écoute-moi !… C'est toi qui me mens depuis cet été !… Je me suis mariée à un homme… Et qui sait, peut-être depuis des années ! J'en peux plus, je vais me coucher. Tu es parfait Samuel, tout est de ma faute, je prends la merde sur les épaules, c'est moi qui t'ai trahi, qui ai eu la faiblesse de croire les gens mauvais. Ne te jette pas par la fenêtre, je me sacrifierai. Donc en plus d'être menteur, je suis égoïste, laisse-moi crever !

Il n'a pas raccroché, il a décroché, la laissant pendue comme une viande à un croc, les battements du cœur fissurés, ouverte à une seule pensée : j'aime mieux subir l'injustice que la commettre, les ténèbres seront moins obscures.

Pourquoi tu me rappelles ?

Samuel, je ne trouverai pas le sommeil si on se quitte sur une phrase aussi inhumaine.

Je t'aime Adélie. Je t'aime comme un fou. J'espère qu'un jour tu vas le comprendre. Je suis ton homme, arrête de penser le contraire. Je sais t'exciter, te baiser, te faire jouir, alors arrête de m'emmerder. Au revoir amour. Même là je bande, t'imagines.

Mais le jour suivant…

Tu te rends compte que t'es encore en train de m'en foutre plein la tronche. Non c'est toi Samuel, moi j'essaie seulement de t'expliquer pour que tu comprennes. Mais je rêve, tu les enfiles les perles. T'entends ce qui sort de ta bouche, t'es vraiment folle. Je ne te parle pas de mon besoin mais du tien. Tu devrais m'appeler parce que t'as envie et non parce que t'es obligée, abrutie ! C'est ça le drame de ma vie, moi j'ai envie de ma femme, mais elle n'a ni besoin ni envie de son mari.

Et la nuit…

On va régler le problème Adélie. Qui as-tu appelé hier à minuit ? Cherche bien ! Concentre-toi ! Allez je t'écoute ! Non, laisse tomber, t'es incapable de répondre. Si, je peux répondre mais c'est insensé comme question… c'était mon amie Camille ! Je vais l'appeler ! Te gêne pas ! Oui c'est ça, cours l'appeler avant que je l'appelle. Pour la prévenir que mon mari est maboul ? Non, que sa femme le prend pour une andouille ! Tu sais quoi ? Je retire ma question, ça me fait trop mal. Je vais raccrocher Adélie, tu dois avoir d'autres personnes à appeler. Mais putain qui peux-tu appeler à 1 heure du matin ? Les gens ont une vie, des femmes, des maris. J'en conclus que le seul individu qu'on appelle à cette heure, c'est un amant ou une maîtresse. Parce que t'es peut-être lesbienne aussi et tu le sais même pas. Dans le déni comme tout le reste. Je ne sais pas quoi te dire Samuel. Arrête de me raconter des histoires, je t'en supplie Adélie, ça va mal finir.

Et le jour suivant...

T'as aucune conscience de la violence que t'as en toi. Mais toi non plus Samuel, ça fait deux heures que tu gueules ! Mais parce que j'ai mal ! Moi aussi j'ai mal ! Je n'ai jamais gueulé avec une autre comme ça. Eh bien fallait la garder ! Mais rappelle-la ! Elle est sûrement avec un fumier encore plus haut de gamme que toi, et le cœur léger elle reviendra se le faire déchirer. Qui a cassé mon rétroviseur à coups de bottes ? Je n'ai jamais vu une femme capable de ça. Ben oui, je suis exceptionnelle ! Non, t'es une barge avec une fureur démentielle. Mais pas toi ? Tu veux que je te rappelle tout ce que tu m'as fait depuis cet été ? Et là ce n'est pas sur ton rétroviseur, c'est sur ta femme. Tu veux les détails ? Alors réfléchis connard !

Et la nuit...

Mais t'es cinglée de me raccrocher ! J'ai pas raccroché, ça a coupé sans que je m'en aperçoive. Je te jure Adélie c'est l'enfer notre relation, ça ne peut plus continuer de cette façon. Arrête Samuel ! C'est insensé, tu ne crois plus rien. Je te promets que je n'ai pas raccroché. OK, je te crois. Je suis très mal. Tu serais là tu le verrais, mes larmes coulent sans arrêt. Mais t'es pas là. Je ne sais pas ce que tu fabriques. J'ai un vide horrible et des flips. Je sais pas ce que tu magouilles, avec qui tu couches. Je ne sais rien du tout. Mais Samuel tu sais tout. Tu deviens fou. T'as des acteurs, des bellâtres qui doivent te tourner autour. Je ne sais pas ce que tu branles et ça me fait peur. Mais je ne fais rien, je travaille du matin au soir. Tu peux le jurer sur la tête des enfants ? Eh non, tu ne peux pas. Si, je le jure, voilà ! Non, non, arrête ! Je le jure sur ma foi. Ne fais pas ça ! Je le jure. Ce n'est pas au vieux singe que tu vas apprendre à chier la grimace. Mais qu'est-ce que je peux faire pour que tu me croies, fais-moi surveiller par un officier de sécurité si tu veux, on va pas se battre pour des trucs qui n'existent pas. Qui n'existent pas ? C'est la première fois que tu pars tourner ! Or depuis l'âge de quinze ans, à chaque fois que tu es partie tourner, t'as mis des hommes dans ton lit ! Le réalisateur, l'acteur ou qui sais-je doivent te bourrer le crâne avant de te bourrer ailleurs. Et pas un message aujourd'hui ! J'ai eu envie de te parler toute la journée, c'est toujours occupé. Heureusement que je suis pas parano, n'importe qui penserait que t'as un amant. C'est compliqué de t'appeler du tournage, je voulais rentrer pour me consacrer tout à toi. Voilà, c'est la différence entre nous : moi, que je sois en train de peindre ou quoi que ce soit d'autre, t'es ma priorité. Quand j'étais au Qatar j'avais trois téléphones pour que tu n'attendes pas. Pour le bonheur de te parler des heures, j'ai passé ma vie dans la chambre. C'était occupé, ça coupait, ça revenait, rien n'y faisait. Tu n'imagines pas avec quelle obstination je t'aime.

Et le jour suivant…

C'est toi qui mens. T'es la plus grande menteuse de la planète. Je ne mens pas à mon mari. Mais tu lui joues la comédie. Tu l'as jouée aussi. Jamais je n'aurais pu faire l'acteur comme t'as fait l'actrice qui ne sait exister qu'en dissimulant sa nature profonde, et qui à force d'être autrui, cesse d'être elle-même sur scène comme dans la vie. Tu réalises ce que t'as fait ? Alors il te faudra être très gentille pendant au moins vingt ans. Me sucer, me caresser et baiser quand je le décide. Voir les films, les expos qui m'intéressent, et les amis qui me plaisent. Tu vivras selon ma volonté. Si tu t'occupes bien de moi Adélie, ce sera l'Éden sur terre, sinon un calvaire. Je ne partirai pas mais je te jure que tu vivras l'enfer. Et tu sais pourquoi tu ne partiras pas Samuel ? Parce que pour toi l'enfer c'est le paradis.

Et la nuit…

Ce n'est pas moi qui ai étalé de la merde sur toi, c'est à toi de venir vers moi ! Mais, Sam… Laisse-moi parler ! Laisse-moi répondre ! J'ai besoin de parler Adélie, qu'est-ce que t'es égoïste, putain ! Tu ne peux pas faire un geste, penser un tout petit peu à l'autre ? Je sais que tu débutes en amour mais quand même ! Merde ! Tu vois bien que je suis déglingué, tu peux pas essayer de me rafistoler ? Et je vais te dire, celui qui est pétri d'orgueil c'est pas moi. Je l'ai prouvé. Je t'ai pardonnée. Tu peux le reconnaître ça ou pas ? Tu veux dire quand t'as joué Don Quichotte au secours de la femme que tu as terrassée pour mieux la relever, c'est ça ? C'est pour cette grâce que je devrais te glorifier ? Et allez ! C'est reparti ! Vas-y ! Hurle, arrache-toi les cordes vocales ! Tu sais quoi Samuel ? Je ne suis pas sûre que je vais t'appeler dans le futur, je te rappellerai que si tu arrêtes de hurler. Ne me parle pas comme ça ! Ne fais pas de chantage ! Si tu brailles, je raccroche. T'es qu'une grosse salope, c'est tout ce que t'es ! J'en ai rien à branler, ne m'appelle pas, rappelle tes potes.

Et le jour suivant…

Elle s'était crue libérée de la folie de son mari. Mais il mit son honneur à ne point céder, il ne fit que changer la manière de la tyranniser. Désormais, elle se flagellerait toute seule. Il n'aurait pas à la rappeler, elle l'entendrait, la pensée n'étant autre chose que la reproduction interne des phénomènes externes.

Tu pensais me connaître ? Quel orgueil ! Il va falloir te mettre à mal pour me mettre à nu. Méfie-toi Adélie ! Je ne suis pas n'importe qui, je suis la gloire des ténèbres, là où le noir a tout envahi, à tel point qu'il n'existe plus. C'est le roi des damnés que tu dévêts. Il faudra prendre ton temps pour enlever chaque vêtement car il y a beaucoup de couches sous les tuniques fleurdelisées, les chemises à jabot et les manchettes à dentelle d'une altesse royale. Mais courage, t'es au cœur de l'effeuillage. Et quand tu reviendras au château, regarde bien la devise gravée dans la roche sur le linteau de la porte.

AUCUN AMOUR NE SERA JAMAIS ASSEZ GRAND
AUCUN ÊTRE NE SERA JAMAIS ASSEZ FIABLE

Oui je suis jaloux, mais toi aussi. Ne fais pas l'étonnée Adélie, tu connais cette maladie, ce sentiment d'être mal aimé ou pas assez, cette crainte d'être abandonnée. Cette impression d'insécurité affective. L'effritement de la confiance et de l'estime de soi. La dépendance affective et sexuelle, l'angoisse pathologique d'être trahie. Ça nous rappelle qui ? Ma chérie ! Eh oui ! On souffre du même mal, un ténia dans le cerveau. Et peut-être que tu boycottes la jalousie, car elle produirait une détresse qu'il ne te serait pas possible de supporter. Tu es l'objet d'un puissant refoulement Adélie, sûrement plus néfaste que la jalousie elle-même. Tu ne l'as pas vaincue, tu l'as transformée en colère froide. Comme tous ceux qui n'assument pas leurs besoins, tu ne peux les assouvir, et personne ne le peut pour toi. Sache que ce refus de combler cette carence, par peur de réveiller les déchirements de l'enfance, augmente les motifs de la jalousie. Mais Adélie, même si la mienne se manifeste quand la tienne se cache au point d'être méconnaissable, tout ça doit rester entre nous. Ne me traite jamais de jaloux, je suis au-delà. Même si tu quittais tes amis, ton travail, ta famille, je deviendrais jaloux de tes pensées. Mais toi qui aimes cogiter, peut-on être jaloux parce qu'on se sent soi-même infidèle ? Donc, on se sent coupable, on refoule alors son envie de tromper et on la projette dans l'autre. Tu y as déjà réfléchi à ça ? Avoue-le ! Tu aimes que je sois jaloux. Ça te tranquillise de te sentir le centre du monde de ton mari, ça excite ton désir. Vrai ou pas ? Tu l'admets, c'est bien. Ne t'inquiète pas, je ne dirai rien. Mais Samuel, si on est terrifiés à l'idée de se perdre et qu'on s'attache l'un l'autre comme à une bouée de sauvetage, on va se noyer.

Ça sonne. Samuel ? Omer. L'arbitre de leurs sorts prend la relève. Qu'est-ce qui se passe Adélie ? Il n'est pas dans son état normal. Qu'est-ce que vous avez fait ? Ce que vous m'avez conseillé, j'ai résisté. Il a fallu cracher des vérités. Fallait pas ? Si, si, mais c'est bon là, arrêtez de le provoquer ! Vous pensez que c'est facile d'aimer quand en permanence votre cœur change de sens ? De construire quand la charpente tout juste échafaudée peut s'écrouler, et que l'enjeu de chaque minute est d'éviter que ça se produise ? Je comprends, mais croyez-moi, il est dans un état pitoyable. Ce n'est pas le même homme depuis que vous êtes partie. Je ne le reconnais pas. Il est dépressif, se bourre de médicaments, d'hormones de croissance. Il s'est mis à boire du Redbull. L'autre fois il est arrivé complètement pété, il avait bu au moins un litre de saké, incapable de travailler, savait plus ce qu'il disait. Il me fait peur. J'ai peur. Vous croyez qu'il se drogue ? Je ne sais pas, il tremble comme une feuille épuisée ou speed, les yeux imbibés. Il oublie tout, en retard, absent, enfermé dans les toilettes pour vous parler. Il est dans un état de nerfs terrifiant, même moi il m'envoie bouler. Plus personne n'ose l'aborder, tous souhaitent que vous reveniez. Vraiment là vous devez être gentille. Mais gentille ou pas ça ne changera rien puisqu'il a décidé que je ne l'étais pas et passe sa vie à pourrir la mienne. Je sais mais là il faut que vous… Comment vous savez ? Euh… parce que Samuel me parle… mais je n'ai pas l'exclusivité… Il parle à qui d'autre ? Euh… à la meute qui tournaille autour… Et comment vous savez ça ? Par la voyante. De quelle voyante vous parlez ?

Celle que je lui ai présentée. Celle fourrée dans nos pattes depuis notre mariage ? Celle-là ? C'est une amie… Qui vous instruit sur ses consultations de manière à le diriger comme il vous plaît, c'est ça ?! Mais c'est de la réelle manipulation Omer. Dont vous profitez pleinement ma chère. Mais je ne vous ai rien demandé !

Manipuler un manipulateur n'est pas de la manipulation, vous devriez me remercier au lieu de me culpabiliser. Je vous ai sauvée. Si votre mari avait appris que vous n'étiez plus dans l'amour mais dans la stratégie, il vous aurait répudiée. Mais il l'a appris ! Je ne sais toujours pas par qui. Et il l'a cru ! C'est tout notre problème aujourd'hui, seulement je n'ai jamais cessé de l'aimer, et la connasse de voyante aurait dû le voir ! Mais personne ne peut connaître ce qui se passe au fond des entrailles. Pas même nous. Il faut avoir la sagesse d'admettre que quelque chose nous échappe. Même à vous Omer, malgré vos soi-disant compétences en psychanalyse. Je comprends votre colère mais reprenez votre mépris. Je prends un risque inouï à lui être infidèle. Ce n'est pas pour le trahir mais pour nous secourir Omer, c'est ainsi que vous l'avez justifié et que j'y ai consenti, et une bonne voyante aurait vu la nuance tout comme un ami l'aurait compris. Malgré tout je pense que vous me seriez reconnaissante d'apprendre que je rectifie les horreurs qu'il répète sur vous. À savoir ? Non je ne veux pas savoir, j'en ai marre de ces histoires, je ne sais plus qui croire… bon… allez-y dites-moi ! Il ne me semble pas opportun de répandre une nouvelle fois son venin. Trop tard, dites-moi !

Il a payé la moitié de son cadeau de Noël, et a revendu sur eBay celui de son anniversaire. Vous êtes jalouse de lui, de sa carrière, de sa réussite et de toutes les belles actrices. Vous n'avez aucune conscience de l'argent, que ça soit pour les vêtements ou les restaurants, et prenez systématiquement ce qu'il y a de plus cher. Vous ne parlez jamais de ses expositions sauf pour les critiquer, car vous êtes avide de sa célébrité. Il s'est tapé l'anniversaire des jumeaux pour pallier les défaillances d'une mauvaise mère, et dans la vidéo que vous avez faite pour le leur souhaiter, ce qui vous préoccupait n'était pas de savoir si cela avait plu à vos enfants, mais si vous aviez plu à votre mari. Il se coltine les devoirs de vos gamins parce que vous n'avez pas fait d'études, n'avez aucune culture et ne pigez rien. Vous ne parlez que de vous, seul sujet qui vous intéresse, alors que son ex-femme l'écoute et le comprend. Il ne vous montre pas ses contrats, ne vous dit pas ce qu'il gagne, de peur que vous dilapidiez son capital. Que ça dure des heures avant de faire l'amour parce que ce sont les préliminaires qui vous plaisent, mais si ça devait continuer il prendrait une Russe. C'est plus sommaire, tu l'allonges, tu la baises, elle fait pas chier. Il pourrait être avec une fille de trente ans qui lui ferait un enfant, il n'aurait plus à torcher les vôtres. Il faut sans arrêt vous dire je t'aime, il faut vous filmer quand il vous baise pour vérifier si vous êtes belle. À votre demande, il s'emmerde à récupérer des portables russes cryptés pour faire des bêtises avec vous au téléphone et combler son envie de coucher avec d'autres filles. Vous n'êtes ni la sienne ni la dernière, et pour la prochaine il s'attaquera à un prix Nobel. Il ne peut pas vous quitter maintenant parce qu'il est trop occupé mais dans six mois il vous virera si ça ne marche pas comme il veut, et il a changé les serrures de son appartement pour s'y retirer quand il se séparera.

Mais pourquoi avoir voulu sauver un mariage où le mari n'aime pas sa femme ? Parce que rien n'est sincère de ce qu'il révèle, c'est lui qu'il décrit à travers ces calomnies. Mais pourquoi vous ne m'avez rien dit ? Pour quoi faire Adélie ? Tomber dans son piège, vous faire sortir de votre tanière, et faire la lumière sur qui l'a trahi ? Plus ce qu'il crache est inacceptable, plus il est difficile pour vous de conserver la maîtrise, et facile pour lui, selon les propos qui viendraient de votre bouche à son oreille, de découvrir qui vous renseigne. Mauvaise idée pour vous comme pour moi, vous ne croyez pas ? Une dernière chose, vous êtes toujours sur écoute alors n'utilisez que la ligne secrète, quand vous rentrerez il faudra être très vigilante, je crois qu'il a placé des micros dans l'appartement et qu'il va engager un détective privé. Mon mari ne ferait jamais ça, c'est une ruse pour me faire sortir du bois si je me fie à votre subtile hypothèse. Je vous déconseille de courir le risque Adélie et du coup de me mettre en péril. Et non seulement il ne faut pas réagir sur ce que je vous ai confié, mais surtout ne rien modifier dans votre comportement, sexualité comprise, car tout changement est susceptible d'être un indice. Et comme l'instabilité est ce qu'il y a de plus stable en vous, je préfère vous mettre en garde. Mais c'est invivable ! Adélie s'il vous plaît ! Juste le temps qu'il se calme. Qu'est-ce que le calme a à voir avec Samuel ?

Où et comment a-t-il perdu son calme, il ne s'en souvient plus lui-même. Il l'a perdu dans le capharnaüm de ses premières années. Pourtant il le cherche, et parfois le trouve, un calme effrayant, annonciateur de tumultes dans lesquels il se perd, dans lesquels elle embarque, pour à chaque fois chavirer son rêve battu par la tempête, et n'apercevoir nul rivage.

Quel serait l'état d'un corps après avoir reçu trente coups de poignard ? Masse sanglante vidée de son esprit. Cœur arraché du seul homme qu'elle avait cru aimer. Douleur si aiguë. À croire qu'un monstre l'aurait déchirée avec sa gueule, élargissant le mal à chaque coup de dent. Est-elle en train de s'infecter ? Quel malheur d'être si peu en paix avec soi-même, incapable de trouver le lieu de son repos. Comme si le malheur buvait à ses lèvres. Lâcher puisqu'elle n'a plus où se tenir. Se laisser porter pour voir où ça la mène.

Ah non ! Pitié ! Pas lui ! Assis dans le hall, ni de face ni de dos mais de trois quarts, Samuel lit le journal. Elle n'est pas même frappée. Un choc de plus ou de moins dans le chaos ne changera rien. Quand la température dépasse un certain degré, on ne sent plus la brûlure.

— Qu'est-ce que tu fais là Samuel ?

— Je ne peux pas vivre sans toi. On y va ?

Comme une machine pilotée par son mari, glissée dans la voiture, elle salue le chauffeur, consulte sa feuille de service.

Je t'aime Adélie. Voilà pourquoi je suis là. Mais comme une chienne atteinte de la rage, t'as une infection qu'il faut traiter avant qu'elle nous gangrène jusqu'au bout. J'ai débarqué parce qu'en réalité c'est ce que tu attends écorchée au fond de ta grotte. Et là je suis face à une femme dont je dois régler les contrastes. Tu refuses d'être dominée, mais tu l'es par un père qui, faute de l'avoir fait tomber, se pavane sur son piédestal. Tu l'idéalises dans chaque mâle. Tu refuses d'être soumise, mais tu te positionnes en victime car c'est ça qui te fait palpiter. Quant à moi, tantôt je suis bon, drôle, aimable, généreux, un modèle d'héroïsme, tantôt abject, une chose méprisable. Eh bien tu vois ! T'as un mari qui a compris ça. Mais ce qui me désole, c'est que notre histoire n'est pas folle, elle est triste. Tu vois, moi la folie je la place ailleurs que dans des rapports de force et des battements de cœur médiocres. Et ce qui m'anéantit, c'est que main dans la main on pourrait vivre notre folie.

Elle arrive sur le tournage, disparaît dans sa caravane, reparaît en peignoir.

Mais quelle perte de temps chérie, c'est hallucinant ! Je ne t'ai jamais trompé, jamais menti, j'ai jamais fait de connerie.

Elle débarque dans le car loge, se place sur le fauteuil maquillage, présente son visage.

Je ne sais ni pourquoi je subis ces misères ni pourquoi tu te fais autant de mal. C'est le charme des passions maudites ?

Ce n'est pas moi le problème, c'est toi. Tu t'en rends compte ou pas ? Je fais tout mon possible pour embellir ta pensée, changer ta mauvaise destinée. Je ne peux pas faire mieux. J'attends que ta cuirasse se délace mais t'es brouillée avec la vie, t'as envenimé tes entrailles. Tu te fais chier Adélie, mais qu'est-ce que tu nous fais chier ! On ne peut pas avoir un peu de légèreté ? Qu'est-ce que j'ai envie de m'amuser avec ma femme ! Rire, m'étourdir, jouir.

Elle se place sur le fauteuil coiffure, présente sa chevelure.

Je ne sais plus quoi faire Adélie. T'es pas une marrante, tu sais ! Ici tout le monde te trouve intelligente, sexy, pleine de talent. Drôle évidemment. Mais tout ça est une apparence. C'est bidon. C'est du cinéma. C'est pas toi. Comme la plupart des actrices tu vis dans une réalité illusoire. T'es la petite fille prise en charge par des papas, des mamans, des grands frères, des grandes sœurs, des acteurs, des réalisateurs, des producteurs. Et toi, l'insatiable, t'as besoin qu'on te rabâche que t'es belle, que t'es géniale, qu'on t'aime, qu'on te prenne par la main, qu'on t'entraîne dans une chambre d'hôtel et qu'un papa te regarde entre les cuisses. Mais mon ange, tu le sais que tu réveilles la chair de la terre entière.

Elle gagne sa caravane pour l'habillage.

Y compris celle de ton mari. Ce n'est pas nécessaire que t'ailles vérifier. Tu te dopes à l'adrénaline, tu te donnes le vertige, tu t'oublies. Mais c'est moi qui dois te faire cet effet, moi qui dois te troubler la tête. Les gens autour de toi ne te connaissent pas. Moi je te connais et je peux te dire que t'es chiante. Pour autant ça ne m'empêche pas de t'aimer telle que tu es. Car le monstre odieux, il n'en démord pas, il s'acharne à y croire, et tu sais où il trouve sa force ? Je la puise au fond de mon épuisement.

Elle se manifeste sur le plateau, prête à tourner.

Pour que tu ne m'échappes pas, je dois incarner tous les rôles : mari, ami, père, frère, maître, prêtre, amant sensuel, poète et clown. Mais cette année j'ai eu droit à des nouveaux, plus osés : escroc, salaud, idiot, bourreau...

— Adelie's entering the set. Everybody ready for a technical rehearsal. Silence please. Quiet everybody, thank you... Reset for one more rehearsal. One more... One more... We're gonna shoot the next one. Touch up please. Silence... Roll camera... Roll sound... Action... And cut.

— Adelie, what's going on ? You seem to be confused !

— Silence... Rolling... Action... Cut...

— Adelie sweetheart, is there something wrong ? Are you feeling OK ?

Faudrait fermer le regard, fermer le désespoir. Chercher le point de repère, l'abri contre la faiblesse, l'abri où poser sa jalousie. Mais non, Samuel observe – impuissant – le metteur en scène parler à l'oreille d'Adélie, la prendre par les épaules, lui tenir les mains, lui essuyer une larme...

— Make up please !... Ready ?... OK thank you. Silence... Rolling... Action... Cut...

— Adelie my sweetie, I don't know what's going on, but for some reason you're some place else today. I'd rather you break for lunch now and come back ready to go. OK my love ?

— It's a lunch break for Adelie. Let's move on to scene 53.

Elle réintègre sa caravane. Une bouchée pour papa, une pour maman, Adélie fait semblant de manger quand Samuel continue sa croisade.

Je n'ai jamais dit de mal de toi. À qui que ce soit. Rien de rien. Je te donne ma parole. Et tu sais pourquoi je ne dis rien ? Parce que je suis certain qu'il y aura une vie après la crise. Et difficile de revenir en arrière quand on ternit l'image de son mari ou de sa femme en balançant des infamies, ça laisse des traînées de tristesse qui désolent mon cœur plus que ne le feraient les reproches. Si à présent j'ai mal dans mon corps comme personne d'autre sur terre, c'est parce que j'ai tout intériorisé. C'est évident que parler des heures avec n'importe qui est bien plus gratifiant. Il faut que t'arrêtes avec ça Adélie. T'es dévorée par le doute. T'as peur de tout. Ça me fait de la peine de voir ma femme dans cet état. Ne cherche pas la solution chez les autres. Cherche-la au fond de toi. Si t'as un cœur, ce dont je suis persuadé, et que ton mari siège en son centre, ce qui est sa place et n'aurait jamais dû cesser de l'être, eh bien les réponses tu les as ! Tu visualises l'abîme si je ne suis pas là ? Si tu savais comme j'en ai marre de jouer au représentant de commerce qui vend sa camelote. Tous les jours, il faut que j'ouvre ma gueule et que je fasse l'article à une cliente qui suspecte ma marchandise. C'est insupportable.

Elle retourne dans le car loge pour les raccords.

Maquillage.

C'est infernal ce qu'on vit. On s'aime à la folie. On a tout pour être heureux. On ne devrait pas toucher terre et on est condamnés aux galères !

Coiffure.

Je ne comprends pas pourquoi ça ne marche pas. Je pense qu'il y a quelqu'un qui détériore notre couple.

Habillage.

Adélie, il faut qu'on soit forts, qu'on s'arme de courage et de confiance. Je voudrais vivre dignement. C'était ma volonté avec toi. Puis j'ai été bombardé au napalm. Je suis un grand brûlé mais je mets de la pommade sur mes plaies et suis en train de cicatriser. Je te promets chérie.

Silence. Rolling. Action. You've been great sweatheart. Ça fait mal de voir sa femme entre les mains d'un autre. I had tears in my eyes. You're such a good actress. Thank you my love. Ça blesse. Maybe we can have diner together tonight if you feel like it. Call me later sweatie, OK ? Non, elle ne te callera pas, ce soir elle est contre moi.

Ni démaquillage ni déshabillage, retour à l'hôtel.

Je comprends que tu ne m'aies pas présenté. Je sais à quel point tu aimes cloisonner. Et même s'ils ne parlent pas français, je sais qu'ils ont capté que j'étais ton mari. À part peut-être le metteur en scène qui ne m'a pas calculé ou l'acteur qui n'était pas là. Heureusement que mon arrivée n'était pas prévue sinon j'aurais imaginé que tu l'avais prévenu. Oublie ce que je viens de dire. Je sais que tu te fais draguer toute la journée par des mecs en manque, mais tu vois je te demande même pas de repousser leurs avances. Ma femme est tellement satisfaite par son mari qu'elle peut résister à n'importe qui, puisqu'en réalité elle n'est même pas tentée. T'imagines la confiance infaillible ? C'est la plus grande preuve d'amour que je puisse te donner. Et ne crois pas que si t'es acquise, je vais me lasser. Parce que moi madame, je provoque la fantaisie dans cette inviolable fidélité. J'aime déshonorer la vertu, j'aime que le mal suppure de mon âme. J'aime être un homme immoral avec ma femme.

Ça me plaît que t'aies gardé ton costume, rien ne vaut une robe Grand Siècle pour une soirée d'amoureux en Angleterre. Et si je bande comme maintenant, j'exige que seule ma femme soit au courant. Je ne veux plus que tu jacasses de ma bite avec tes copines, tu entends ? Autant laisser la porte entrebâillée et inviter une personne à nous regarder baiser sans que je le sache. Tu comprends ? Je comprends.

Mais Samuel, si tu penses que s'épancher c'est pareil que tromper, ça te donne un prétexte pour le faire ? Non, puisque tu ne vas plus parler, et que je te crois. Et comment ça se passera pour toutes les fois où tu ne me croiras pas alors que je serai de bonne foi ? Tu vois, c'est pas si évident, donc je reprends. Pour toi, coucher avec un autre homme c'est la même chose que mentir ou trahir ? C'est pas ce que j'ai dit. Alors j'ai pas compris. Si, tu as très bien compris ! Mais que tu l'admettes ou non, raconter notre intimité est une infidélité.

N'empêche qu'il y a des gens qui aiment partager des confidences. Alors là si tu veux, ces gens-là, je ne les connais pas. Ils ne rentrent pas chez moi. Mais Samuel, l'idée qu'un jour tu utilises cette excuse pour tromper me terrorise. Ça te terrorise si tu débines derrière mon dos. Or cette hypothèse n'est pas fondée. Donc il n'y a pas de problème. Et puis tu vas grandir, la vie sera plus facile, on sortira de la crise juvénile. Ça faisait un petit moment déjà que je sentais l'arrivée de l'âge ingrat. Je te l'avais annoncé mais ne savais pas qu'il serait aussi poussé. Oh putain ! La débâcle ! Personne ne m'aime et j'aime personne. Tout le monde me ment et tout le monde est méchant. Je ne comprends pas les hommes et les hommes sont affligeants. Rebelle, quoi. Honnêtement, je pensais que cette période serait un peu plus civilisée, mais peut-être que pour les pubertés retardées c'est plus violent.

Alors, ce qu'il y a d'intéressant, c'est qu'une fois cette phase terminée, théoriquement, éclot une femme bien faite avec ce qu'il faut là où il faut. Et plus encore. Une généreuse qui se dédie à son mari. Enfin, c'est comme ça que ça se passe en règle générale. J'ai donc de multiples expectatives pour le futur. Bien que rien ne soit moins sûr que l'incertain avec mon épouse. Je plaisante, excuse-moi suis un peu soûl. Ce que j'ai essayé de te dire toute la journée, c'est qu'entre tes bras mon cœur s'éveille, ce n'est plus mon sang, mais ma femelle qui twiste dans mes veines. Mon existence ne dépend que de la tienne. T'es la maîtresse de mes pensées, rien d'autre que toi ne m'est plus nécessaire. Et même si beaucoup de bien se mêle à beaucoup de mal, je désire notre vie, je nous désire, je te désire. Viens t'asseoir sur moi.

Elle obtempère. Ses cuisses frôlant à peine les siennes, il emmène sur une méridienne cet objet du désir tout de taffetas, la courtise, l'enlace.

Tu me plais terriblement dans cette robe dix-septième. Tu n'es pas une princesse, tu es une diablesse. Tu savais que ça m'exciterait. Je me suis quand même marié à une femme bizarre. Tu regrettes ? Je ne regrette pas, je t'idolâtre. Mais il te fallait un mari indestructible. Je voudrais tant que tu m'aimes sans arrière-pensée Adélie, que tu aimes ce que je suis et non cet être imaginaire. Mais je t'aime toi Samuel. Le problème est que tu ne sais pas aimer ; tu te laisses aimer, tu te prêtes, mais tu n'aimes pas mon ange. Il faut que je t'apprenne. Il faut que tu t'imprègnes de moi, que j'infiltre ta moelle, jusqu'à me voir à travers toi. C'est pourquoi je me glisse si souvent à l'intérieur et y répands ma liqueur. J'y glisse encore ma verge tandis que ton oreille s'emplit de mes paroles. Tu la sens s'enfoncer ? Tu sens comme tu m'appartiens – que j'aime ce regard dont on se souvient après tant d'années – mais comment peux-tu t'en passer ? Comment peux-tu t'en détacher ? N'y pense même pas ! Tu ne pourras pas ! Nous sommes deux âmes imbriquées l'une dans l'autre. Des corps chimiques. Ce n'est pas maîtrisable. Si tu savais comme j'ai envie de jouer avec ma poupée, elle m'a tellement manqué. Elle m'énerve dans tous les sens du terme. J'ai envie de tout lui faire. Tout et son contraire. La jeter par terre, lui foutre ma colère, et la casser pour qu'elle cesse de m'emmerder. Mais aussi déchirer ses habits, s'aventurer sous ses dentelles, se vautrer dans les cochonneries. Lui arracher les yeux, la saccager de blessures, et recueillir des aveux sous la torture. Mais fourrer mon nez dans sa fourrure, ma langue, l'enfiler par-devant, par-derrière, et sentir l'amour exulter dans une seule chair. Je deviens fou. Tu me rends fou. C'est très lourd entre mes cuisses. Je vais exploser. Je vais pleurer. Jouis et pleure avec moi, je t'en supplie. Je t'aime Adélie.

Je t'aime et te hais aussi, Samuel.

27.

Le spectre de l'abandon est tellement profond que les liens de l'amour ne doivent jamais être tranchés ; si une relation ne tient plus qu'à un fil, il faut s'y agripper. Ils s'y agripperont.

Tu vas être sage avec les acteurs ? Ne m'oblige pas à revenir. Venir, repartir, t'as vu c'est pas difficile. Moi aussi je peux en baiser des centaines. Mais je suis fidèle parce que j'ai trouvé la mienne. Je t'ai expliqué que la fidélité c'est la liberté. Ne plus cavaler de chatte en chatte pour espérer la sienne. Et puis mon souhait de te mener au plaisir infini n'est pas encore tout à fait exaucé. J'ai envie de toi. Je vois tes fesses partout. C'est infernal. Je voudrais les toucher. J'aimerais tant que tu sois là. J'aime trop ma femme. Je l'appelle tout le temps. Je suis tellement impatient qu'il faut que je l'appelle immédiatement. Rien ne peut faire obstacle. Je surfe sur la crête d'un amour et j'attends la vague qui rendra aimable le bonheur. Le problème c'est que j'ai trouvé un spot où il n'y a que des vagues incroyables. Elles sont gigantesques, continuelles. Je n'en parle à personne. Je suis tout seul. C'est le paradis du surfeur. J'ai la tête à l'envers, et tu sais pourquoi ? Parce que ma femme me bouleverse.

Et la nuit…

Je déroulais les joies de notre existence et je te voyais apparaître à la fois toute petite mais extraordinairement encombrante, tu remplissais le paysage, je te contemplais de tous côtés. Comment un si petit gabarit peut-il remplir autant l'horizon ? Il y a deux possibilités : l'amour et la drogue. Je suis drogué d'amour. Là où j'habite, mon âme est en bras de chemise, libre, elle a perdu le sens des limites. Et oui, elle en reste comme deux ronds de flan la femelle, elle s'allonge telle une vachette le cul dans l'herbe, amollie jusqu'aux oreilles, elle ne bronche pas, compte les trains qui passent. Ça plaît au mari quand la femme est calme dans la prairie. Je viens de rentrer mais personne ne le sait, car le surfeur se glisse comme un Indien sans que nul s'en aperçoive. En effet, chez le surfeur y a de l'Indien qui dort, et de la Pocahontas qui dormaille. Et parfois, le samedi on met une perruque blonde sur l'Indienne, on l'entraîne dans le tipi, et on la chope à revers comme une petite Bretonne. J'ai les squaws dans la peau, surtout la mienne. Oh là là ! Elle dit plus rien la vachette. Non seulement elle a son cul dans le vert mais ses pattes avant se sont effondrées, leurs dernières forces dans la poussière. Comme tu vois, je suis d'humeur babillarde. Samuel tu as bu ? Je t'ai bue toute la nuit, tu te rappelles pas ? Samuel tu as bu ? Pourquoi ? Parce qu'il faut être dépravé pour être léger ? J'ai pas le droit de surfer une crête avec ma squaw ? Je suis heureux bébé, ça devrait te transporter.

Et le jour suivant…

Je suis un peu énervé, là. T'as déjà entendu un loup ? T'as déjà bravé un lion ? T'as déjà monté un taureau ? Tu mets les trois dans la même enveloppe corporelle, tu l'enfermes dans une pièce sans qu'il y ait de contact avec une femelle pendant trois mois, et t'auras à peu près la chaleur dans lequel je macère. Alors la vachette, on relève ses fesses, on marche vers le pâturage, on broute sans se faire prendre par le loup, sauf si c'est le sien, et on rentre au bercail à fond de train. Ça m'énerve, dès que je vais devoir raccrocher je vais vouloir te rappeler. Encore te parler, t'écouter pendant des heures, encore t'aimer. Ça m'énerve. C'est une flatteuse déclaration à son amoureuse que je viens de faire ! Tu la reçois ?

Et la nuit…

Tu ne me déranges jamais ange, puisque je suis toujours occupé à penser à toi. J'ai tendance à diluer ton absence dans le Bellini car depuis Vienne c'est avec ma femme que j'aime les boire. Je t'aime. Je t'aime vraiment. C'est quoi la différence entre je t'aime et je t'aime vraiment ? Je t'aime est une grâce, l'instant où les âmes parviennent à se rencontrer, à se retrouver, à s'aimer avant de s'être vues, sans voir qui on aime, presque aimer sans être aimé ; c'est un amour divin. Je t'aime vraiment est joie comme s'unir au cœur qui manquait à sa vie. C'est soutenir, consoler, pleurer ensemble. Partager les rêves les plus fous aux secrets les plus intimes ; c'est un amour humain. Dans le premier la flèche de Cupidon traverse mon cœur, dans le second elle traverse ma tête. Au final, je suis traversé en entier.

Et le jour suivant…

Je dépéris. Pourtant mon ami Arnaud je l'apprécie, mais je m'ennuie. On s'entend super bien, on discute, on rit, mais au bout d'un moment je ne suis plus avec lui mais avec toi. Et c'est pareil avec le reste du monde. Tout m'emmerde. Il n'y a que toi qui me soulèves. Ensemble, on s'alimente. Tu ne réalises pas cette chance. Quand tu n'es pas là, je te cherche car c'est en toi que je vis. Sans arrêt je fouine des trucs pour toi, ça va du sac aux chaussures jusqu'à tes dentelles qui déferlent dans mon café. Tu n'es pas obligé Samuel ! Mais comment tu peux sortir une phrase pareille ? T'as pas une cervelle de crétine ! Non seulement je ne me sens obligé à rien mais j'éprouve de la jubilation. T'as pas compris que m'occuper de toi est mon unique centre d'intérêt. Si je sais qu'il y a quelque part quelque chose qui peut plaire à ma femme, je peux faire des kilomètres de fou dans les steppes pour le trouver. Je peux devenir obsédé. Rester douze heures dans la boutique à choisir des sabots doux et les essayer dans ma taille pour vérifier qu'ils ne te feront pas mal. Tu sais combien je fétichise tes pieds et le soin que je leur témoigne pour ne pas qu'ils s'abîment. Parfois je suis tellement avec toi que je sens ta main dans la mienne. T'imagines que sur un mot, pas même sexuel, je peux ressentir la foudre juste parce qu'il coule de tes lèvres, et que je lutte pour ne pas m'exciter.

Et la nuit…

Je suis allé chercher les petits à l'école et j'ai parlé avec leur maîtresse. Elle est très contente, ils ont fait d'énormes progrès en lecture comme en écriture. Merci, j'irai la voir quand je vais rentrer. Moi aussi ! Mais tu viens d'y aller ! J'y retournerai. Mais l'expo de Bruxelles ? C'est mon affaire. Mais comment tu feras ? T'inquiète et pousse la charrette ! Ce sont mes enfants, ils sont prioritaires. Et arrête de rire quand je parle ! Bon, on verra ! C'est tout vu. N'apporte pas la contradiction. C'est dans les attributions du papa-ange. Mais que t'es con ! Il faut que tu reviennes à la réalité de la vie quotidienne. T'as un mari, c'est lui qui règne. Je te rappelle que je suis très impliqué dans ma fonction de papa-ange, donc on arrête de me tourner en dérision. La destinée de Gabrielle comme celle de Raphaël m'intéresse et j'irai voir la maîtresse, c'est clair ? Il faut arrêter de parler à papa-ange comme à la nounou. Il faut que tu comprennes que c'est papa-ange qui décide. Ça fait deux mille ans que les papa-anges gouvernent dans les maisons. Alors la vachette, elle se tait, elle arrête de ruminer dans la fosse à fumier, et elle rentre à l'étable pour donner le lait à ses marmousets. Eh oui, t'as un mari qui s'offre en spectacle pour que sa femme se relâche. C'est pas génial ça ?

Et le jour suivant…

J'ai un amour en chantier. Le plus gros chantier d'amour du monde. Ça construit de partout, la moitié des grues de la planète travaillent pour que les travaux soient achevés en priorité. Et toi, tu l'aimes ton mari ? T'aimes comment il est fait ? En bas, tout ça ? C'est conforme aux attentes ? Tu me le cries tellement le samedi, mais j'aime bien si tu me le dis le mardi aussi. Il faut que je rassasie ma femme. Que je la détende sur tous les plans. Comment t'es habillée ? En robe d'été. Ah bon ! T'es drôlement réchauffée ! C'est ce que m'a dit le médecin. C'est quoi ce médecin ? C'est le médecin du travail. Je n'aime pas comment il te parle ! Il m'a dit que j'étais un animal à sang chaud et que l'on ne devait pas avoir froid à mes côtés. T'es sûre qu'il est médecin ? Il m'a dit que mon corps était une forêt en feu, un brasier de pulsions qui brûlait les calories à peine englouties, et que c'était normal que je ne grossisse pas avec une combustion aussi redoutable. Demande au crétin si je dois me munir d'une combinaison ignifugée pour t'approcher. Quel intérêt de voir un médecin ? T'as un mari qui subvient à tout. Tu lui as pas dit ça au jobard ? Si tu es malade je m'en charge car je sais ce qui convient à ma femme. De l'amour jusqu'à son dernier jour.

Et la nuit…

Qu'est-ce que tu faisais chérie ? Je regardais les oiseaux avant de m'envoler. C'est ce que je fais aussi avant de me coucher, mais t'avais oublié ! Au contraire, j'avais ouvert ma fenêtre pensant que tes pigeons m'apporteraient un message. Tu vois, tu ne connais pas ta femme, en même temps ce n'est pas si mal, tu ne t'ennuieras jamais, tu n'auras de cesse d'aller à sa découverte. Elle t'émerveillera ou te désolera mais t'étonnera toujours. On évitera la routine. Tu vivras à mes côtés sans t'y être habitué. C'est valable pour toi aussi, c'est sexy de se dévoiler petit à petit. Oui enfin… je ne voudrais pas demeurer voilé trop longtemps, et qu'il y ait sans cesse erreur sur la personne. Un jour tu comprendras qui est ton mari et tu le béniras. Et toi, qu'est-ce que tu faisais ? Je célébrais au champagne le retour de ma femme. Mais je ne suis pas encore là ! Pas grave, je m'en réjouis déjà. Ça fait des nuits que pour moi le soleil ne s'est jamais couché, que mes paupières ne se sont jamais fermées, que mes nuits sont blanches de passion et d'attente. Dépêche-toi Adélie.

Elle n'a pas résisté à l'appel de Samuel, à la puissance de son charme. Elle l'aime au risque de sa propre perte. Elle l'aime ou il la possède ? Elle ne peut pas, elle ne veut pas être séparée de lui. Si tu savais à quel point je partage ton souhait mon ange. T'es tellement désirable ! Marche devant moi s'il te plaît que j'exalte ce qui se passe sous tes vêtements. Vu l'effet que ça nous fait, je suis d'avis de mettre la poupée à l'horizontale assez rapidement. Qu'est-ce que t'en dis ?

— Les petits sont déjà couchés ?

— Ils sont chez leur papa.

— Tu ne m'as pas demandé !

— Je te voulais tout à moi.

Bougies, musique, habits : tout est en place pour la cérémonie du samedi qui s'envole déjà dans la fumée et l'alcool, pour que les craintes s'évanouissent et que les langues s'affolent.

— Tu m'as tellement manqué. Je ne veux plus que tu partes.

— Et comment je fais pour les tournages ?

— Plusieurs possibilités : soit je réalise le making of du film, soit tu m'emmènes, soit tu reviens le week-end, soit tu tournes dans le sixième.

— Pourquoi pas dans le hall d'entrée pendant que t'y es !

— Parce que je n'y avais pas pensé !

— Mais que t'es…

— Con ! Je sais. Un con qui s'est touché jusqu'à s'irriter de désir.

— Tu t'es touché quand ?

— Tout le temps !

— Tu pensais à quoi ?

— À toi.

— À moi comment ?

— J'ose pas le dire.

— C'est si indécent ?

— J'ai peur que tu le répètes.

— On m'appelle la secrète.

— Devine !

— Pas facile quand la tête n'est plus que gélatine, quand même le désagréable devient extase où j'aime ce que t'es, ce que j'suis, où j'aime et aimerai tout ce que tu dis, où…

— T'es cassée, je te le dirai plus tard.

— Pitié je veux savoir !

— Je pensais à toi et à l'acteur.

— … !? Je ne sais pas comment je dois le prendre !

— Mais comme un fantasme mon ange. Qu'est-ce que t'en penses ?

— Rien. Rien du tout Samuel. Mes yeux sont cousus aux tiens et n'ai d'autres idées que les tiennes. Je ne suis plus moi, plus là, prends-moi dans tes bras.

— Quel plus bel état pour me jeter dans ton âme ? Si approprié à mon humeur de ce soir. Quel est le sujet du film ?

— Une histoire d'amour.

— Des scènes de baise ? Mais qu'est-ce qui se passe dans vos crânes quand vous faites de telles scènes ? Quand t'es nue avec quelqu'un que tu ne connais pas ? Quand tu sens son sexe contre toi ?

— La même chose que pour les autres. Ces séquences sont plus gênantes que plaisantes.

— Tu sembles bien en maîtrise pour quelqu'un dont la pensée est en pagaille.

— Mais c'est vrai ce que je te dis.

— Arrête, t'es pas en entretien avec un journaliste, là ! T'es avec ton mari, suffisamment excentrique pour que ça l'excite. Vas-y, vautre-toi dans les détails.

— C'est pas ce que tu crois. Ça relève du lien qu'entretiennent les comédiens. Soit ils sont tombés amoureux, mais ça n'a pas marché, et ils ne peuvent plus se supporter. Soit ça a marché, et sont gênés d'exhiber leur intimité. Soit ils sont tombés amoureux mais n'ont pas succombé, et là tout peut basculer. Soit l'un est tombé amoureux mais pas l'autre, et c'est l'enfer. Soit t'es professionnel, tu prépares la scène, et il n'y aura pas de problème.

— Ça veut dire quoi la préparer ?

— Qu'on en a discuté.

— Et vous en discutez où et quand ?

— On est obligés d'en parler maintenant ?

— Pourquoi pas ? Ça t'embarrasse ?

— Je pense que c'est dangereux.

— Je ne pense pas, car si j'ai bien compris t'es dans le cas numéro cinq ? Alors où et quand ?

— À déjeuner, à dîner, dans les caravanes, les voitures, les chambres ou sur le tournage en fin de journée.

— Et là ? Comment ça s'est passé ?

— Dans sa chambre.

— Ah oui quand même ! T'es allée dans sa chambre.

— Fallait qu'on répète.

— Vous étiez seuls ?

— Avec le metteur en scène.

— Jusqu'à la fin ?

— Il est parti un peu avant mais souhaitait qu'on parle de la scène.

— Donc vous avez échangé sur comment vous alliez baiser. C'est surréaliste ! T'imagines ? Et ça consiste à ?

— Régler des bêtises.

— Du style ?

— C'est pas intéressant Samuel.

— Au contraire, laisse-toi faire, c'est pervers comme t'aimes.

— Pas certaine d'être la plus perverse.

— Alors sur quoi avez-vous délibéré ?

— Pas certaine que ça va t'enchanter.

— Tu ne comprends pas où je veux t'emmener. Laisse-toi guider et rêve avec moi.

— Et si je faisais semblant de ne pas comprendre ?

— Il y a des fessées qui se perdent. Tu seras punie pour effronterie.

— Je le suis déjà.

— Tu reviendras faire pénitence samedi. Maintenant t'arrêtes de dévier de sujet sans arrêt et tu réponds à mes questions. Alors ?

— Très bien… il m'a demandé s'il pouvait mettre une chanson personnelle durant la scène. Je lui ai dit pas de problème. S'il pouvait m'embrasser, me caresser vraiment, ou s'il devait faire semblant. Je lui ai dit que je détestais tricher, et que je mettais de la vérité dans tout ce que je faisais. S'il pouvait me toucher partout ou s'il fallait éviter certaines parties de mon corps. Je lui ai dit que je comptais sur lui pour que ça ne dérape pas hors de la décence et du travail. S'il pouvait ne pas scotcher son sexe, qu'il se contrôlerait, mais si par hasard il se raidiss…

— C'est bon ! Je fais donc le choix du cas numéro trois : vous êtes tombés amoureux mais n'avez pas encore succombé. On reprend au moment où le réalisateur part et que tu restes seule avec l'acteur.

— Je ne veux pas faire ça.

— T'inquiète pas, si ça vrille on arrête.

— Tu promets ?

— Je te promets, mais peut-être que ça va te plaire.

— Je ne crois pas mais je le fais pour toi.

— Rappelle-moi son nom ?

— Bryan.

— Rien que la façon dont tu le prononces me provoque déjà un frisson.

— Il faut que je boive et fume plus encore pour que j'imagine ta femme avec un autre homme. Samuel… regarde-moi… quoi qu'il se passe, sache que je ne désire que toi, ne l'oublie pas.

— Fume, bois, ne pense plus à rien. Même si nous ne sommes pas assurés, même si la vie n'offre aucune garantie, ne contrôle pas l'avenir, repousse tes limites, lâche prise. Sois libre avec ton désir, abandonne-toi dans mes bras sans t'apercevoir qu'ils seront bientôt ceux de Bryan. Où vas-tu ?

Il l'attend, perdu de fantasmes fantasques. La réalité s'en est allée, la conscience divague comme les sorciers se frottent à une pommade hallucinatoire pour déchaîner les rêves.

— C'est la tenue que j'avais avec Bryan.

— Parce que tu t'en souviens !

28.

Une grosse, une énorme bouffée d'herbe pour que l'esprit halluciné de Samuel puisse distordre le réel, avaler la pensée de Bryan, ses gestes et ses paroles.

— Dis-moi si tu détestes cette chanson, je ne me vexerai pas. C'est juste que… enfin je trouve que les scènes d'intimité c'est difficile, et la musique peut nous aider à créer une complicité, en tout cas m'aider à créer ma bulle pour fusionner avec toi. Sans trop ressentir car je suis sensible. D'ailleurs… d'ailleurs je voulais te voir… je voulais te dire… hum… c'est un peu délicat mais je préfère en parler ce soir. Putain ce que c'est gênant de parler de ça ! Euh… on ne se connaît presque pas. Dans ces moments-là, je donnerais n'importe quoi pour être une fille. Une fille à la vanille. Mais je suis un gars au chocolat. Pardon… je ris pour ne pas en pleurer. Bon, je vais faire simple… t'es belle, sexy, sensuelle, donc demain si mon sexe se raidit, ça ne se verra pas, on sera sous des draps mais tu le sentiras. S'il te plaît, je serai tellement honteux que j'aurai besoin d'être rassuré pour jouer la scène décomplexé jusqu'à la fin…

— Mais tu sais…

— Non. Ne me réponds pas. Ce monologue est assez embarrassant pour qu'il ne se transforme pas en dialogue encore plus indécent. Je voulais juste te prévenir pour que tu puisses me soutenir et non me juger irrespectueux. Mais ça me semble plutôt professionnel, voire normal d'en discuter au préalable. Hors plateau. C'est dans l'intérêt de la scène, non ? En même temps je n'étais pas très inquiet, je te regarde sur le tournage, j'aime bien ce que t'es, je suis souvent ému par ce que tu fais. C'est inspirant de tourner avec toi. Voilà… Tu dis plus rien ? Je t'ai bloquée ? Tu veux boire quelque chose ? J'ai du rosé.

— Je ne bois pas.

— De l'herbe ?

— Je ne fume pas.

— Des amphètes ? C'est quoi ton vice ? L'argent, le sexe, le pouvoir ? Je sais que tu ne me le diras pas mais je trouverai. Non, oublie ce que j'ai dit, je ne sais pas ce qui m'a pris. Mais j'admets que ça m'intrigue. T'es tellement mystérieuse que ça titille. T'as l'air normale comme ça, mais trente-sept degrés ne semble pas être ta température. Sans parler de l'actrice, une enfiévrée sans limites. C'est redoutable tu comprends. Et là, c'est moi qui ne sais plus quoi dire. Pourquoi t'es actrice ?

— Pour vivre dans le sentir plutôt que dans le savoir. Et toi ?

— Je ne sais pas, c'est beaucoup moins clair que toi.

— Comment veux-tu qu'on se tienne sur une musique pareille ? Elle sera parfaite pour la scène. Elle parle au sexe et donne envie d'aimer. Je vais me coucher.

— Tu ne parles pas souvent, mais quand tu t'exprimes c'est violent.

— Désolée, mais la musique je peux pas me retenir.

— Alors c'est ça ton vice ! Eh bien laisse-toi porter.

— Impossible sans avoir fumé.

— Donc tu fumes petite cachottière !

— Non, grande secrète !

— Tu veux fumer ?
— Je ne fume qu'avec mon mari.
— T'es mariée ?
— Depuis plusieurs années. Tu ne l'as pas vu ? Une sorte de loup toutes griffes dehors.
— Si je l'ai vu, et ça m'a bien énervé, je déteste me sentir surveillé. Tu l'aimes ?
— À la folie.
— Tu lui es fidèle ?
— Comme une chienne.
— Maintenant que les choses sont claires, on peut tout faire : fumer, rire, danser, se dire la vérité.
— Je préfère pas. Juste une taffe, après je pars.
— Sans quoi ?
— Je fais des bêtises.
— Pourquoi tu fumes alors ?
— Parce que j'aime les bêtises que ça me fait faire.
— Sens-toi libre. Je maîtrise. Même si pour la première fois je te vois en robe plutôt qu'en garçon manqué. Mais tu pourrais te mettre en sac-poubelle, ça n'enlèverait rien de ta féminité. Il n'y a que toi qui crois qu'elle ne se voit pas. Tu plais, peu importe les vêtements que tu portes, mais j'imagine que tu le sais.
— Je n'ai jamais autant tortillé mes jambes que ce soir.
— Alors fais-moi plaisir. Tu vas te détortiller, parce que là je te sens tendue comme une arbalète, et aspirer la taffe qui va t'étourdir.
— D'accord ! Une dernière, après je pars. Oh putain !
— Tu t'es levée trop vite. Tu veux que je t'aide ?
— Non merci ça va aller, c'est passé. Tant que mes cheveux restent derrière mes oreilles. Mais faut que tu saches : quand l'herbe ou l'alcool… j'ai bu ? Je sais plus… quand l'herbe ou l'alcool envahissent mon corps c'est le naufrage ! Je n'existe plus que par mes sens. Un peu comme en liberté

provisoire dont je profiterais pour faire la foire. Ça, c'est une musique, elle me dirait de sauter par la fenêtre, j'irais.

— T'es très excitante quand tu danses. Je comprends mieux pourquoi tu fuis devant tes envies, elles provoquent celles des hommes. La mienne est de pouvoir passer ici toute ma vie.

— Ça y est, elle est partie, j'ai perdu Adélie. Qu'est-ce que j'aime cette sensation où je ne me reconnais plus, ce moment où tu laisses aller ton esprit au-delà des luttes et atteins ce dont tu rêves sans l'angoisse de déplaire.

— Ça me plaît de voir comment tu te comportes avec un homme quand tu t'abandonnes.

— Et alors ?

— Tu n'es plus la même personne. Tu deviens salope, du moins cochonne.

— Ce n'est pas parce que tu t'énerves que je suis cochonne. C'est, peut-être, ton imaginaire qui est obscène. Pose-toi la question.

— Pardon, excuse-moi. Mais d'ordinaire t'es un corps timide avec un caractère grande gueule, et là t'es un caractère timide avec un corps grande gueule. J'adore. C'est ce que les hommes préfèrent. Tu dois les rendre dingues.

— Faut ralentir le débit parce que là tu vois, je ne reçois pas tous les mots. J'ai besoin de mettre quelque chose entre mes lèvres.

— C'est une invitation ?

— Pas du tout. J'hésite entre du chocolat, une banane et du jambon. J'imagine que t'as pas de crêpes ou de cerises ? J'ai envie de tout attaquer. J'ai même mal, tellement mon corps réclame.

— Je vais chercher de quoi te calmer.

— Non, faut que j'y aille moi, que j'aille dans le froid. J'ai la peau comme si j'étais restée sept heures au soleil. Faut juste que je trouve mes lunettes. Tu veux rien ?

— Je piocherai dans les trésors que tu auras dénichés.

— Alors… quand on est stone, je ne sais pas si traîner dans un frigidaire est le lieu le plus agréable de la terre. Je ne sais plus quelles lunettes sont posées sur mes yeux. Celles pour voir de près ou de loin ? Je ne vois plus rien en fait.

— Retire-les si elles te dérangent. T'imagines un strip-tease qui commencerait par les lunettes ?

— Passe-moi le chocolat, je vais l'avaler à m'en faire mourir.

— Vas-y, fais-toi plaisir… ou souffrir. Ça ne s'oppose pas, peut même se soutenir.

— Je ne sais plus ce qui est normal, bien ou mal, de quelle longueur est ma jupe…

— C'est une robe.

— Elle est chiante, elle remonte sans cesse…

— Comme toutes les robes. Elles sont énervantes, aussi bien pour les femmes que pour les hommes. Enlève-la si elle te gêne, où est le problème, je te rappelle que demain tu seras nue contre moi. On aura travaillé la scène, on sera exceptionnels. Même si nous savons très bien ce qu'il se passe et qu'il ne s'agit pas que de travail. Tu me touches depuis le début du tournage, mais ce soir t'es plus toxique que l'alcool et les drogues que j'ai absorbés. J'essaie de contrôler et c'est assez atroce. Mais tu retirerais tous tes habits que je te respecterais. Où vas-tu ?

— Je regarde une mouette.

— Et qu'est-ce qu'elle fait la mouette ?

— Elle n'est plus dans le ciel.

Comme si on avait sectionné une partie de son cerveau et qu'elle vivait les choses sans les ressentir, elle ferme la fenêtre, ramasse ses affaires comme du marbre qui traverserait la pièce, tombe, se relève comme si elle n'était pas tombée, se place face à la porte verrouillée et attend, tel un animal soumis, qu'on vienne la libérer. Planté derrière elle, une main sur la serrure, l'autre sur la porte, cernée de tous côtés, croyant sentir l'étreinte, ses frémissements comme ses menaces, elle ne sait quoi imaginer pour sortir de ce cercle, elle espère le hasard, mais le hasard ne peut rien contre le désir qui approche.

— Reste ici !

— Non.

— Pourquoi j'entends oui quand tu dis non ?

— Laisse-moi partir !

— Sens comme mes mots sont des baisers qui soufflent sur ta peau.

— Laisse-moi partir ! Ne possède pas le désir, rêve-le.

— Tu es une perverse Adélie. Trop virtuose dans l'art d'être fatale pour ignorer l'effet que tu produis !

— Arrête ! Ne me parle pas comme ça ! Tu ne me connais pas ! Je ne suis pas une perverse mais une bâtarde égarée entre sexe et tendresse. Le désir de l'autre me fait vivre, je le provoque pour vomir la haine qui me bousille. Et comme… non, je ne devrais pas te dire ça.

— Et comme ?

— Comme une camée, je suis soumise à celui qui me fournit ma dose. Le manque me pousse dans toutes sortes de pièges, de compulsions, vers tout être humain susceptible de nourrir mon besoin. Je suis faible, et haïssant ma faiblesse, je me laisse abuser, je n'ai plus la volonté d'empêcher quoi que ce soit.

Il l'enserre dans sa voix qui flaire, frôle, avant de la capturer et de la déguster.

— Pourquoi s'empêcher ?

— Parce que je suis mariée. Chaque journée sans consommer est une victoire. Laisse-moi partir. Je t'en supplie. Aide-moi !

— Embrasse-moi !

Comme un baiser qui craque, le feu se propage, s'emballe. Ils restent l'un l'autre abandonnés contre la porte, à se goûter, se fouiller, s'exciter. Et alors que sa verge fouette, prête à s'enfoncer…

— T'as raison, je ne sais pas si je dois te pénétrer ce soir ou languir pour te posséder sur le tournage. Imagine le fantasme absolu de me glisser en toi pour la première et unique fois, à la vue de tous mais sans être vus puisque nous serons cachés sous les draps ? Te faire atteindre l'orgasme dans la scène ? Être filmés en train de jouir ? On sera criants de vérité comme tu le souhaitais. Tu auras peur et jouiras d'avoir peur. On aura assouvi notre désir comme des seigneurs. Et ce qui n'aurait dû être qu'un rêve sera immortalisé. Ce sera notre secret. Oh putain ! Ça fait gonfler tes lèvres de penser à ça, petite vicieuse ? Ça t'a fait un effet ? Tout s'est ouvert d'un coup ? Tu dégoulines dans ma main. Je ne sais même pas si tu pourras tenir jusqu'à demain. Ça te fait couler l'idée que je vais t'enfiler, pas vrai ? Tu voudrais que je te prenne ? Ta chair est au supplice, ton entrecuisse en nage et tu voudrais que je mette ma queue dans ta chatte tout de suite ? Tu voudrais que je te baise, sentir sa bite ? T'as tellement envie de lui. T'as tellement envie de Bryan. Vas-y... dis-le... dis-le-moi... « J'ai envie de toi Bryan »... Plus fort ! J'entends pas !...

— J'ai envie de toi Bryan.

— T'es vraiment dégueulasse ! Qu'une salope ! Putain je le savais ! T'as baisé. Tu m'as trompé !

Volte-face radicale. Comme bazookée, à bout portant.

T'as baisé avec lui ? Que les anges te maudissent ! Je n'ai rien fait Samuel ! Et il se jette contre elle d'une force colossale. Si, tu l'as fait ! T'es qu'une souillure ! Je vais te dévisser la tête et la balancer aux ordures ! La serre à la gorge et lui arrache sa robe. Non c'est pas vrai ! J'ai rien fait ! J'ai rien fait ! Je te promets ! Il t'a baisée, tringlée, défoncée. Non !!! Je suis une actrice. Je t'ai fait croire à ce qui n'est pas vrai. J'ai joué avec toi comme tu me l'as demandé. J'ai accepté le jeu que tu m'as proposé. Il hurle. Elle pleure. Il remue la violence quand elle se terre dans le silence. Poupée détériorée avec laquelle on ne veut plus s'amuser. Il te l'a mise, il t'a prise, c'est vraiment pathétique l'acteur qui nique l'actrice ! Il s'empare de bûches, de papier journal, de petit bois qu'il trimbale sur la terrasse tout en vociférant. T'es pire qu'une chienne en chaleur ! T'as aucune morale ! T'es le diable incarné ! Tu sais faire que le mal ! Quel mépris tu réveilles en moi. Mais à quoi ça sert les enfoirées comme toi ? Pourquoi t'es sur terre ? Pour me pourrir ? Comme un con, j'ai cru que c'était pour m'appartenir. Tu vas me rendre fou ! Tu vas me détruire !

Viens là chiure démoniaque !

Et il l'attrape par la peau du cou comme pour les animaux, la jette à côté du brasier. Je vais te condamner au supplice du feu. Et si tu dis la vérité, peut-être seras-tu épargnée par ton Dieu comme certaines innocentes d'autrefois. Peut-être les flammes refuseront-elles de te toucher ou s'éteindront-elles par une rafale. Mais malheureusement je ne peux pas faire ce que je veux, je n'ai pas le droit de faire ça. Alors je vais te regarder porter au bûcher des vanités les objets qui t'ont poussée au péché. Lève-toi vaurienne ! Déshabille-toi ! Je veux que tout disparaisse, des chaussures aux lunettes.

L'un et l'autre, plus malheureux que le malheur, regardent brûler l'amour.

J'ai marié une dépravée. Mais putain pourquoi je t'ai mariée ? Les putes on les marie pas, on les laisse dans la rue.

Il a ouvert sa braguette et uriné sa colère.

Regarde ce que je fais de notre mariage ! Je lui pisse à la raie !

Et il est parti.

Adélie face au sol, les bras en croix, nue contre les dalles de la terrasse.

Seigneur, je ne pourrai jamais tenir mes promesses sans ton pardon et ta force : ne m'abandonne pas.

29.

Emmène-moi Samuel ! Emmène-moi avec toi ! Mais Samuel, étranger à sa prière, ne veut plus l'écouter. Il part pour l'oublier. Et comme on ne peut vendre ou louer sa femme, il va la démolir à coups de massue. Détruire l'amour qu'ils ont bâti de boue et de crachats, où presque toutes leurs ivresses sont des malheurs, si mal construit qu'il est impossible à réparer. On croit que deux âmes qui se cherchent finissent par se retrouver, et on se trouve vite trompé.

Pourtant elle ne l'a pas trahi, c'est lui qui l'a piégée pour traquer une putain de vérité. Si l'obéissance est une vertu, jusqu'à quelle limite ceux qui obéissent doivent-ils obéir ? Leur bâtisse est construite de bizarreries, de briques qui se déboîtent, conformes à ce qu'ils sont, emportés et heurtés, sans équilibre. Il faudrait qu'ils rénovent ce qui a été endommagé, il faudrait secouer les structures sans tout abattre, il faudrait de l'amour. Elle le supplie. Elle voudra ce qu'il veut. Même crever avec lui sur l'échafaud du moment qu'il ne l'abandonne pas. Mais dans la bouche de l'homme le jus sucré du mal gicle : une traînée, une salope, elle la malade, la coupable. Une merde prête à tout pour exister, prête à être maltraitée.

Une scène de maltraitance n'est rien d'autre qu'une scène d'amour inversée. Mais lui reste-t-il de l'amour pour la maltraiter ? À l'évidence, l'envie de la piétiner l'émeut, juste pour éprouver sa résistance.

— Maman va revenir, elle part avec papa-ange. Même si je ne suis pas là, vous êtes avec moi car vous êtes mes amours et me protégez partout où je vais. N'oubliez pas que je ne vous quitterai jamais. Je vous aime trop pour vous abandonner. Vous avez besoin d'une maman comme j'ai besoin de mes enfants.

Elle a mis ses baskets en chemise de nuit, s'est précipitée pour voir Samuel s'échapper. À ses pieds, juste à temps.

— T'as ton passeport ? Sache que c'est pas la mienne que j'emmène mais ma chienne.

— Je vivrai à genoux pour ne jamais l'oublier.

Il l'a ignorée comme annoncé. Elle voyage avec un homme qui ne la souhaite pas. Doute d'elle, l'accuse, la blesse. Faut-il qu'elle l'aime, qu'elle soit sa chose pour accepter ?

Mais si douloureux que cela soit, elle ne perd pas courage, elle a confiance, il reviendra. Sinon pourquoi l'avoir traînée jusqu'à cette maison, isolée au milieu d'une clairière clôturée de forêts, sur ce plateau de montagnes où rien ne rappelle l'humain ? Où est-elle ? Comment le saurait-elle ? Puisqu'à l'aéroport de Rio, Samuel l'a masquée d'un bandeau.

— Pourquoi t'as bâché mon regard ?

— Je ne veux pas que tu puisses t'enfuir.

Il s'est fixé dans sa chair comme une épine empoisonnée. Elle est habitée par un démon qu'elle cherche à exorciser, mais plus elle accepte, plus elle mesure combien elle se déteste. Elle existe au degré où on la fait exister. Et si cela tend vers zéro, ni positif ni négatif, rien qu'un morceau anonyme. Plus faim, plus froid, plus mal. Au bord de mourir pour voir à quel point elle tient à la vie. Elle se couche au pied de l'un des quarante poteaux qui soutiennent le préau ceinturant le bâtiment à ouverture unique, par laquelle Samuel est entré mais n'est jamais ressorti. Et même s'il a laissé la porte ouverte, elle n'ose apparaître. Chienne à sa volonté, elle attend qu'on l'appelle. Pour un regard, une caresse. Quand il souhaitera.

Mais ce n'est pas ce qu'il a souhaité. Il a posé deux gamelles à l'extérieur, l'a sifflée, a filé à l'intérieur. Qu'est-ce que tu fais debout ? La phrase l'a cognée comme le fouet lui rappelle que marcher n'est pas autorisé. Elle s'est mise à quatre pattes vers la mangeoire. Doit-elle remuer les fesses pour montrer sa joie d'avoir une pâtée plutôt que des croquettes ? Doit-elle laper l'eau et avaler sa pitance ? Comment doit-elle ? Sa tête a fourré la gueule dans la gamelle, ne laissant rien de crainte de contrarier le maître. Puis elle s'est couchée sur le côté, les quatre membres tendus devant, croisés l'un sur l'autre, et s'est demandé combien de jours font un enfer, en s'étant presque habituée, déjà. On devient vite ce que l'on croit être, ce que les autres croient que vous êtes, ou veulent que vous soyez. De toute façon, sa vie est à qui veut la prendre. Que lui importe d'être la chienne devant la porte s'il lui donne vie.

La balle a roulé au niveau de son museau, rebondissant sur les marches pour finir sa course entre les herbages.

Allez ! va chercher la baballe ! Allez ma bâtarde, ramène la balle ! Elle a entendu son maître, mais ne l'a pas vu. Allez ! Elle s'est dressée sur ses pattes. Vas-y ma belle ! Elle fourrage dans les herbes. Allez cherche ! Elle a attrapé la balle dans sa gueule. Good girl ! Allez amène ! Se présente à la porte sans la dépasser. Au pied ma jolie chienne ! S'approche. Assis ! Et d'un coup de botte l'a fait tomber sur le carreau, la flanque entre ses jambes, menacée d'un couteau, pointe de la lame sur sa joue comme une pierre à aiguiser qui passe, repasse, entaille, déchire. Tu sais ce qu'on fait aux putes comme toi ? On trace sur leur peau la croix des vaches au rasoir pour que la terre entière sache que ces traînées ont trahi leur maître et voulu reprendre leur liberté. Juste là, tu vois ? Sur la joue ! En plein milieu de la figure, afin que ça se voie bien ! Marquées à vie pour les punir de leur infidélité. Toi, pour parfaire ton déshonneur, je vais immatriculer notre monogramme sur ton bras.

Il peut la balafrer ou lui tordre les os, ça ne changera pas grand-chose, elle lui a donné sa peau. Elle ne veut que lui appartenir. Il ne veut pas d'une femme dont le visage entaillé révélera qu'elle l'a trompé.

Tu ne vas pas me faire de mal ? Je n'ai pas marié un criminel ? Tu ne sais pas qui t'as marié Adélie ! Tu ne l'as jamais su ! Je vais te poignarder. Tu la sens la lame ? Alors, tu perdras l'enfant que j'attends de toi. Très fort, fallait y penser ! C'est tout ce que t'as trouvé ? T'es vraiment qu'une salope prête à faire n'importe quoi pour être épargnée. Tu perdras l'enfant et tu le regretteras. La peur te fait inventer des conneries plus effarantes que ta folie. Mais sache que rien ne m'empêchera de te massacrer, de te faire autant de mal que toi tu m'en as fait. Alors on va reprendre où on en était… ma verge ou la sienne au bord de ta fente ? Et toi en transe, tu te souviens ? Sauf que là je vais te la déchirer car t'es desséchée. Pense à Bryan, ça te fera mouiller ! J'ai plus envie de jouer. C'est fini. Je ne joue pas avec un mauvais joueur qui quitte la partie selon son humeur. Ferme ta gueule ! Qui ne sait pas jouer. Je ne rentrerai plus dans tes jeux. Trop douloureux. Souffrance pour souffrance, je préfère celle où tu es en moi que celle où tu es loin de moi. Putain, tu vas te taire oui ! Si tu ne fais pas ce que je t'ordonne, j'te tue ! Est-ce possible d'avoir une chatte ouverte comme une fleur hier et fermée comme une huître aujourd'hui ? T'as une chatte bipolaire ? Je vais te l'ouvrir moi ! Je ne vais pas faire de psychologie tu vois !

Il l'empale sous la menace de son arme. Elle n'est plus qu'un cri arraché à la femme qu'on viole. Lacérée en bas, tailladée en haut.

Tu peux hurler, personne ne t'entendra. Tu es seule avec moi. C'est ce que tu voulais, tu m'as supplié pour ça.

On ne l'a pas vue s'échapper. Comme si un renard était sorti de la nuit pour la sauver. Une espèce de renard argenté, ameuté par le sang et les cris.

Reviens ! Tu n'iras pas loin ! Aucun chemin que le noir et le froid.

Et avec l'acharnement tranquille du criminel prêt à saisir sa proie, il la pourchasse, se coulant entre les poteaux du préau.

J'étais énervé mais c'est passé. Je ne voulais pas te blesser, c'est toi qui as bougé, le couteau t'a éraflée. J'en suis désolé. Je lécherai tes plaies jusqu'à ce qu'elles disparaissent. Je sens que je me rapproche de toi. Je sens ton odeur. L'odeur de ma femelle. Derrière ce poteau ? Ou celui-là ? Où est la petite chipie ? T'as pas cru que j'allais te tuer quand même ? Je suis pas fou ! Mais tu es folle de penser ça. Comment le pourrais-je ? Je n'ai que toi. Tu es l'amour de ma vie, et comme tu le dis toi-même, tu n'as pas marié un criminel. Où es-tu Adélie chérie ? T'es bien cachée mais je vais te trouver. Je gagne toujours à ce jeu. Je suis le meilleur de ces montagnes, champion international. Je comprends que tu aies peur, je réagirais comme toi face à un crétin qui décartonne. Je ne suis pas méchant, c'est juste de la fureur amoureuse. Mon amour est trop passionné, je m'enflamme à la moindre étincelle. Je suis si difficile à connaître que je ne me connais pas moi-même. Il y a deux individus en moi, les deux sont en guerre, il s'agit d'arrêter le conflit. Adélie montre-toi ! Tu ne m'échapperas pas. Pardon d'avoir été violent, je me suis laissé emporter mais je bluffais. C'était pour t'impressionner et aussi peut-être, te terroriser pour pas que tu partes, car je suis terrorisé à l'idée qu'on se sépare. Adélie, j'arrête de jouer ! Je ne vais pas passer la nuit à te chercher ! Tu entends ? Il fait moins cinq, tu vas prendre froid ! Ne reste pas dehors ! C'est la saison d'hiver ici, avec des pluies intenses, des gelées fréquentes, d'éventuelles chutes de neige, c'est rempli d'animaux sauvages bien plus dangereux que ton mari. Je ne plaisante pas mon ange. C'est un endroit mortel. Je t'attends à l'intérieur, je laisse la porte ouverte, tu entends ? Je t'aime. L'amour, ça ne s'arrête pas comme ça, tu sais.

Elle sent le bois s'ébranler sous ses pieds, attend d'être certaine qu'il soit parti pour sortir de derrière un pilier. Elle s'avance lentement, décomposant chaque pas, se retournant pour épier de tous côtés. Où aller ? Où chercher asile dans ce silence et cette obscurité ? Même pas le temps de crier que Samuel fonce sur elle avec une telle violence que le choc la propulse dans le fossé, hors de ses griffes, elle s'échappe. Il ne la retrouvera pas.

Elle marche sur les sentiers souillés, s'égare à chacun de ses pas. Elle dérape dans son cerveau. Sa place est nulle part, ou aux côtés du mal. Mais Samuel peut l'exciter au mal, épier ses faiblesses pour les tenter et ses courages pour les abattre, il ne pourra jamais l'y obliger. On doit gagner sa couronne par le combat. Est-elle là pour apaiser sa colère, boire le calice de l'humilité jusqu'à la lie et tendre la main afin de sauver son mari ? Le diable a beau n'être qu'un raté, peut-être a-t-il besoin de tendresse, lui qui ne connaît que la haine ? Y a-t-il plus moral que d'aller chercher de l'humanité là où on croit qu'il n'y en a pas ? Samuel… t'es pas une bête qui aime sucer le sang des victimes et manger les chairs des sacrifices ? Sa propre souffrance la fait douter de l'évidence. Elle reste là, muraille en ruine, à s'écrouler dans la nuit.

Dès l'aube, il l'a cherchée. Sans désemparer. Comme un chien qui retourne à ce qu'il a vomi, l'insensé revient à sa folie. Il la cherche, brouillé, trop paumé pour être bouleversé. Pourquoi avoir envie de comprendre quand on ne peut s'atteindre ? Des sentiments coulent mais s'engluent avant de remonter au cœur. Il la cherche. Jusqu'à ce que la nature s'endorme. La cherche encore et la trouve, inanimée, la chemise de nuit trempée, déchirée. Alors il la ramasse dans ses bras telle une sacrifiée, la mène dans une chapelle cachée en lisière de forêt et la dépose sur l'autel des holocaustes, en offrande.

Je m'en remets au messie pour juger à qui tu appartiens. S'il t'emmène avec lui ou s'il te laisse en vie. Sache qu'être offerte en sacrifice est considéré comme un honneur. C'est la plus glorieuse des morts. Tu seras divinisée pour ton plus grand bonheur avec entrée directe au paradis. Bonne nuit mon ange. Je ne t'abandonne pas, tu es en clémente compagnie, couchée aux pieds du Christ quand moi je m'agenouille devant la mélancolie. Allons-nous finir fracassés en bas de la falaise tels des gamins sans barrières, livrés à eux-mêmes, prenant tous les risques ?

Le prince dépose un baiser sur les lèvres mais la princesse ne s'éveille pas. Nous sommes à la fin du conte, Adélie n'est plus au bois dormant, Samuel n'a plus rien de charmant.

Il la regarde, une larme au bord de sa paupière de misère. Tu vois amour, il n'y a pas de hasard. Nous sommes à Pâques, période de la Passion, de la crucifixion et de la résurrection où on célèbre le retour à la lumière, le retour sur terre et le réveil d'un Dieu. Et pourquoi pas d'une déesse ? Et pourquoi pas de la mienne ? J'espère que toi et moi serons là, demain, pour voir ce que le Seigneur aura décidé.

Et il s'en va dans un grincement funèbre, ferme à clef le portail du caveau démesuré.

Un rayon de soleil à travers le vitrail. Adélie semble ressusciter. Doucement, elle se redresse sur l'autel, regarde autour d'elle, s'étonne d'être dans une chapelle et se demande si tout est réel. Suis-je dans quelque paradis ? Peu de temps est nécessaire pour que le mystère perde de sa superbe. L'instant ressurgit, éclaire son passé désolant. Elle réalise. Qu'elle est le jouet d'un cauchemar, prisonnière, abandonnée aux souvenirs amers. Assoiffée, elle se rafraîchit avec de l'eau qui, miracle ou pas, remplit un bénitier. Elle ne cherche ni moyens ni passages pour s'enfuir. Pour aller où ? Et faire quoi ? Se jeter dans la gueule d'un ours ou de son tortionnaire ? Jamais elle ne sera en paix ! Il faudrait un maillet pour lui enfoncer cette vérité dans le crâne : cesser de vouloir quelque chose qui est sans espoir.

Une clef tourne dans la serrure fermée à double tour. Tétanisée devant la porte, elle n'ose bouger, personne d'autre que Samuel ne pouvant être derrière. L'homme entre et traverse l'ombre avec les yeux de celui qui partage vos secrets.

Tu vois, je t'avais dit que je te retrouverais. Tu ne peux pas m'échapper. Ça m'a pris plus de temps que prévu j'en conviens, car non seulement tu t'es bien cachée mais t'es allée très loin. Je sais que tu l'as fait exprès pour te prouver que je t'aime, comme autrefois avec tes parents, mais t'es plus une petite fille avec son papa ou sa maman. T'es pas obligée de t'infliger de telles épreuves et de me déchirer le cœur. Pourquoi tu ne me demandes pas ? Vas-y, demande ! Allez ! Je te promets c'est plus facile que de disparaître. S'il te plaît ! sois gentille ! Ne te fais pas tirer l'oreille ! « Est-ce que tu m'aimes Samuel ? » Comme jamais ! Mais je ne suis pas le seul puisque le Seigneur t'a ramenée à la vie. Alors tu vas le remercier de son amour et te purifier tous les jours. Tu vois le labyrinthe, tracé par terre ? Eh bien, contrairement à un malentendu courant, on ne se perd pas dans un labyrinthe, on se trouve. C'est le parcours initiatique par excellence. L'homme face à l'univers. Un homme perdu, ne sachant d'où il vient, où il est, où il va, et soucieux de sortir de cet état. C'est-à-dire de trouver des réponses aux questions qu'il se pose. Élever son esprit vers la connaissance, ou son âme vers la spiritualité, lui permettra de sortir de l'enfermement et de l'absurdité humaine. Mais d'abord, il faut passer par le sacrement de la pénitence. Et selon mes propres règles. Tu le parcourras à genoux, en récitant prières et psaumes, afin d'obtenir la rémission de tes péchés. Et moi, assis sur la chaire de l'abbé, je te regarderai souffrir en martyr et à chaque fois que tu tourneras ton visage vers le Christ, c'est moi que tu verras. Qu'est-ce que t'attends ?

Elle se place à l'entrée du labyrinthe, se met à quatre pattes, s'aventure dans le dédale des interrogations.

À genoux j'ai dit, pas à quatre pattes !

Mais qu'est-ce qu'il cherche ? À la faire souffrir jusqu'à perdre connaissance ? Jusqu'à ce que son corps cède ? Et elle, que cherche-t-elle ? Être tuée ? Et elle aurait trouvé dans son mari le meurtrier potentiel, une alliance pour le pire entre un bourreau aux pulsions assassines et une victime aux pulsions autodestructrices ? Elle n'a pas su construire les frontières capables de la protéger des manœuvres d'invasion et d'occupation de Samuel, et s'il n'y avait pas de victime il n'y aurait pas de bourreau. C'est donc ça, la pierre angulaire de leur mariage ? Arrête de rêver Adélie ! Sa voix a giflé ses oreilles. Il la tuera un jour. Et ce ne sera que le châtiment mérité pour la punir de la faute commise enfant.

Et elle réalise, avec une douleur plus blessante que ses genoux ensanglantés par les allées et venues sur les pierres inégales de l'église, qu'elle vit un fantasme secret.

Et elle réalise que, derrière son mari, se cache l'autre auteur de violences, celui qui a déposé les germes de perversité : son père. Mais est-ce possible une vie sans père ni mère ? Sans repères ni caresses ? Est-il possible de détruire des parents toxiques pour essayer de se construire, d'échapper à leur emprise ? Est-il possible d'aimer ou d'être aimée autrement que dans la haine et les attentats sexuels ? Sa mère l'aimait en provoquant chaque jour sa honte. Son père l'aimait en l'abusant, en trahissant sa confiance en elle et dans les autres. Elle devait être sale, méchante et vilaine pour accepter d'être ainsi et autant maltraitée. Petite, elle a développé une culpabilité inconsciente et une perception d'elle-même aberrante qui ont conduit à des attitudes masochistes, l'offrant victime quasi consentante à bien des comportements sadiques. Adélie ? Qu'est-ce que tu fais ? Tu n'entends même pas quand je t'appelle ! Elle le regarde mais ne répond pas.

Et elle réalise qu'on se lève pour défendre ses droits seulement si on se juge digne d'en avoir. Mais elle se sent comme un paillasson que son mari foule aux pieds, en essuyant les merdes collées à ses semelles. Il a tellement démoli sa cervelle qu'elle se sent immondice. Non seulement elle trouve normal qu'on la tyrannise, mais elle se considère responsable. Elle doit forcément y être pour quelque chose. Est-elle perverse au point de rendre les hommes pervers ? À commencer par son père ? Je ne sais pas où t'es Adélie, mais t'es pas avec moi. Tu es absorbée dans des pensées qui courent çà et là. Tu te perds dans la contemplation de toi-même. Mais je ne suis pas très inquiet, tu vas vite te retrouver car il n'y a pas bien loin où explorer dans ta personne. Elle le regarde mais ne répond pas.

Et elle réalise qu'elle est dépouillée de toute estime d'elle-même, comme l'oiseau aux ailes coupées voudrait s'emparer des hauteurs. Elle se déconsidère par ses yeux malades. Tout comme l'amour ne devrait pas combler les différences, les manques, mais les respecter, il faudrait ne pas chercher à la compléter, mais à l'accepter dans sa vérité. Mais qu'a-t-elle donc sur elle, cette malbâtie, pour se faire aimer ? Elle est une mort intérieure. Elle a honte d'exister. Elle se sent misérable. Alors elle vénère la personne qui lui témoigne un égard, même faible, même pervers. Adélie ? Mon pauvre amour ! Arrête de fabriquer des souvenirs qui n'attendrissent que toi. Cesse de tourner sur toi-même. Ta vie est dérision en toutes choses. Elle le regarde mais ne répond pas.

Et elle réalise que tout est soumis au doute, que ses opinions sont incertaines, que les choses lui paraissent irréelles. Elle sait que c'est arrivé mais c'est comme si rien n'était arrivé. Elle remet en cause la réalité de ce qu'elle a ressenti. Et même s'il s'agit d'une mutilation psychique, elle ne veut pas remettre en question le schéma sur lequel elle a construit son fragile équilibre. Elle n'arrive pas à en vouloir à Samuel, comme l'enfant maltraité n'en veut ni à son père ni à sa mère. Le besoin immense de transformer le bourreau en être bon est trop fort. Sans cesse, elle oscille entre l'image idéale à laquelle elle s'accroche et la réalité qu'elle ne peut admettre. Elle raisonne comme si son mari était ainsi qu'elle le souhaite et non tel qu'il est. Elle n'embellit pas le vrai, elle le contrefait. Mon ange, tu penses peut-être que je suis dépourvu de compassion devant ta souffrance ? Je confirme. Pourquoi aurais-je des scrupules ? C'est quand même pas de ma faute si t'es à ce point naïve. T'es un objet faible qui ne demande qu'à être exploité, et tu n'as pas idée combien les autres en profiteraient et seraient bien plus mauvais que moi. T'as de la chance d'être tombée sur un homme avec des valeurs morales aussi marquées. Sans moi tu ne serais rien. C'est un honneur que je te fais d'assister à la délivrance de ton cœur. Elle le regarde mais ne répond pas.

Et elle réalise qu'on peut détruire un être avec des mots, des sous-entendus, des violences insidieuses qui découlent de la même volonté de se débarrasser de quelqu'un sans se salir les mains : un meurtre sans effusion de sang. Elle a tenté d'être ce qu'elle n'était pas, en espérant devenir ce que les autres souhaitaient qu'elle soit, et, sans s'en rendre compte, s'est perdue en ne parvenant jamais à être aimée.

Ça y est ! Elle est arrivée ! Au cœur du labyrinthe. Où elle vient se faire pardonner un acte qu'elle n'a pas commis. Et même si sa chair saigne, elle préfère être torturée en présence du Christ que seule avec Samuel, ça fera moins mal. Sais-tu chérie, la tapée d'impasses dans lesquelles tu t'es fourrée avant d'arriver au centre ? Tu vois comme il y a au fond de toi un domaine obscur, bien aliéné, dans les méandres duquel tu te perds et dans les pièges duquel tu tombes. J'espère que ce cheminement initiatique t'aura offert une profonde introspection, une transformation qui trouvera confirmation au bout du voyage, car l'épreuve n'est pas terminée. Après avoir atteint son centre, encore faut-il pouvoir en ressortir. C'est la sortie du labyrinthe qui marque la victoire, le triomphe de la persévérance et de l'intelligence, l'accès à un état supérieur de conscience. J'ai trouvé une bible : alors si ça ne t'ennuie pas, pour le chemin du retour je lirai un passage de l'Évangile.

Mais commence ! Prends de l'avance ! T'es tellement lente. Elle espère ne pas sombrer dans l'inconscience en refaisant ce chemin de souffrance. Elle ne suppliera pas son mari, c'est inutile. Mais elle le supplie lui, Jésus-Christ, de l'aider à sortir le plus vite possible de cette folie pour ne pas irriter Samuel. Sous peine de sévices terribles. Elle va donc continuer à lutter, à s'accrocher de toute son énergie. Mais même l'énergie du désespoir se décourage, elle se sent lâchée. Seigneur tu ne peux pas me faire ça ! Tu ne peux pas m'abandonner ! Je n'ai plus que toi ! Je m'adresse à toi, à Vous, comme au seul être qui puisse m'apporter du secours...

Dépêche-toi ! Il faut que tu aies terminé avant l'obscurité, sans quoi il faudra tout recommencer.

Un filet d'urine glisse le long de ses cuisses, un filet de frayeur.

Alors que préfères-tu comme texte ? « On ne connaît ni ne comprend l'œuvre de Dieu », « Dieu est toujours juste », « Dieu éduque l'homme par la souffrance » ? Alors ?... Très bien ! Comme tu voudras ! Ne réponds pas ! Je vais choisir pour toi comme à chaque fois puisque tu ne sais jamais rien. Allez ! C'est parti pour : « Dieu est toujours juste. »

T'as compris ce qu'Il t'a dit ? Tu sais quoi, je vais te répéter ce qui me semble important. Écoute bien :

« Car Il rend à chaque homme selon ce qu'il a fait,
Et Il traite chacun selon son attitude.
Oh, non en vérité, Dieu n'agit jamais mal,
Jamais le Tout-Puissant ne fausse la justice. »

Tu vois, ce n'est pas moi qui te fais souffrir, tu es soumise à la justice divine et tu dois être sacrément fautive, car je reconnais qu'elle n'est vraiment pas gentille avec toi. Mais elle ne le regarde pas.

Couchée sur le côté, comme au bout des forces d'une bête malade.

Eh ben voilà ! T'as réussi ! T'as trouvé la sortie ! Juste avant que le dernier rayon de soleil ne disparaisse. Tu l'as échappé belle ! Tu sais, c'est très désagréable de parler à des omoplates. Regarde-moi quand je t'adresse la parole ! Adélie ? T'as entendu ce que j'ai dit ? Adélie, obéis ! Ne me contrarie pas, t'as vu comme je ne suis pas très patient en ce moment. Tu entends ? Mais elle ne le regarde pas.

Je te rappelle que t'as mis la journée entière pour venir à bout des feintes du labyrinthe, et que ta réussite tient plus du miracle que du mérite. Ce qui en aucun cas ne t'autorise à me tourner le dos sans lâcher un seul mot ! Mais elle ne le regarde pas.

Adélie ? Si je suis obligé d'aller te chercher, ça va chauffer ! Qui t'as permis de te coucher d'abord ? Je compte jusqu'à trois… un… deux… trois… Putain, t'as vraiment peur de rien !

Sa patience tire sa révérence. Il s'élance, déterminé à la… il ne sait même pas. À l'insulter… la frapper… la tuer… Pourquoi pas ? Pourquoi pas tout à la fois ? Mais à peine lève-t-il la main sur elle… qu'elle se révèle inconsciente. T'es de nouveau évanouie ! Putain c'est pas vrai ! Qu'est-ce que tu fais comme chichis à propos de rien ! Mais qu'est-ce que je vais faire de toi ? C'est pas vraiment comme ça que j'avais imaginé la soirée, hein ! T'es chiante quand même ! Faut mourir ou revenir mais arrête de t'évanouir ! Merde ! En réalité, t'as trouvé la combine pour te faire porter. Eh bien faudrait pas trop t'y habituer tu vois, parce que c'est la dernière fois ! On a rarement vu un maître porter sa chienne ! Pour qui tu te prends ? Et pour qui tu me prends ? T'as oublié nos arrangements ? T'inquiète ! Tu vas t'en rappeler au réveil !

Chaque enjambée vers la maison murmure une parole fielleuse dans une sonorité de miel, une berceuse noire pour qu'elle revienne à elle. Pour la réveiller afin de l'abîmer encore.

Elle sort de sa torpeur en fin d'après-midi, après douze heures de léthargie. Sans ses genoux écorchés, sa chair balafrée, son corps couvert de sang séché et d'ecchymoses, elle se demanderait si tout ça a vraiment existé. Mais difficile d'en douter quand vous êtes effondrée sur un plancher glacé, les pieds comme les poings liés, attachés au bas du lit de votre mari par une corde qui vous cisaille la gorge, deux écuelles à portée de lèvres. Et si elle ne sait quoi penser, ce n'est pas dû au choc sur son crâne – à l'évidence il continue de fonctionner – mais au mystère de la passion, à la noirceur du mal qui ferait frissonner les plus braves. Samuel aurait presque réussi à lui faire croire l'incroyable : qu'elle l'a trompé avec Bryan et qu'elle est une chienne méritant d'être traitée comme telle.

Mais c'est fini, elle a compris, elle a entrebâillé le rideau du déni. Toutefois l'écarter en entier, sans personne pour l'aider, ne lui apporterait ni paix ni joie, juste la détruirait. Grâce au déni, elle a construit des repères, camouflé sa misère, trouvé de la lumière dans un monde imaginaire. L'aveuglement lui a permis de rester en vie. Si elle a refusé la réalité c'est qu'elle ne pouvait la supporter. Banaliser le mal élimine les larmes. Nier l'horreur supprime la douleur. Mais sans cuirasse, les sévices ne seront plus vivables et elle tombera malade. Être dans le déni consiste à se couper de soi, or elle n'est pas prête à se découvrir. Pas prête à s'ouvrir à la victime qu'elle a été. Et si elle n'est plus victime, que sera-t-elle ? Persécutrice ?

Elle ne va plus bouger, plus boire, plus manger, plus parler, même plus pleurer. Elle va se laisser mourir. Pourquoi vivre si c'est pour se faire tuer ? Mais elle ne lui laissera pas ce plaisir, elle n'a pas contrôlé sa vie, eh bien elle va contrôler sa mort. Et cette fois sans avoir besoin de personne pour réussir. Elle ne va pas se tuer parce qu'elle a tout raté, parce qu'elle souffre, mais parce qu'elle a creusé un abîme sous ses pas, qu'elle est tombée au fond du royaume, au cœur d'une obscurité où nul ne viendra jamais la chercher. Elle sait, maintenant, enfin, que son seul sauveur est aussi son persécuteur. Et de vivre, elle n'a plus envie.

30.

A-t-elle aimé ? A-t-elle haï ?

A-t-elle cherché ce qu'elle n'a pas trouvé ?

A-t-elle perdu l'esprit en courant après le bon sens ?

Elle ne sait pas. Elle ne saura jamais. Elle quittera ce monde avec des questions. Elle n'a plus envie de lutter. Elle n'a plus la force de croire. Avec lui elle a commencé sa vie, avec lui elle la termine. Même si le jour se lève, elle se tient dans la nuit. Elle n'a plus parlé, elle n'a plus mangé. Elle est restée au pied du lit de son mari, prostrée, attachée au licol.

Première journée…

En l'absence du geôlier, elle a essayé de soulever le regard au-delà du plancher, son seul horizon depuis qu'elle est séquestrée. Mais la longueur de la corde ne lui a permis, au prix d'un effort inouï, de le hausser qu'à hauteur de la couverture sur laquelle traînaient quelques affaires de Samuel. Des deux mains liées, elle l'a fait passer à travers les barreaux du lit, de manière à faire tomber le stylo et le carnet qui s'y trouvaient, s'empressant d'écrire avant qu'il ne revienne.

« Mes enfants, mes amours, mes anges, je n'ai pas pu tenir la promesse que je vous avais faite. Je ne reviendrai pas, je ne vous reverrai pas, c'est une souffrance plus immense que

toutes celles que j'ai endurées avec votre papa-ange. Je me suis trompée. J'ai marié un homme très méchant. Je ne pouvais que disparaître pour vous permettre de retrouver votre père. Je devais me sacrifier pour vous sauver, et je l'ai fait de tout mon cœur pour votre bonheur. Pardonnez-moi. C'est le seul moyen que j'ai trouvé pour racheter la folle erreur dans laquelle je vous ai plongés. J'espère que vous me comprendrez. Dans le ciel comme sur terre, je vous regarderai, vous protégerai, vous aimerai, peut-être mieux d'ailleurs. Je ne vous oublierai jamais. Votre maman pour toujours.

PS : si vous trouvez ce mot, s'il vous plaît envoyez-le à cette adresse, je vous en supplie, c'est pour des enfants. »

Comme si elle glissait un message dans une bouteille à la mer, chargée de l'espoir qu'un jour on le remette à ses petits, elle a roulé le morceau de papier dans sa chaussette. Afin qu'il ne s'aperçoive de rien, elle a replacé tant bien que mal le précieux matériel en le lançant sur le couvre-pieds, qu'elle s'est efforcée de réajuster, camouflant l'excès de matière entre les traverses métallisées. Elle l'entend pénétrer dans la pièce, s'arrêter devant le lit, devant elle, fouiller sa chemise de nuit, la secouer puis la lâcher comme ballot de linge sale. Puis partir. Et revenir. Elle sent qu'il la détache puis la rattache. De couchée, il l'assied dos plaqué contre les barreaux du lit, bras écartelés en croix, poignets ficelés aux montants des deux extrémités. Elle ouvre des yeux mouillés, comme s'il s'agissait d'apporter une touche émotionnelle à l'œuvre malsaine de son mari, mais reprend ses pleurs, car rien en lui ne semble pouvoir les recueillir.

Je ne sais pas ce que t'as foutu, mais comme ça tu ne feras plus quoi que ce soit. Je t'ai laissé de la liberté et encore une fois tu m'as trompé. Tu me trouves dégueulasse ? infâme ? Normal, tu as déteint sur moi. C'est toi la responsable. T'as bavé tout ton mal en moi. Tu dis quoi ? Rien ? Tu fais quoi pour ça ? Rien. Au contraire, tu te barricades. Eh bien vas-y, rends-toi malade, mais sache que ça ne me bouleverse en rien. Je ne me laisserai pas faire.

Deuxième journée…

Mais qu'est-ce que tu me fais là ? T'es surmenée ? T'as pas assez rêvé cette nuit ? Je reconnais que ce ne sont pas les conditions optimales pour dormir, mais faut au moins que tu te nourrisses, sinon tu vas mourir. Et ce n'est pas ce qu'on veut, n'est-ce pas ? On a encore plein de choses à vivre. Notre histoire ne fait que commencer maintenant que t'es purifiée. La repentance est une nouvelle naissance. On va tout reprendre à zéro, et cette fois je serai là dès le berceau pour t'accueillir, te chérir, te nourrir, te construire. Pour t'élever et non t'éduquer. J'arroserai tes racines tous les jours au lait de la tendresse pour que tu puisses pousser à l'endroit et non de travers voire à l'envers. Tu sais, c'est difficile de composer avec quelqu'un de dévié. Ça demande une vigilance que peut-être je n'ai pas toujours eue. Ça exige d'être équilibré, et il est possible que je ne l'ai pas moi-même été en permanence. Je reconnais aussi que parfois, je n'ai pas fait ce qu'il fallait. Mais Adélie, malgré tout, je t'ai aimée. Allez ! ouvre la bouche ! Même si c'est de la pâtée, ce que je te fais est bon. D'accord, j'ai compris, t'aimes pas la bouillie. Je te comprends c'est pas toujours rigolo d'être une chienne. Je vais te préparer un vrai bon déjeuner.

Il ressurgit de la cuisine et la découvre crucifiée aux barreaux, la tête penchée sur la poitrine, seins et épaules renfoncées, la bouche entrouverte, yeux fermés, le corps maculé de taches noires, bleues, jaunâtres, et de plaies. Un être plus très humain. Une tristesse accablée de souffrance, de faim et de soif.

Adélie !… Adélie !… Arrête ma chérie ! Il ne te manque plus que la couronne d'épines. Allez, une bouchée ! C'est plus de la pâtée, mais de la purée. Purée jambon, ton plat préféré. T'as même pas besoin de mâcher, ça glissera sans que tu t'en aperçoives. Allez, une bouchée ! Faut manger, tu n'as plus que la peau. T'es tellement décharnée que j'ose plus te regarder. T'inquiète pas t'es très belle, d'ailleurs je ne sais pas ce qu'il faudrait pour te défigurer, mais quand même tu me fais de la peine. Allez, une bouchée ! Pourquoi tu ne veux pas essayer ? Chérie, regarde-moi ! Rassure-moi, tu ne penses pas que je cherche à t'empoisonner ? Dis-moi que c'est pas ça ! Tu ne comprends pas que je fais tout ça pour toi. Pour te protéger parce que t'es un danger pour toi-même. Tu ne sais plus ce que tu fais, t'as perdu la tête. Alors je t'attache pour que tu t'échappes pas. Si je te lâche, tu vas te faire du mal. OK j'arrête. Je vais te chercher à boire et tu mangeras plus tard. Allez, une gorgée ! Dépêche-toi ! Juste une ! Très bien... si tu ne veux pas, je ne vais pas te forcer. Mais il est clair que si quelqu'un cherche à te tuer, c'est pas moi.

Et de lui jeter le verre d'eau à la figure.

Non, je n'ai pas fait ce geste pour t'agresser, mais pour te préserver. J'espère que quelques gouttes échoueront dans ta bouche. Et sache que la mort n'est pas un ami que l'on retrouve au bout du chemin de la vie. Bonne nuit.

Troisième journée...

Adélie ? Qu'est-ce qui se passe ? Adélie ? Réponds ! Réveille-toi ! Adélie ! Adélie ! Adélie ! Il jette son nom comme un cri de guerre. Adélie ! Pourquoi t'es partie ? T'es pas partie ! Tu t'es enfuie ! T'es incroyable ! La plus forte, t'as vaincu tous les obstacles. Bravo ! Tous mes compliments ! Mais je ne sais pas si tu profiteras pleinement de ta victoire.

— Allô ? Allô ?... Allô ? Dario ? C'est monsieur Samuel ! Il faut appeler un hélicoptère du Samu !... Oui tout de suite... non c'est pour ma femme... je vous expliquerai... faites vite je vous en supplie ! Je ne sais pas si elle est encore en vie !

T'as triomphé de ton mari mais je n'étais pas ton ennemi. Tu as pris le pouvoir de façon magistrale, tu t'es rendue maîtresse de notre sort, de ta vie, de ta mort. J'aurais dû me méfier de ton caractère extrême. Comment n'y ai-je pas pensé ? J'ai foncé tête baissée dans ton piège. T'as abandonné la partie, ton mari, ta vie, alors que c'était pas fini. T'avais pas le droit. C'est pas très joli, mais l'enfant terrible, une fois de plus a désobéi. Encore une fois t'es tombée dans l'abîme, et même si c'est de plus en plus difficile, une fois encore je vais aller te sauver. D'abord parce qu'il n'y a pas que toi qui décides, ensuite parce que c'est mon sacerdoce et que jamais je ne déposerai les armes aux pieds de ma femme… Ma plus belle bataille.

L'équipe médicale a retrouvé leurs corps étendus sur le sol, pieusement enroulés l'un à l'autre, tels des jumeaux dans le ventre maternel qui attendraient la délivrance.

— Senhor ?… Senhor ?… Acordar você !… Fique longe, por favor !… É necessàrio agir muito ràpido… Vamos fazer isso !

31.

Comme on arrache un enfant à sa mère, ils enlevèrent Adélie à l'étreinte de Samuel pour lui dispenser les premiers soins. Elle fut hospitalisée en réanimation dans un coma de stade 2. Retenue en vie grâce aux machines, tuyaux, seringues, respirateurs et perfusions, cathéters, dialyses, sondes respiratoires et gastriques, médecins, kinésithérapeutes, orthophonistes, ergothérapeutes, diététiciens... Treize jours d'un traitement médical lourd. Il semblerait que la faire rentrer dans son corps fut aussi compliqué que de passer un éléphant dans un trou de souris. Pourquoi ne pas s'enfuir, pourquoi revenir dans ce corps qui fait tant souffrir ? Il fallait que s'ouvre un possible, une lueur, ou du moins la puissance de l'instinct pour mobiliser sa volonté d'oser une telle épreuve.

Le chef du service de réanimation, dans un anglais à la brésilienne, explique à Samuel la situation.

— Je tenais à vous prévenir, avant votre départ, que votre femme s'est réveillée dans un état de grande confusion qui a nécessité l'intervention d'un psychologue. Chaque patient est différent à la sortie d'un coma. Certains, comme madame Delacroix, ont quelques souvenirs mais qui ne correspondent pas toujours à la réalité. Ils peuvent mélanger des faits réels et d'autres délirants. Votre femme a la sensation d'avoir été enfermée dans une grotte, ou un lieu clos ou dans de l'eau. C'est normal. « J'avais la sensation de devenir folle », « Je me suis vue enfermée » sont des expressions fréquentes dans leur bouche. Et il est important qu'elle verbalise son expérience pour que famille et proches se retrouvent en phase, comprennent mieux son ressenti, y compris si elle présente des troubles de l'humeur et du comportement, deux conséquences possibles d'un coma.

— Elle a parlé ?

— Non, juste divagué. De toute façon tout est noté dans son dossier, accompagné d'un courrier que vous devrez transmettre au médecin français pour une prise en charge psychiatrique qui me semble impérative. Nous pensons que son coma est dû à une déshydratation sévère suite à son anorexie mentale. Une dernière chose… je suis au regret de vous apprendre que votre femme a perdu le bébé qu'elle portait. On a tout essayé. Je suis vraiment désolé. Monsieur !… Monsieur !… Vous m'entendez ?… Vous pourrez quitter l'hôpital dès que vous aurez signé les papiers de sortie. Au revoir monsieur. Bon courage. Ah, j'allais oublier, les infirmières ont trouvé ça sur elle quand elles l'ont déshabillée.

Stupeur de Samuel. Torture du remords dans les traits. Silence insupportable où lui montait la peine. Et là où s'ouvrait une tendresse, on fait gronder sa haine. Pourtant si calme il débarque dans la chambre d'Adélie, assise sur le lit, quasi végétative, mains, bras, pieds, jambes, tête, yeux et oreilles ballants comme si on lui avait redonné du sang, mais un quart de litre seulement. Une vie dont, de toute évidence, elle ne voulait pas.

Chérie, regarde ! C'est un carnet de bord où je relate en détail et avec amour tous les événements de ton séjour. J'ai fait ça pour combler le trou de ta mémoire. Tu ne veux pas savoir ? Ça ne t'intéresse pas ? Dommage !

Ils quittèrent l'hôpital Copa d'Or à Rio de Janeiro pour la Pitié-Salpêtrière de Paris. S'ensuivit l'entrevue avec le chef du service de psychiatrie, en présence d'une Adélie absente, à laquelle jamais on n'adressa la parole, parole que jamais elle ne prit. Pour dire quoi ? Révéler des faits que personne ne croirait ? Mieux valait taire le passé, rien ne pouvait le changer. Mieux valait passer pour idiote que folle. Et sceller ces lèvres qui ne devaient plus parler. Adélie s'emmura au plus haut degré de l'exil, étrangère au déluge d'insanités.

— ... de mes confrères brésiliens... s'agirait d'un coma hystérique... En général lorsque le cerveau est en souffrance... madame Delacroix ou vous ?

— Moi... Elle n'est pas en état de quoi que ce soit... ne parle pas... Je ne sais pas... Presque trois semaines.

— ... mutisme psychotique... mécanismes de défense... agir vite avant que le silence ne s'installe.

— Elle n'a que méfiance... aucune confiance... pense que je lui mens... complote dans son dos... se sent attaquée... persécutée... manipulée... influencée dans ses pensées... réagit avec violence... suis plus son mari mais son ennemi.

— Est-ce que... espionnée ?... empoisonnée ?... Poursuivie ?

— Oui... Jusqu'à m'accuser de la mettre sur écoute... invente des histoires en permanence... tellement tripatouillée du cerveau à suranalyser le vrai du faux qu'elle ne sait plus où est la réalité... fabrique un monde de fausseté... a tellement joué de rôles depuis toute petite... Non... non... bien avant d'être actrice... Elle croit que tout le monde fait ça.

— ... semblerait atteinte de paranoïa... faudrait plutôt... pathologie mentale très grave et difficile à diagnostiquer... une des plus grandes psychoses... dangers liés à la paranoïa ne sont pas à négliger... syndrome dépressif lié à des risques suicidaires ou des pulsions meurtrières... contre un persécuteur jugé responsable des persécutions que le sujet pense endurer... Ils se croient persécutés et leur crime est un acte justicier... Le suicide est une forme d'homicide... Selon Freud, « nul n'est à même de trouver l'énergie psychique de se tuer, à moins de commencer par tuer quelqu'un auquel il s'est identifié »... Le suicide peut exprimer à la fois un désir de mourir, un désir de commettre l'acte de tuer et un désir d'être tué.

— Justement j'allais oublier... vous ai apporté un message écrit par ma femme.

Avec superbe, il abat sa carte maîtresse. Et dans l'effrayante tranquillité de son existence affaissée, le regard d'Adélie, jusque-là égaré, bouge sur le papier, sur ce mot destiné à ses enfants.

— Je vois. Vous avez bien fait. Je peux faire une copie ?

— Je vous en prie. Je suis en danger ?

— Plus maintenant puisque nous allons la garder, mais votre femme l'est. Même si la profession médicale a des possibilités d'agir, la situation reste compliquée. Elle n'est pas consciente de ses troubles. Toute proposition de soins est interprétée comme une agression et amène un renforcement du processus paranoïaque. La relation thérapeutique avec le patient paranoïaque est difficile. Le thérapeute est initialement idéalisé avant que cet amour ne se transforme en haine et en sentiment de persécution.

— C'est exactement ce qu'il s'est passé avec moi.

— Il n'est pas rare que les psychotiques développent une relation délirante avec leur psychothérapeute. Il est important de garder une position chaleureuse mais distante. Le traitement médicamenteux devra être suivi à vie. Il s'agit d'une psychose chronique, ce n'est pas une maladie que l'on attrape ou dont on guérit. Elle est une composante de la personnalité du malade, souvent accompagnée de troubles sévères de la personnalité.

32.

Elle fut hospitalisée sous contrainte à la demande de son mari. En service fermé de psychiatrie pour tentative de suicide avec délire paranoïaque et déni de la réalité. Son corps n'a pas été immobilisé par une camisole de force mais par une camisole chimique, constituée d'anxiolytiques, neuroleptiques, antipsychotiques et antidépresseurs.

Même si la voix du professeur Corbières se présentant comme son thérapeute fut douce à ses oreilles, elle ne réagit pas, resta camouflée sous les draps, dos tourné à la porte d'entrée, avec pour seule obsession : savoir comment Samuel l'avait quittée. L'avait-il embrassée, serrée dans ses bras ? Déshabillée en chemise de nuit ? Avait-il pleuré ou exulté comme un guerrier ?

— Je repasserai vous voir demain dans la matinée.

Le lendemain, la voix douce s'est présentée comme si la première fois n'avait pas compté. Mais n'a rien provoqué de nouveau, Adélie toujours cachée dans les oreillers, le regard suspendu aux barreaux de la fenêtre.

— Je vois que vous n'avez pas pris votre petit déjeuner. Je ne suis pas là pour vous dire ce qu'il faut ou ne faut pas faire, mais pour comprendre pourquoi vous faites ou ne faites pas. Les choses ont un sens, et je me fie rarement aux apparences. Je respecte votre décision de ne pas manger, de ne pas parler. J'aimerais juste partager vos raisons. Je ne suis pas pressé mais voudrais éviter qu'en plus de vos médicaments, on ajoute une perfusion. Je reviendrai demain dans la matinée.

Pareille aux ritournelles qui apaisent les enfants dans le noir, voix douce est réapparue. Et même si cette fois elle l'attendait, déjà dans l'accoutumance, bientôt dans la dépendance, elle n'a rien changé à son comportement. Ni amélioration ni aggravation mais perfusion, comme si la vie se devait de rester cloîtrée dans l'attente. Aucune lueur n'éclaircira son ciel, elle est ensevelie sous les ruines. Comment relever un mort ?

— Permettez-moi de vous appeler Adélie. J'ai de l'empathie pour vos anomalies, pour votre manière d'être, pour ce que vous ne dites pas. Aussi ne me regardez pas si c'est préférable pour vous, mais entendez-moi. Je suis là pour partager votre fardeau, si lourd de souffrances que vous croulez sous la surcharge et ne pouvez même plus vous lever. Je suis là pour vous aider à sortir des éboulis, vous donner des outils permettant de traverser les obstacles, faciliter la compréhension de l'incompréhensible. Mais pour y arriver, je dois vous connaître. On vous a éloignée de votre entourage afin de vous rapprocher de vous-même, d'entrer dans le soin et, peu à peu, de l'accepter. Mon rôle ne se limite pas à analyser et à soulager vos troubles, je peux aussi devenir une épaule sur laquelle s'appuyer. Je ne serai pas là demain, ni après-demain, je repasserai donc lundi.

À ces mots, toujours de dos elle se hisse sur un coude, arrêtée par le doute, puis, au ralenti, se tourne vers lui, le drap glissant juste assez pour dévoiler l'abandon qui habite son regard.

Lundi, dans la matinée, elle s'assoit sur le lit et l'attend. Il frappe, entre, intercale entre elle et lui la table du petit déjeuner resté intouché, attrape la chaise, s'assoit et lui sourit : « Bonjour Adélie. » Comme un parent bienveillant préparerait le repas à son enfant, tout en parlant il prépare son chocolat machinalement et machinalement elle absorbe quelques gorgées tout en l'écoutant.

— Il est vrai que c'est difficile sans l'usage de la parole, mais vous parlerez quand vous le souhaiterez. En attendant, c'est moi qui parlerai. Normalement vous devriez... non, pas « normalement »... le normal est-il nécessairement ce dont nous avons besoin ? On peut s'en écarter si cela fait du bien. Oublions donc ce terme, il n'existera jamais entre nous. Il y a plusieurs moyens pour avancer dans une âme, le meilleur est celui qui vous convient.

Il beurre une tartine, elle grignote quelques bouchées.

— Mon plaisir est de guérir non parce qu'on est malade, mais parce que l'âme est navrée. Mon but n'est pas tant de soigner le symptôme que d'en dénouer le mystère. Explorer l'inconscient, quoi de plus excitant ? Mais si vous ne souhaitez pas que je pose de questions, j'apprendrai à vous connaître à travers les vôtres.

Il lui sucre un yaourt, elle en mangeotte quelques cuillerées.

— Je vais vous laisser et demander aux infirmières d'interrompre les perfusions. Je repasserai vous voir demain. Si vous n'arrivez pas à parler, peut-être pourriez-vous penser ?

Il déchire un morceau de papier du plateau déjeuner, griffonne à la hâte, le dépose devant sa tasse, et se retire.

« *Ce n'est pas parce que les choses sont difficiles que nous n'osons pas, c'est parce que nous n'osons pas qu'elles sont difficiles* », Sénèque.

Après l'avoir lu, elle met le papier sur la table de nuit et se glisse dans son lit.

Mardi, comme lundi, elle s'assoit sur le lit et l'attend. Il frappe, entre, remarque la table du petit déjeuner déjà placée devant elle, attrape la chaise, s'assoit et lui sourit : « Bonjour Adélie. » Et tout en parlant lui prépare son chocolat. Et tout en l'écoutant l'absorbe, sa tartine, la grignote, son yaourt, le mangeotte.

— Une fois prête, vous pourrez vous permettre de vous laisser aller, de dire ce que vous ressentez sans redouter d'être jugée. Vous n'êtes pas dans un confessionnal où avouer ses péchés est puni, mais dans un service médical où vous venez chercher pourquoi vous les avez commis. C'est l'occasion de se pencher sur des émotions que l'on a toujours voulu garder pour soi mais qui effraient. Ne craignez rien, je serai à vos côtés, je ne vous lâcherai jamais. Je sais que mes paroles doivent sembler familières, mais les personnes qui ont pu vous les adresser, qu'il s'agisse de parents, de maris, d'amants, d'amis ou de maîtres à penser, n'étaient pas placées sur les mêmes cases de l'échiquier. Moi je le fais par humanité et non par intérêt personnel, parce que j'aime les autres et veux leur apporter mon aide. Une aide dont vous avez besoin, tout en vous appelle au secours. Cramponnez-vous à ma main Adélie, il faut cesser d'avoir peur.

Où avez-vous enfermé la petite fille ? Celle que vous avez empêchée de grandir, de vivre ? Vous ne savez plus, j'imagine. Et même si vous le saviez, sans doute avez-vous perdu la clef de ce secret. Ce n'est pas grave, ensemble on la retrouvera ou on en fabriquera une nouvelle. Car aujourd'hui c'est vous qui êtes enfermée, mais elle qu'on doit libérer, cette victime innocente que vous avez bâillonnée pour l'empêcher de crier à l'injustice, de hurler à l'aide. Or, malgré vos stratagèmes, elle n'a cessé de vous supplier pendant ces années et vous l'avez rejetée, comme peut-être l'avaient fait votre père et votre mère. Délivrez-la ! Prenez-la dans vos bras ! Aimez-la comme elle vous aime, car jamais elle ne vous quittera. Pourquoi vous cacher pour pleurer ? Ce sont ses larmes, entendez-les couler. C'est le seul moyen qu'elle a trouvé pour ne pas être oubliée. Même grand, nos pleurs demeurent ceux de l'enfant abandonné avec ses blessures. Ne l'abandonnez pas une nouvelle fois, répondez à son appel. Ne soyez pas prisonnière du passé mais son héritière.

Il déchire un morceau de papier, griffonne une phrase, le dépose devant sa tasse, et se retire. « *Le secret du changement, c'est de concentrer toute votre énergie non pas à lutter contre le passé, mais à construire l'avenir* », Socrate.

Après l'avoir lu, elle met Socrate au-dessus de Sénèque sur la table de nuit.

Mercredi, comme mardi, s'assoit sur le lit et l'attend. Il frappe, remarque la table du petit déjeuner déjà placée, mais aussi la chaise. Il s'assoit et lui sourit : « Bonjour Adélie. » Et tout en parlant prépare son chocolat et elle l'absorbe, grignote, mangeotte tout en l'écoutant.

— Avant de découvrir la vérité sur l'autre, découvrez celle sur vous-même. Tel est le défi que nous devons relever si vous acceptez que je vous accompagne dans le voyage qu'est l'exploration de la souffrance. Se connaître est le commencement de la délivrance, seule cette connaissance permettra d'instaurer la paix dans votre esprit. Le pire ennemi de notre liberté réside en nous, l'homme est plongé dans un demi-sommeil, vit dans l'univers des rêves ; alors qu'il se croit libre et pensant, il est l'esclave de son inconscient. Toutefois, l'homme peut se réveiller et s'évader de sa prison. Mais pour cela, il doit comprendre qu'il n'est pas libre et possède le besoin impérieux de vouloir l'être. Établir la vérité sur soi, c'est reconnaître progressivement ses limites, ses vices, ses petits ou grands esclavages, son impuissance. Seulement, cette découverte ne doit pas vous faire rebrousser chemin, ne pas être une occasion de repli sur soi, de découragement, de régression ou d'agressivité. Au contraire, il faut qu'elle favorise une avancée sur la voie de la libération, vous aide à sortir des langes de l'enfance qui, comme on peut le suspecter, étaient sales. Elle ne doit pas davantage vous mettre en peine, en constatant que vous êtes la faiblesse même. À l'inverse, c'est en elle que vous vous élèverez. Alors attendez-vous à démasquer chaque jour de nouvelles imperfections. Comme on ne se délivre jamais des blessures, autant les accueillir. Se révéler à soi-même c'est arrêter de jouer à colin-maillard avec son âme, c'est dénouer le bandeau et ouvrir les yeux à la lumière crue, même si elle vous frappe en plein visage. Si nous ne cherchons plus à la fausser mais à l'améliorer, la clarté sur nos défauts donne de la grâce à la personnalité. L'objectif n'est pas, en fait, de trouver la vérité mais de faire la paix avec elle. Comprendre pourquoi, comment se sont développés le secret ou la folie, et se délester de la culpabilité. Vous étiez prête pour une mort physique, commencez par la mort psychologique, par tuer ce personnage, l'ego que vous vous êtes construit avec des croyances, des identifications, des dépendances, et leurs contenus destructeurs. C'est déstabilisant d'effacer ses repères, tous les aménagements de surface s'écroulent. Et vivant un tel effondrement psychique, on est ramené vers les profondeurs, mais chaque fois qu'on en approche on fait tout pour s'en éloigner à nouveau. Comme une araignée qui retisse sa toile lorsque celle-ci a été en partie détruite, on reconstruit cette fausse identité parce que le passé garantit notre sécurité. Sans lui on a l'impression de ne devenir rien, de perdre tous les liens, tous les gains, de se dissoudre, or c'est au contraire pour mieux renaître.

J'ai moi-même traversé cette mort, donc je peux vous guider. Mais avant la résurrection, il y a la crucifixion. Lorsque vous aurez le courage et la volonté de vous débarrasser de l'illusoire pour embrasser le vrai, de vous confronter au risque de vivre et non de survivre dans les coulisses de l'existence, de parcourir les provinces de la psyché et d'en pénétrer les obscurités, de me suivre en terre inconnue, je serai là. Prenez votre temps, je vous attends. Je repasserai vous voir demain dans la matinée.

« *La vérité exprimée sans compromis a toujours les bords déchiquetés* », Herman Melville.

De jour en jour, de citation en citation, de questionnement en raisonnement, une première, puis une deuxième semaine s'écoulent plus ou moins sur le même rituel. Un diagnostic favorable sur la mécanique d'Adélie : dort, boit, mange, se lève, se lave, s'habille, mais plus réservé sur son psychisme : ne sort pas de sa chambre, ne fait aucune activité, ne communique ni par oral ni par écrit. État général : léthargique. État émotionnel : déprimé. État mental : instable. État de conscience : indéfinissable.

Le contrôle systématique, par les juges des libertés et de la détention dans les cas d'hospitalisation sous contrainte, n'ayant pas été encore effectué, il ne fut pas permis à Adélie de sortir, mais à Samuel de venir la détourner de cette humeur funeste que seul le professeur Corbières parvenait à apprivoiser.

Samuel se rendit auprès d'elle le vendredi après-midi et la découvrit plongée dans l'inertie. Il s'étendit contre elle, attendant qu'elle renaisse. Lorsqu'elle sortit de sa torpeur, elle se jeta hors du lit, terrorisée, avant même de réaliser qui se trouvait à ses côtés.

— Adélie ! C'est moi ! Ton mari ! Calme-toi. Il n'y a pas lieu d'être effrayée. Je sais, c'est la première fois qu'on se revoit depuis que tu es hospitalisée, mais j'espère que tu ne m'as pas oublié au point de ne plus me reconnaître. Je suis tellement heureux de te voir. Tu m'as tellement manqué.

Te regarder, te serrer, t'embrasser, te caresser furent mes obsessions. Ça fait seize jours que j'attends ce moment, que le temps s'est arrêté et ne reprend que maintenant. Allez ! Viens te pelotonner dans mes bras, reviens t'allonger près de moi.

Mais Adélie reste de bois face à cet étranger, cet homme de tous les dangers.

— T'as pas changé ! Tu veux que je vienne te chercher, c'est ça ?

Joignant le geste à la parole, il la soulève du sol et l'amène de force contre lui. Comme s'il l'avait étendue sur un lit de braises, elle s'enfuit, se réfugie sur la chaise.

— Tu ne veux pas être avec moi ? Moi je ne rêve que de ça. Mais je comprends, on va y aller plus doucement. Excuse-moi, je voulais juste te faire une surprise. Mais je savais que venir sans t'avertir représentait un risque. Ils m'avaient prévenu, j'aurais dû suivre leur directive. Malheureusement je suis né avec le goût du vertige, désolé… C'est quoi tous ces petits bouts de papier ?

Plus vif que l'anguille, il saisit la pile sur la table de nuit avant qu'Adélie ne le puisse.

— Des mots doux pour ton mari ? Je plaisante chérie ! Alors…

« Aucun oiseau n'a le cœur de chanter dans un buisson de questions. »

« Qui toujours s'efforce de se dépasser, celui-là, nous pouvons le sauver. »

« Celui qui veut se trouver lui-même doit passer longtemps pour un homme perdu. »

« Les épreuves n'ont d'autres buts que de nous mettre en état de voir la lumière. »

« Demeure dans ta maison, ta vie entière ne suffira pas à découvrir les merveilles qui s'y trouvent. »

« Le chemin de l'excès mène au palais de la sagesse. »

« La vie humaine commence de l'autre côté du désespoir. »

« La pire des pauvretés n'est pas dans ce qui nous manque mais dans l'ignorance de ce que nous avons. »

« Il est temps de commencer à vivre la vie dont vous avez rêvé. »

— Dois-je comprendre que jusque-là ta vie fut un cauchemar ? Ben voyons ! Prends ça dans la gueule. C'est le professeur psycho qui te gratifie de ces messages ? Rassure-moi, ils ne sont pas subliminaux ? Je peux faire confiance ? Du reste, ce n'est pas vraiment compliqué d'écrire de belles phrases quand ce ne sont pas les tiennes. Putain ! J'espère qu'il s'agit pas d'un pervers qui fait le malin en blouse blanche. C'est pas parce qu'il est psychiatre qu'il est moins désaxé que toi ou moi. Au contraire, ils sont souvent plus malades que leurs patients. Il est pas mal d'ailleurs. On s'est croisés dans l'escalier. Il partait quand j'arrivais, comme par hasard... Je vais demander à le rencontrer. C'est sûrement un homme bien. Beau, intelligent, médecin. Tout pour te charmer, tu crois pas ? Il te plaît ? Je suis sûr qu'il te plaît ! T'es seule avec lui durant vos entretiens ? Je suis certain que tu minaudes, surtout maintenant que t'as réduit ton langage au regard. Au fond, tu sais parfaitement ce que tu fais. Tu sais que c'est sexy une femme qui ne parle pas. Ce que la voix n'exprime pas, le regard le délivre. Et si ce regard est velouté, se rouler dedans excite. Ce n'est pas moi qui vais apprendre à la grande initiée que tu es, qu'un écart de regard peut s'avérer plus redoutable qu'une sortie de langage. Ah ! je comprends, je comprends mieux ce qu'il se passe : t'es bien trop occupée à transférer sur ton docteur pour que je puisse te manquer. Juste pour savoir : ça te gêne pas de jeter le déshonneur sur celui que t'as marié ? T'es consciente que si tu reportes sur une personne les attentes que tu avais à l'égard d'un parent, tu répètes les comportements que tu avais avec ce parent ? Et quand on connaît leur nature, on préfère s'en passer ! Alors que ce soit bien clair dans ta petite tête, le transfert du père c'est avec moi que tu dois le faire ! T'entends ? Alors t'arrêtes de jouer au docteur ! C'est compris ? T'as entendu, sweetie, ou non seulement tu parles plus mais t'entends plus ?

Le souffle altéré, tout entière à la démence, elle crache d'une voix enfermée depuis longtemps.

— Dégage !

Comme si les forces mauvaises, soulevaient, défonçaient ce qui commençait à se desserrer en elle, comme si elle éructait un monde qui sommeillait, elle volte sur elle-même, empoigne la chaise, la bombarde sur Samuel.

— Dégageeeeeeeeeeee ! Tu m'arraches l'âme connard ! Je ne veux plus jamais te revoir !

— Dommage que tes premières phrases soient pour m'insulter.

Meubles, objets, mots de chair blessée qu'elle jette à terre comme une bête.

— T'es qu'une sale merde qui vient me faire chier alors qu'on essaye de me soigner ! Mais c'est insupportable pour toi qu'on me soigne parce que tu pourras plus me piétiner ! Pas vrai ? C'est ça hein ? Espèce de dégueulasse ! Ça perturbe l'ordure que tu es et que je vais massacrer !

— Je ne suis pas très inquiet, je vois que tu es loin d'être guérie !

— Saloperie ! Jamais tu désarmes ta connerie !

— Adélie…

— Ta gueule !

Tout ce qu'il était possible de bousiller l'ayant été, elle se précipita sur Samuel pour le démolir comme le reste du mobilier.

— Tu m'as internée mais c'est toi qui devrais être à ma place ! C'est toi le malade mental !

— Je préfère quand tu ne parles pas, c'est plus agréable.

— J'en ai rien à foutre de ce que tu préfères, pourriture ! Je m'en branle de ce que tu penses ! Enfoiré, tu m'as fait enfermer pour que je puisse pas t'échapper, pour que je puisse parler à personne. Mais tu sais très bien ce qu'il s'est passé et que je suis pas folle !

Elle appuie ses injures de coups, griffures, morsures. Un état d'agitation si aigu qu'elle n'a pas vu l'équipe de soignants venus la maîtriser.

— T'as si bien fait ton travail de sape que c'est moi qui passe pour une dépressive, une hystérique et bientôt une persécutrice !

Sur l'ordre du médecin urgentiste, dans une coordination parfaite, elle est immobilisée et évacuée par quatre infirmiers, chacun empaumant le bras et l'avant-bras, le mollet et la cuisse, un cinquième la tête.

— Madame Delacroix, je suis le docteur Shall… Madame Delacroix vous êtes très agitée, vous avez besoin d'un traitement pour vous apaiser…

— Tu savais comment j'étais fabriquée. Mais t'es qui pour t'octroyer le droit de détruire ?

— Si vous ne l'acceptez pas par la bouche, nous serons obligés de l'injecter… Madame Delacroix, vous m'entendez ?…

— Je te hais ! Reviens jamais ! Je te tuerai…

— Madame Delacroix ? Vous ne présentez pas, en ce moment, les gages de sécurité nécessaire pour que nous puissions vous laisser dans le service…

— … ou me tuerai ! L'un de nous deux doit disparaître !

Elle fut placée en chambre d'isolement et mise sous contention physique. Déshabillée pour éliminer tout objet potentiellement dangereux. Rhabillée en chemise d'hôpital. Couchée sur un lit adapté, avec barrières de sécurité, chaque membre maintenu par une attache verrouillée, le thorax fixé par une ceinture ventrale et des sangles latérales. Lui fut administrée par voie intramusculaire une sédation chimique.

— Madame Delacroix ? Madame Delacroix, regardez-moi !... La tentative de dialogue ayant échoué, la mise sous contention a été décidée. Elle est employée pour vous empêcher de vous faire du mal ou d'en faire aux autres. La levée de l'isolement sera immédiate une fois votre état d'agitation terminé. Vous aurez des visites médicales régulières, avec une fréquence de surveillance toutes les quinze à trente minutes afin de vérifier votre état. Mais s'il se détériore, nous irons jusqu'à une surveillance continue. Un infirmier passera d'ici peu voir comment vous allez. Vous avez compris ? À plus tard madame Delacroix.

Elle comprend qu'elle est emprisonnée au bruit de la clef dans la serrure. Mais, depuis l'enfance ne vit-elle pas en captivité ? Qu'a-t-elle fait pour passer une existence enfermée ?

Elle est restée derrière la porte blindée tout le week-end, attachée le vendredi soir, détachée le samedi après-midi. Mais le vendredi, le samedi, la nuit, les jours, les années, tout s'est mélangé dans son esprit. Ça n'a plus aucune importance. Hier ou aujourd'hui, la petite ou la grande Adélie, tout s'assemble, se ressemble, plus de différence. On a attaché une femme mais détaché une fillette. Une petite fille de cinq ans. Séquestrée dans cette chambre d'isolement comme autrefois dans les toilettes de ses parents, avec sa culotte mouillée sur la tête. Mise au coin dans le cabinet des punis, contrainte de rester dans le noir et dans la peur, seule avec sa douleur parce qu'elle avait commis une bêtise qu'elle-même n'avait pas comprise.

Parce que maman, c'était pas du pipi, c'était les pleurs de mon vagin parce que quelqu'un y avait mis la main. Tu vois, tu m'as punie pour rien... Non ! Je ne sais pas qui c'est !... J'te promets !... Non je mens pas ! Non maman !... Attends !...

Doucement !... T'énerve pas ! Me fais pas mal ! Me secoue pas ! Me frappe pas ! J'ai rien fait ! J'te promets !... Si j'ai fait... Pardon pardon... Pardon maman... Oui j'ai menti... J'ai fait pipi.

Comme punition, tu écriras cent fois ta leçon, et puisque tu n'as ni papier ni crayon, tu vas la réciter dans ta maudite caboche :

Pour être aimée, je dois avouer un mensonge et ne jamais dire la vérité.

Pour être aimée, je dois avouer un mensonge et ne jamais dire.

Pour être aimée, je dois avouer un mensonge.

Pour être aimée, je dois avouer.

Pour être aimée, je dois.

Pour être aimée.

Pour être.

Adélie se balance d'avant en arrière, marche en long en large et en travers, fait des ronds maniaques et des carrés fous autour du lit en fer, va d'un point à un autre, droite, gauche, se cogne même la tête contre le mur pour qu'elle explose... Mais à ce stade, les infirmiers l'ont rattachée et injectée de nouveau. Le corps sanglé dans sa muselière comme si les lanières allaient retenir les lambeaux d'une vie qui ne demande qu'à partir.

Je ne méritais pas. Je ne mérite pas qu'on me punisse. Mais qu'on me rende justice. S'il vous plaît ? S'il vous plaît docteur ? Quelqu'un peut-il museler également ma pensée qui me soulève le cœur ? Si ma maman voyait son enfant ! Si mes enfants voyaient leur maman ! Comment n'ai-je pas songé à eux avant ? Pourquoi seulement maintenant ? Parce que, Adélie, tu es dans le déni d'être en vie, le déni d'avoir des enfants, le déni d'être une maman. Où sont-ils ? Comment vont-ils ? M'ont-ils oubliée ? Adélie ! Arrête de te damner !

T'as voulu sauver tes enfants en te sacrifiant, mais tu gis entre la vie et la mort et ne peux plus te relever. Tends la main, trouve grâce auprès des tiens. Sauve-toi. Sauve-les.

Quand les pas inquiets du professeur se pressèrent pour l'apaiser, ce n'était plus nécessaire : elle s'en était chargée. Tout l'emmêlé de la nuit précédente s'était démêlé la suivante. Ne restait qu'à la délivrer. Qu'une à une les sangles se relâchent.

— Professeur Corbières, ce n'est pas mon mari que je veux voir, ce sont mes enfants !

— Je crains que…

— Sans quoi je vous assure que je trouverai un rasoir !

Elle voulut se tenir debout. Trop vite, trop tôt. Et vacilla. Il la retint de s'écraser sur le carrelage mais elle s'arracha à son étreinte, et comme une insurgée se plaça devant la porte blindée pour sortir de la cage. Sans se retourner. Sans jamais le regarder.

— Je veux être traitée par une femme laide et vieille.

— Adélie, j'ai interrompu ce que je faisais, quitté les gens avec qui j'étais pour me rendre à votre chevet. C'est normal, c'est ma place, je suis votre thérapeute et il me plaît de l'être. Tout ce qui vous concerne me concerne. Et, comme pour ma plus grande félicité, vous avez retrouvé la parole, je veux revenir sur l'épisode survenu pendant mon absence, comprendre les facteurs qui ont déclenché la crise. Votre comportement a un sens qu'il nous faut découvrir ensemble. Je ne devrais pas vous l'avouer, mais je suis mal à l'aise avec la contention physique même si elle s'avère incontournable dans certaines situations. Néanmoins, pour être considérée comme un acte de soin, voire un acte fondateur des soins à venir, elle doit être comprise. Il est important d'essayer de mettre des mots sur votre ressenti et je suis là pour vous aider.

— Je ne veux pas parler de ce qu'il s'est passé. Quoi dire ? Ma vérité ne sera ni la vôtre ni celle de qui que ce soit. Je ne suis pas folle et vous n'avez pas enfermé la bonne personne. Je n'ai rien à faire ici. Je devrais plutôt être dans un centre de victimologie.

— Venez vous asseoir ! Regardez-moi, parlez-moi ! Suis-je contraint de choisir entre regard ou langage ? N'ai-je droit qu'à des morceaux de votre personnalité, faut-il me contenter d'une Adélie morcelée ? Ce qui a priori semble êtr...

— Et après je sors de la chambre d'isolement ?

— Oui.

— Colère, angoisse, honte, rejet, détresse, abandon, solitude, perte de dignité, outrage à la pudeur.

— Je vais laisser aux infirmiers le soin de vous raccompagner puisque vous ne souhaitez plus mon soutien à vos côtés.

— Vous n'y êtes pour rien. Vous êtes très bien... trop bien.

— Je respecte votre volonté comme je l'ai fait à chaque fois. Mais si vous changez d'avis, je serai là pour continuer ce que nous avions commencé. Malgré ce que vous pensez sans doute, je reste attaché à mes patients. Votre cas demeurera un mystère qu'il m'aurait infiniment plu d'explorer.

Une aube teintée d'enfer se leva sur la citadelle où allait s'écouler sa troisième semaine d'enfermement.

Lundi...

Le docteur Shaeffler, chargée de prendre la suite du professeur Corbières, est venue se présenter mais n'est pas restée. Elle doit prendre connaissance du dossier avant d'entreprendre quoi que ce soit. Et repassera le lendemain.

Mardi...

— Je ne sais pas si mon confrère vous a expliqué, mais explorer la tuyauterie psychique conduit le mental à s'autoanalyser rétroactivement. La vérité habite au cœur de l'homme. Cette phase introspective, qui permet d'identifier les déséquilibres, peut s'avérer dévastatrice. Et doit s'accompagner d'un exercice de rééquilibrage. Une introspection qui va de pair avec un travail de transformation. Pour ce faire, un guide est nécessaire et, sans être totalement laide et vieille, je peux vous assister dans ce cheminement. Comme vous le voyez, l'humour n'est pas contre-indiqué. Bien au contraire. Je veux voir mes enfants ! Vous êtes au courant ? Je le suis, mais il est compliqué d'organiser cette visite. Pour autant, on s'en soucie. Je ne veux voir que mes enfants ! C'est aussi pour cela que c'est un peu compliqué. C'est urgent ! J'ai bien compris Adélie.

Mercredi...

— Le chemin qui mène à soi-même est l'un des plus longs, des plus sauvages, mais également des plus admirables. Comme ce parcours est barré depuis des années, que son accès en a été interdit, on est effrayé à l'idée de s'y aventurer et on s'évade dans des voies de traverse. Or la seule manière de comprendre comment vous êtes devenue ce que vous êtes est de forcer votre mémoire à rechercher les souffrances de l'enfance, de connecter les liens entre passé et présent, de confronter les souvenirs qui défigurent votre existence. Ne les laissez pas dormir dans votre conscience. Ne négligez pas vos blessures, au contraire, honorez-les.

— En ce qui concerne mes enfants vous avez des nouvelles ?

— Je me heurte au règlement du service où les mineurs ne sont pas admis, et à votre mari qui ne semble pas apprécier l'idée.

— Ce ne sont pas ses enfants et il n'a aucun pouvoir de décision sur eux. Je vous préviens, si je ne les ai pas vus avant la fin de la semaine je jure que je rendrai la vie de cet hôpital infernale. Et je n'ai pas besoin de replonger dans mon enfance pour comprendre la souffrance d'être mariée à un pervers ! Attachez-moi ou je vais encore tout casser !

La psychiatre attrape les bras qu'Adélie lui tend en coupable.

— Madame Delacroix ? Écoutez-moi !...

Deux infirmiers se présentent à l'entrée de la chambre...

— C'est bon je vous remercie, ça va aller, laissez-moi seule avec elle. Madame Delacroix ?...

— Ne m'appelez plus jamais comme ça !

— Si vous voulez, mais écoutez-moi : vous n'avez pas besoin qu'on vous attache, vous avez besoin qu'on vous enlace. Je comprends votre colère, j'agirais pareil à votre place, mais il faut vous calmer. Si vous désirez voir vos enfants, vous devez mettre toutes les chances de votre côté, leur montrer que vous êtes responsable, contrôlable. Je suis votre alliée. Donnez-moi des armes pour me battre, sinon jamais ils ne vous autoriseront quoi que ce soit. Faites-moi confiance comme je vous fais confiance.

Adélie s'effondre dans ses bras comme elle aurait tant aimé le faire dans ceux d'une mère.

Jeudi...

— Il est difficile d'avoir à rejeter les choses qu'on a longtemps acceptées, d'avoir à renier ce à quoi on a cru profondément, et d'admettre qu'on a bâti à faux. Mais il est utile de faire des deuils, de trouver un sens aux épreuves qui... Excusez-moi je voudrais dormir... Bien sûr je vais vous laisser. Mais comprenez que je parle parce que vous ne parlez pas, que j'ouvre ces portes dans l'espoir qu'un jour vous les franchissiez.

— Je suis désolée, je n'arrive pas à parler, à écouter, mon cerveau est rongé.

— Je sais par quoi Adélie, et, comme vous, je n'ai que cela à l'esprit. Je devrais avoir du nouveau cet après-midi.

Elle revint vers 16 heures lui annoncer l'autorisation de voir ses enfants samedi après-midi sous certaines conditions : la visite, d'une durée limitée à un quart d'heure, se déroulera à l'extérieur du bâtiment, dans le parc de l'hôpital. Elle devra être accompagnée de son médecin psychiatre, surveillée par deux infirmiers, attachée jusqu'à l'arrivée des enfants.

— Voilà, ce n'est pas l'idéal, mais vous les verrez et c'est le principal. Sachez que pour être à vos côtés, j'ai interverti mon jour de congé, ainsi je serai absente demain. À samedi Adélie.

— Docteur ? Merci.

Elle a regardé la nuit s'épuiser. Elle a regardé le soleil frapper sans pouvoir lui ouvrir à cause des barreaux. Elle a regardé le monde se dégourdir du profond sommeil et s'est dit qu'à nouveau elle en faisait partie. Elle s'est lavée, coiffée, habillée, le plus présentable possible. Puis elle a fermé les yeux pour ne plus entendre cette nef des fous, pour ne plus écouter que les battements d'ailes d'un cœur qui se prépare à voler.

— Bonjour Adélie. Vous êtes vraiment très jolie, si cela ne tenait qu'à moi je… mais je suis désolée… pour un problème de sécurité vous devez être fouillée et habillée avec la chemise d'hôpital, c'est la règle. Une aide médicale va s'en charger, sous le contrôle de deux infirmiers.

Elle ne voulait pas être présentable, elle voulait être normale. Ne pas réagir, juste obéir, même si une bourrasque de haine ou de chagrin – elle ne sait plus très bien – vient de tout flanquer à terre. Ce n'est pas grave Adélie. Laisse-toi fouiller par l'équipe d'infirmiers. Mets-toi au bout de l'allée, attends-les, et regarde-les arriver. Tu les vois au loin, tous les trois ? Marie et les deux petits cramponnés à ses mains ? Tu les vois marcher vers toi ? Tu voudrais t'élancer vers cette image pour la toucher, t'assurer que ce n'est pas qu'un mirage, mais tu ne peux pas. Tu voudrais courir vers ta chair, leur dire combien tu as soif des tiens, combien ils t'ont manqué et sont tes piliers, mais tu ne peux pas. Ton poignet attaché à celui de l'infirmier t'en empêche. Alors, tu tournes ton regard brisé vers la psychiatre.

— Ça fait presque deux mois vous savez... détachez-moi s'il vous plaît... je ne veux pas qu'ils me voient comme ça. Ils ne comprendraient pas. Je ne partirai pas je vous promets. Où voulez-vous que j'aille, à part dans leurs bras ? Je ne ferai rien de mal. Croyez-moi... s'il vous plaît...

— Détachez-la !

Sa main gauche libérée, sa droite se dépêche dans celle du docteur – comme cherchant où s'agripper – presque à tomber de liqueur maternelle. Mais ses babys, comme les petits chats qui sautent après des boules de papier, déboulent et la chavirent dans l'herbe, se lovant dans chaque bras d'amour. Ils rigolent, s'abandonnent au soleil dans les yeux de leur maman.

— Je vous aime.

— Mais tu parles ?

— Quand vous êtes là, je ne suis plus malade.

— T'es malade ? Qu'est-ce que t'as ? Pourquoi t'es habillée comme ça ? C'est qui ces gens ? Pourquoi tu reviens pas ?

— Parce que je soigne quelque chose d'un peu patraque dans ma tête, qui me fait mal, mais ce n'est pas grave du tout. On a trouvé ce que c'était, je vais bientôt rentrer et ne plus vous quitter.

— Je suis désolée madame Delacroix... pardon... Adélie... Le droit de visite est terminé. Il faut retourner dans le service.

— Au revoir mes anges. Ne croyez pas ce que vous voyez, je ne suis pas malade, je vais vous le prouver. Vous me manquez trop pour rester éloignée plus longtemps. J'arrive très vite, tout de suite, soyez sages en attendant.

Mais bientôt c'est elle qui devint la plus sage qui soit. Une élève plus exemplaire que le maître. Comprenant que vouloir rester à l'hôpital est la bonne stratégie pour en sortir, elle adopta une nouvelle ligne de conduite. Ne plus se plaindre, aimer son traitement, affirmer qu'il lui fait du bien et reconnaître en avoir besoin. Admettre les bienfaits de la contention. Se déclarer protégée, accompagnée, presque heureuse, et remercier. Se plonger dans l'analyse de la maltraitance, l'enfance toxique, les relations abusives et leurs conséquences, avec au gouvernail de sa psychothérapie la capitaine Shaeffler, vaillante navigatrice guettant les obstacles, compensant l'impact des vagues, maîtrisant vents et courants, virant selon les détours de l'âme. Enfin, pour ciseler le profil de la malade irréprochable, s'impliquer dans la vie sociale de l'hôpital. En prenant les repas dans la salle à manger, en se lançant dans des activités : poterie, peinture, art floral, musique. En suivant des séances d'ergothérapie et d'art-thérapie. En se familiarisant avec les autres désespérés : le schizophrène violent à ses heures ; le paranoïaque persécuté à chaque couloir ; le toxicomane tantôt en manque, tantôt en repentance ; la cleptomane qui vole dans les chambres ; la grand-mère qui délire ; le post-ado surexcité ; le polytechnicien en mal-vivre ; et deux anciens prisonniers accusés de meurtre…

Et, surtout, en demandant à revoir son mari… qui apparut au milieu d'une séance d'art-thérapie, troublé d'apercevoir sa femme déguisée en clown. Clown comique, gentil, triste, maléfique ou – pourquoi pas – psychopathe ? N'est-ce pas Samuel, qui se cache derrière le masque ? Qui se planque au fond de la salle derrière un homme bâti comme une forêt pour continuer à l'observer sans qu'elle le sache ? Adélie l'attendrit, le fait sourire, même rire parfois ? Mais telle une femelle shootée à son mâle, le devine à l'odeur. Et sans quitter son personnage, par une pantomime lui déclare sa joie de le voir. Terminant par une révérence, le clown s'emmêle dans ses chaussures trop grandes, et patatras sur le sol. Exprès ? Elle se relève, satisfaite d'avoir soulagé les âmes désabusées. Mari compris.

— Bravo, il est bénéfique pour tous ce Jojo, il faut persévérer Adélie.

— C'est vrai, c'était fantastique… excusez-moi je suis le mari d'Adélie.

— Ah ! Très bien… Mais je suis désolée, je dois y aller.

Adélie et Samuel s'entremêlent sur une chaise.

— D'autant plus admirable que ma chérie a la phobie des clowns.

— Me grimer ainsi encourage à jouer avec mes vulnérabilités.

— Tu n'es décidément jamais là où je t'attends.

— Eh oui, je me délivre de mes peurs. Je ne pensais pas que c'était possible mais peu à peu, j'y arrive. Finalement je me sens bien ici. T'as eu raison de me forcer. Je devrais te faire confiance, ne pas me poser de questions, et te remercier.

— Plus les années passent moins je connais ma femme.

— Tout comme moi.

— Tu me surprends chaque fois. En bien comme en mal.

— Tout comme moi.

— C'est un peu déroutant, mais cela me séduit.

— Tout comme… non, ça dépend.

— Tu sais comment ça s'appelle la peur des clowns ?

— Non.

— La coulrophobie… Tu pourras faire la fière devant ta psychiatre.

— Mais comment sais-tu qu'il s'agit d'« une » et non pas d'« un » psychiatre ? T'as vérifié ? Mieux, tu as demandé qu'il n'y ait que des femmes autour de moi ? Ne réponds rien, tout va bien. Tu viens donc de croiser le docteur Lorrigan, mon art-thérapeute.

— Elle est pas mal aussi. Elle n'est pas lesbienne j'espère ? Je plaisante. Juste pour voir si tu es guérie, mais on dirait puisque tu souris.

— Je suis désolée pour la dernière fois, je ne sais pas ce qui m'a pris. Un accès de dinguerie. Mais c'est pour cette raison que je suis ici n'est-ce pas ? Pour comprendre. Et j'ai compris. Ça, comme plein d'autres choses, tu verras.

— Est-ce que t'as compris que ton mari t'aime, et que tu aimes ton mari ?

— Oui.

— Alors embrasse-moi !

— Je vais te mettre du rouge partout !

— Comme ça je passerai inaperçu, un fou parmi les fous.

Ils s'embrassent. Longuement. Largement. Les langues s'enlacent, partent à l'assaut pour venger l'erreur, se touchent, se goûtent, se lèchent, pénètrent d'une bouche l'autre, crèvent ce qu'il y a en eux de haine.

— Qu'est-ce qu'elles sont bonnes tes lèvres ! Ce qu'elles m'ont manqué ! J'ai l'impression que c'est la première fois. Viens, j'ai des cadeaux pour toi.

Ils s'attrapent par la main, foncent dans les couloirs à toute torpille jusqu'à la chambre 37 sur le lit s'embrassent encore une fois.

— Ça me fait trop d'effet, il faut que j'arrête. Tiens, c'est pour toi. Celui-là en premier.

Et Jojo la fripouille ouvre le contenu de chaque paquet, qu'elle étale sur le drap :

Un ensemble de lingerie en broderie blanche, fine et transparente.

Une paire de bas en voile bleu marine, avec jarretières en dentelle.

Une robe portefeuille en jersey bleu marine avec d'infimes rayures blanches.

Une paire d'escarpins vernis bleu marine.

Un sac à main en cuir bleu Hermès.

Une femme sensuelle, chic, se déploie sur ce lit d'hôpital survolté.

— Adélie, ce n'est pas une tenue de samedi mais de sortie !

Comme si les ombres s'écartaient sur son passage, comme si on était passé de l'hiver à la douceur des violettes, comme si la joie était de la fête, la joie qui remet debout au milieu des ruines, rafraîchirait les couleurs de la terre, elle se met à sauter, et à bondir, et à crier, ne serait-ce que par la pensée.

Trois jours plus tard, elle est prête pour le départ. À côté d'elle, Samuel. En face le docteur Shaeffler et le professeur Corbières. Une mère. Un père. Dont elle écoute les ultimes directives et recommandations.

— Vainquez la disgrâce qui vous oblige à obéir à des schémas répétitifs et brisez la chaîne. Ne faites pas payer à vos enfants les erreurs de votre passé, dit Shaeffler.

— Continuez à développer le sens du réel et l'estime de vous-même, par l'acceptation de vos manques et le renoncement aux dépendances ou à des fantasmes compensateurs... Vous pouvez revenir quand vous voulez. Il y aura toujours une chambre pour vous dans le service. N'attendez pas d'être à l'agonie pour prendre l'initiative, dit Corbières.

— N'oubliez pas votre traitement et le suivi thérapeutique. À l'hôpital, avec le professeur Corbières et moi-même, ou chez un psychiatre en ville. Voici votre ordonnance. Vous avez le bulletin de sortie, monsieur Delacroix ?

— Oui, docteur.

— Parfait. Passez par-derrière si vous ne souhaitez pas voir votre photo dans la presse.

— Mais c'est impossible, j'ai vérifié et il n'y avait aucun photographe.

— Sans doute ont-ils été prévenus entre-temps.

— Ils sont incroyables ! Comment ont-ils réussi à savoir ?

Adélie s'est tournée quasi au ralenti vers son mari, comme pour laisser la question monter de ses lèvres à ses prunelles...

— Adélie, tu ne crois pas...

— Je ne crois rien... Docteur Shaeffler, pouvez-vous nous appeler un taxi ? Je vous remercie.

— Je peux le faire.

— Non laisse.

— Et ma voiture ?

— Tu la récupéreras plus tard.

— Au revoir, bon courage Adélie, souhaite Shaeffler.

— Faites attention à vous. Donnez-nous des nouvelles, ajoute Corbières.

Elle les a embrassés, le cœur mouillé comme si elle quittait la maison familiale, puis Corbières a glissé dans sa paume un dernier bout de papier.

« *S'aimer soi-même est le début d'une histoire d'amour qui dure toute la vie* », Oscar Wilde.

Ils se sont précipités tête baissée dans le taxi, poursuivis par une jungle de paparazzi prêts à mitrailler. Mais les torchons à scandales n'auront rien, si ce n'est ses pieds, inutilisables à part dans une publicité pour des Louboutin. Il l'a cachée, sauvée du danger, il le promet. Au fait, c'était quoi le petit papier donné par le grand professeur ?

33.

— Excuse-moi Samuel, on peut s'arrêter deux secondes au BHV ? Ne me demande pas pourquoi, c'est une surprise !

— T'es sûre ? C'est pas trop violent tous ces gens d'un coup ?

— Parce que d'après toi c'est plus calme chez les dingues ?

Elle lui fit un signe d'au revoir. Et, autant en emporte le vent, se carambola à tout ce qui se trouvait sur son chemin en s'enfuyant sur ses escarpins. Elle avait compris que pour sortir, il fallait mentir. Elle avait gagné. Fui la psychiatrie. S'était libérée de son mari, évadée de ses cachots, avait lutté pour sa liberté. Pour en faire quoi ? Et si nous étions davantage épris de liberté lorsque nous sommes enfermés ?

Cinquante appels de Samuel en moins d'une demi-heure. À peu près un toutes les trente-six secondes. Vas-y, insiste, obstine-toi, donne-toi de la peine, sue sang et eau, je t'en prie. Si t'as pas compris que je ne voulais plus te voir, plus t'aimer ! Elle veut l'oublier. Fais comme tu le souhaites, comme tu as toujours fait Samuel, mais sans moi désormais. Elle va débrancher, se débrancher, défaire la dernière chaîne. Une chose… Juste une… avant qu'elle ne se réfugie dans le sommeil comme une enfant écœurée qui se retire du jeu, indifférente à gagner ou perdre.

« Marie, mon bébé, je ne suis pas avec Samuel mais tout va bien. Je vais bien. Ne réponds ni à ses appels ni à ses messages s'il te plaît. Surtout garde les petits avec toi. Ne les quitte pas. Arrange-toi avec la nannie si tu as besoin de quoi que ce soit. C'est moi qui te contacterai car je ne suis pas joignable. Je te remercie amour. Rien de grave, je t'expliquerai. Juste besoin d'être seule quelques jours. Ne t'inquiète pas. Embrasse les enfants pour moi. Maman qui t'aime. »

Et maintenant, que va-t-il se passer dans cette chambre d'hôtel ?

Parce que tu sais… tu n'es pas libre ma fille, comme diraient nos ancêtres ? Tu crois que tu peux disparaître ? Mais t'es mariée ma belle ! Tu penses qu'il va rester sans nouvelles, accepter de te perdre, ne pas partir à ta recherche ? Aurais-tu déjà oublié le conseil : « Développer le sens du réel » ? Arrête d'errer dans tes rêves.

Mais si l'esprit est porté au rêve, faut-il l'en détacher ? Si le rêve est ma vie réelle, si c'est une infirmité, si rêver me permet de faire rêver les autres ? Eh bien rêve ma fille ! Regarde où ça te mène ? Oui, mais c'est un peu normal après tout ce qui m'est arrivé. Je suis épuisée. Je dois dormir… réfléchir… Boire pendant trois nuits et attendre un signe. Un bon. Un mauvais. Un signe sadique… qui déjà se prélasse sur le plateau du petit déjeuner : « Adélie Christie-Samuel Delacroix ensemble dans la tourmente. L'actrice hospitalisée pour trouble mental est sortie cette semaine de la Pitié-Salpêtrière. »

Mon calvaire en couverture de l'hebdomadaire. C'est le seul moyen que tu as trouvé pour me faire sortir de mon repaire ? Samuel je te hais. Mais tu t'en fous de ma haine, du moment que je suis avec toi. Tu es comme moi en fait : le pire plutôt que rien. Très bien. Je rebranche... tu peux téléphoner.

Maintenant que je suis repérée, l'hôtel me dénoncera-t-il, va-t-on venir m'arrêter comme une prisonnière évadée ? Je me sens comme une criminelle qui cherche une combine pour échapper aux autorités. Délire paranoïaque ? Possible... Mais que faire ? Comment sortir de l'impasse où je suis acculée, blaireau au fond de son bunker. Ils vont de nouveau m'enfermer.

Appel de Samuel. Mille et unième coup de fusil.

Adélie, je t'en supplie, tu ne veux pas me parler mais écoute-moi. Je sais que plein de fois t'as pu ne pas me croire, que t'as perdu confiance – et c'est ce qui me tue – mais je n'ai rien à voir dans cette histoire. Sache que j'attaque le journal et te conseille d'en faire autant. Je me suis pris, sûrement comme toi, le truc en pleine gueule. Je voulais te prévenir pour que ce soit moins brutal car on m'a réveillé avec ça ce matin. Mais je n'ai pas réussi à te joindre. J'ignore où tu es, ce que tu fais, je suis super inquiet. Qu'est-ce qu'il se passe dans ta tête Adélie ? Le mystère c'est comment ils ont pu savoir ? Ça m'obsède. Crois-moi chérie, personne ne savait que t'étais hospitalisée. Personne ne savait que j'allais te chercher. Comment pouvaient-ils connaître l'heure, le jour, le lieu ? Qui a pu donner les infos ? Seuls toi et moi les connaissions et j'imagine bien que ce n'est pas toi qui as organisé un traquenard si machiavélique. Mais je trouve... enfin... évidemment que je te fais confiance... mais... je ne sais pas si t'as parlé à quelqu'un, moi je n'ai jamais rien dit. J'ai gardé le secret jusqu'à aujourd'hui. C'est la stricte vérité. Je voulais que tu l'entendes de ma bouche, que tu en sois sûre jusqu'à la moelle de tes os. Que tu chasses le doute de ton cœur parce que ce serait inadmissible. Je n'avais pas besoin de ça. Ce que je vis est suffisamment pénible. Je suis seul, désespéré, angoissé. Ma femme a disparu sans explication, tu te rends compte de la violence ? Voilà. Moi… pour moi… ça me… cette séparation me fout en charpie, comme toi j'ose espérer. Je ne sais pas ce qui t'a pris. Si l'idée est de voir si on souffre lorsqu'on est séparés, alors je te le dis Adélie, je ne souffre pas, je vis le martyre. Horrible. Pour moi c'est un choc d'une puissance que tu ne réalises même pas. Je tombe de très haut et ça fait mal. C'est terrifiant même. Je croyais que t'étais guérie mais on est en pleine démence. Chérie je ne vais pas bien, je ne vis pas bien, je ne dors plus, je suis triste, en train de sombrer. J'ai envie de disparaître. Voyons-nous, parlons-nous, de ça, du reste, parce que je trouve tout complètement dingue, et quand c'est trop dingue, tu deviens amorphe, t'as plus de force, tu deviens faites ce que vous voulez de moi, tu te dis, je comprends rien, je comprends plus, je ne sais pas ce qu'il s'est passé, où je vais, ce que j'ai fait pour en arriver là, pour mériter ça… J'ai rien fait.

Il craque. Il pleure.

— Adélie ! Tu ne veux pas qu'on se voie ce soir ?

— Je ne peux pas.

— T'es sûre ? T'es sûre que tu ne veux pas ?

— Pour quoi faire ? Je suis mal. On va être mal.

— On est mal de toute façon.

— Qu'est-ce qu'on va faire ?

— On aurait pu se parler mais si tu ne veux pas…

— Je ne peux pas.

— Tu ne veux pas essayer ?

— Vaut mieux pas Samuel…

— Adélie, je t'en supplie.

— Je ne sais pas. Je te rappelle.

— Réfléchis… on est malheureux comme des lampions sans forains… Tu réfléchis et tu me rappelles ?

— OK.

— Tu promets ? On essaie de se voir ? Je crois que ça serait bien. Je t'embrasse. Je suis là. Tu sais, quoi que tu puisses penser... enfin tu sais... donc essaie... ça serait vraiment bien si on pouvait se voir ce soir.

— Je te rappelle.

— Je t'embrasse.

— Je te rappelle.

— Je n'arrive pas à raccrocher. Et si tu ne répondais plus à nouveau, je serais comme un idiot. Sait-on jamais avec toi. Et j'ai peur...

— Je te rappelle Samuel.

— Adélie !... À tout à l'heure...

Elle n'a pas voulu qu'il vienne la chercher. Elle est arrivée comme elle l'avait quitté, dans sa robe en jersey bleu marine et escarpins vernis. Ils sont paralysés, ne sachant comment se comporter, comme posés de travers, attendant qu'on les emporte quelque part.

— Bonsoir madame, bonsoir monsieur, la table ne vous convient pas ?

Ils s'installent face à face comme deux fauves retranchés dans leur tanière, qui se cherchent.

— Bonsoir madame, bonsoir monsieur, souhaitez-vous un apéritif pour commencer ?

— Madame ne boit pas.

— Si ! je vais boire ce soir.

— Ah ! T'es sûre que c'est raisonnable ? T'es sûre que... ça ne te ressemble pas... en temps normal...

— Comment agir normalement quand rien n'est normal ?

— Très bien... Que veux-tu boire ?

— Je ne sais pas. Choisis pour moi, tout conviendra.

— Très bien... alors du champagne, s'il vous plaît.

— Voilà ! Une piscine ce sera parfait !

— Depuis quand tu bois ?

— Depuis trois jours.
— Et t'aimes ça ?
— J'adore.
— Tu ne vas pas te mettre à boire ?
— C'est la dernière fois ce soir.
— Pour nos retrouvailles ?
— C'est ça. Soirée spéciale.
— Mémorable même. Le bonheur de te retrouver n'a d'égal que la douleur de t'avoir perdue. Je ne sais pas ce que tu…
— Excusez-moi, vous avez fait votre choix ?
— Je n'ai pas faim. Choisis pour moi, tout conviendra.
— Très bien… alors pour madame une salade verte sans vinaigrette, un poisson grillé et des pommes de terre vapeur, sans poivre, sans sel, sans beurre. Et je prendrai les langoustines et la sole s'il vous plaît.
— Vous désirez la carte des vins ?
— On va rester au champagne, merci… Tu m'inquiètes Adélie, tu bois et ne manges plus, je ne te reconnais pas. Qu'est-ce qu'ils t'ont fait à l'hôpital ?
— Ils m'ont guérie.
— Tu veux que je demande s'il est possible d'avoir des cerises ?
— Non. Tu vois je ne fais plus de caprices.
— Tes caprices m'ont toujours charmé… Donc je disais : je ne sais pas ce que tu as fait m…
— J'ai réfléchi.
— Et ça va ? Tu veux en parler ?
— Je ne veux pas… je dois… Je dois parler mais je vais essayer de ne pas pleurer.
— Juste avant que tu commences, il faut que tu entendes que moi je n'ai pas réfléchi, mais ressenti. Je veux vivre et mourir de ce que j'aime. Et la pire chose qui puisse m'arriver, nous arriver, c'est que notre amour se termine. Rien que d'y penser me déchire.

— Le défi est d'être plus fort que la déchirure.

— Le mien est qu'elle ne se produise jamais.

— Mais Samuel, nous n'allons pas souffrir toute notre vie d'avoir souffert petits ! On va gâcher ce qu'on a, ce qu'on est, si on laisse le passé nous gouverner. Je ne peux pas changer les cartes mais choisir ma façon de jouer. Je ne peux pas éviter les drames mais éviter d'avoir mal. Je ne peux pas aimer comme si je n'avais jamais été blessée mais rêver. Ne plus rêver c'est ne plus avoir d'espoir. Et il n'y a rien de plus misérable. On dit « ne rêve pas, tu souffriras » mais je souffrirais si je ne rêvais pas.

— Excuse-moi amour je te coupe, mais tu me touches à un point ! J'aime comment tu tombes et te relèves, sans mon soutien cette fois. Brave Pioupiou qui, malgré les dangers, joue au petit soldat, défend son idéal et s'interdit de tomber devant l'ennemi. Tu me bouleverses.

— Mais tu vois : là tu es tellement gentil qu'il m'est difficile de t'imaginer violent. Alors quand tu l'es, je cherche à comprendre et systématiquement, je m'incrimine. Et quand tu me dis que je ne vaux rien, je finis par le croire. Peut-être as-tu raison. Peut-être suis-je incapable de ne rien faire de bien, à commencer par t'aimer. Rien que prononcer le mot me fait pleurer. Comme si j'appuyais sur un bouton qui, de manière automatique, déclenchait la tragédie de ma vie.

— Tu m'aimes, je t'aime. Ni toi ni moi ne sommes fous ou responsables des supplices que nous nous infligeons, c'est notre histoire qui est folle. Mais peut-être est-ce la loi des amours impossibles ? Quelque chose à la fois de merveilleux et d'infernal ? Comme une règle de vie : « Tout ce qui ne m'exalte pas me terrasse. » Tu vois, moi aussi je peux sortir une belle phrase. C'est clair qu'elle ne rivalise pas avec celles de ton professeur, mais elle s'avère profondément adaptée à ta personnalité.

— Mon professeur ?

— Corbières… tu l'as déjà oublié ? Remarque ce n'est pas pour me déplaire. Tu sais, l'impossibilité de notre amour est peut-être une bénédiction. Voire la clef pour maintenir le désir, puisqu'on désire toujours ce qu'on n'a pas. Mais je n'ai pas trop d'angoisse : mon désir pour toi est intarissable. Et quand bien même ces amours nous désespèrent, on ne peut s'en délivrer et jamais non plus les oublier. Aussi je déclare être accro à ma femme comme si j'étais accro à la came. Elle est mon héroïne même si je devais en mourir. Quand j'ai accepté de naître, je l'ai accepté dans sa totalité, risques compris. Je ne suis pas né pour être enfermé, la forêt n'appartient pas aux moutons, toi comme moi ne voulons vivre dans un enclos. C'est pour cela que je t'ai épousée.

— À l'évidence, tu peux donc imaginer combien ces dernières semaines ont été une souffrance, combien l'absence de liberté m'a révélé sa puissance…

Son cœur pleure des averses.

— Samuel… Plus jamais. Plus jamais je ne serai séquestrée. Plus jamais je ne serai privée de ma liberté de penser et d'agir. Je t'ai maudit, haï, fui. Je t'ai tué et enterré à plusieurs reprises, déterré à chaque fois. Comme si des forces cosmiques m'empêchaient de séparer ma destinée de la tienne. Comme s'il m'était impossible de faire le deuil de la douleur qui me ronge dès qu'on est séparés. C'est irrationnel, je t'aime. Ce n'est pas le mot qu'il faut mais j'aime sa candeur et je n'en connais pas d'autre. Tu es le mien Samuel, ou plutôt je suis la tienne. Il en a été décidé comme tel. Pourquoi ?…

Et comme pour interdire à ses lèvres de s'ouvrir, de laisser échapper les mots qu'il ne faudrait pas prononcer, pour taire une vérité qu'il refuse, elle sort un tube de rouge, d'un doigt s'en enduit la bouche. Le geste est tellement décalé.

C'est tellement Adélie. D'autant plus séduisante qu'elle ne cherche pas à séduire.

— Désirez-vous encore un peu de champagne ?

— Oui une piscine s'il vous plaît.

— Chérie, c'est la septième.

— Et s'il m'en fallait une huitième, peut-être même une neuvième pour me laisser aller à ce que je voudrais.

— Et pour vous monsieur ?

— Oui pardon, moi ce sera un Bellini.

— Je vous apporte ça de suite monsieur.

— Merci… et alors tu voudrais quoi ?

Ses yeux vont et viennent comme si rien ne pouvait les retenir. Elle hausse les épaules telle une petite fille qui ne désire plus rien parce que ses souhaits sont devenus des rêves interdits.

— Voilà le problème Adélie : tu ne sais pas ce que tu veux. Alors je fais quoi, moi ? T'as l'air tellement désespérée ! J'aimerais sécher tes larmes mais tu sembles inconsolable.

— J'ai réalisé que je n'avais plus personne à qui m'adresser, à qui demander de l'aide, qu'il n'y avait plus que toi qui puisses me secourir dans ces moments-là.

— Et alors ?

— Alors il n'est pas normal que celui qui me fait du mal me soigne, que mon persécuteur soit aussi mon sauveur.

— Mais de quoi tu parles ? T'as trop bu chérie. C'est quoi ces conneries venues de nulle part ?

— Elles viennent du professeur Corbières.

— Bon sang bien sûr ! Ce cher professeur ! Putain ! Il t'a mis la cervelle à l'envers celui-là. Et tu sais quoi ? J'espère qu'il a pas foutu le bordel dans ton cœur parce que mon ange, personne ne peut comprendre notre histoire d'amour ! Même nous, on n'y arrive pas.

— Si, moi ça commence à s'éclaircir.

— Adélie, le virtuose c'est ton mari. Nul n'a la maestria dans l'art d'aimer ma femme comme je l'ai, elle qui est un terrain fort dangereux pour qui oserait s'y aventurer sans une profonde connaissance.

— Si tel était le cas, tu m'aurais appris à recoller les morceaux quand je me brise plutôt que les recoller toi-même.

— Je les recolle mal ?

— Tu les recolles à ton image.

— Ah, je vois ! Le fameux proverbe de Lao-Tseu : « Si tu donnes un poisson à un homme, il mangera un jour. Si tu lui apprends à pêcher, il mangera toujours. » C'est ça ?

— C'est ça.

— Mais amour, on va faire beaucoup plus simple : tu vas recoller les morceaux, je t'apprendrai à pêcher et tout ira bien. C'est l'histoire du degré supplémentaire : à 99 degrés l'eau est chaude, à 100 degrés elle bout. Un seul petit degré change tout. Or, parfois, on s'arrête à 1 degré du résultat final sans le savoir.

— Et les arcs-en-ciel n'apparaissent que s'il y a eu un orage.

Ils boivent jusqu'à la fermeture. Un deuxième, puis un troisième Bellini pour lui, une huitième, une neuvième piscine pour Adélie. Ne sachant si quitter le restaurant signifierait se quitter tout simplement. Cette angoisse de s'en aller seuls, de laisser leur histoire dans le noir.

Ils se retrouvent sur le trottoir comme des voyageurs sans rivage, flottant, s'observant, essayant de percevoir chez l'autre le sentiment qui lui manque. Alors, comme pour se venger de cette minute de silence, peut-être en mémoire de leur amour, Samuel rompt le recueillement :

— Je te dépose où ?

— Chez nous.

— Je n'osais te le demander.

— Je te ramène, donne-moi les clefs !
— Adélie, je ne veux pas que tu conduises.
— Ah ouais ! Pourquoi ça ?
— T'es pas en état.
— J'ai l'air ivre ?
— Adélie, c'est pas prudent.
— Depuis quand on est prudents ? T'as peur ?
— Non je n'ai pas peur !
— T'as peur pour toi, pour moi, ou pour ton Aston Martin ?
— Je n'ai pas peur !
— J'aime bien que tu aies peur. Ça change. C'est excitant même. T'inquiète, je dépasserai pas les vingt à l'heure.
— Je n'ai pas peur !
— Demande-moi le nom de mes jumeaux ?
— J'écoute.
— Heineken et Kanterbraü.
— C'est pas drôle.
— Oui, mais tu ris.
— Je ris jaune.
— OK... On va faire le test.
— Où tu vas ? Adélie ? Reviens, il est tard !
— Eh ! La tour de contrôle tu surveilles ou tu siffles dans la plaine ?
— Mais qu'est-ce que tu fais au milieu du boulevard ? Adélie arrête, c'est risqué !
— « Êtes-vous bourré ? Cherchez et trouvez une ligne droite. » Ça fait partie du test, t'imagines ? Alors... j'avance de six pas en avant sur la ligne droite, je me retourne, et six pas pour revenir au point de départ. Voilà ! J'ai réussi sans utiliser mes bras, sans sortir de la ligne, en suivant les instructions et en marchant talons contre orteils. Et je peux te dire que c'est pas facile avec des talons aiguilles. Je vais faire le test du doigt sur le nez ! Ou non, celui sur un pied ! Ou non je vais tous les faire comme ça tu seras rassuré !

— OK Adélie, t'as gagné : voilà les clefs.

— Pour ouvrir c'est quel bouton ?

— Laisse, je vais le faire.

— Non… je vais le faire. Tu te rappelles du proverbe de Lao-Tseu ? Si tu donnes un poisson blablabla… tu te rappelles ? Eh bien on n'attend pas demain, on l'applique tout de suite. Alors quel bouton ? Celui-là ? Non. Celui-ci ? Ah voilà ! Tiens je vais ouvrir ta porte parce que je suis une gentlewoman. Qu'est-ce que t'attends pour monter ?

— Je suis perturbé.

— Ce n'est pas parce que s'opèrent des petits changements que tu dois être à l'envers. Décompresse Samuel !

— Des petits changements ? T'es simplement plus la même !

— T'inquiète c'est ma jumelle.

— Pourquoi tu démarres pas ?

— Je ne trouve pas le trou pour la clef. Je suis un peu désynchronisée mais pas soûle. Excuse-moi, je n'ai pas mes lunettes, je le vois pas.

— Faut pas le voir, faut le sentir, putain Adélie, laisse-moi conduire !

— C'est sexy ce que tu viens de dire.

Elle introduit la clef. La musique jaillit, forte, rock.

— Ah ouais ! T'étais en forme pour me retrouver ! Pourquoi t'arrêtes ? Laisse-la, j'adore !… On est partis.

— Non. On ne part pas.

— Ah bon, pourquoi ?

— Règle le siège pour atteindre les pédales.

— Ah oui !

— Règle les rétroviseurs à ta hauteur. Mets ta ceinture de sécurité.

— Putain j'aurais jamais eu mon permis !

— Frein à main. Levier de vitesse sur D. Et regarde sur le côté avant de déboîter.

— Tu m'aurais fait fantasmer comme instructeur.

— Tu m'aurais plu comme élève, comme amie, comme secrétaire, comme une inconnue que j'aurais invitée à dîner, comme toutes femmes m'auraient séduit si elles étaient dans l'état où tu es. Toutes… sauf la mienne que je dois protéger du danger.

— Ah ben, c'est vraiment con d'être mariés alors. Je te suggère d'oublier que je suis ta femme si tu veux profiter de la soirée.

Elle décolle, torpille à travers les avenues, s'engouffre dans le garage, range l'Aston Martin comme si elle était téléguidée.

— Pour quelqu'un qui ne boit jamais, je ne sais pas comment tu fais. T'es surhumaine, ça doit être ça.

— Surhumaine je ne sais pas, mais alcoolique c'est indéniable. Tu te souviens ? Je t'avais expliqué à notre premier dîner, que je boive ou non ne change rien. Je peux être soûle sans un verre et ne pas l'être après plusieurs bouteilles. J'ai l'ivresse dans les gènes. Mais tu sais quoi ? Ça m'a permis d'accepter le délire de ma vie sans trop souffrir.

— C'est horrible, je n'arrive pas à savoir si t'es ivre ou pas.

— Qu'est-ce que t'en penses ?

— Justement je me le demande. Je te le demande ?

— Demande rejetée, et ce ne sera pas la dernière de la soirée.

Pourquoi revenir ? Pourquoi revisiter l'atrocité ? Pourquoi risquer la terreur qui tord le sourire, décompose ? La terreur qui casse bras et jambes devant l'immeuble. Mouillée de sueur. Les menaces, les attaques ressurgissent comme une lame dont la pointe crève le cœur.

— Tu te souviens où se trouve ta chambre ? À mon tour de te taquiner mon ange. Et ne te rebelle pas c'est de bonne guerre.

— Je me souviens de tout Samuel… Alors si tu veux bien, cette nuit je préférerais être dans la tienne.

— Tu veux boire davantage pour t'aider à tourner la page ?

— Je ne veux pas la tourner, mais la déchirer, changer de livre.

— J'en ai plein d'autres à te faire lire.

— Laisse-moi réfléchir... Roman d'amour, roman noir, roman psychologique, philosophique ? je ne sais plus ce que je désire.

— T'as pensé au roman gothique ? Ça pourrait te séduire.

— Je me passerai de tes conseils à l'avenir.

— Tout comme tu voudras. Je suis trop heureux que tu sois là, tout m'ira.

— J'espère que tu t'en rappelleras.

Un homme et une femme, ouverts aux pires excès, se préparent, chacun dans sa chambre, à s'aimer autrement que les autres. À consacrer ce que la nature a mis en eux : un monstrueux désir d'adoration ou de destruction.

Et tandis que son mari s'affaire, Adélie, comme pour tirer du rêve de la douleur, chante, se déchaîne, allant venant d'un mur à l'autre de sa chambre, sur les paroles d'une chanson dont la brutalité des mots pourrait être balancée à la gueule de Samuel. Comme si elle se préparait non à perdre mais à gagner, elle se charge de la puissance que procure cette musique. Ce soir, c'est en guerrière qu'elle se jettera dans l'arène. Prête à tuer comme à mourir. Prête à affronter la bête comme son avenir. Si son esprit a toujours été modelé par la peur, le moment est venu de la vaincre. Savoir de quoi on a peur. Ne plus fuir mais braver le danger afin d'en jouir. Et choisir : victime ou persécutrice ?

— Viens chérie... De quoi t'as peur ?

— Je n'ai pas peur.

— Alors pourquoi tu n'entres pas ?

34.

Elle fait son entrée dans ce théâtre miniature qu'est la chambre de Samuel, aux bords de lacs de velours sombre, de montagnes de laine pourpre et de tapis doux, au voilage d'organza qu'étreignent de majestueuses draperies noires. Les murs caressés de miroirs vénitiens et de panneaux de marbre rouge jettent un reflet aurore sur cette pièce éclairée par les petites flammes de bougies et le feu de la cheminée. Une valse mélancolique où les accords ne sont qu'aboiements de souffrance. Et… déjà sur scène, installé sur la méridienne baroque, le sphinx habillé d'un smoking et au visage caché par un masque de Venise, prêt pour le premier acte de cette soirée.

— Comme les beaux esprits se rencontrent ! Tu t'es maquillée, coiffée et habillée de ta robe de mariée. Je t'adore. Viens… assieds-toi près de moi… Tourne-toi.

À peine a-t-il posé un loup de dentelle sur ses yeux qu'il enlace Adélie de tous les diamants du monde. Une nouvelle chaîne, lame à petites dents qui lui taillade déjà la gorge, une chaîne pour la retenir quand son souhait est qu'elle se brise. Des peurs. Des doutes. Et des rêves. Que se passerait-il si on oubliait tout, si on faisait comme si rien ne s'était passé ?

La marie-jeanne, l'herbe des voluptés, va se charger de faire disparaître le mauvais de la mémoire, d'enlever ce qu'elle a là qui lui fait tant mal. Débrailler la pensée, ne plus reculer devant rien. Que le diable m'emporte, commence le bal !

Ils valsent sur une corde tendue au-dessus du précipice. Esprit de vertige, esprit de folie. Pourquoi n'est-il jamais là où on le croit ?

Il m'entraîne en des lieux inconnus, dans un enfer de jouissance auquel il faudrait, cette fois, que je résiste. Ne plus être esclave de mes émotions. Ne pas oublier que les rêves tournent en cauchemars. Ne pas oublier qu'il est le maître du faux-semblant, du jeu de la séduction et de la confusion. Ne pas oublier qu'il ne sait pas aimer sagement. Ne pas oublier qu'il est un vampire capable de repérer ce que j'espère. Un vampire qui pompe ma force vitale. Ne pas oublier qu'il est un voleur d'amour. Un violeur émotionnel. Ne pas oublier qu'il est un pervers.

Ne jamais oublier.

Elle s'arrache de l'étreinte. Et réapparaît avec des bracelets de cuir, des menottes en acier et de longs rubans de satin. Face à lui, elle s'assied sur la banquette de lit pour rencontrer la vérité, pour regarder celui qui a embrassé la carrière du mal.

— Et si je te donnais carte blanche, qu'exigerais-tu de moi mon ange ?

— Comme tu vois : que tu m'attaches Samuel.

— Et si on inversait les rôles ? C'est moi qui serais attaché.

— Comme ça ! T'as décidé ?

— Je suis las de dominer.

— Tu prends mon idée et c'est réglé ?

— J'ai envie d'être soumis.

— Non. Moi j'ai envie, toi tu as besoin.

— Laisse-moi essayer. Je veux savoir ce que ça fait.

— D'être humilié, injurié, abusé ?

— Pour une fois.

— La seule fois où on a bouleversé nos rituels, je l'ai trop cher payé.

— Je me contrôlerai, promis. Mais puisque tu en parles, je vais t'avouer un secret. J'ai toujours su que tu ne m'avais pas trompé. Je n'ai jamais douté de ta loyauté. Je sais qui j'ai épousé.

Comment lacérer une âme plus sauvagement ?

Ne pas montrer qu'elle saigne. Ne surtout rien laisser paraître.

— Tu vas pouvoir me punir, je crois que je le mérite.

— Tu es sérieux Samuel, ou tu as dit ça pour que j'exauce ton caprice ?

— D'après toi ? Tu vois, tu ne me connais toujours pas.

— Tout le plaisir de la découverte sera pour moi. Puisque tu le souhaites, je vais me soumettre à ton désir, te soumettre à mon emprise. Et te faire divinement souffrir.

— Je n'ai pas sollicité une séance de supplices.

Elle se lève, lui retire sa veste, glisse à son oreille…

— C'est moi qui domine.

— Je désire être dominé, pas torturé.

Elle s'empare d'une chaise Louis XVI, la place au milieu de la pièce, y installe Samuel.

— Et tu vas obéir.

— Il faut fixer une limite, un mot-clef pour tout arrêter.

Elle menotte ses chevilles aux pieds de la chaise, ses poignets derrière le dossier.

— « Maman » sera le mot idéal. Tu comprendras plus tard. À ne pas confondre avec « Madame » que tu utiliseras à partir de maintenant, ainsi que le vouvoiement.

— Je ne t'ai jamais demandé ça !

Elle change de musique, s'empare d'un livre, se prélasse sur le lit, et tire sur le joint.

— Eh bien avec moi c'est comme ça.

— Qu'est-ce que tu fais ?

— Tu vas être puni si tu n'agis pas selon ma volonté.

— Qu'est-ce que vous faites Maîtresse ?

— C'est Madame ! Mais Maîtresse peut me plaire aussi. En vérité j'hésite : Madame avec un soumis ou Maîtresse avec un esclave. Je verrai ce que m'inspire la nuit.

— Qu'est-ce que vous faites sur le lit Maîtresse ?

— Je lis.

— Et moi, qu'est-ce que je fais Maîtresse ?

— Tu réfléchis.

— Je peux fumer aussi Maîtresse ?

— Pas tout de suite.

— J'ai très envie.

— J'ai dit pas tout de suite.

— D'accord Maîtresse.

— Ce soir on ne respecte pas tes envies mais les miennes.

— D'accord Maîtresse.

— Félicitations ! Tu t'es vite habitué au langage de ta condition. Peut-être es-tu un soumis qui s'ignore ?

— Quelle est la différence entre un soumis et un esclave Maîtresse ?

Elle se lève. S'assied sur ses genoux. Pose ses lèvres contre les siennes, et, comme si elle l'embrassait, lui crache la fumée du joint coincé à l'envers entre ses dents.

— Un soumis a le choix, l'esclave non. Et ce soir, comme tu m'y as invitée, j'ai tous les droits sur toi. Te déshonorer, te violenter sont tout ce que mérite le vaurien que tu es !

— Je plaisantais Maîtresse.

— Pas moi. Ça t'effraie ? J'aime ça.

Ses doigts se plaisent à dénouer sa ceinture, déboutonner chemise et braguette, effleurer son torse, son ventre, son sexe secoué d'impatience. Et sa voix qui serpente autour de son cou, près de ses joues, au bord de ses lèvres.

— Je craignais que tu sois un de ces individus n'ayant jamais peur, car la peur est une émotion essentielle à la condition humaine, vitalisante. Sans elle, on tomberait dans la torpeur. Laisse-toi aller à l'inconnu. Il n'y a pas de courage s'il n'y a pas de peur. Tu as des ciseaux ?

— Pour quoi faire ?

— Moi aussi j'ai mes mystères.

— Sur le bureau.

— À qui tu t'adresses ?

— À ma Maîtresse.

— Ne l'oublie sous aucun prétexte.

Armée de lames, elle s'agenouille à ses pieds, commence la découpe du pantalon sur un côté.

— Mais qu'est-ce que tu fais ? Pardon... qu'est-ce que vous faites Maîtresse ?

— Je te déshabille, et ne vais pas mettre que ton corps à nu. Si on maintient quelqu'un dans la peur, il reste tranquille, il n'ose se dresser contre l'autorité. Mais cela requiert d'être un manipulateur hors pair, que la peur ne se transforme pas en haine, que le dominé ne se retourne pas contre le dominant.

Puis, découpe sur l'autre côté.

— Je connais le vertige de la peur. La peur de soi-même. La peur d'être un danger pour soi et pour les autres, de s'égarer d'erreur en erreur. La conscience règne, mais la peur gouverne, empêche de découvrir ce qu'il y a à l'intérieur, pousse à persévérer dans son être. Il nous arrive de relâcher les habitudes, mais sitôt ouvertes, les portes se referment. Alors on se dissout en rêveries, on périt avant terme.

Et fait glisser le pantalon au sol.

— Mais c'est très cavalier de ne pas porter de caleçon. Vilain petit garçon. Tu voulais quoi ? Que ta grosse queue bénéficie d'une totale liberté au cas où elle s'agiterait. Prévoyant le chenapan. Remarque t'as bien fait quand je vois l'état de tension dans lequel elle est... Oh tu rougis ! Comme c'est mignon ! Eh bien c'est parfait ! Tu voulais être à l'aise dans tes vêtements, tu le seras d'autant mieux en costume d'Adam.

Je t'en prie... n'aie aucune gêne sale petite pute. Au contraire, sois fier de ta verge de fer. J'avais oublié comment elle était, il y a si longtemps que je ne l'ai pas regardée, caressée. Est-ce que ça m'a manqué ? Pas vraiment. Mais la voir si belle si raide... Elle donne envie. Envie qu'on la suce, qu'on l'abuse...

— Vous m'excitez trop Maîtresse ! Arrêtez, où je ne pourrai plus me contrôler.

— Je ne veux pas le savoir. Sache que l'orgasme t'est interdit et tais-toi quand je parle.

Elle commence la découpe de la chemise sur un côté.

— Mais tu vois, j'ai décidé de ne plus avoir peur de moi, de ne plus craindre ma folie, même si parfois ma manière d'agir sera anormale, comme ce soir. Mais tu sais toi où passe la frontière entre le normal et l'anormal ? Voilà ! T'es comme moi ! Tu ne sais pas ! Ou ça ne t'intéresse pas. Mais t'as tort, fais un effort ça te concerne. Ça nous concerne tous. Bander n'empêche pas d'écouter, alors tu t'appliques sinon je te gifle. T'as compris que derrière les peurs, ce sont nos propres blessures qu'on masque ? J'explique.

La blessure de l'injustice se cache sous le masque du rigide et engendre la peur de la froideur. La trahison, masque du contrôlant, peur de la dissociation ou du reniement. L'humiliation, masque du masochiste, peur de la liberté. L'abandon, masque du dépendant, peur de la solitude ou de la rupture. Le rejet, masque du fuyant, peur de la panique. Ce n'est pas moi qui le dis, mais Lise Bourbeau. Et moi, je les ai toutes ces blessures. Et toi mon amour, mon mari, mon pervers, chaque jour tu les as rouvertes par-derrière.

Puis, découpe sur l'autre côté.

— Je te hais Samuel, car tu es l'objet de ma tristesse. Je devrais te fuir ou te détruire, mais je crains – je craignais – qu'il en résulte une tristesse pire encore. Alors chaque fois j'ai renoncé, mais ce soir je vais te persécuter, toi qui as tout fait pour que j'en arrive là.

Et fait glisser la chemise au sol, cisaille les lacets, enlève chaussures et chaussettes, arrache son masque de carnaval.

— Te voilà démasqué Samuel.

— Pourquoi tu fais ça ? Je n'ai rien fait pour être si mal traité !

Elle gifle sa joue droite.

— Ne me parle pas comme ça ! T'as oublié qui j'étais !

— Je ne sais plus qui tu es Adélie.

Gifle sur la joue gauche.

— Et là tu t'en rappelles ?

— Oui Maîtresse.

— Tu trouves ça violent ? Je trouve ça romantique.

— Je ne sais plus quoi penser Maîtresse.

— Voilà ! Tu te sens perdu. Pourtant la situation est claire, chéri. Sans doute est-ce un peu inhabituel pour toi. Toutefois si le chien est retrouvé, on retrouvera le maître aussi. Reste à savoir qui est le maître, qui est le chien ? Et cette nuit, je l'avoue, c'est un peu plus compliqué à déterminer. Mais t'inquiète, ça va s'arranger. Je ne sais pas si tu te sens maltraité mais le traitement à l'évidence te plaît. Regarde-toi ! Regarde comme ça t'excite. Tu dardes comme un taureau. Et si te faire battre était l'un de tes fantasmes inavoués ? Moi aussi je suis très excitée. Je crois même avoir toujours rêvé de faire ça avec toi. Mais comme pour le reste, jamais je n'avais osé.

Elle s'assied à califourchon sur ses cuisses.

— Annnnh ! Vous ne portez pas de culotte non plus et je sens votre chair nue contre la mienne, votre fente mouillée contre mon membre. Ça va me rende dingue Maîtresse.

— C'est ta bite dressée qui me fait baver. C'est te dominer, t'insulter, te frapper qui me procurent du plaisir. Mais je te défends de jouir ! Tu entends fils de chien !

Elle le regarde droit, enfonçant sa certitude de vaincre dans ses yeux, jette un crachat sur son visage, le ramasse de ses doigts et le branle avec.

— Je ne t'autorise qu'à souffrir. Peut-être n'as-tu pas bien compris, il s'agit d'une condamnation au supplice, pas au plaisir !

— Arrêtez !... Je vais enrager si vous continuez à m'astiquer, je ne peux même plus parler... Prenez-moi Maîtresse ! Je ne suis qu'érection... Sentir votre chatte s'écarter sur ma cuisse me secoue de spasmes... Je ne sens plus les limites de mon corps, en suspens entre le bien et le mal... Vous êtes brûlante comme je le suis... Je veux vous sentir en moi... J'ai envie de vous Maîtresse !... S'il vous plaît !... C'est trop cruel de m'interdire la jouissance... arrêtez !... Je vis l'enfer Maîtresse.

— Ça te fait plutôt du bien on dirait petite vermine ! C'est bon hein ? Je n'ai même plus besoin de t'enduire de salive, ta queue est d'une telle ardeur qu'elle est trempée par sa propre liqueur. Tu as vraiment perdu toute pudeur. Saleté lubrique.

— Maîtresse je vous en supplie ! Je ne vais pas pouvoir me maîtriser. Mon corps ne va pas se retenir si vos doigts harcèlent mon sexe et si vous me susurrez des mots vulgaires à l'oreille.

— Je vais t'emmener à l'extrémité du désir, Samuel. Mais fais attention : si jamais tu désobéis la sanction sera terrible.

— Au nom de quel péché autant d'agressivité Maîtresse ?

— Je ne suis pas agressive mon chéri, je joue comme toi au chat et à la souris, un chat qui faisait patte de velours pour mieux me tenir, mais sortait ses griffes si je cherchais à m'enfuir. Mais cette fois, tu ne pourras te servir de tes pattes acérées puisque je les ai attachées.

— Vous me faites peur Maîtresse.

— T'as raison d'avoir peur Samuel, tu connais mes états limites. Ma revanche sera féroce. Si tu savais comme je brûle de me faire justice.

— Mais quelle injustice ai-je commise ?

Elle empoigne sa merde d'époux par les cheveux, le fout par terre, comme si elle se débarrassait d'un objet ignoble. Il s'écrase comme une masse cognée, il a crié.

— Tu m'as meurtrie, terrorisée, brisée. Tu as mis en miettes mon identité. Tu as volé mon destin. Tu m'as violée par-devant par-derrière. Tu m'as tuée psychiquement, pas de trace, pas de sang. Le mort est vivant, tout est normal.

— Je suis encore trop bonne. Tu trouveras zéro tendresse dans mes paroles et mes gestes. T'as saccagé ma douceur... Relève-toi ! Regarde-moi quand je te parle !

Il se redresse avec peine. Tous deux sont assis, lui sur la moquette, elle sur le lit, laissant le silence les recouvrir.

— Regarde mon visage, pas ma chatte. Je veux bien croire que c'est plus agréable, qu'elle est moins sèche que ma colère, sauf que je ne suis pas là pour te plaire mais pour te faire gémir. Une contrepartie très raisonnable pour m'avoir rendue malade, poussée au suicide, parce que t'as pas les couilles d'assumer le cinglé que tu es, et du coup pousses les autres à se détruire à ta place. En fait, ce qui te dérange en moi, c'est le non-résolu chez toi. Et tu sais pourquoi on accepte ?

Elle le gifle plus fort encore.

— Tu regardes quoi là ? Y a vraiment que ça qui t'intéresse ! Sois correct au moins et demande-moi si t'as le droit.

— Est-ce que je peux regarder entre vos jambes ?

Elle soulève sa robe de mariée.

— Est-ce que vous pouvez écarter un peu plus que j'aperçoive la fente.

Elle desserre ses cuisses pour que ses lèvres se désunissent.

— C'est merveilleux Maîtresse.

— Il suffit que je te montre mon sexe pour que le tien se dresse. Souverain remède. Bon ! Assez reluqué ! Maintenant tu vas m'écouter ! Et si t'es attentif, peut-être je te la ferai sentir. Je reprends : tu sais pourquoi on accepte ? Pourquoi « j'ai » accepté ? Parce que la pensée d'être contrainte par un autre est insoutenable à tout être humain. Et qu'il n'a alors d'autre choix que de se persuader que les choses auxquelles on le soumet, il les accomplit volontairement.

— J'ignore de quoi tu parles et ne force personne. Si on est abrutie au point de gâcher sa vie, je ne suis en rien responsable.

Comme la foudre s'acharne, elle le frappe à tort et à travers, si fort qu'il s'effondre.

— Espèce de raclure ! T'as tout fait pour que je sois dépendante. Tu savais dès la genèse de notre histoire que je souffrais d'un manque de confiance maladif qui me ferait accepter n'importe quelle soumission. Tu m'as progressivement lavé le cerveau, d'autant plus facilement que j'étais en demande d'une âme bienveillante apte à me façonner. Pas vrai, salaud, que tu le savais ?

— Arrête ! Calme-toi ! Tu me fais mal !

— Excuse-moi chéri, mais c'est le concept. J'espère que tu ne m'en voudras pas d'avoir gardé mes escarpins. Mais pas d'angoisse : je vais bien trouver une baguette, un fouet, une schlague, n'importe quoi pour frapper, ce sera plus efficace.

— Calme-toi s'il te plaît !

— On n'avait pas une cravache ? Il me semble bien qu'on avait une cravache ! Putain elle est où cette cravache ?

Elle se met à chercher, à ouvrir les placards, les tiroirs, les armoires…

— Et voilà ! Je savais qu'elle était là !

— Calme-toi je t'en conjure !

— Qu'est-ce qu'il y a ? T'as chaud ? froid ? soif ?

Elle s'empare du verre et lui balance la vodka à la figure.

— Ça va mieux ? En même temps ça désinfectera tes blessures ! Tu me trouves abominable ? Et toi tu te trouves comment ? Adorable ? C'est facile maintenant que tu as instillé ta monstruosité. Facile à toi qui t'es glissé dans la peau du gentil alors que tu es le Maudit.

Faisant siffler la cravache dans l'air telle une cavalière prête à corriger sa monture, elle s'approche de la bête terrorisée.

— Arrête Adélie, je t'en supplie !

Un premier coup cingle ses reins. Un cri.

— Je t'interdis de m'appeler Adélie. Adélie est partie. Adélie c'est fini. T'as créé un monstre, désormais il faut que je vive avec. Je ne suis plus femme, je suis le serpent fait femme. Alors à partir de maintenant ne m'appelle plus Maîtresse mais Monstresse.

— Adélie ça suffit ! Je n'ai plus envie d'être soumis !

Un deuxième coup flagelle sa chair.

— Ahhhhah !

— Qu'est-ce que j'ai dit ? Oublie Adélie ! Et arrête de crier, sans quoi je serai obligée de te bâillonner. Remarque, je comprends, ce n'est pas très marrant d'être soumis. Et encore, tu l'es pour une nuit, moi je l'ai été toute ma vie. Et toutes ces années avec toi, mon mari. J'ai été abusée par tous les bipèdes de ton espèce sans savoir que je l'étais, en trouvant ça normal. Tellement normal que le dernier je l'ai marié. Et si Omer, le grand, l'extraordinaire Omer ne m'avait pas sauvée, ça aurait pu durer et je t'aurais aimé l'éternité, tant ton adresse dans la duplicité est inégalée. À l'instar du vice qui s'arme d'une vertu pour mieux frapper. Devrais-je le remercier ? Samuel ? Devrais-je remercier Omer ?

Coup de pied dans l'abdomen.

— Devrais-je ?

— Oui.

— Oui qui ?

— Oui Maîtresse.

Et vlan, dans les côtes !

— Oui qui ?

— Oui Monstresse.

— Oui vous devriez car sans Omer, la mort par votre main ou la mienne aurait été la seule porte de liberté… Répète sale merde !

— Oui vous devriez car…

— Plus fort, j'entends pas ! Gueule-le ! Pleure-le ! Voilà, c'est ça ! Je veux que tu pleures ! C'est ça qui me manquait. Vas-y pleure ! Je t'aiderai si tu n'y arrives pas. Oh oui ! Je veux boire tes larmes pour réhydrater ma tendresse. Allez courage Samuel ! Redresse-toi ! Un coup de cravache pour t'encourager ?

— Non ça va aller.

— Je compte jusqu'à sept. Le chiffre de mon père.

Un... deux... je sais qu'elles sont perdues depuis longtemps mais tu vas les retrouver.

Trois... quatre... Ça te gêne que je regarde ? Je peux jouer de la mandoline si tu préfères. T'as le cœur à chialer, moi à blaguer.

Cinq... Et si tu récupères tes larmes, pourquoi pas ton cœur volé dans le carnage de ton âge tendre ?

Six... À quoi bon nommer « âge tendre » cette période où on massacre l'innocence ?

Sept... Oh mon bébé t'y es arrivé ! T'es le meilleur ! Je suis si fière.

Elle le serre, lèche ses joues qui ruissellent sous la gentillesse de ses louanges.

— Je savais que tu pouvais. Rien n'est impossible à mon petit prodige. Il suffisait que l'on croie en toi, en tes qualités qui devaient être phénoménales vu la façon dont elles se sont déployées dans le mal. Je pourrais pleurer sur l'enfant que tu as été, mais c'est plus compliqué sur l'adulte que tu es devenu. Dommage ! Je ne serai pas à tes côtés pour t'aider à retrouver ce que tu as égaré, à restaurer ce que tu as ruiné. C'est trop tard, j'en suis désolée. Allez, cessons de nous apitoyer, car c'est pas terminé. Mets-toi face au mur que je ne voie plus ta gueule d'ordure en pleurs. Dépêche-toi, je suis pressée. Je ne veux pas que le soleil nous surprenne. On en était où déjà ? Ah oui ! On parlait d'Omer... Mystère parmi les mystères, tiens, quelques-uns dans le désordre. Peux-tu m'expliquer comment tu as fait, « toi », l'homme sans défaut ni reproche, pour aimer une salope, une merde, une souillure comme moi – ce sont tes mots ? Soit je n'étais rien de cela, malgré le mal que tu t'es donné pour que je le croie, soit tu ne m'aimais pas.

Un nouveau coup de cravache. Un nouveau cri épouvantable.

— Peux-tu m'expliquer ce que tu aurais fait au Brésil si je ne t'avais pas accompagné, vu que ton unique activité a été de me torturer, possiblement de me tuer ? Le secret aurait été bien gardé. Peut-être d'autres avant moi y sont-elles restées ?

Un autre coup de cravache. Un autre cri épouvantable.

— Peux-tu m'expliquer comment les photographes se sont retrouvés à l'hôpital ? Seul toi et moi savions, mais moi j'étais enfermée et mon téléphone confisqué.

Un coup de cravache. Un cri épouvantable.

— Peux-tu m'expliquer comment « toi » qui te proclames le père de mes petits, qui a préféré à sa famille des étrangers pour hériter de sa couronne – du reste, sois gentil d'appeler ton avocat pour résilier tes dispositions testamentaires –, se torche d'eux au point de détruire leur mère, de les manipuler pour qu'ils s'attachent à toi, de les broyer tout comme moi ? Sais-tu combien c'est cruel, criminel, alors qu'ils te vénèrent ? Normal puisqu'ils ne connaissent pas la fripouille qui se cache derrière leur papa-ange.

Un coup. Un cri.

— Peux-tu m'expliquer comment l'imposteur que tu es, et ce dans tous les domaines, ne s'est jamais fait percer à jour. En même temps, depuis le Brésil je me livre comme toi à des manœuvres machiavéliques et il n'a pas été difficile de te faire tomber dans les pièges dressés. Eh oui chéri ! Depuis ce voyage où tu te jetais sur moi comme le cauchemar, où tu nous rongeais de l'intérieur, tout a été étudié jusqu'à cette soirée. C'est horrible hein ? Putain de trip à l'acide. Chacun son tour d'éprouver les plaisirs de l'amour. Ce qui me donne une idée : tu vas te déplacer de la chaise à la fenêtre et de la fenêtre à la chaise jusqu'à ce que tes genoux n'existent plus. La moquette c'est plus doux que la pierre mais, comme tu le sais, ça brûle. Allez, ne fais pas la tête ! Il s'agit d'une vingtaine de mètres aller et retour. Je te lirai un texte beaucoup plus court que celui auquel j'ai eu droit. Vas-y commence, je vais chercher le livre. Ah ! tu veux que je te regarde ! Oh là là ! Mais dis-moi, c'est très balin-balan ce que tu me fais là ! Il va falloir trouver un rythme plus cadencé, hein ! Il y a un programme chargé et j'aimerais ne sacrifier aucune des réjouissances. Allez ! sois gentil, ne m'oblige pas à utiliser la cravache, démarre.

Je vais m'asseoir sur la chaise, et à chaque fois que tu arriveras jusqu'à moi, tu auras un baiser ou un crachat, selon ce que le chrono de ma montre indiquera. Comme tu le vois, ça ne dépend que de toi. Je commence : *Chemin de la délivrance*[1] – c'est le titre.

« Seules certaines âmes privilégiées peuvent s'occuper des cas de possession, et les guérir en chassant les démons. [...] *Chasser les démons ne détruit pas la raison de leur pénétration chez l'homme ; il y a donc danger de les voir revenir à leur habitation.* [...] *Lorsqu'il y a apparence de guérison, et qu'il semble que l'esprit immonde s'en est allé, il ne faut pas conclure à une délivrance radicale. Il n'y a peut-être que suspension momentanée des manifestations de sa présence. Ou bien, certains symptômes cessent ; mais d'autres se manifestent plus ou moins déguisés, et le regard non exercé ne pourra pas les discerner. »*

La première navette achevée, elle consulte sa montre et lui octroie un baiser.

— Qu'est-ce que t'attends ? On y retourne. On ne perd pas de temps.

« Pour que la guérison soit parfaite, il faut que la racine du mal soit arrachée, et le terrain d'occupation supprimé [...] *Mais quand l'ennemi s'est artificieusement dissimulé dans le*

1. J. Penn-Lewis et Evan Roberts, *La Guerre aux saints*, éditions Oasis, rééd. 2015.

corps ou l'intelligence, de façon à mêler intimement son action aux fonctions de l'organisme, ou aux actions de la personne, cette délivrance n'est pas obtenue par le seul fait de chasser les démons. »

— Tu rivalises de zèle contre toi-même. Plus rien ne t'arrête !

Un baiser.

« *Il faut encore faire pénétrer la lumière de la vérité pour amener la volonté à refuser énergiquement toute ingérence de l'ennemi, et à supprimer en même temps les causes de son intervention.* [...] *Or, regarder la vérité en face* [...] *c'est accepter que le bistouri taille à vif dans l'amour-propre et l'orgueil. Il faut un grand attachement à la vérité* [...] *pour accepter que celle-ci tranche, blesse et humilie.* [...] *Quoi de plus pénible que de découvrir qu'on s'est laissé séduire, qu'on a été le jouet de l'ennemi.* »

— Mais que s'est-il passé ? Tu es fatigué de mes baisers ? Je suis désolée.

Elle lâche un crachat. Et ajoute :

— Je viens de boire, ça te rafraîchira.

« *Ensuite, il faut que l'homme admette que quelque chose en lui a donné prise à l'ennemi, qu'il existe en lui un "terrain de séduction" et qu'il le découvre.* [...] *Si la séduction et la possession existent depuis longtemps, les esprits mauvais amènent fréquemment la victime à prendre position contre ceux qui s'emploient à sa délivrance, donc à combattre elle-même contre sa délivrance et à empêcher que la séduction ne soit exposée au grand jour.* »

— Je suis très vexée. Je vais finir pas croire que tu préfères les crachats. Et de deux !

« *Il faut que l'homme agisse ; qu'il agisse pour briser la passivité, qu'il agisse pour retirer le consentement autrefois donné aux puissances infernales, et que, par un acte de volonté continu* [...] *les oblige à quitter la place. L'homme doit s'acquitter de ce qui lui incombe.* […] *La victime elle-même* […] *doit travailler à l'affranchissement de son âme et de son corps, de la domination de l'ennemi.* »

— Ah mieux, beaucoup mieux ! Malgré ce que tu crois, je préfère donner des baisers que jeter des crachats. Surtout à quelqu'un qui obéit aussi bien que toi. Fais voir tes genoux : ah oui ! Ils sont bien écorchés ! On va s'arrêter. Tu l'as fait six fois. À la septième on se repose.

Elle soulève sa robe pour qu'il glisse sa tête entre ses cuisses, et le séquestre sous l'étoffe.

— Samuel ? Se reposer seulement. Mais comme je tiens parole, tu peux la sentir.

« *Maintenant qu'elle reconnaît l'œuvre des esprits mauvais, il faut :*

1° qu'elle voie de quelle séduction spéciale elle a été victime.

2° qu'elle refuse ce à quoi elle a consenti.

3° qu'elle combatte tous les résultats de la possession.

4° qu'elle soit sur ses gardes contre les explications et suggestions de l'ennemi.

5° qu'elle découvre tout ce qui, en elle, relève de la possession.

6° qu'elle observe les résultats de la lutte. Qu'elle apprenne à lire les signes de sa guérison, les signes de dépossession, aussi couramment que les signes de possession pour ne pas se laisser séduire à nouveau par l'adversaire. »

Elle relève sa robe, et découvre un Samuel accroché aux douceurs de son intimité.

— T'as entendu ce que j'ai lu ? Tu étais où ? Il faut te concentrer quand je parle !

— J'ai dû faire d'énormes erreurs pour en arriver là. Je suis si misérable. Je n'ai pas su te garder, pas su t'aimer comme si mon cœur était le tien. Je t'ai possédée sans rien te donner, sans croire qu'il est plus bénéfique de donner que de recevoir. Combler ma femme était-il irréalisable ?

— Je ne crois pas que tu sois l'unique coupable Samuel, on a dû me faire beaucoup de mal petite pour que j'aime des hommes comme toi. C'est terrible de voir que le malheur de l'autre procure du bonheur, qu'on n'est plus la seule à souffrir. Allez pousse-toi ! Lâche-moi ! Allez dégage !

Elle le chasse comme un chien malade, se déplace vers les rideaux, tombant du haut du plafond comme s'ils coulaient du ciel, et les écarte légèrement.

— Il est bien tard, il n'y a pas un éclairage. Je désapprouve le printemps avec ses nuits plus courtes que ses jours.

— Ne m'abandonne pas. Je tiens à vous Monstresse.

— Comment peux-tu tenir à moi après avoir passé ces années à me maudire ? Après m'avoir accablée de reproches infondés et diffamatoires ? Après m'avoir… tout ce que je suis est un reproche. Tu n'as pas besoin de moi, mais d'une proie.

— Où est l'homme qui n'a aucun tort et n'éprouve aucun remords ?

— Devant moi. Mais j'ai compris qu'à travers chacune des condamnations que tu m'adressais, tu dessinais ton autoportrait. Une manière involontaire d'avouer ce que tu es, ton système reposant sur le déni.

— Tu es dans le déni aussi.

— C'est pourquoi ça ne peut plus durer. Il y a un déni de trop. On se berce de chimères, on s'empresse vers des images mensongères avec l'espoir absurde d'abreuver la soif qui nous dévore, mais on hurle de s'être fait avoir par les vaines promesses.

— Je vais t'expliquer…

— Je ne t'ai pas autorisé à me tutoyer.

— Je vais vous expliquer. Ce n'est pas…

— Tu ne vas rien m'expliquer du tout, je ne veux plus t'écouter. La vérité a fait son œuvre, a détruit les assises sur lesquelles tu avais construit ton empire.

— Donnez-moi une dernière chance.

— Impossible ! La confiance est devenue méfiance. Allez ! la pause est terminée !

Elle s'empare de son verre d'une traite le vide, le fracasse.

— Va t'asseoir sur la chaise !

— Pourquoi faire Monstresse ?

— Ne discute pas ou c'est à force de cravache que tu t'y rendras.

— Pitié ! Détachez-moi ! J'ai porté des menottes toute la soirée. Mon corps est engourdi. Je n'ai plus de sang, plus d'air, j'ai peur que mon cœur s'arrête.

— Ce ne serait pas une grosse perte.

— Je ne vous crois pas impitoyable au point de me traiter indéfiniment de cette façon.

— Très bien… Va t'asseoir, on va changer de position.

Elle saisit un morceau de verre brisé dans sa main gauche, met la clef des menottes dans la droite, s'approche de sa victime.

— Si jamais tu hasardes un geste déplacé, je te balafre. C'est clair ?

À peine une de ses mains est-elle libérée que Samuel empoigne celle d'Adélie où se trouve l'éclat de verre, et l'écrase pour en presser le sang. Une plaie s'ouvre dans le regard, bénissant la providence de lui avoir refusé la grâce d'une descendance.

— On aurait mis au monde un monstre.

Effroyable coup de genou là où ça fait mal. Il hurle à ses pieds. Sur-le-champ elle le remenotte.

— Il n'y a rien à faire, tu n'es vraiment qu'une sale merde !

— T'es complètement folle !

— Parce que toi t'es normal ? Regarde ! Jusqu'aux oreilles je rigole. Et j'en fais quoi maintenant de ma main sanguinolente ? Je sais ! Je vais l'essuyer sur le velours, les miroirs, les marbres et la flanelle de la méridienne. Et si ça coule encore, je l'étalerai sur ton corps ou ma robe. Une robe de mariée ensanglantée n'est rien d'autre qu'un cœur défloré, que la fin d'un songe, pas celle du monde… Assieds-toi au bureau, on va faire une dictée pendant que j'ensanglante ta chambre.

Et sous l'œil de Samuel, enfoncé dans la stupeur, elle souille la mémoire de cette chambre, la macule comme si une famille entière avait été assassinée.

— T'es prêt ? On peut commencer ? Papier ? Stylo ? Parfait ! Pas de ratures, soigne ton écriture. Alors…

« Fait à Paris le 5 janvier 2021.

Je soussigné M. Samuel Delacroix, mari d'Adélie Christie, atteste sur l'honneur que toutes marques de violence sur ma personne ne sont que les conséquences d'une séance sexuelle de sadomasochisme effectuée à ma demande, sous la dominance de ma femme. Je certifie par la présente qu'en aucun cas cette dernière n'est responsable de quoi que ce soit. Elle n'a fait qu'obéir à mes souhaits, combler mon besoin d'être dominé, je la remercie sincèrement de s'y être employée et d'avoir assouvi mes désirs.

Samuel Delacroix. »

Le chantier peinture s'étant terminé concomitamment à l'atelier écriture, elle ramasse la copie.

— Pourquoi as-tu signé « ton mari pour la vie » ? Je ne te l'ai pas dicté !

— Parce que c'est la vérité.

— Très bien ! On va vérifier. Lève-toi et mets-toi là ! Jamais je n'aurais pensé que les rubans de soie serviraient à ça !

Le ligoter à l'une des colonnes en marbre. Et dans l'indifférence aux plaintes, aux prières, marquer sa chair d'un *A* avec le verre qui avait dentelé sa main.

— Pourquoi soupirer autant de souffrance Samuel ? Je ne fais qu'immortaliser ce que tu as marqué sur un bout de papier. C'est beaucoup plus éprouvant pour toi, mais plus éloquent pour moi.

— Je ne t'avais jamais imaginée sous cet angle.

— J'ai tellement d'angles, il y a tellement de monde dans ma maison, que même moi je m'y perds. Comme les tiennes, certaines de mes identités je les connais à peine. Entre celles qui n'osent se montrer, et préfèrent rester condamnées dans leur sanctuaire, les nouvelles que je découvre et qui se cachaient sous les apparences, et les prochaines qui... Arrête de bouger, tu vas me faire rater ! Si tu voyais comme ce que je te fais est beau. Tu sais, quand le malheur s'est approché et que le vent mauvais a soufflé, j'ai eu tellement froid que j'ai appelé mon père. Je lui ai révélé que notre conte de fées se vitriolait en roman noir...

— Mais comment peux-tu...

— Je n'ai pas terminé... Il m'a confié que tu avais le diable pour père et que tu accomplissais ses désirs.

— Mais comment peux-tu croire l'homme qui a été le premier à t'abuser et dont tu as fait expier la faute à toutes les personnes qui t'ont aimée ?

— Tais-toi !

— Jusqu'à ton mari. Regarde dans quelle folie tu es Adélie !

Elle hurle sa tristesse. Et plus sa tristesse grandit, plus elle s'acharne sur sa chair.

— Tais-toi !

— Ton père qui m'a donné ta main sans aucune gêne.

— Tais-toi !

— Certain que jamais sa fille chérie ne m'appartiendrait.

— Tais-toi ou je fais un carnage de ta carcasse.

— Non Adélie je ne me tairai pas. Je voudrais déchirer le mystère, le massacrer, et je m'en empêche parce que c'est ton père. Mais c'est à hurler ! Ça me gratte les nerfs, me brûle. Je souffre de partout. Je ne sais pas qui du morceau de verre ou de ton bourreau de père m'est le plus insupportable…

— Maman !

— T'as raison ! Appelle ta mère quand on parle de mon père !

— Je n'appelle pas ma mère, j'implore le mot-clef pour que tu me libères, que la torture s'arrête. S'il vous plaît Maîtresse ! Monstresse ! Je ne sais plus. Je n'en peux plus Adélie. Tu m'as tout fait, jusqu'à me scarifier, il ne te reste plus qu'à me tuer.

— J'y ai pensé. Pour la première fois de ma vie je connais le vertige du meurtre, ce désir de fermer une bouche qui défie.

— Maman !… Maman !… Maman !… C'était le code, tu dois le respecter. Je ne l'ai pas dit avant car je l'avais oublié, mais ton père m'a rappelé ma mère. Tu dois respecter les règles.

— Parce que toi tu les respectes ? Allez, appelle ta mère !

Se moquant de sa trajectoire, elle balance le morceau de verre à travers la pièce, qui explose dans un miroir.

— Appelle ta maman chérie qui ne s'est jamais intéressée à toi quand tu étais enfant. Pourquoi le ferait-elle maintenant que t'es grand ?

— Arrête !

— De là où elle est, nous regarde-t-elle nous déchirer ? Sans nous aider malgré l'avoir suppliée ? Et tu sais pourquoi elle l'a jamais fait ?

— Ferme-la !

— Parce que depuis ta naissance, elle a préféré s'abandonner à ses propres tourments que s'occuper de toi, elle a tout fait pour te culpabiliser d'être le malheur de son existence…

— Arrête !

— Et toi, boutchou désespéré, t'as donné ton accord pour devenir le drame de ta mère, pour te renier toi-même, racheter la médiocrité de sa vie. Tu l'as crue, tu t'es conformé à ce qu'elle a voulu faire de toi. Tu t'es sacrifié, enfin, elle t'a sacrifié sans que t'en sois informé. Ose mettre en cause cette allégeance à ta mère, ose lui être infidèle, ose renoncer au pacte malsain qu'elle t'a obligé à passer, rompt la promesse mortifère que tu lui as faite.

— Tu ne respectes rien, ni les règles ni ma mère. Tu n'as que du dédain.

— Ce n'est pas du dédain, mais de la colère. Une colère qui a brûlé mon amour pour autrui, pour mon mari. Comment construire avec de la poussière ?

Elle attrape l'urne funéraire de la mère qui trônait sur une chiffonnière, et en fait voler les cendres sur le fils.

— Tiens ! Toi qu'es si malin, essaye ! Et reste avec elle puisqu'aucune femme jamais ne la remplacera !... OOOH ! Que c'est beau !

En sang, nu, ligoté, recouvert des cendres de la mère, comme si, vivante ou morte jamais elle ne cesserait d'emprisonner le fils.

Elle commence à déboutonner sa robe. Quinze boutons qu'elle défait avec application, les prunelles implantées dans Samuel. Bien que le regard d'Adélie n'ait pas changé de direction, ses yeux semblent changer de couleur, s'égarer à l'intérieur d'elle, fouiller les secrètes pensées, les blessures dont elle est percée. Comme si Samuel n'offrait plus rien. Comme si tout se décolorait. Comme si elle contemplait de loin l'éden que son mari avait inventé ; où avait chuté sa vie.

Est-ce cela un regard d'adieu ?

Elle laisse glisser sa robe de mariée, abandonnant derrière elle, à terre, une part d'elle-même jetée aux pieds de celui qu'elle aimait, dépouille glacée de ses illusions.

— Tu vas me manquer Adélie.

— Si ce que tu dis est vrai, peut-être es-tu un soumis forcené. Ça me plaît de te manquer et que tu me manques. C'est ce que je préfère en fait. Mais je ne suis pas inquiète, ta gamme de sentiments est si pauvre que tu ne souffriras même pas de ma perte. Tu me dégraderas à tes yeux comme à ceux des autres et tu rejetteras la faute sur moi.

Elle ôte son masque de dentelle, se libère de sa montre, de son bracelet, de ses boucles d'oreilles et des diamants juste offerts, faisant âme neuve, peau neuve, ces instants de crise où tout se renouvelle.

— Tiens ! Pour ta prochaine proie !

Elle récupère la lettre de décharge, dépose dans les paumes de son mari le portable. Parvenue au seuil de la chambre, elle se retourne une dernière fois pour se remplir de cette vérité, de ce carnage : ne jamais oublier le mal, ne pas risquer de l'ensevelir pour n'en retenir que le bien, reconnaître que l'homme de sa vie ressemble parfois à l'homme de sa mort. Pourquoi se jeter dans l'enfer, vivre de tels abîmes ?

Elle aurait besoin de pleurer sur tant de douleurs inutiles.

Il faut qu'ils aient été conçus dans un tremblement de terre pour n'avoir fait que ruines de si beaux domaines.

Elle enfile un pantalon.

— Adélie !

Un marcel. Et des baskets.

— Adélie je t'en supplie !

S'enfuir avec autant de vitesse que si on eût lâché contre elle la bête de l'Apocalypse ; s'échapper pour s'effondrer derrière la porte. Le mêler encore un peu à soi, l'écouter crier son nom, puis réaliser que c'est fini, qu'elle a quitté son mari.

Adélie !!!

Se précipiter dans l'escalier ou revenir dans la maison ? Sans oser tourner le cou ou jeter un cri, les larmes, semblables à des gardiennes de la paix, l'ont forcée à dévaler, à traverser sans regarder l'avenue et ses contre-allées, à se réfugier sur un banc en face de leur immeuble. Ne plus interdire au cœur d'exister. Le laisser aller aux larmes refusées, à tout ce qu'elle a réprimé quand elle le détruisait. Et si chacune contenait un secret ? Elle en tire une au hasard, et la porte à son oreille.

Adélie ? Qui a quitté qui ? Réfléchis. Tu crois que c'est toi ? Mais tu sais bien que ce n'est pas vrai. Ne te mens pas ! Ça ne sert à rien. Qu'as-tu fait cette nuit ? Tu ne sais pas ? Tu ne sais pas ce qui t'a pris ? Arrête ! Depuis que tu as accepté ce dernier dîner, tu sais ce que tu fais. Tu as tout calculé, tu t'es montrée sous l'aspect le plus abject. Tu as déchaîné le monstre en toi de façon à l'effrayer, et enchaîné son monstre à lui pour qu'il te laisse tirer ta révérence sans résistance, pire, qu'il le souhaite. Et non seulement tu as tué en lui tout désir de te retenir, mais tu as aussi montré qu'il ne te sera plus possible d'être son objet de persécution. Tu vas le pousser à faire ce que tu n'aurais jamais eu le courage de faire. Se tuer ? Non, te quitter.

À travers un écran de pleurs, elle discerne la silhouette d'Omer. Franchissant l'entrée de leur immeuble, il s'empresse auprès de son maître. Complice, traître ou esclave ? Dans la confusion, elle ne se rappelle plus si elle a laissé la porte ouverte ; sinon il y a la gardienne ; sinon il y a le serrurier ; sinon ce n'est plus son problème.

Elle s'arrache d'un trottoir à l'autre. Tu vas me perdre Samuel, parce que je me suis perdue. Je ne sais plus si je suis une victime, une persécutrice ou une salvatrice, ça doit dépendre des circonstances. Elle est une égarée. Mais quels que soient les jeux du destin, je tombe le plus souvent sur le rôle de victime attribué dans l'enfance. C'est dans l'ordre des choses, autrement ce ne serait pas drôle. Rapide, fort, son portable sonne. Ne décroche pas. Appel en absence.

Ne pas l'écouter. Laisse-moi Samuel ! Lâche-moi, barre-toi ! T'as rien imprimé de ce que j'ai dit ? Mais qu'est-ce que je dois faire pour que tu comprennes ? Si tu continues, je pars avec le premier venu, une bite, un outil, juste pour briser mes chaînes. Texto de Samuel. Ne pas lire.

Je veux bien, ça me convient même, d'être marqué du A de mon amour sur le cœur, si tu es mon âme sœur, ma douleur, mon bonheur. Mon Adélie à vie. Reviens.

Elle ne répondra pas. Je ne veux plus jamais t'émouvoir, ni être émue par toi. Je ne t'appellerai pas. Je ne reviendrai pas. Jamais. Même si, comme toi, je dois en mourir. Mais pourquoi mourir éloignés l'un de l'autre, pourquoi ne pas s'endormir ma main dans la tienne ? Parce que j'ai l'espoir de m'en sortir Samuel ! Texto. Ne pas.

Je te connais, je te sens, t'es à deux pas. Bouge pas, je vais venir te chercher comme à chaque fois. T'as nulle part où aller, ton chez-toi c'est chez moi. Tu m'appartiens.

À peine servie, elle se lève, fait tomber sa chaise, paie et détale.

— Faut pas pleurer, ce n'est ni la première ni la dernière fois. Les uns rient, les autres pleurent, ainsi chaloupe la Terre. Au revoir mademoiselle ! a dit le serveur.

Je pleure pour que mon cœur ne se dessèche pas, je pleurerai jusqu'à ce que Samuel sorte de moi. Je ne sais combien de temps ça prendra, mais je me désintoxiquerai jusqu'à la dernière larme.

Elle est allée au hasard, espérant qu'il saurait où l'emmener.

J'ai tout risqué pour rester à tes côtés, mais je n'y suis pas arrivée. Il ne nous est pas possible d'aimer et nous sommes impossibles à aimer. Sais-tu pourquoi ? Parce qu'on aime l'amour qui nous a manqué, pas les êtres qui ne nous l'ont pas donné. Alors on teste l'autre jusqu'au pire, on le pousse à la haine de soi pour se conforter dans l'idée que, petit ou grand, jamais on ne sera aimé. J'ai essayé de t'accueillir dans mon jardin secret, de labourer tes anomalies, de t'offrir un carré de pelouse au sein de mes herbes folles, de mes broussailles. On aurait pu mettre notre terre sauvage en commun, on l'aurait défrichée coude à coude, mais je n'y suis pas arrivée. Je ne suis jamais parvenue à dépasser la septième année d'un amour même si je m'en suis parfois approchée. Comme si franchir le chiffre sacré de mon père relevait du blasphème, comme s'il m'avait condamnée. Ne jamais me marier puisque jamais ça ne durerait. Et j'ai désobéi, et je suis punie. Je ne te blâme pas Samuel, pas plus que je ne blâme mes parents, pour quoi faire ? Eux aussi ont souffert, comme ceux d'avant.

Petit à petit, l'oiseau s'est éloigné du nid que la vie avait détruit et s'est mis à rassembler herbes et brindilles afin d'en reconstruire un autre. Petit à petit, son visage brûlé par les larmes et son être mutilé se sont rafistolés. Mais le cœur, lui, continue de saigner.

35.

Adélie ? Adélie ? Arrête et lève la tête ! Tu vas briser la glace et trouver le courage de te regarder. De regarder la vérité. Qu'est-ce que le miroir dirait de toi s'il pouvait parler ?

Mais Adélie est occupée. Adélie, toute petite dans le grand appartement vide, trie des clefs éparpillées sur la tablette d'une cheminée, face à l'immense miroir.

Écoute-moi. Regarde-toi. La seule façon d'être le maître chez soi, c'est d'en avoir les clefs. As-tu trouvé celle de ton erreur, de ton mal ? Il y a des heures pour traiter ce qui se passe dans l'arrière-pays. Tu as passé ta vie à dire que tu ne comprends pas, mais aujourd'hui tu as compris que tu es une mécanique à double pensée, coupée par la moitié, clivée même. Enfin… quand je dis que tu as compris, c'est encore un peu le bordel sur le chantier. Tu es tout et son contraire. Une femme-homme. Une adulte-enfant. Une innocente-coupable. Une tendre-violente. Une sadomaso. Une dominée-dominante. Une victime-bourreau. Je continue ? Comme si ta vie sérieuse n'avait servi qu'à masquer l'ouragan de ta folie. Comme si tu avais tué une partie de toi-même pour permettre au reste de ton être de mener une existence sage, comme si tu avais morcelé ton âme pour la rendre insaisissable, comme si tu n'avais gardé que le bon pour rejeter le mauvais sur l'autre. Le plus souvent un bourreau qui te préserverait de tes aspects pervers, de tes excès. Car tu n'es pas un animal raisonnable, mais une femme dans la violence d'un oui comme d'un non, qui régule ses outrances dans l'extrême inverse. L'alcoolisme dans l'abstinence t'interdisant de consommer. Tes pulsions meurtrières dans la maltraitance acceptant d'être abusée. Et si tu lâchais vraiment la bête qui est en toi, ce n'est pas perverse que tu serais mais criminelle, puisqu'il est démontré que tout agresseur a été victime et que toute victime peut devenir agresseur.

Tu aurais pu tuer Samuel, car seule sa mort t'aurait rendu ta liberté. Que tu l'aimes ou pas, tu es liée à lui tant qu'il vivra, et de ce fait il gardera le pouvoir sur toi, le pouvoir de continuer à te torturer. Mais tu ne l'as pas fait car tu l'aimais. Alors tu es devenue méchante, pire : perverse. Maudit soit-il !

Mais tu aurais aussi pu te tuer, t'en aller dans l'espoir d'être regrettée, d'être au moins aimée au moment de cet ultime départ. Mais tu ne l'as pas fait car tu aimes tes enfants. Alors tu es devenue bienveillante, mieux, irréprochable. Bénis soient-ils !

Reste concentrée Adélie, ce n'est pas fini ! Tu as compris que si tu sortais du déni, tu reconnaissais les attaques destructrices dont tu étais l'objet mais aussi tes conduites autodestructrices, c'était admettre le mal. Et ça… c'est très difficile, voire impossible. Le mal doit être refoulé parce que dans ton monde, le mal égale le bien, les scènes de haine sont des cérémonies quasi mystiques qui enivrent comme les scènes d'amour. Ton déni était le bouclier t'évitant de pleurer jour et nuit. Maintenant tu es à vif, tes yeux nagent dans les larmes. Et si le refus de ne pas reconnaître avoir été abusée par lui… par celui qui t'a donné la vie… était, en réalité, ne pas reconnaître que tu es coupable d'avoir dit oui ? Coupable d'avoir été complice ? Adélie, relève la tête ! Allez ! Relève-la !

J'ai le dégoût de moi-même, je déteste mon reflet.

Parce que tu crains son verdict, mais si tu comparais devant lui telle que tu es, tu n'as plus à trembler d'être jugée. N'aie pas honte de toi. De tes actes passés. De ce que tu as fait ou pas. Cesse de porter un regard d'enfant sur la femme.

Je n'aime pas cette femme, je n'aime pas comme elle m'écrase. Ne me regarde pas comme ça ou je te massacre ! Je sais que je ne suis pas quelqu'un de bien, que je ne suis pas une belle personne !

Faux ! Ça c'est ce qu'on a implanté dans ton cerveau. Et toi tu as enrayé ta mémoire pour ne jamais retracer un passé trop lourd à admettre. Un parent ne pouvant être mauvais c'était nécessairement l'enfant qui l'était.

J'ai essayé, j'ai essayé de changer. Je te promets. Mais je n'y suis pas arrivée. Je n'ai pas osé m'ouvrir à la victime que j'ai été, j'ai emprisonné ma colère au fond de moi, et pris le risque de devenir une prédatrice pour les autres.

Vas-y, vas-y Adélie, continue.

Depuis toute petite, je suis une persécutée qui abrite une persécutrice. Je suis tiraillée : être prise ou prendre. Et pour éviter le pire, j'ai continué d'agir comme on m'avait modelée, en fillette soumise au meurtre d'âme et au lavage de cerveau, ayant besoin d'un tortionnaire à vie.

Et ?

Pour me délivrer du mal et éviter de me faire souffrir, je suis allée à la recherche de monstres pour qu'ils me fassent souffrir, et me punissent du mal qu'on a fait entrer en moi. Bien à l'abri dans la peau de l'abusée, je me lavais du monstre que je croyais être. Peut-être le désespoir est-il plus supportable en victime qu'en prédatrice, même si je l'ai été parfois, sans le savoir, bête blessée qui attaque avant d'être attaquée, fend le cœur des humains parce qu'on a fendu le sien, les trahit parce qu'ils le méritent, les trompe pour réclamer justice et se venger des abus qu'ils ont commis. Le plus triste est que je n'y ai même pas pris plaisir. J'ai juste voulu leur nuire. Je dis ça mais j'aurai toujours un faible pour les bourreaux ; les victimes pleurent, les bourreaux n'ont plus de larmes. On humanise les victimes, auxquelles on s'identifie, on compatit à leur martyre. Cependant, on en est incapable dès qu'il s'agit des bourreaux que l'on tient pour fous, qu'on abomine et condamne. Et c'est parce qu'ils l'ont été depuis l'enfance qu'ils le sont devenus. Sans doute suffisait-il de leur transmettre un peu d'amour.

Comment être aimée par des gens bien quand je suis persuadée que je ne vaux rien ? Persuadée que seuls des bourreaux peuvent s'attacher à moi et que je ne peux m'attacher qu'à des bourreaux. Ils s'accommodent volontiers de mon incapacité à aimer puisqu'ils sont eux-mêmes sans cœur. Et je n'ai pas peur qu'ils m'abandonnent puisqu'ils sont fidèles à leur souffre-douleur. Et si par miracle apparaissait un homme bienveillant et plein d'amour, ce serait un désastre. Il me révélerait combien mon cœur est abîmé, combien il est incapable d'aimer. Je vivrais alors un drame, me sentirais coupable, misérable, pétrifiée que cet homme m'abandonne. Je serais désespérée de me réaliser condamnée. Et je retournerais en psychiatrie pour effondrement dépressif, décompensation psychotique, ou tentative de suicide…

Adélie ? Adélie ? Que se passe-t-il ? Que fais-tu ? Ne fuis pas ! Reste là !

Ce n'est pas moi ! C'est elle qui s'en va ! Elle qui s'échappe, traverse le miroir. Elle se dépêche au royaume de l'imaginaire là où l'hallucination lui donne ce que la réalité lui refuse. Les sons ont une couleur, les couleurs une musique, la douleur un rire. Elle voit l'invisible, elle sent l'insensible, les yeux s'agrandissent, s'éblouissent : Samuel est là, sur l'aile du rêve.

Il se plaque derrière elle et enserre sa taille comme s'il lui nouait une ceinture virginale sur laquelle serait brodé : *Quelque part sur terre, je t'aime d'un amour immortel.*

Ne t'inquiète pas mon ange ! Je suis là, je ne te lâche pas, tu m'abuseras moi. Je n'ai pas peur d'avoir mal si l'abuseur est ma femme. Je l'aime, et mon bonheur est de déployer le sien. Mais où mettrait-elle le bien et la joie si auparavant je ne dégageais pas la douleur ? Tu vois, comme à chaque fois je t'ai retrouvée. Quel que soit le moyen, il y aura toujours un chemin entre toi et moi, un chemin de croix, de pierres, de roses, d'étoiles. Voire un chemin de Damas. Peu importe le chemin, tous mènent à ton cœur. Je t'aime. Jamais je ne t'abandonnerai. Combien de fois faut-il te répéter cette phrase de Junsuke Cross : « L'homme le plus important dans la vie d'une femme n'est pas le premier, c'est celui qui ne laissera pas le prochain exister. »

— Tu me fais visiter ?

Le miroir offre l'image d'un appartement idéal.

— Alors ça c'est l'entrée.

Samuel arrive triomphant, chargé d'un gigantesque paquet.

— Là le double séjour.

D'un côté, Samuel fixe le tableau qu'il vient de lui offrir. La peinture d'une très belle femme assise, impériale, sûre de son invulnérabilité comme de son pouvoir redoutable, chair dénudée jusqu'aux hanches d'une blancheur aussi radieuse que peut l'être le soleil, avec entre ses cuisses drapées à la grecque, un pierrot à fils qu'elle manœuvre à son gré.

De l'autre, Samuel accoudé à la balustrade de la terrasse, boit un verre de vodka, tire une cigarette à la lueur du ciel couchant.

— La chambre de Gabrielle.

Samuel joue à colin-maillard avec les jumeaux, riant aux éclats de voir leur papa-ange les chercher dans la mauvaise direction, se tamponner contre le mobilier et griffer le vide de ses mains sublimes.

— La chambre de Raphaël.

Samuel dans un canapé, un enfant couché sur ses genoux, l'autre pelotonné contre son épaule, captivés devant *Le Château ambulant* de Miyazaki.

— La salle de bains des enfants.

Samuel agenouillé à même le carrelage, arrosé de toutes parts, qui se livre aux joies du bain plus qu'il ne s'aventure à laver les petits diables.

— La cuisine.

Samuel fait flamber des crêpes devant les regards ébahis de Raphaël et Gabrielle.

— La salle à manger.

Samuel en plein dîner, jubilant devant une assemblée d'amis subjugués par le tour de magie qu'il vient d'effectuer.

— La salle de bains des parents.

Samuel s'abandonne sous l'eau qui se frotte à son corps bien taillé, élancé, pur-sang proportionné.

— La chambre des parents.

Samuel termine de rouler un stick.

Adélie ?

Allume les bougies.

Adélie ?

Mets la musique.

Adélie ? Où es-tu mon ange ? Qu'est-ce que tu fais ? Ma femme me manque ! Ah, te voilà ! Mais t'étais où, t'as disparu toute la soirée ?

Elle ne l'a pas quitté. Elle l'a observé, a désiré celui qu'elle a rêvé. Assis dans le lit, elle, en tee-shirt culotte, lui, en tee-shirt caleçon, ils fument le joint, chacun planant dans une délicieuse incertitude.

J'ai envie de jouer.

À quoi ?

Au loup.

Pourquoi pas mon ange ? C'est qui le loup ?

Et telles deux bêtes dont on aurait attisé l'instinct, ils s'affrontent du regard, pendus au moindre geste de l'adversaire. Comme dans un ballet, d'un même mouvement ils ont tous deux glissé de chaque côté du lit. Aux aguets. Prêts à attaquer. Plus rapide, Adélie se jette sur Samuel, donnant le départ d'une lutte où les règles sont profanées, tantôt rusée, tantôt désespérée, à la fois malsaine et bestiale. Que seul un massacre pourrait terminer. Un corps-à-corps avec la fatalité, le mal, l'injuste et le faux, qui n'est plus le combat de l'opprimé contre l'oppresseur, mais celui du bien-être contre le malaise. Se pourchassent, s'attrapent, s'échappent, se rattrapent, sans plus vraiment savoir qui du chasseur est chassé, qui de la haine ou de l'amour l'emportera.

Après une demi-heure, une heure, plus peut-être, d'une poursuite démentielle, Samuel saisit sa cheville, finit par la soumettre, et sur le lit la jette, la neutralise. Captive à nouveau. Ne plus obéir. D'une main, il lui serre les poignets, de l'autre déchire son slip et écarte le sien. Il la prend, la pénètre à la barbare, va et vient en elle, sans ménagement, malaxe douloureusement sa chair, embrasse ses lèvres avec une telle violence qu'elle sent le goût du sang dans la bouche comme celui qui coule de son sexe. Son corps n'est plus à elle. Elle s'enfonce dans Samuel, se dissout dans son homme. Sa jouissance est immense. Elle ne sait pas si elle est encore une femme ou déjà un animal. Elle est une force. Chaque muscle, chaque nerf. Elle renverse les rôles. Il devient sa chose. La chose. Elle s'en empare, lui n'est plus de taille à résister à la gueule dévoratrice aux dents luisantes, aux yeux sanglants, à la férocité que rien ne fléchit, façonnée de terre impure et de matière inhumaine. Elle le renifle, le mord, le griffe, se retient de lui bouffer le cœur. Elle gémit, grogne, hurle… cri réprimé depuis sa naissance.

Peu à peu, elle ouvre les yeux et découvre dans le miroir la beauté terrifiante d'une louve assouvie.

Pourquoi réaliser un rêve quand il est si bon, si fort, si aisé de le rêver, quand son pouvoir nous sauve ? S'enfuir dans l'imaginaire qui agrandit la vie, où rien n'est défini, durci. Peut-être le rêve est-il l'autoportrait de l'inconscient, la voie pour mieux s'atteindre, se comprendre, pénétrer une vérité, nous montrant la partie la plus profonde de soi, la plus inavouée aussi, celle que nous essayons de masquer, de censurer. Peut-être le rêve cherche-t-il à relier la conscience à l'inconscient et à aplanir le conflit qui les oppose. Une sorte de régulateur psychique. Comme si le cerveau procédait à un nettoyage des éléments négatifs pour enseigner à chacun le chemin à suivre, la voie vers un devenir.

J'ai compris mais je ne suis pas encore guérie. Je vois juste un peu plus clair. Je me suis rendue si tard à la vérité, j'ai tellement rôdé autour sans me décider à la découvrir. Car il faut du courage et avoir le cœur solide pour se dire le vrai. L'entendre et le suivre. Comme les enfants, on ne le met pas au monde sans douleur. Savoir qui je suis me rendra-t-il plus heureuse, plus libre ? Avec moins de peur ? Qui m'acceptera avec mes laideurs ?

Mais la vérité a traversé, me pousse dans des espaces inconnus, vers l'écrasement du mal.

J'ai tout accepté de moi, vivant le plus dur des despotismes, celui que je me suis fait à moi-même, jusqu'à risquer à m'aimer à tout prix, jusqu'à douter d'avoir le droit de vivre. J'ai détruit ma confiance, ma bienveillance, ma conscience, sans jamais répondre à mon besoin d'amour.

Le plus grand affront qu'on puisse faire à la vérité n'est pas de la connaître, mais de l'amoindrir ou l'abandonner. Alors faut-il apprendre à mourir tout désir pour ne plus souffrir ? Et si le bonheur venait à celui qui n'a pas peur de souffrir, à celui qui sait se pardonner, qui réussit à s'aimer pour oublier combien son être lui pèse ? La relation qu'on a avec soi donne le ton à toutes les autres.

Le point d'arrivée de la première étape est juste le point de départ de la seconde. C'était donc vrai. Que se sauvent ceux qui ont eu le courage de lutter ; se sauver par ce qui vous a perdu, là est la victoire. Car lutter pour ne rien changer reviendrait à s'exposer au danger. Alors, je vais à nouveau mettre mon sac à dos et me mettre en chemin. Sur celui du bien, parce que celui du mal je l'ai déjà effectué. Un chemin de vie. Je vais continuer à chercher qui je suis parce qu'aujourd'hui, quand je me regarde dans le miroir, je vois la gueule d'une louve qui de son œil coule une larme… Eh oui, même les prédateurs pleurent, car il y a une victime dans le secret de leur cœur.

Remerciements

Je remercie Ariane Molkhou dont le regard exigeant, compréhensif, sans jugement, a favorisé une confiance irremplaçable ; à qui j'ai avoué mes incertitudes, mes folies, mes rêves comme mes colères, sans jamais me sentir ni dépendante ni vulnérable. Quelle chance de l'avoir rencontrée.

Je remercie Thierry Billard pour son implication, son respect, et la grande finesse de son accompagnement. Je me suis sentie soutenue tout au long des étapes de cette incroyable aventure.

Je remercie Sophie Charnavel pour son enthousiasme sans failles, son accueil chaleureux, et sa foi en mon livre.

Je remercie Anna-Véronique El Baze qui m'a encouragée à faire ce saut dans le vide et m'a permis ce bouleversant voyage.

Composition et mise en pages
Nord Compo à Villeneuve-d'Ascq

MIXTE
Papier issu de
sources responsables
FSC® C003309

L'éditeur de cet ouvrage s'engage dans une démarche
de certification FSC® qui contribue à la préservation
des forêts pour les générations futures.

Pour en savoir plus :
www.editis.com/engagement-rse/

N° d'édition : 61492/01 – N° d'impression : 3043191